LA LIBERTÉ GUIDAIT LEURS PAS

* * * *

Le Clairon de la Meuse

Agrégé d'histoire, Pierre Miquel est spécialiste de la Première Guerre mondiale. Le champ de ses connaissances s'étend des manœuvres militaires aux conditions de vie des Poilus dans les tranchées. En tant qu'historien, il a publié une vingtaine d'ouvrages ; *La Grande Guerre* reste un manuel incontournable pour les apprentis historiens. Il a aussi présenté « Les oubliés de l'histoire », une série d'émissions sur France Inter. Ses cycles romanesques, qui retracent à hauteur d'homme les combats de la Première Guerre mondiale, remportent un grand succès auprès du public.

Paru dans Le Livre de Poche :

LES AMOUREUX DU BRÉVENT

LES ARISTOS

LES ENFANTS DE LA PATRIE :

1. Les Pantalons rouges
2. La Tranchée
3. Le Serment de Verdun
4. Le Chemin des Dames

LA LIBERTÉ GUIDAIT LEURS PAS :

1. Les Bleuets de Picardie
2. La Marne au cœur
3. Les Mariés de Reims

LA POUDRIÈRE D'ORIENT :

1. L'Enfer des Dardanelles
2. Le Vent mauvais de Salonique
3. Le Guêpier macédonien
4. Le Beau Danube bleu

PIERRE MIQUEL

La liberté guidait leurs pas

****

Le Clairon de la Meuse

SUITE ROMANESQUE

FAYARD

© Librairie Arthème Fayard, 2005.
ISBN : 978-2-253-11810-7 – 1re publication LGF

Le 8 août

Au début du mois d'août 1918, Paris crie victoire, et pourtant les bombardements de la Bertha ont repris avec violence. Le 5 août, un obus géant tombe avenue Marceau, un autre, sur l'esplanade des Invalides, creusant d'énormes cratères. On signale au palais de l'Élysée des points d'impact à Vanves, à Aubervilliers, mais aussi à l'hôpital Broussais et à celui de la Charité. Les armées allemandes ont certes repassé la Marne en désordre, mais n'ont pas reculé assez pour libérer la capitale du feu de leurs canons.

Ces chutes d'obus, les nombreuses victimes qu'elles provoquent, avertissent les Parisiens qu'ils ne sont pas hors de danger. Six ouvriers ont été tués le 6 août dans une usine de phosphate. L'aviation et les batteries antiaériennes protègent Paris contre les raids des Gotha, mais la Bertha n'a toujours pas été mise hors d'état de nuire, malgré les efforts de l'artillerie à longue portée et les opérations des bombardiers. Dans la rue, les habitants insultent les aviateurs en permission ou en déplacement, les traitent de profiteurs et de planqués. Que n'ont-ils encore neutralisé le monstre de la forêt de

Saint-Gobain, alors que les journaux décrivent à l'envi l'emplacement du canon allemand ? Ils croient ainsi rassurer, en réalité ils inquiètent.

L'armée a gagné une nouvelle bataille de la Marne, affirme *L'Écho de Paris*, sans pour autant empêcher l'ennemi de matraquer la population civile. Quel scandale ! Il n'y a plus de sécurité à l'arrière ! L'Élysée lui-même peut être détruit, et l'hôtel de Clemenceau, rue Saint-Dominique. On se croyait de retour à la guerre de mouvement, et voilà que l'adversaire se met à l'abri dans des tranchées comme en 14, à cinquante kilomètres plus au nord. La guerre va-t-elle durer quatre ans encore ?

Les Américains, c'est une des nouveautés majeures de l'année, sont de plus en plus nombreux dans certains quartiers de Paris, à la tour Eiffel ou au Sacré-Cœur de Montmartre. Ils courent les filles, vident les magasins, leurs dollars à dos vert primant sur le marché et écrasant le franc, dévalué par l'enchérissement de la vie. Ils ne manquent ni de vivres, ni de whiskey, ni de cigarettes. On assure qu'ils en font trafic. Ils cèdent leur essence au marché noir. Ces touristes argentés partiront-ils enfin pour la guerre ? À quoi sert de les accueillir par centaines de milliers, s'ils ne vont pas relayer les nôtres ?

On médit encore plus dans Paris des Anglais, qui n'ont en rien pris leur part des batailles acharnées engagées en Champagne et sur la Marne depuis le 15 juillet 1918. Foch leur a bien arraché quatre divisions de renfort, mais pour les tenir en réserve, comme s'il fallait préserver leur fragilité. Quand les *Angliches* s'étaient trouvés en difficulté, au mois de mars, les poilus avaient aussitôt grimpé dans les camions Berliet pour leur sauver la mise. Le moins qu'on puisse dire est qu'ils ne leur ont pas rendu la pareille.

Le bruit court avec insistance que les pertes en bleuets sont considérables. On parle de cent mille hommes morts ou blessés, de jeunes recrues pour la plupart. Plus la France a d'alliés, plus les siens se font tuer. Il est question de lever à l'automne la classe 20, des adolescents de dix-huit ans !

Que fait donc Poincaré, le président de la République ? Il décore le général américain Pershing de la Légion d'honneur. Il a quitté Paris pour Chaumont, après une journée de bombardement meurtrier par la Grosse Bertha. Au lieu de visiter les victimes, il est allé prononcer un discours dans une caserne transformée en état-major, sans même que la population champenoise en soit prévenue.

Le président n'est pas au bout de ses obligations. Il doit se rendre au château de Bombon pour remettre à Foch le bâton de maréchal, puis à Provins, pour décorer Pétain de la médaille militaire. Ces gloires officielles de la République se congratulent, se félicitent, se donnent l'accolade, le roi d'Angleterre George V vient en visite solennelle à Paris, pendant que l'Allemand prend le temps de se retrancher de nouveau, comme en 1915. Il coule le béton et creuse profondément ses *Stollen* sans que personne ne le poursuive. Les généraux ont-ils les pieds nickelés ? À quoi bon la deuxième victoire de la Marne, puisque tout semble recommencer ?

La moitié des ouvriers et ouvrières travaillant pour la guerre est concentrée dans la région parisienne. La cherté de la vie (le prix du kilo de viande a quadruplé en trois ans), la hausse très modérée des salaires, la persistance, malgré la loi Thomas, de l'inégalité entre salaires masculins et féminins, engendrent un climat de tension sociale que la prolongation de la guerre exacerbe. Les slogans des manifestants associent la *paix sans victoire* aux revendications professionnelles.

La rencontre quotidienne, sur les trottoirs, d'amputés ou d'aveugles de guerre, les mauvais procédés de l'administration en matière d'indemnisations et de pensions versées aux familles des victimes suscitent l'indignation. Les rentiers n'ont pas les moyens de se plaindre, et pourtant leurs revenus ont chuté, jusqu'à les réduire à la misère. Ils étaient cinq cent mille en 1914. Que dire des personnes âgées, ou des familles nombreuses dont les pères sont aux armées ? Une mère de quatre enfants perçoit une prime quotidienne d'un franc vingt-cinq, et cinquante centimes de supplément par enfant. Soit trois francs vingt-cinq, ce qui lui permet tout juste d'acheter du lait et un kilo de pommes de terre.

Le contraste entre cette misère larvée et l'opulence des nouveaux riches, qui ne sont pas tous des munitionnaires et des marchands de godillots, défie le bon sens et choque les Français moyens. Les spéculateurs n'en sont pas moins ardents à afficher leur fortune dans les clubs et les restaurants à la mode. Le peuple des pauvres et des mutilés qui les voit défiler en carrosses chromés maudit la guerre d'avoir permis l'éclosion et la prospérité de cette engeance, si prompte à profiter du malheur de la nation. L'alliance américaine suffira-t-elle à combler tous les besoins, à apaiser les souffrances ? Beaucoup en doutent. Jérôme Lavigne, l'élève surdoué du lycée Janson-de-Sailly, en est convaincu. Le lecteur de Romain Rolland est devenu un idolâtre du président Wilson.

*　*
*

Il n'a plus Renée, sa *girl friend*, pour raisonner devant elle, à la fois onctueux et péremptoire. Elle est partie en villégiature en Bourgogne, avec sa cousine Émilie. En souffre-t-il ? Il est trop occupé par ses considérations sur la guerre pour éprouver la moindre frustration. Pourtant, il lui faut un public. Il ne peut garder pour lui ses pensées sur la guerre et la paix, il a besoin d'en parler, de rechercher des approbations. Pas de critiques, il n'en a que faire. Les seules supportables seraient, à la rigueur, celles qu'il s'adresserait à lui-même. Il n'est pourtant pas exigeant, un seul interlocuteur lui suffit. Il n'a nulle envie de mobiliser les foules, de tenir meeting, ni même d'écrire dans les journaux certains de ces commentaires de la situation quotidienne qui demandent un talent particulier, trop conformiste à son goût.

D'ailleurs, quel journal offrirait ses colonnes à un débutant tel que lui, bachelier de fraîche date et habitant Neuilly ? Son grand-père, Ernest Chauvelon, professeur retraité de latin et de grec, devient pour Jérôme un auditoire de relais. Le vieil homme le laisse disserter sans l'interrompre, étonné et ravi de son insatiable curiosité. Et il est loin de trouver sottes les idées de son petit-fils. Il a certes rencontré durant sa carrière quelques élèves aussi doués que lui, mais il se dit, non sans fierté, qu'aucun d'entre eux n'avait sa fringance. Jérôme court toujours après les idées, tel un amateur passionné de papillons, et ses idées courent dans le monde d'aujourd'hui, auquel Ernest Chauvelon s'intéresse peu. Ancien de 1870, il pense que la guerre n'aura plus de raison d'être quand les Français rentreront dans leurs bonnes villes de Metz et de Strasbourg.

Aux yeux de Jérôme, la nature même de la guerre a changé, au moins pour la France. Les Français ont longtemps cru qu'ils se battaient contre les Allemands, l'ennemi héréditaire qui leur avait dérobé l'Alsace et la Lorraine. Les officiers tenaient pour négligeable le petit corps expéditionnaire anglais venu à leur aide, et encore plus les faibles contingents du roi des Belges. Ils avaient subi seuls, ou presque, le choc de l'invasion de 1914. Ils avaient alors une revanche à prendre, et ils étaient seuls à combattre ceux qu'ils appelaient encore les Prussiens, ou les Pruscos.

Ils se croyaient à égalité d'effectifs parce que les armées du tsar fixaient à l'est une partie des forces allemandes. Dans le jeu de taquet des divisions alignées sur le front, ils n'auraient pas été mal placés devant les Allemands, si Joffre n'avait fait tuer 250 000 Français en 1914 et 350 000 en 1915. Verdun, en 1916, était encore un duel direct franco-allemand, un affrontement exemplaire, modèle de destruction, d'*usure* impitoyable. Une saignée pour le pays. Les Boches n'avaient pas passé. Pour le professeur patriote Ernest Chauvelon, il ne faisait aucun doute que les Allemands, cinq fois vaincus déjà en 1918, finiraient par rendre leurs conquêtes de 1871 et celles de 1914. Alors la guerre serait finie.

Jérôme juge navrante et réductrice une telle conception du couple guerre-paix. Elle ne correspond plus à la réalité. Il a lu dans la rubrique militaire d'un journal anglais que cent trois divisions françaises seulement tenaient le front, pour cent divisions alliées. Les Français ne sont plus que la moitié des combattants d'une guerre qui fait de plus en plus figure de croisade internationale. Encore trois mois et ils seront en minorité, du fait de l'afflux incessant des divisions américaines, et des pertes que les bleu horizon continuent à subir au front. Les journaux français reprennent les chiffres des débarquements américains pour rassurer leur public et lui montrer la part croissante prise par les alliés dans la bataille.

Le jeune homme pense autrement. Non admis à faire lui-même la guerre en raison de son trop jeune âge, il trouve comme une sorte de compensation à s'en détacher pour réfléchir à ses conséquences. Il s'en fait un devoir et se rend chaque jour rue du Louvre, pour poster à Renée une longue épître dans laquelle il n'est pas question d'amour, à peine de littérature, mais toujours, à longueur de pages, de réflexions sur l'état du monde.

Selon lui, la mobilisation massive des Américains n'est nullement une simple réplique à la guerre sous-marine, à la mort de passagers d'outre-Atlantique imprudemment *bookés* par des agences de voyages à bord de bateaux neutres. On ne fait pas partir en Europe deux millions d'hommes sous un aussi mince prétexte, même s'il est moralement mobilisateur. On ne lève pas à la légère quatre millions de soldats de tous les États de l'Union, fait sans précédent dans l'histoire des États-Unis. Pour comprendre l'immensité de cet engagement, il faut certes se référer aux *founding fathers,* aux premiers présidents de la Maison-Blanche de Washington qui, tel Jefferson, parlaient d'étendre au monde entier l'*Empire of Democracy.* Wilson, pour sa part, évoque une société internationale des nations. Le monde sera saisi à terme par une révolution des principes à prétention universelle. L'idéologie américaine n'est pas la seule. Le bolchevisme a la sienne, qu'il rêve d'exporter en Europe, en Asie, puis dans le reste de l'univers colonisé.

— N'exagère pas l'importance de la révolution des bolcheviks, objecte – ce qui lui arrive rarement – le professeur Chauvelon. Ils ont mis la Russie dans le plus grand désordre. Cela ne durera pas. Trop de violences, trop de famine, trop de morts. Les Russes, comme les grenouilles de La Fontaine, demanderont bientôt un roi.

— Ils viennent d'en sacrer un. Il s'appelle Vladimir Ilitch Oulianov. Son nom de règne est Lénine. Pourquoi pas ? Louis XIV aussi portait un nom de convention, il s'appelait en fait Dieudonné de Bourbon. Il avait choisi son premier prénom, Louis, pour s'intégrer dans sa dynastie capétienne. Louis-Dieudonné eût été trop bourgeois. Lénine est un nom de clandestinité, sonnant clair pour les camarades des prisons et des bagnes. Je gage qu'il sera plus tard embaumé comme un pharaon.

— Ces gens-là ne font plus la guerre. Ils ont abandonné la moitié de l'empire des tsars aux Allemands, aux Baltes, aux Polonais, aux Ukrainiens, aux Moraves, à qui voulait se servir. Ils ne se battent qu'entre eux.

— Justement, grand-père. Ils viennent de se donner une seconde idole, Lev Davidovitch Bronstein, dit Trotski. Celui-là vient d'être nommé commissaire à la Guerre et lève une armée rouge dont les longues baïonnettes imposent la paix et la révolution. Pour lui, la surrection du prolétariat russe ne peut être que le modèle d'un mouvement universel. Il donne l'exemple, en quelque sorte. Pour la première fois, le monde n'a plus pour horizon les nations, mais bien leur disparition, dans une unité idéologique : le communisme égalitaire d'une part, la liberté démocratique de l'autre. Lénine contre Wilson. Le Kaiser et les empereurs de la vieille Europe ne comptent certes plus. Lénine a déjà assassiné le tsar. Le sultan des Turcs attend la mort. L'empereur-roi de Vienne va disparaître, et le Hohenzollern trouvera peut-être refuge chez ses amis mexicains.

— Je crois, conclut le grand-père qui a très envie de dormir au début de l'après-midi, que tes idées ne sont pas fausses. Elles ont le tort d'être très en avance sur les réalités, et te portent à des jugements trop audacieux. Et d'ailleurs, l'histoire nous enseigne que l'avenir n'appartient à personne.

*　*
*

Il n'importe. Le jeune Jérôme reste fasciné par les Américains. Il a lu que le général Pershing, questionné par Pétain, a déclaré que cette guerre devait être conduite jusqu'au bout, jusqu'au châtiment des coupables. Il ne veut pas entendre parler d'armistice, encore moins de paix séparée. Il se doute que Lloyd George négocierait volontiers sur la simple promesse de la libération de la Belgique, son but de guerre essentiel, pour reporter toutes ses forces en Orient, où le général Allenby se taille un empire. Les ordres de Wilson à Pershing sont formels : poursuivre la guerre jusqu'à l'écroulement des quatre anciens empires jugés criminels. Il envisage même de créer un tribunal international pour y faire comparaître le Kaiser Guillaume et ses complices. La guerre du droit, si elle ne veut pas décevoir le public américain, doit aller jusqu'au bout de ses buts moraux.

« Les Américains sont des puritains », se dit Jérôme. Leurs soldats ont emporté la Bible dans leurs musettes et sont censés ne pas toucher à l'alcool. Leurs morts sont enterrés religieusement par leurs prêtres, leurs pasteurs, peut-être leurs rabbins. Ils ne font la guerre qu'à un ennemi réputé coupable. Chacun sait qu'il n'en va pas ainsi dans les gouvernements des nations européennes. Les Italiens se sont vendus au plus offrant, ont conclu des accords de partage des dépouilles avant d'entrer en guerre. De même les Bulgares, les Roumains et la plupart des belligérants. Le tsar aussi s'était fait promettre la libre disposition de « Constantinople » et des détroits. Les Turcs ont longtemps hésité entre les deux camps, avant d'être séduits par l'or de l'Allemagne. L'entrée en guerre a été le résultat d'une négociation, sauf pour la France et la Belgique, envahies sans crier gare. Il est sûr que Wilson ne tiendra aucun compte de ces « traités secrets ». « Vive Wilson ! pense notre jeune homme. Il est le seul à garder les mains libres. Il l'a fait savoir dans son message de janvier. Il ira jusqu'au bout de la *guerre du droit*, et sans se compromettre. Tout juste a-t-il, du bout des lèvres, consenti au retour à la France sans plébiscite de l'Alsace et de la Lorraine. »

Jérôme parcourt le bois de Boulogne, toujours garni de tentes américaines abritant des sections au repos ou se préparant à partir pour la Lorraine. Le QG de Pershing, il le sait, est installé à Chaumont, assez loin vers l'est, proche de ses troupes qui tiennent des secteurs à la place des Français entre Verdun et les Vosges. Est-il question de charger les deux armées américaines nouvellement constituées de reconquérir la Lorraine ?

Las de parcourir ligne à ligne le *Washington Post* et le *Chicago Tribune,* disponibles désormais dans les kiosques des Champs-Élysées, il prolonge sa promenade en regrettant, pour la première fois, l'absence de sa compagne Renée, toujours prête à l'écouter sans trop interrompre ses démonstrations. Il n'ose aborder les soldats américains en cantonnement et poursuit son chemin jusqu'à Bagatelle. Renée est vite remplacée : une ravissante Américaine de dix-huit ans tout au plus admire les roses du jardin et les photographie en gros plan avec son Kodak. Jérôme s'enhardit. Il lui propose de prendre un cliché d'elle devant un spécimen fort ancien et très populaire en France.

— On ne refuse pas de poser devant une rose portant le nom de madame de Pompadour, avance-t-il galamment. Vous trouverez les mêmes chez Fragonard, le plus grand peintre de l'époque. Si vous le désirez, je vous le ferai découvrir au musée du Louvre.

Voilà que *Monsieur-je-sais-tout* fait étalage, dans un

anglais un peu livresque, de ses connaissances botaniques et picturales. Il est à lui seul une encyclopédie des roses, les cite et les commente une à une, sensible à l'émerveillement de la jeune fille qui lui répond par des exclamations enchantées et timides.

— *My name is Rosy, Rosy Richmond.*
— *Rosy, like a rose !*

Il se présente à son tour en précisant qu'il fréquente un lycée proche de l'Hôpital américain de Neuilly.

— Me permettez-vous de vous accompagner ?
— Hélas, regrette Rosy, je dois rentrer tôt afin de me préparer pour le dîner. *Daddy* veut que j'y sois présente. Les nouvelles de cette journée seront, paraît-il, importantes. Le colonel MacArthur revient tout exprès du front pour nous informer. Mais je peux vous revoir demain à la même heure à Bagatelle. *I'am mad with french roses* [1] *!* Et vous êtes un *marvelous...* comment dites-vous... cicérone ?

Avant de se blottir sur la banquette d'une grosse limousine noire de l'ambassade, elle lui confesse, avec la spontanéité candide des jeunes Américaines :

— Il faut m'excuser. J'aurais aimé parler encore longtemps avec vous, mais *my daddy* est l'attaché militaire des États-Unis. Il n'aime pas attendre.

* *
*

— Depuis des semaines, Foch prépare son coup du

---
[1]. Je suis folle des roses françaises !

8 août, explique Weygand au colonel Vergnies, l'envoyé spécial au QG de Bombon du général Fayolle, commandant les armées de réserve. Il ne faut pas le déranger.

Impossible de franchir le barrage. Mais Vergnies n'est pas homme à rester en plan. Il se rend au mess du château, rencontre son vieux camarade Renard, du 2ᵉ Bureau. L'autre se sent tenu au secret absolu, mais ne peut manquer de lâcher et de commenter des informations qu'il croit connues de tous.

— Tu sais bien que Foch ne rêve que de monter une action commune avec les Britanniques. C'est sa spécialité, depuis la bataille des Flandres de 1914. Sois sûr qu'il a une idée sous le képi. Il a de ces intuitions...

— Des foucades, selon Fayolle.

— Qui tournent bien, il faut en convenir. Ton Fayolle sait parfaitement que Foch a concocté une affaire avec Haig, dans le secteur anglais, disons-le. Son but est de dégager définitivement Amiens et la principale ligne de chemin de fer du Nord.

— Fayolle l'a appris en effet il y a huit jours à peine. Weygand est venu dîner chez lui pour lui faire part du « secret ». Il est question pour nous d'engager six divisions de la Iʳᵉ armée à la droite d'une armée anglaise.

— Ce que tu ne sais pas, beau militaire, c'est que les unités de l'armée Debeney ne dépendront pas de Fayolle. Pour convaincre Haig, Foch lui a abandonné la maîtrise complète de l'opération. Les Français combattront donc sous ses ordres. C'était le seul moyen de le décider à partir. N'en parle pas au général Fayolle, cela lui ferait de la peine, il l'apprendra toujours assez tôt.

— Il a l'habitude de ce genre d'avanies. Foch prend toujours toute la gloire pour lui. En donnant la primauté de commandement au général anglais, il restera le maître de l'offensive, en tant que général en chef des armées alliées. Ni Fayolle ni Pétain ne pourront s'en prévaloir.

— Cela vaut mieux ainsi, remarque Renard. Pétain ne passe pas précisément pour l'ami de Haig. On peut même parler d'une franche inimitié entre eux. Les Anglais n'ont confiance qu'en Foch, c'est un point bien établi.

— Mangin ne sera pour rien dans l'entreprise. Il va en bouffer son képi de rage.

— Il lui suffit de s'être emparé, le 1er août, du Grand Rozoy dans le massif du Matz. Il a tout de même guerroyé dix-sept jours et perdu beaucoup de monde pour reprendre un territoire que les Allemands avaient conquis en six. On ne peut parler d'une victoire étincelante.

— Il faut mettre à son actif, si l'on veut être juste, l'entrée des Français dans Soissons entièrement détruite, le 2 août. C'est une nouvelle de taille, dont il s'est attribué pleinement le mérite devant la presse. Je crois savoir, par des officiers de la Ire armée Debeney, que nous serions plus nombreux qu'on le dit à partir devant Amiens. Le général veut reprendre Montdidier, et j'ai entendu parler de huit divisions, deux de plus que prévu.

— À mon tour de t'informer de ce que tu devrais savoir. Le général Fayolle, ton patron, a rencontré Debeney au QG de la Ire armée, à Breteuil. Il a pleinement approuvé son plan de marche. Tout est en ordre.

Le château de Bombon bruit du ballet habituel et affairé des officiers d'état-major, des estafettes et des généraux en tenue de campagne. Foch ne paraît pas, il reste enfermé dans son bureau, devant ses cartes. L'affaire qu'il prépare est de toute première importance, car elle marque la rentrée tonitruante de l'armée anglaise dans la guerre, après une très longue période de récupération. On la croyait détruite par les coups de boutoir répétés des mois de mars et d'avril en Picardie et dans les Flandres. Foch ne reçoit plus que les envoyés du général Rawlinson, chargé d'attaquer avec dix divisions fraîches dont l'ennemi ignore l'existence. Le véritable secret est là.

— Je ne crois pas à une véritable offensive, doute le colonel Vergnies, tout en débourrant le fond humide de sa pipe. Foch veut rendre confiance aux Anglais en les faisant attaquer sur une petite portion du front où l'adversaire vient de changer ses divisions en place. Les nouveaux ne connaissent pas le secteur. Ils peuvent se laisser surprendre. Je me suis renseigné : il n'y a pas de réserves prévues derrière les divisions d'attaque britanniques. C'est un signe qui ne trompe pas un professionnel de ton calibre. Sir Douglas Haig pense sans doute qu'elles sont inutiles.

— D'Albert jusqu'à Cantigny, cela fait un sacré front. Si l'on aboutit, on obtient à coup sûr la réduction du saillant de Moreuil, le dégagement définitif d'Amiens grâce à la progression possible des Français sur Roye, et sur Péronne pour les *British*. Mais je crois entrevoir les causes véritables de ton pessimisme affecté : ton Fayolle n'a pas été mis dans le coup. Il boude, et toi aussi.

* *
*

Le 8 août 1918, à quatre heures trente du matin, après une préparation d'artillerie de trois quart d'heure seulement, les dix divisions de Rawlinson débouchent de la forêt sur un front de dix-huit kilomètres. Les Canadiens, les Australiens et les Néo-Zélandais attaquent derrière un nombre impressionnant de tanks tout juste sortis d'usine.

En première ligne, dans ses jumelles, Ludendorff aperçoit un brouillard épais, comme une sorte de transpiration de la terre. Ses artilleurs ont détruit tant de chars anglais, à Cambrai et ailleurs, qu'il s'étonne de voir surgir de la brume artificielle des chars superlourds, des Mark V de trente-deux tonnes, écumants des départs flammés de leurs obus, brisant les mottes de terre de leurs rafales de mitrailleuses, juste au-dessus des tranchées. D'autres chars encore plus modernes les accompagnent, les Whippet, au nombre d'une centaine. La masse des trois cent soixante Mark V est irrésistible. Quatre cents avions les protègent à basse altitude, mitraillant les servants des batteries adverses qui commencent à peine à réagir.

Ludendorff écoute avec surprise les premiers rapports sur la violente attaque anglaise. On lui parle de fortes escadres de chars d'assaut, suivies de près par les *ran-*

gers australiens, et sans doute guidées par les radios des avions de reconnaissance. Entre la Somme et la rivière Luce, les chars avancent sans trop de pertes. Que font donc les canons de Prusse ?

— Les divisions ennemies se sont profondément enfoncées dans ce secteur, rapporte au quartier-maître général Ludendorff un de ses officiers de liaison. Les chars ont même capturé un de nos états-majors de campagne. Rien ne les arrête. Les Canadiens attaquent de flanc, à la mitrailleuse, nos troupes retranchées dans les défenses de Moreuil et des environs. La IIe armée de von der Marwitz est dans le plus grand désordre.

— Faites remonter en ligne les vieilles troupes, elles sont plus sûres que les nouvelles !

Un officier du renseignement, dépêché sur place, revient signaler au quartier-maître général que le moral faiblit. On a vu des *Feldgrauen* se rendre à un cavalier isolé, un seul char anglais faire prisonniers des détachements entiers. Plus grave, les soldats retirés des lignes où ils n'ont pas su tenir lancent aux renforts marchant au combat : « Briseurs de grève ! », ou encore « Prolongeurs de guerre ! ». Ces slogans annoncent des défections, peut-être des mutineries.

— Que font les officiers ? coupe Ludendorff.

— Ils ont peu d'influence, et beaucoup semblent se laisser entraîner. Venus pour la plupart de professions civiles, ils n'ont pas toujours l'esprit militaire. Il faut parer au plus pressé, faire appel aux réserves de von Hutier.

Celui-ci n'en a plus. Il pousse cependant vers le sud-ouest, pour secourir les camarades en grand péril.

Soutenue par un puissant rugissement des *long Toms* [1], l'attaque de l'ANZAC [2] est meurtrière et frappe des troupes fragilisées par leur retraite en désordre.

Comment résister à la ruée des chars, que ne vient plus contrer l'artillerie allemande prise à partie et réduite à l'impuissance ? Les Alliés, maîtres du ciel, repèrent les pièces ennemies et livrent par radio la cote de leurs emplacements aux contrebatteries qui les accablent. Ainsi peuvent progresser sans danger les tanks lourds, pour la première fois depuis le début de la guerre. Les monstres d'acier exploitent les progrès mécaniques facilitant leur avance sans éprouver la moindre panne ou avarie. Les combattants allemands s'en riaient en 1917, en les regardant patauger dans les trous d'obus, tomber en rideau fréquemment, sauter sous les coups des 77 et prendre feu. Les tanks baptisés de noms de fleurs ne sont plus aveugles. Peut-être sont-ils enfin tous dotés de radios. Ils attaquent en plein champ, par temps sec, sans risque de s'embourber. C'est l'été des chars.

Les Canadiens ne s'en plaignent pas, ils ont devant eux quatre bataillons de trente-six monstres, naviguant de conserve. Ces tanks bouleversent sans efforts les champs de barbelés, tirent au canon sur les batteries de *Minenwerfer*, accablent les abris blindés. Les trapèzes allongés sont aussi en force devant les Australiens et les Néo-Zélandais. Leurs mitrailleuses constituent une force de frappe redoutable qui permet à l'infanterie d'avancer rapidement d'une dizaine de kilomètres. Les

---

1. Surnom des canons lourds britanniques.
2. Australian-New Zealand Army Corps.

Allemands en désarroi reculent, perdent leurs unités, se rendent par centaines et connaissent à leur tour une défaite comparable à celle de l'armée Gough au mois de mars en Picardie. Quelle revanche pour les *tommies* !

Les habitants de Chaulnes cachés dans les caves voient par les soupiraux refluer en désordre les unités désemparées de la XVIIIe armée de von Hutier. Le vainqueur de Riga fait piètre mine. Le meilleur général de l'armée allemande est le premier perdu. Va-t-il se reprendre ? On disait les Anglais à bout de souffle. Leur armée renaît de ses cendres, mieux équipée que jamais. Voilà qu'elle attaque avec ses meilleures troupes et de nouveaux modèles de chars. À qui se fier ?

* *
*

Les Français, curieusement, ne mettent en ligne qu'un petit nombre de blindés dans cette affaire décisive : à peine une centaine, dont beaucoup de chars lourds d'ancienne facture. Le général Debeney proteste. Avec la protection de six cents avions dans le ciel, les chars pourraient attaquer, assure-t-il, en toute sécurité. Qu'attend-on pour lui expédier des Renault ?

Il faut croire que les états-majors s'agitent en tous sens, car les initiatives individuelles sont souvent les plus rapides pour mobiliser les chars désirés. On se les arrache d'une armée à l'autre. On recrute çà et là des conducteurs et des camions pour les rapprocher des champs de bataille ouverts à l'ouest, du côté d'Amiens et de Montdidier.

Les vaillants camionneurs Vrin et Maraval prennent ainsi livraison, à la IVe armée, du char du commandant Michel Dupuy, l'offensive étant décommandée dans son secteur. Gouraud, même s'il tempête et proteste, n'a pas les moyens de retenir les équipages.

Maraval renaude. Ce Dupuy se croit tout permis. Il veut aller plus vite que les autres. Est-ce la peine de faire monter si près des lignes l'énorme tracteur Knox pour livrer un seul tank ? Les Renault FT17 sont en effet embarqués par train spécial en gare de Suippes, sur des convois de wagons qui se suivent à quelques minutes d'intervalle. Enfin, l'organisation reprend ses droits. Une fois encore, les polytechniciens du génie font la preuve qu'ils savent faire marcher les trains.

Passer de la IVe armée Gouraud en Champagne à la Ire armée Debeney en Picardie n'est certes pas une manœuvre rapide. Les tankistes, reconnaissant à Bercy la rocade circulaire de Paris, repartent au Bourget vers le nord et sont largués en pleine nature, sur un débarcadère aménagé pour eux. Dupuy doit se défendre contre un colonel du service des chemins de fer qui veut absolument le diligenter vers l'armée Mangin, toujours avide de tanks. Ses équipages tressautent sur les voies ferrées durant toute la nuit du 7 au 8 août, et ne prennent la route du front qu'au crépuscule du 8. Ils ont manqué la grande journée.

Michel Dupuy est furieux. Il doit encore patienter. Dans la voiture Renault chenillée où Jules Laffère a pris place avec ses camarades, on ne s'attend pas à poursuivre l'ennemi dans l'immédiat. Un délai supplémentaire est nécessaire pour parfaire le plein d'essence, et les citernes ne sont pas arrivées. Pas plus que les tracteurs Knox. L'avance des Français a été si rapide qu'il est inutile de mettre en route un groupe de chars sans camions porteurs, au risque de fatiguer les roues et les chenilles des engins avant leur engagement au combat. Les tankistes désœuvrés se font traiter de lâcheurs et de fainéants par les blessés légers de la 42ᵉ division d'infanterie qui redescendent des combats sanglants des rives de l'Arve.

En d'autres temps, Jules se serait senti humilié. Il aurait pesté jusqu'à obtenir de Michel Dupuy la permission de partir seul en tête sur son auto à chenilles avec sa section, afin de retrouver et de soutenir les premiers cette 42ᵉ division très éprouvée, qu'il faut aider par tous les moyens et le plus tôt possible.

Mais Jules n'est plus le même. Il ne peut se défaire de pensées moroses. La mort de Jacques l'a vidé de son énergie, il n'a plus foi en rien. Un jour, sans doute, un tir le fauchera par-derrière, tout comme une rafale a tué son frère d'élection, et personne ne parlera plus de lui.

Ceux qui l'entourent ont tous été témoins de la mort de Jacques Millet. Il ne peut les voir sans y penser. Ils sont le souvenir vivant de son malheur. Léon Bourdillat, le charcutier d'Ozoir, comprend d'instinct qu'il faut attendre que Jules revienne à lui, sans le brusquer. Il l'évite autant qu'il peut, ne lui adresse pas la parole. Motus aussi chez Edmond Garnier, le forestier circonspect de Pontcarré. Il connaît assez les sautes d'humeur du caporal pour ne pas se risquer à le provoquer. Il voit bien qu'il ronge son frein et que son sang tourne au vinaigre. À la première algarade, il pourrait tuer n'importe qui, fût-ce son meilleur copain. Philippon, le chauffeur prudent, en est si convaincu qu'il rase les murs et redoute de le croiser.

Ils se trompent en croyant Jules capable de violence ou de colère incontrôlée. Aucouturier et Servan, les plus raisonnables, devinent que l'enfant d'Aulnoy n'est pas dans son état normal. Ils ne reconnaissent plus en lui le caporal flamboyant. Il semble plongé dans une stupeur dépressive et résigné à tout. Parfois, il songe à rentrer dans le rang, à retrouver sa place au 76ᵉ de Coulommiers, aux ordres du sergent Brinbuisson, ce vieux de la vieille qui consigne chaque soir la liste des morts et des blessés de l'unité sur le journal de marche, à la plume Baignol et Farjon, de son écriture penchée et irréprochable.

Jules a envie de revoir le sergent, pour que, à défaut de tombe, le nom de Jacques Millet figure au moins dans les annales du régiment. On ignore encore sa mort, au 76ᵉ. Il paraît urgent de réparer l'indifférence monstrueuse des autorités. Le corps franc Jules Laffère, le caporal qui a refusé tous les grades maintes fois offerts pour ses cent et mille exploits, échappé à tous les traquenards, passé sans blessures sous les orages de fer, pense à raccrocher. À jeter l'éponge, d'une manière ou d'une autre. Jacques lui manque. Le voilà perdu. Il sait qu'il va mourir au prochain engagement parce qu'il n'aura plus la volonté féroce de survivre pour le protéger. En tuant son meilleur ami, son frère, les Boches ont dépossédé Jules de sa baraka.

Dupuy lui-même ne peut rien pour lui, trop préoccupé d'ailleurs par le rassemblement de son groupe de tanks. À peine s'aperçoit-il que Jules a changé. Et son camarade, le plus ancien qu'il ait dans l'armée, ne cherche nullement à l'approcher. Le caporal connaît par cœur les paroles de compassion chrétienne dont Michel est capable. Il les hait d'avance. C'est *son* Jacques qu'on a tué, et personne d'autre.

Le petit radio Gilbert Tavel peut-il comprendre cela ? Ses deux grands frères sont morts au front, l'un sur la Marne en 14, l'autre dans la Somme en 16. Il est le dernier levé de la famille. Même son père, territorial, a été tué dans le bombardement d'une gare. Sa mère n'a plus que lui. Elle l'attend à La Ferté-Gaucher, où il était électricien et rapportait une bonne paye. La pauvre femme est dans le dénuement. Gilbert ressent et partage la douleur de Jules, mais n'ose pas s'ouvrir à lui. Le caporal tolère le bleuet, parce qu'il est le dernier venu à l'escouade et ne connaît pas les anciens.

— Tu étais là au moment de la fauchée, dit Jules à Gilbert, tu as tout vu. C'est moi qui devais mourir. Je n'aurais pas dû laisser Jacques grimper le dernier dans la guimbarde. Je me le reprocherai toute ma vie.

— Nous sommes autour de vous, et nul ne se hasarde à vous adresser la parole, de peur de retourner le couteau dans la plaie, répond de sa voix douce le jeune Gilbert. Mais nous comptons sur vous, comme Jacques y comptait. C'est à nous que vous devez penser maintenant. Je comprends que par désespoir vous cherchiez à mourir. Pas moi. J'ai éprouvé trois décès dans ma famille. Je veux rentrer, et les autres aussi. Sans vous, nous serons tous anéantis.

* *
*

Le récit du sergent Boubal, à la popote du corps franc, est celui d'un blessé touché au bras droit et contraint d'abandonner les siens en pleine victoire. Il fait diversion et tire l'escouade de son marasme. Le premier, Jules interroge et relance l'ancien.

— De nos deux régiments d'infanterie, le 332ᵉ de Reims, auquel j'appartiens, et le 94ᵉ du recrutement de Bar-le-Duc, aucun n'a attaqué en flèche. Nous étions précédés par les deux bataillons de chasseurs à pied de la division, qui nous ont ouvert la route, au pas de chasseur.

— Quelle route ? demande Jules.

— Funérailles ! Quelle route ? Tu débarques, l'ancien ! Celle de Roye, bien entendu. Le capitaine nous l'a dit : il faut entrer dans Roye avant les *Angliches*. Au 332ᵉ de Reims, nous sommes de la deuxième réserve, celle des bleuets de la dernière levée. Tous ceux du 32ᵉ sont morts, sauf quelques camarades. Nous avons emboîté le pas aux chasseurs, en forçant l'allure. Depuis le 2 août, nous étions déjà disposés en ligne des deux côtés de la route d'Amiens à Roye. Il suffisait de la suivre.

— Tu as reçu ta blessure en défilant sur une route ?

— Boufrecul ! Nous avons été arrêtés dans le bois de Moreuil, et pas par des débutants. J'ai reçu celle-là, dit-il en désignant son bras en écharpe, d'un tireur planqué dans un arbre. Les camarades l'ont descendu, mais j'ai dû être transporté à l'infirmerie, plus mort que vif. J'avais peur de sortir manchot, comme le grand Léon, de Vrigny. Le major, un as, a extrait la balle en un rien de temps. Mais les muscles sont touchés, je ne peux me servir de mon bras. Ils m'ont dit que ça reviendrait, un jour ou l'autre.

— Le général Deville a mené rondement son affaire, lance Aucouturier, très informé.

Curieux de tout, le Montluçonnais a demandé et obtenu d'un planton le nom de ce divisionnaire en passant par hasard devant son état-major. Il a même vu partir Deville à cheval vers l'avant, comme si la progression des groupements de tête avait été suffisamment sérieuse – de plusieurs kilomètres au moins – pour qu'il ne coure plus le moindre risque.

— Le 31ᵉ corps d'armée français attaquait tout près des Canadiens, poursuit Boubal. Les Australiens étaient plus au nord, du côté de Corbie. Les Spad nous ont beaucoup aidés. Ils mitraillaient sans arrêt. Le capitaine m'a dit qu'ils étaient au moins six cents au-dessus de nos têtes. Je n'ai pas vu la queue jaune d'un Fokker. À croire que les nôtres les avaient tous descendus. Nos chasseurs à pied suivaient les quelques Renault FT17 qui avançaient en se dandinant le long de la rivière Avre jusqu'à Moreuil. Beaucoup ont sauté sous les coups de l'artillerie, tirés à bout portant. Les Allemands n'avaient plus le souci de sauver leurs pièces, ils les avançaient en première ligne, prenant les tanks pour cibles. Heureusement, les attaques en piqué des chasseurs Spad en ont sauvé beaucoup. Ils dégommaient de leurs deux mitrailleuses lourdes les servants des batteries de 77 et signalaient leurs emplacements par radio aux artilleurs.

Boubal tient son public haletant. Jules comprend tout de suite qu'il devra refaire le lendemain ce que Boubal l'ancien a fait la veille.

— Une fois arrêtés dans le bois de Moreuil, les camarades rémois ont poursuivi sur Mézières-en-Santerre, sans subir trop de pertes. C'est là que vous devez les rejoindre. Ils vous attendent. Votre renfort sera le bienvenu pour achever la déconfiture des Boches.

— Peut-on parler de déconfiture ? interrompt Aucouturier.

— Pour eux, estime l'ancien, la fin approche, cela ne fait pas de doute. Nous, ceux du 9ᵉ corps, nous sommes les seuls à poursuivre sur Roye. Pourquoi ? Tiens donc ! Parce que notre divisionnaire Deville en a reçu l'ordre de Debeney. Nous devons dégager Montdidier en cernant la place forte par-derrière, aidés par la IIIᵉ armée du général Humbert, qui attaque par-devant, de front. Les Boches seront pris entre deux feux. Compris, les bleus ?

— Les pertes sont déjà lourdes dans ton régiment, coupe Jules. Je vois le cortège des blessés prendre place sous les tentes à croix rouge.

— Ceux-là ont souffert comme moi dans le bois de Moreuil. Les Boches nous attendaient sous des abris truqués, invisibles, qui ne répondaient pas aux tirs des chars. Je pense que les tankistes ne les ont pas vus, et que les chasseurs à pied ont passé outre. Nous avons été accrochés durement en nettoyant le terrain. Les Allemands, isolés, voulaient nous faire payer très cher notre succès. Ils avaient l'ordre de tenir jusqu'au bout, et ils ont tenu. Le général Deville, las de cette résistance désespérée mais non désintéressée, a demandé à une compagnie *Shit* de dégager les obstacles au lance-flammes.

— Et les Anglais ?

— Un blessé canadien m'a raconté qu'ils ont attaqué au sud d'Albert, jusqu'à Moreuil. Leurs chars lourds, pour une fois, ont fonctionné correctement, et leur charge bien groupée a semé un tel effroi que les défenseurs ont reculé d'un coup de plus de dix kilomètres, de Villers-Bretonneux jusqu'à Harbonnières. Les Canadiens ont franchi la rivière Luce et se sont portés droit devant eux vers l'est, en direction de Nesle et de Ham. À voir le nombre de prisonniers et d'armes abandonnées, ils ont rudement secoué l'ami Fritz, vous pouvez m'en croire. Je me demande si nous n'allons pas reprendre, dans la foulée, Péronne et Noyon. J'en connais un qui doit être vert de rage.

— Qui donc ? demande Jules.

— Parbleu ! Mangin. Il piétine, et nous avançons.

— Je ne suis pas si sûr que l'avance se poursuive, lance Jules, pessimiste et las. En général, Ludendorff s'arrange toujours pour colmater ses brèches. Surpris une journée, il a dû prévoir la suite.

* *
*

Il est toujours possible à un général en chef de déplacer rapidement des unités pour arrêter une percée ennemie. Mais ce jour-là, le 8 août 1918, Ludendorff est moins accablé par l'ébranlement de la ligne du front sous la poussée anglaise que par les rapports désastreux concernant le moral de ses troupes.

Scandale incroyable pour un Prussien ! On lui signale que, dans l'armée von Hutier, des officiers se font porter malades en assez grand nombre, comme s'ils attendaient, en vulgaires troupiers, la fin de la guerre. Si l'encadrement défaille, qu'en est-il de la masse des *Feldgrauen* ?

Le quartier-maître général est habitué depuis longtemps aux défections des Alsaciens, des Lorrains et des Danois du Schleswig-Holstein. Ces combattants-là ne sont pas de vrais Allemands. Mais que des soldats venus du Rhin, aussi bons prussiens que les Brandebourgeois, ou des Bavarois des troupes d'élite du Kronprinz de Munich flanchent, cela lui paraît inconcevable. À moins que Munich ne soit déjà entrée en révolution. Les officiers du renseignement attribuent ces défaillances au très mauvais esprit que les nouvelles recrues apportent du pays.

Les Alsaciens ne sont pas les derniers à se faire porter pâles pour se retrouver dorlotés par les civils français en arrière des lignes, où ils passent leur convalescence – il faut bien les loger chez l'habitant, puisque les hôpitaux regorgent de blessés. Ils trouvent indigne la façon dont les Allemands traitent leurs prisonniers italiens en les obligeant à casser des cailloux sur les routes, vêtus de guenilles et à moitié morts de faim. Les artilleurs boches se la coulent belle, en attendant les ordres de tirer à longue portée, ou de décamper vers les Flandres. Aucun ordre ne leur parvient. Ils semblent oubliés autour de leurs obusiers géants, comme si aucun état-major ne jugeait plus nécessaire de les faire intervenir.

Ce relâchement général encourage les Alsaciens à déserter les premiers à la moindre occasion. Après plus de quarante ans d'administration impériale, ils se rappellent qu'ils ont été français, même s'ils ne parlent plus beaucoup cette langue. Les adjudants font encore du zèle dans les rangs, parce qu'ils peuvent devenir lieutenants après un stage d'un an seulement dans l'armée en *feldgrau*. Mais les *Feldwebel* lorrains n'ont aucune envie de périr d'une balle dans le dos lors d'un assaut pour avoir trop tourmenté leurs subordonnés. Les hommes leur répètent qu'ils sauveront volontiers au feu un sous-officier humain, mais qu'ils laisseront mourir sans pitié un blessé prussien mal embouché, trop à cheval sur le règlement. Ainsi se détériore la discipline.

Il est plus facile de se rendre au combat que de déserter dans les lignes constituées. Pourtant, les Alsaciens tentent leur chance, souvent aidés par des sous-officiers lorrains, ou même bas-rhénans. Les envoyés spéciaux rapportent à l'état-major de Ludendorff que les hommes prennent des risques insensés pour franchir deux réseaux de barbelés, l'un allemand, l'autre français. Ils cherchent pendant des heures les passages étroits réservés aux patrouilles de nuit, au risque de recevoir les éclats des tirs d'artillerie de harcèlement. Ils savent qu'ils seront fusillés sur-le-champ s'ils sont repris, et cependant ils persistent. Chaque nuit, on constate des vides dans les escouades. Les fugueurs profitent du relâchement de la surveillance et partent en groupe, parfois d'une dizaine.

Les Alsaciens sont bien accueillis par les Français pour des raisons de propagande. Il y a toujours, parmi les sous-officiers, un ancien de Colmar ou de Sélestat capable de parler le dialecte. Si le déserteur répond dans cette langue, il a droit à des égards. S'il n'y parvient pas, on le traite comme un *Schwob* – « un Boche », disent les Français –, sans ménagements. L'état-major de Ludendorff ne sait que faire de tous ces Alsaciens. On ne peut plus les expédier sur le front de l'Est. Ils sont considérés comme des déserteurs en puissance. Bientôt retirés du front, ils sont utilisés comme travailleurs, et traités rudement.

Il ne manque pas d'unités où les combattants allemands de tout âge perdent confiance dans l'issue de la guerre, et ne manifestent plus aucun respect pour la discipline. Au soir du 8 août, ceux-là ont inquiété tout particulièrement Ludendorff. Il n'a cessé de demander le recensement détaillé des cas d'abandon de poste, de refus d'obéissance. La retraite précipitée des divisions opposées aux Australiens et aux Canadiens l'a frappé. Trente mille combattants se sont rendus dans la journée, et, très souvent, des officiers et sous-officiers. Les Britanniques n'avaient pourtant pas utilisé la technique d'enveloppement des *Stosstruppen*.

On ne dit pas tout au quartier-maître général. Les plus zélés rapporteurs hésitent à évoquer les cas d'indiscipline à l'armée von Hutier, que Ludendorff croit encore très sûre. Ils ont peur de voir leurs propos se retourner contre eux, de devenir à leur tour suspects de démoralisation. Ils ne mentionnent qu'en citant leurs sources exactes ce que certains ont pu voir ou entendre.

Ainsi les soldats du front ne considèrent-ils plus les Français comme des ennemis, mais comme des

« cocus trempés dans la même glu » qu'eux. Ils qualifient d'*articles de ferblanterie* les croix de fer du Kaiser, et, quand ils chantent en marchant, ils entonnent des couplets horribles sur les macchabées qu'ils seront bientôt.

Un envoyé spécial a vu un colonel dont le cheval avait reçu un éclat d'obus l'abattre lui-même d'un coup de revolver. Il a été incapable d'empêcher des soldats de découper aussitôt l'animal en tranches pour le manger. Ils en ont par-dessus la tête de la « foire » – ainsi appellent-ils la guerre. Les *Feldgrauen,* les *Michel* de Picardie, en ont assez de se faire « saigner comme des gorets », ils veulent rentrer à la maison. Quand un chef méprisé trépasse, il n'est pas rare de les entendre décréter : « La charogne est crevée. » Plus de respect pour l'officier, ni de scrupules envers les consignes. Ludendorff le sait très bien : « Notre capacité militaire est éteinte », confesse-t-il.

* *
*

Dans son bureau d'Avesnes, le quartier-maître général tourne et retourne les cartes d'identification des unités, comme s'il faisait une réussite. L'échec de la journée du 8 août 1918 l'a profondément remué. Il vient de prendre conscience qu'il n'a plus les moyens d'imposer la paix aux Alliés par une série de victoires stratégiques. Conduire plus avant la guerre serait assurément s'en remettre au hasard, et Ludendorff a toujours estimé cette attitude très néfaste.

Certes, les brèches ont été colmatées. Les télégrammes et les plis arrivent de tous les points chauds du front. Les Anglais ont été arrêtés, les Français n'ont pu s'emparer de Roye ; la ligne allemande continue, fragile à certains endroits, n'a pas été percée, elle se maintient. Von Hutier a réussi sa dangereuse conversion pour donner la main à ses voisins de la IIe armée en difficulté. Les Alliés ont manqué d'audace, ils auraient sans doute pu poursuivre au sud de la Somme. Ils ont laissé échapper le lièvre et ne peuvent décemment parler de victoire.

Mais ils gardent l'élan qui leur a permis de déstabiliser Ludendorff. Le chef d'état-major du quartier-maître général glisse discrètement sur le bureau du patron redouté un exemplaire du *Daily Mail* où Foch, le généralissime français, annonce que « la lutte finale de la guerre mondiale commence ».

Mondiale ? Ludendorff réfléchit devant le planisphère. L'Allemagne n'a plus d'alliés, c'est vrai ! Il sait que l'empereur Charles de Habsbourg doit rencontrer prochainement Guillaume II à Spa. Ses troupes sont à bout. Les régiments slaves se débandent face à l'ennemi. Les Bulgares ont renvoyé le germanophile Radoslavov pour le remplacer par le germanophobe Malinov. On signale des émissaires bulgares à Berne, en Suisse. Les Alliés lèvent une armée en Roumanie. Quant aux Ottomans, qui peut encore parler d'une armée turque, harcelée par quatre cent mille Britanniques ? Il n'y a plus d'espoir. Le bloc des empires centraux s'est désagrégé.

Par honnêteté, Ludendorff écrit une lettre au Kaiser pour l'informer qu'en toute conscience il ne pense pas que l'armée allemande puisse garder l'espoir d'obtenir la paix par ses victoires. Il convient de la rechercher par la voie diplomatique. Cette issue est politique, elle n'est plus militaire. Il suggère au Kaiser de lui donner un successeur. Il peut comprendre que Son Impériale Majesté n'ait plus confiance en lui. Une autre personnalité, écrit-il, pourrait peut-être « juger la situation avec moins de prévention ». Son devoir est d'alerter. Il le fait, à son corps défendant. Il n'est pas heureux d'avoir à accomplir cette démarche, pas satisfait de son échec. Mais cet échec est là, incontournable. Aucun puissant, en Allemagne, ne peut se permettre d'éviter de le regarder en face. Pas même le général feld-maréchal Hindenburg.

Ce personnage emblématique, dont la statue se dresse dans toutes les villes allemandes comme symbole de la résistance, se garde de céder au pessimisme. À Metz, les honnêtes citadins plantent des clous dorés dans sa statue de chêne. Chaque pointe représente une offrande des sujets de Sa Majesté impériale pour soutenir l'effort de guerre jusqu'à la victoire.

Hindenburg donne à entendre à l'entourage du Kaiser que le quartier-maître général peint la situation en noir, et qu'il n'y a pas lieu de se laisser aller à la panique. Le propos du feld-maréchal n'est pas de gagner la guerre, mais de sauver sa propre image et celle de l'armée allemande dans la défaite. Sa logique le porte à lutter jusqu'au bout, à ne pas donner des armes aux politiques trop enclins à juger et condamner le pouvoir des militaires.

On entoure Ludendorff. Guillaume II lui envoie des émissaires pour le conforter, lui glisser dans l'oreille de bonnes paroles. Il n'est pas question d'accepter sa démission. Il est le seul homme capable de sauver encore l'Allemagne exsangue et menacée de révolution, en gardant à l'armée son pouvoir de mordre. Guillaume lui sait gré de sa franchise. Le chef du cabinet militaire vient à sa rencontre pour le rassurer tout à fait :

— Sa Majesté se rend parfaitement compte de la situation dans son ensemble. L'empereur est conscient qu'après le 8 août il n'est plus possible de gagner la guerre.

Ludendorff est-il rasséréné ? Il est question pour lui de rencontrer le chancelier, le secrétaire d'État aux Affaires étrangères, à Spa. Ces messieurs assureront le relais des chefs militaires. Il leur appartiendra de prendre langue avec les leaders politiques du Parlement, ces Ebert, Goeber, Stresemann, le comte Westarp et Wiemer, tous chefs de partis. Il ne serait pas convenable que les hautes autorités de l'armée leur soient confrontées. Ils seront seulement avertis de la situation, et priés de laisser manœuvrer décemment le cabinet civil de Sa Majesté.

On demande clairement à Ludendorff de continuer à tenir le front le mieux possible, pour ne pas entreprendre une négociation sous la menace, encore moins dans la reconnaissance formelle de la défaite. Hindenburg n'a pas tort. L'initiative de Ludendorff vient de confier aux mains des civils le soin de conclure une guerre de quatre ans qui a coûté au Reich allemand deux millions et demi des siens en pure perte. Une sale affaire, que les hautes autorités de l'armée allemande n'ont pas l'intention d'endosser. Les civils auront signé la paix humiliante, pas eux ! Ils sortiront de l'épreuve intacts, protégés, indemnes, droits dans leurs bottes, la tête haute sous leur casque d'acier.

* * *
*

Foch commence ses grandes manœuvres d'été. L'état-major de Sarcus, où il a repris ses quartiers pour être plus proche de l'action en cours, bourdonne comme une ruche. Son activité débordante fait pâlir d'envie les chefs de bureau de Pétain, cantonnés loin de ce front de l'extrême ouest, au quartier de la cavalerie de Provins. Le bouillant et brillant nouveau maréchal, qui vient de recevoir le bâton des mains de Poincaré, ne se sent plus d'ardeur. Sa méthode d'offensives limitées, par bonds successifs, a réussi, et il a gagné la bataille en pleine communauté de vues avec sir Douglas Haig. Sa politique continue d'entente franco-britannique porte enfin ses fruits.

Les deux alliés de toujours ont triomphé ensemble, et Foch ne déteste pas que l'armée britannique y ait pris la plus grande part. Sa résurrection a été, pour Ludendorff, la surprise du jour. Elle est pour beaucoup dans sa conviction qu'il n'a plus les moyens de gagner la guerre, puisque les Anglais, qu'il croyait au-dessous de zéro, viennent de se montrer capables d'enlever, d'un bond, dix kilomètres de profondeur de front.

La courageuse et efficace défense de Pétain en Champagne, la valeur démontrée de sa méthode de champ de bataille d'armée, passent soudain au second plan derrière le succès de la contre-offensive de Foch. Ce que Mangin n'avait pu pleinement réaliser, victime d'un terrain très difficile, voilà que Debeney et Rawlinson viennent de le réussir, la main dans la main. Les tanks anglais ont pris leur revanche. On les disait lourds, aveugles, dangereux, inefficaces, voici que leur charge en masse vient de terroriser les Allemands, de débander deux divisions, de faire la preuve que le Royal Tank Corps est désormais respectable et redoutable. Les meilleures troupes de l'empire, les Australiens et les Néo-Zélandais, les Canadiens, en témoignent. Ils affirment qu'ils doivent leur succès au soutien des Mark V.

Taillé en force et large d'épaules, le Tarbais Foch a le triomphe modeste. Sans doute bombe-t-il le torse et rejette-t-il la tête en arrière, mais c'est une attitude habituelle que ses familiers connaissent. Avec une pointe d'accent gascon, il ne cesse de scander qu'il faut poursuivre, que le mouvement est seulement amorcé et qu'il reste beaucoup à faire. Sa moustache tremble quand on lui rapporte que la mise en place de l'artillerie a des retards dans le secteur Debeney, qui n'a pas terminé sa besogne et s'est arrêté en chemin, faute de moyens.

Ferdinand Foch est certes gêné de ne pouvoir encenser les Renault FT17 chers au général Estienne, trop peu nombreux sur ce champ de bataille précis par rapport à la masse des tanks anglais. Il rugit quand on lui signale que les batteries supplémentaires de tanks ne sont arrivées sur ce front que le 8 août au soir. Il s'en ouvre à Weygand, son chef d'état-major, principal interlocuteur et, le cas échéant, souffre-douleur.

Weygand ne pipe mot, il sait que c'est le seul moyen de calmer le chef. Est-ce sa faute si Gouraud pousse des cris de femme violentée dès qu'on lui arrache un Renault ou un 155 court ? Le manchot héroïque des Dardanelles prétend, lui aussi, participer à la curée, et trouve franchement insupportable que les ordres de Pétain l'aient cloué sur place, remettant son offensive de Champagne aux calendes grecques.

— Je suggère, avance Weygand, qu'avant toute nouvelle action le président du Conseil soit averti. Vous savez qu'il n'aime pas être placé devant le fait accompli.

— Que me contez-vous là ? Jamais Lloyd George, s'il avait été prévenu, n'aurait permis la victoire d'aujourd'hui.

— J'ai dû insister, mon général, pour que vous le teniez au courant.

— Je sais, je lui ai envoyé Grant à Londres. Le Premier ministre devait le recevoir à dix heures au 10, Downing Street. J'avais eu le temps de l'informer par téléphone de notre succès.

— A-t-il pu parler ?

— Non pas ! Lloyd George était déjà en séance au War Committee quand Grant s'est fait annoncer. Les ministres du Canada, de Nouvelle-Zélande et d'Australie se sont plaints, au nom de leurs gouvernements, de l'emploi abusif qu'on fait de leurs troupes, dont les effectifs fondent à vue d'œil. Ils ont exigé que l'on n'engage plus, à l'avenir, les soldats des dominions sans l'accord formel des autorités civiles.

— Grant a-t-il pu parler, oui ou non ?

— Il a annoncé la victoire, dénombré les prisonniers. Tous les assistants se sont reportés devant la grande carte du War Committee accrochée au mur et figurant les unités en guerre partout dans le monde. Grant a insisté sur le mérite particulier de l'ANZAC, qui a décidé de la victoire. Je vous prie de croire, mon général, que nul n'a plus formulé la moindre objection. Les ministres se sont empressés de câbler dans leurs pays pour annoncer le triomphe.

— Vous voyez bien qu'il est imprudent de mettre les politiques dans notre jeu.

À peine a-t-il dit ces mots que Clemenceau, de son pas véloce, se présente devant la grille du château de Sarcus, accompagné seulement du général Mordacq et d'un autre officier. Bien sûr, il ne s'est pas annoncé. Weygand descend les marches quatre à quatre pour l'accueillir et lui assurer que Foch se fera une joie de le recevoir.

Clemenceau, pas dupe, l'écarte avec une certaine pétulance et poursuit seul son chemin. Il entre dans le bureau de Foch comme un char anglais dans un bunker :

— Eh bien ! général, lance-t-il d'un ton courroucé, encore une victoire !

À l'évidence, Foch ne lui a parlé de rien, d'où la colère du Tigre.

Weygand, sur un signe de Foch, expose devant la carte les circonstances de l'heureuse contre-offensive combinée franco-britannique.

— Et les divisions pour faire tout cela, où les avez-vous prises ?

— Cuisine de métier ! répond le chef d'état-major, sur le ton d'un militaire estimant que ce n'est pas l'affaire d'un civil, fût-il président du Conseil.

— Vous avez la figure rose, bougonne encore le Tigre, vous qui êtes tout jaune, de coutume.

Foch intervient, évoque l'ampleur du succès franco-britannique, prélude à d'autres victoires.

— À l'avenir, vous serez bon de me prévenir. De quoi ai-je l'air, quand le chef du 2e Bureau vient me confier : « Ludendorff aurait affirmé que le 8 août était le jour de deuil de l'armée allemande » ?

* *
*

Désormais, Foch est bien le principal maître d'œuvre. Weygand s'en aperçoit au moment où il le voit délimiter sur la carte, au crayon rouge, le vaste coup de filet dans lequel il compte prendre l'armée allemande. Il s'agit exclusivement d'un projet franco-britannique. Les Américains, de plus en plus nombreux en ligne, ne sont que très peu concernés.

Weygand croit de son devoir de mettre en garde son patron. Il court au-devant de graves difficultés avec le général Pershing.

— De quoi se plaint-il ? Je le laisse répondre de Saint-Mihiel, seul ou presque. Il pourra se flatter d'une victoire devant Wilson et la presse américaine.

— Il ne l'entend pas ainsi, mon général. La convergence des armées sur Mézières-en-Santerre est un moyen, à terme, de libérer en priorité la Belgique, objectif politique majeur du gouvernement britannique.

— Vous oubliez nos provinces du Nord. En poussant

sur Mézières, nous libérons la plus grande partie du territoire. Et la plus riche !

L'acuité d'esprit du Tarbais n'est jamais prise en défaut. Il sait fort bien, pour en avoir souvent parlé avec le général Pershing, que le but de guerre des Américains n'est pas libérateur, mais moralisateur. Remonter la Meuse conduit en Belgique. Remonter la Moselle donne la clé du territoire allemand et du Rhin. C'est donc en Lorraine, et pas ailleurs, que les Américains veulent frapper, pour aller jusqu'à Berlin et obtenir une victoire incontestable. Pétain leur prête évidemment une oreille attentive.

Foch réfléchit, en lâchant comme à l'accoutumée des bribes de phrases si confuses qu'il faut être Weygand pour les saisir au vol et reconstituer un discours intelligible.

— Nous n'en sommes pas à ces objectifs éloignés, constate Foch. N'oubliez pas que la poche de la Marne n'est pas entièrement résorbée, et que l'ennemi construit nuit et jour une ligne Hindenburg infranchissable, qui doit nous interdire toute progression à venir. Ludendorff n'a peut-être pas les moyens de gagner la guerre, mais il peut, en prolongeant indéfiniment la résistance, nous acculer à signer une paix de compromis. Qui vous dit que Wilson, excédé, ne s'y résignerait pas l'année prochaine ? Seriez-vous de ceux qui s'attendent à la victoire avant 1919 ? Vous rêvez, Weygand ! Une hirondelle ne fait pas le printemps.

Une sorte d'effroi glace le général Weygand. Dans sa logique de cavalier, reconnaître que l'on ne peut gagner, c'est aussi admettre que l'on a perdu. Tant que l'on n'engage pas une poursuite à cheval, on ne peut se flatter d'être victorieux. À ce compte, les Allemands ont perdu deux fois la guerre : la première, en 1914, lorsqu'ils ont été contraints de s'enterrer après l'échec du plan Schlieffen, et de nouveau en 1915, quand ils ont manqué leur manœuvre d'anéantissement en Russie. Depuis lors, ils ne font que préserver deux fronts, en ayant seulement tenté plusieurs manœuvres baptisées offensives, qu'ils ont successivement perdues.

Au cours de 1915, ils ont abandonné l'idée que la stratégie pouvait gagner la guerre. Au Conseil impérial, les stratèges sont peu à peu passés au second plan, derrière les industriels qui prétendaient régler le problème par la cadence de leur fabrication d'acier et d'armes chimiques. Ceux-là aussi ont échoué à Verdun. Ils ne peuvent se targuer que de la conquête fort avantageuse des terres d'Ukraine et d'une partie du Caucase, la Géorgie notamment, dont ils mettent en œuvre, en 1918, l'exploitation rationnelle.

Maîtres de ce large espace, ils ont échappé au blocus, contenant le bolchevisme et pouvant passer aux yeux des Américains comme les plus aptes à débarrasser le monde de cette dangereuse hérésie. Il leur a suffi de construire, à l'ouest, un mur aussi infrangible que les lignes de béton continues de 1915 qui ont coûté à Joffre trois cent cinquante mille morts en quatre offensives désastreuses. Les dirigeants allemands sont ainsi entrés dans la logique du dernier quart d'heure, et commencent à se demander si une négociation, par-dessus les alliés, avec Wilson leur « associé », ne serait pas envisageable.

Pour l'heure, Foch n'a pas la moindre envie de jouer la carte américaine. Il reste fidèle à l'alliance anglaise, et le projet d'attaquer sur Mézières-en-Santerre convient parfaitement à Lloyd George et à son maréchal, sir Douglas Haig. Puisque les Américains veulent constituer une armée à l'anglaise, combattant sous ses couleurs, il leur confiera le front de Lorraine. Les premiers débarqués en France, en 1917, n'ont-ils pas fait leurs classes dans les tranchées à l'est de Verdun ?

Le généralissime négocie dans ce sens avec Pershing, qui vient d'installer son état-major à Ligny-en-Barrois, au sud-est de Bar-le-Duc, la ville des Poincaré. Il se situe de la sorte au carrefour des routes menant au nord vers Saint-Mihiel, à l'est vers Toul et Nancy. Lorrain d'adoption, il veut regrouper ses corps d'armée autonomes dans la région.

Justement, les états-majors français se plaignent toujours de la hernie de Saint-Mihiel, une indentation du front qui fait peser sur Verdun une menace permanente. Prendre Saint-Mihiel serait aussi glorieux que de reprendre Verdun. Foch peut offrir au général américain un champ de gloire. Il confie son projet à Pétain, qui l'approuve pleinement puisque le plan entre dans ses vues. Il admet fort bien que la IIe armée américaine puisse se charger de Saint-Mihiel, et promet de l'aider.

Foch lance aussitôt son chauffeur dans la direction de Ligny-en-Barrois et serre ses documents dans sa serviette. Pershing ne se donne pas la peine de feindre d'être flatté. Avec sa rigueur monolithique, il demande simplement, tout de go, ce que deviendra sa Ire armée.

— Elle sera engagée, comme toutes les autres armées

alliées, dans l'opération Mézières, répond Foch avec la fermeté d'un généralissime reconnu par tous les gouvernements belligérants.

— À vous le succès stratégique, à moi l'opération tactique limitée, répond Pershing. Il me semble vous avoir affirmé que mon président voulait engager l'ensemble des *boys* sous un seul drapeau, dans un seul secteur du front. Je ne vois pas pourquoi ma Ire armée serait placée sous vos ordres. J'exige de commander toutes mes divisions rassemblées en un seul secteur, soit à l'ouest, soit à l'est de la Meuse.

Foch doit transiger. Il ne veut pas rompre, comme le suggère Clemenceau. Il n'a pas envie de « toucher » un autre général américain, de recommencer son acclimatation, d'amorcer de nouvelles manœuvres diplomatiques.

— Je vous nomme responsable en chef, lance-t-il à Pershing, de toute la partie du front comprise entre l'Argonne et la Moselle. Les troupes françaises seront sous votre commandement avant d'être remplacées par des unités américaines débarquées et instruites, à condition toutefois que vous me prêtiez votre Ire armée, dont j'ai provisoirement besoin pour prendre Mézières-en-Santerre. Êtes-vous satisfait ?

* *
*

Tout est prêt pour reprendre la danse. Elle n'a du reste pas cessé. Le 9 août, profitant du désarroi de l'ennemi, les régiments de la Ire armée du général Debeney ont poussé plus avant vers Mézières-en-Santerre et Rosières, en utilisant au maximum leur maigre artillerie d'assaut, et surtout les milliers d'avions de combat. Ceux du 31e corps d'armée, du moins, marchant vers l'est, ont réussi cette pénétration. Ceux du 10e corps attaquent en direction du nord, autour de Montdidier. On ne parle plus de la 3e division du général Deville ni du 9e corps. Les copains de Boubal sont restés provisoirement sur la touche. Auront-ils à transformer l'essai ?

Il est toujours question, pour les tanks du commandant Dupuy, de voler au secours de la 42e division pour lui permettre de reprendre son avance en direction de la route d'Amiens à Roye. Seuls les tankistes font encore défaut. Pourquoi ce nouveau retard ? Les Jules n'ont pas fermé l'œil de la nuit, persuadés que l'heure H est imminente. Dès que les batteries de chars seront arrivées en ligne, ils pensent qu'ils partiront. Ils attendent avec impatience le signal du départ que donnera le fanion du char de tête, celui de Dupuy, qui doit être immédiatement suivi par sa garde rapprochée, la Renault chenillée du corps franc des Jules.

La proximité du combat et le récit de l'ancien ont rendu à Jules Laffère toute son énergie. Veut-il venger Jacques ? Nul dans son entourage ne se risquerait à le penser. L'œil pour œil dent pour dent, le *Vergelt* des anciens Francs, ne sont pas dans son tempérament. Un Allemand mort, ou dix, ou cent, ne sauraient lui rendre son beau-frère, ni soulager en rien la douleur de Suzon.

Il n'a qu'une vraie motivation, faire en sorte que tout cela finisse au plus vite, que l'ennemi découragé rentre chez lui. Il faut achever la proie touchée, comme à la chasse, l'empêcher de refaire ses forces, de reconstituer des forteresses qui lui permettent de s'incruster, comme après la première bataille de la Marne. Le caporal juge ce dernier effort utile, et même indispensable, si l'on veut éviter les deuils de l'avenir.

Il croit encore qu'une action militaire décisive des Alliés peut conduire à l'arrêt des combats par le découragement de l'adversaire. Ce qu'il voit autour de lui, les avions en grand nombre, le renfort prévisible des chars, la supériorité des batteries, l'ardeur retrouvée des alliés britanniques, suffit à le persuader qu'on n'est pas loin de « reconduire les Boches chez eux », ce qui est désormais le but unique de la guerre aux yeux des poilus. Qu'ils ne reviennent plus jamais !

Qu'on lui épargne les homélies sur le sacrifice nécessaire du dernier quart d'heure. La mort de Jacques n'était utile à personne. Qu'on sauve les vies des poilus en brusquant la décision ! Quelques chars de plus auraient sans doute préservé la vie de son ami. Il est mort par surprise, par pénurie de moyens. Où sont-ils donc, ces Renault tant désirés, ceux que Michel Dupuy guette, à chaque minute qui passe, comme une lettre au courrier ?

Ils arrivent si nombreux au matin du 10 août que Jules ajuste aussitôt son casque et vérifie son masque à gaz. L'infanterie panse à peine ses plaies de la veille. Ils vont attaquer sur l'heure, nul n'en doute. Le corps franc est renforcé de plusieurs autres corps semblables pour partir en avant les premiers, tout de suite après les chars.

Les tankistes sont joyeux et affairés. Réunis en un seul régiment de chars légers, ils se réjouissent de constituer un groupement d'une trentaine d'engins, répartis en batteries de quatre. Michel en prend la tête, fait signe à Jules et aux siens de le suivre dans la voiture blindée Renault, sans se mêler aux groupes francs qui feront sauter les barbelés avec des charges de cheddites brandies au bout de leurs perches.

Les *Francs*, comme ils se nomment entre eux, prétendent avancer sans chars, seulement protégés par les tirs de l'artillerie de barrage. Il faut dire qu'à l'état-major de la Ire armée on ne croyait plus à l'arrivée d'un nombre significatif de tanks. Il faut encourager les unités spéciales à reprendre du service et à recourir aux méthodes anciennes pour ouvrir des passages.

Les corps francs sont donc réunis en sections de la *Franche,* et opèrent par escouades de cinq ou six hommes, exactement comme les compagnons de Jules. Ils ne se fient vraiment qu'aux tirs de barrage traditionnels de l'artillerie de campagne, leur ouvrant le chemin tous les cent mètres. Ils affectent une totale indépendance à l'égard de l'artillerie d'assaut. Leurs chefs les y incitent.

Michel Dupuy hausse les épaules devant ce dédain bien compréhensible. Ces hommes courageux, tous volontaires, n'ont pas reçu de formation spéciale et ne savent pas marcher et combattre avec les chars. Ils n'ont du reste jamais vu de Renault détruire des nids de mitrailleuses. Il est naturel qu'ils les jugent mal. Baste ! Toutes les énergies sont bonnes à prendre.

Ceux de la *Franche*, lourdement chargés de paquets

de cheddite, trouvent simplement étrange ce groupe spécial, monté à l'aise sur une voiture blindée, pendant qu'eux titubent comme des hommes ivres à porter leurs tringles en bois de six mètres de long pour glisser les explosifs sous les barbelés.

« Ils ne peuvent savoir, se dit Jules, que les chars suffisent à opérer des brèches assez larges pour permettre à l'infanterie de les suivre. Ils sont restés dans une autre guerre, celle de 1916, ils n'ont pas encore bénéficié du progrès mécanique. »

— Un jour viendra sans doute où les groupes d'assaut pourront tous circuler à bord des voitures blindées, commente le jeune radio Gilbert Tavel en cherchant ses fréquences.

Ce n'est pas pour demain. Ils sont encore les seuls. Cette voiture Renault est au reste des plus sommaires. Elle n'a pas l'allure véloce et menaçante d'une automitrailleuse, et ne dispose pas d'autre armement que celui de l'escouade embarquée. Son blindage et ses chenilles sont ses seuls atouts sérieux.

« La bagnole caparaçonnée nous donne un sentiment de fausse sécurité. Si parmi les *Francs* quelques-uns nous jalousent, c'est sans raisons. Tant d'innovations techniques n'ont pas empêché Jacques de mourir », se répète Jules.

* *
*

Jules et sa section attaquent en même temps que les chars, le 10 août au matin, alors qu'on peut encore espérer poursuivre, épée dans les reins, l'ennemi ébranlé, jusqu'à Roye.

Les camarades du 332ᵉ de Reims sont de nouveau en piste, sans le sergent Boubal, évacué vers l'arrière. Reformés, après un repos de vingt-quatre heures, ils attendent devant l'imprenable Mézières-en-Santerre, à l'extrême pointe de leur avancée, pour reprendre le mouvement vers le nord de Montdidier. Les bataillons d'assaut, comme convenu, doivent être précédés par ceux de la *Franche.* Ils ne savent pas s'ils seront ou non soutenus par des chars Renault.

Quand les chars s'ébranlent dans un bruit assourdissant de moteurs, ils rampent sur les champs en pente vers les positions ennemies. À peine les Rémois les ont-ils vus passer que les engins à larges chenilles sont déjà occupés à détruire les réseaux de barbelés, à dégager des accès. Ils s'attirent la riposte des nids de mitrailleuses et surtout des *Minenwerfer* invisibles, enterrés, dont seule la bouche sort de terre. Une bataille s'engage à l'avant, où les Jules sont mêlés, mais non les fantassins rémois, qui attendent l'entrée en scène de la *Franche.*

Pendant que le ballet des chars se poursuit au-delà de la première ligne ennemie déjà abandonnée, les groupes francs n'ont plus qu'à élargir les brèches à la cheddite et à lancer l'attaque des bataillons du 332ᵉ. Ils pestent contre les tanks qui leur ont mâché la besogne. Ils oublient que l'ennemi en retraite a des ruses dignes d'Arioviste et qu'il peut surgir à tout moment sur les arrières.

Au premier bataillon du 332ᵉ régiment de Reims, le caporal Rouilly avertit ceux de la section. Il a perdu la moitié de ses effectifs, tués dans le dos pendant la journée du 8 août.

— Prenez garde au moindre amas de pierraille, aux rails entrecroisés, aux monticules protégés. Il suffit d'une mitrailleuse à deux servants bien cachée dans un renfoncement pour faire beaucoup de dégâts. Un seul *Minenwerfer* peut surgir de terre sur nos arrières et prendre pour cibles les vagues d'assaut. Ils sèment les *Minen* derrière eux à la douzaine.

Comme pour donner du poids aux propos de Rouilly, les *Francs* refluent par bonds, zigzaguent pour ne pas se faire aligner par une mitrailleuse cachée derrière une meule de blé. Pas derrière, dedans : on ne peut rien apercevoir de l'extérieur. Les tireurs sont si savamment camouflés qu'on ne devine pas leur visage. Les pertes dans le bataillon d'assaut sont sensibles. Surpris, une douzaine de bleuets tombent en grappe dans les blés. Pour quelques-uns, la mort est certaine : le sang jaillit sur leurs poitrines.

Ernest Rouilly donne l'exemple en rampant, grenade en main. Une incendiaire qui a vite fait de mettre le feu à la paille. Les autres suivent. Les explosives cueillent de plein fouet les servants en fuite. Le sergent fait signe aux bleus de rester couchés et d'ouvrir l'œil. Chaque meule peut être un piège. Il jette une autre grenade sur la plus proche. Les *Francs* l'imitent, et bientôt le champ entier est la proie des flammes.

À toutes jambes, les bleu horizon courent vers le bois tout proche, des flammèches leur léchant les molletières. Ils sont accueillis par d'autres rafales, venues du bois que les chars croyaient inoccupé et qu'ils ont contourné.

Plusieurs tirs de *Minen* provoquent de nouvelles pertes au premier bataillon du 332ᵉ. Rouilly sait fort bien que les Allemands ne sont qu'une poignée. Cachés, l'œil aux aguets, ces sacrifiés se sont gardés d'intervenir contre les tanks. Ils ont pour mission de retarder l'avance de l'infanterie et de tirer jusqu'à épuisement de leurs munitions. Ils se rendent ensuite en criant « *Kamerad* », les mains en l'air, pour bien montrer qu'ils n'ont plus d'armes.

Ces accrochages sont fréquents, meurtriers. Ils provoquent la colère des combattants de Reims, harcelés par des rafales imprévisibles, par de dangereux tireurs dissimulés dans les arbres. Quand le bois est investi, les prisonniers sont abandonnés aux vagues d'assaut qui suivent. Rouilly estime qu'il n'a pas à s'en encombrer. Les Allemands s'en tirent à bon compte et gagnent seuls l'arrière en longues files, les bras levés. Pour eux, la guerre est finie, à moins que des balles perdues ou un tir d'artillerie ne vienne prendre par surprise leurs pauvres vies.

— Les chars ! hurle Rouilly. Ils sont dans le vallon. Prenez le pas de charge !

* *
*

Quatre Renault passent et repassent devant un nid de mitrailleuses bien abrité qu'ils réduisent avec patience, par décharges successives. Une voiture blindée les suit, pourvue de fusils-mitrailleurs. Les Jules sont à l'ouvrage. Rouilly estime qu'il doit leur prêter main-forte.

Les patates des *Minenwerfer* ouvrent des trous dans le vallon, cherchant les cibles. La mobilité des chars leur permet d'échapper aux réglages d'artillerie, mais, en bouleversant le terrain, les mines rendent la progression des engins chaotique. L'un d'eux donne de la gîte, s'immobilise. Aussitôt, la voiture blindée s'en approche. Les tankistes, ouvrant les écoutilles, sont déjà à terre. Ils tentent d'arrimer un vérin pour dépanner l'engin en le tirant vers l'arrière, à l'abri des tirs. Une équipe de secours se constitue, bientôt relayée par un autre tank. Le *Minen* poursuit son travail de démolition. Deux officiers sont tués. Un des Jules, Raymond Maretti, tombe de la voiture blindée, grièvement blessé.

Rouilly a repéré le départ des mines. Suivi par les siens, il rampe et bondit, bondit encore et rampe, s'approche avec méthode de l'emplacement du *Minenwerfer,* un abri ménagé dans la pierraille d'une ferme détruite. Une pluie de grenades explosives. Cinq hommes sortent, les mains en l'air. Rouilly ne peut empêcher les siens de tirer dans les jambes des « pleins de poux ».

— Ils ont tué quatre des nôtres, nous n'avons pas à les ménager, gronde un *Franc*. Qu'ils s'estiment heureux qu'on leur laisse la vie sauve !

Les Jules surgissent, que Rouilly appelle à l'aide. Sans un mot, il ligature lui-même sommairement la jambe d'un blessé allemand. Jules en fait autant. Pas de sanctions, pas de reproche. Un autre *Minen* a pris la relève et tire sur le groupe. Il faut repartir.

Le bataillon des Rémois rejoint. Les pertes sont lourdes, mais les renforts suivent. Le gros bourg de Mézières-en-Santerre est en vue. D'autres petits Renault s'en approchent déjà dans leur bruyante reptation. En tête, le commandant Dupuy, le buste hors de la tourelle, les jumelles en main, observe les défenses allemandes creusées la nuit même, et fait appeler par son radio la voiture blindée. Il ordonne aux chars attardés de rejoindre et d'abandonner l'engin touché. D'autres viendront le dépanner.

L'aviation française bombarde encore Mézières-en-Santerre, pourtant réduit à l'état de ruine fumante par l'artillerie. L'état-major veut s'en emparer à tout prix, il devient l'enjeu du combat. Bravant les tirs de *Minen*, Michel dirige lui-même sa machine droit sur l'ennemi, comme dans une charge de cuirassiers de la belle époque. Une pluie de balles résonne sur le blindage de son char. Il continue. Une balle plus hardie que les autres réussit à trouer la carapace, pourtant épaisse. La meurtrière est trop étroite pour que le commandant puisse apercevoir le tireur.

Planqué à cent mètres derrière un pan de mur, celui-ci ajuste soigneusement son fusil sur un support de fourche, comme à l'exercice. Il va tirer quand Michel le repère enfin. Il fait tourner le tank à angle droit, déclenche le tir de sa mitrailleuse et fonce de toute la masse de sa machine. Le tireur s'écroule. Une seconde de plus, il détruisait le char.

Michel saute à terre. Il ne croyait pas à la légende des balles spéciales antitanks, les SmK [1]. Le voilà renseigné.

— Ils viennent de trouver la parade, lance-t-il à Jules

---

[1]. Stahlmantel mit Kern : balles à noyau d'acier.

qui l'a rejoint, avec tous ceux de la voiture blindée. Leurs fusils ont un calibre de 13 millimètres. Ils s'appuient sur un support stable, fourchu, et tirent des balles pénétrant l'acier. Le général Estienne m'a juré qu'elles pouvaient percer un rail de chemin de fer. Je n'y croyais pas.

— Te voilà convaincu. À quelques secondes près, tu flambais dans ton char. Tu as échappé de peu. J'ai peur que Maretti n'ait pas eu ta chance. Il lançait une grenade à bord de la Renault blindée quand il a pris une balle dans la poitrine. Je file au poste de première urgence.

— Qui est Maretti ?

— Un bleuet de Meaux, du dernier recrutement. Un jeune parmi tant d'autres. Solide et patriote, d'une famille d'émigrés, fils et petit-fils de maçons piémontais.

— Son âge ?

— Dix-neuf ans à peine.

Quand Jules entre sous la tente de l'antenne médicale, Raymond Maretti est étendu sur un brancard. Personne ne se soucie de lui. Le major l'a jugé inopérable. Jules ne peut recueillir ses derniers soupirs, mais seulement lui fermer les yeux. Il a cessé de vivre.

Le jour même où Ludendorff écrivait à l'empereur allemand qu'il ne pouvait plus assurer la victoire.

Le mal de la mort

Mary Dupuy-Paxton est radieuse : elle vient de recevoir une lettre de Michel, son bien-aimé. L'ancien cuirassier est optimiste, du moins à la date du 1ᵉʳ septembre. L'ennemi recule constamment vers la ligne de l'Aisne. En un mois à peine, les Alliés ont capturé cent cinquante mille prisonniers, et les chars ont été à la pointe de tous les combats.

« Comment peut-il tenir dans un si petit tank ? » Elle sourit à la vue d'une photographie où Michel, en pied devant son FT17, semble poser près de son jouet favori de grand garçon. Sa taille d'un mètre quatre-vingt-dix destinait plutôt l'ancien garde républicain aux combats à cheval, s'il y avait encore des chevaux pour la cavalerie.

Les mots tendres du cuirassier font oublier à Mary l'âpreté des temps. Puisque les *Huns* rentrent chez eux, pourquoi s'inquiéter ? Son mari reviendra, plus fort et plus doux que jamais. Elle ne peut cependant oublier que son propre père, commandant d'une division d'active américaine, relatait un propos fort inquiétant tenu par Foch à Clemenceau, douze jours après la victoire du

Le mal de la mort 61

8 août : « Il faut finir la guerre victorieusement en 1919, aurait dit le maréchal vainqueur, sinon elle végétera en 1920 et expirera dans l'impuissance. »

Quel crédit accorder à ces propos rapportés ? Mary se souvient d'avoir rencontré à l'hôpital le lieutenant-colonel George Patton, conquis par la maniabilité incroyable des chars Renault. Il lui a laissé en souvenir une photographie dédicacée le représentant dans la pose exacte prise par Michel, devant le même tank. Patton a eu l'occasion de rencontrer le commandant Dupuy, dont il a fait les plus grands éloges. Il a rassuré Mary : les chars ne sont pas plus dangereux que les chasseurs Spad XIII, et ils permettront de terminer très vite la guerre.

C'est également l'avis d'un autre officier américain revenant du secteur de Saint-Mihiel. Le père de Mary lui a présenté ce colonel de trente-huit ans, Douglas MacArthur, qui fait déjà fonction de brigadier dans la *Rainbow division,* et attend ses étoiles de général. MacArthur assure que les tanks donneront la victoire aux Alliés beaucoup plus tôt que prévu, probablement avant la fin de cette année.

Oui, inutile de s'inquiéter, mais Mary ne peut s'empêcher de craindre pour les siens. Si le succès dépend des chars, il est certain que ceux-ci sont les plus exposés. Elle connaît son Michel, il ne laissera pas sa place à d'autres au premier rang. À l'hôpital, les blessés de la face, les grands brûlés, occupent un département spécial : la plupart des victimes viennent de l'aviation, et maintenant de l'artillerie d'assaut. Pour avoir interrogé longuement un convalescent sorti de l'école des chars de Patton, Mary sait à quelle mort atroce sont exposés les tankistes. La carapace d'acier ne les protège nullement des flammes, pas plus que leurs nacelles de toile et de bois n'abritent les pilotes.

Elle pense à son frère James, l'aviateur virtuose. Elle n'a pas reçu de lettres de lui depuis une semaine, mais ne s'en alarme pas outre mesure, sachant son aîné peu épistolier. Une tête folle, comme son meilleur ami Raoul Lufberry, remis de sa blessure et rencontré à l'hôpital, où il rendait visite à Edward Vernon Rickenbacker. À vingt-sept ans, ce premier as américain compte vingt-sept victoires.

— James s'en rapproche, avec ses douze exploits ! affirme Lufberry qui croit rassurer Mary.

La blonde jeune femme adore son frère et le préférerait plus prudent. Mais comment empêcher les jeunes aviateurs américains, montant déjà plus de trente escadrilles, d'ouvrir en France le livre d'or de l'US Air Force ?

— Comment vont Whiskey *and* Soda ? demande-t-elle à Raoul.

L'aviateur sourit. La mémoire de Mary est prodigieuse. Elle se souvient du petit lionceau et de sa compagne, censés défendre la vie privée de Raoul.

— Les chéris ont poussé très vite. Si vite que j'ai dû les mettre en pension au cirque Medrano, après qu'ils ont trouvé un peu trop à leur goût les mollets d'un gendarme français. Fratellini m'a juré qu'ils font la joie des petits Parisiens, aux séances de l'après-midi.

Qui sait ? Peut-être James et Raoul combattront-ils ensemble en Lorraine, au-dessus de Saint-Mihiel, très prochainement ? Mary aimerait que des chars français participent à l'action, en liaison avec les Américains, avec à leur tête, par exemple, le commandant Michel Dupuy.

Les tankistes ne sont pas si nombreux qu'on ne puisse les situer sur le front. Six cents chars, c'est douze cents hommes, à peine plus d'un bataillon, calcule-t-elle. En vain le général Paxton explique-t-il à sa fille que ces engins se déplacent constamment d'un secteur à l'autre, et même d'une armée à l'autre, au point qu'il n'est pas facile aux états-majors eux-mêmes d'avoir en continu leur position exacte. Il comble tous ses vœux en lui apprenant que plusieurs bataillons de chars français viendront sans aucun doute renforcer les Américains dans l'attaque de Saint-Mihiel. Il a promis de se procurer à tout hasard la liste nominative des équipages.

Mary est enfin rassurée. Si par hasard Michel est parmi les élus, elle aura constamment de ses nouvelles par l'état-major de son père. Elle médite de s'y faire nommer comme secrétaire. John Edward Paxton lui concède, devinant ses raisons, que ce n'est pas chose impossible. Son épouse Samantha vient de lui écrire qu'il ne devait pas permettre à Mary de courir les fronts de France au volant d'une ambulance. Avant de partir, il glisse à la jeune femme une lettre de sa mère, postée à Boston. Elle la serre sur son cœur, les nouvelles du pays lui font toujours du bien.

* *
*

Stupéfaite, elle parcourt les lignes joliment incurvées de la missive maternelle : pendant que deux millions de soldats prennent le bateau pour la France, une épidémie d'une violence inouïe s'abat sur les villes de la côte nord-est de l'Union.

Sa mère ne sait pas nommer le mal. « Une sorte de grippe qui n'a pas de nom », écrit-elle seulement. Mary connaît parfaitement le caractère de sa mère. Elle sait qu'elle n'est pas sujette à l'émotion et que son imagination n'est jamais délirante. En bonne épouse d'officier supérieur, originaire du milieu très puritain de la Nouvelle-Angleterre, elle met au contraire un point d'honneur à rester maîtresse d'elle-même en toute circonstance. Ce qu'elle décrit est une panique dont elle semble pourtant être atteinte.

Elle fait la part du feu, connaît les exagérations des journalistes et ne leur accorde que peu de foi. Les journaux parlent d'abondance des méfaits de cette grippe dans tous les États de la côte atlantique, et jusqu'au Mississippi. Dans les ministères de Washington aussi, les victimes sont nombreuses. Les médecins se perdent en conjectures. Nul ne sait soigner le nouveau mal.

« Certains praticiens recommandent formellement aux gens de circuler dans les lieux publics avec un masque hygiénique sur la bouche et le nez. À l'université Harvard, on dit que les professeurs portent ce masque durant leurs cours. N'est-ce pas inconcevable ? »

Mary en vient à se demander si les rames du métro de New York véhiculent des passagers masqués. Quand la panique gagne une ville, elle n'a pas de limites. Chacun voit le danger à sa porte et tend à se calfeutrer chez soi.

Il doit pourtant suffire de placer devant sa bouche un mouchoir imbibé de camphre ou de quelque autre produit hygiénique et très odorant, comme les enfants à l'école lors des épidémies de croup. Après tout, une grippe n'est qu'une grippe, fût-elle redoutable, relativise-t-elle, en personne sensée.

Mais, dans sa lettre, sa mère insiste sur un point d'autant plus frappant qu'il touche aux autorités : dans les ministères, les employés doivent vivre masqués et sortir plusieurs fois par jour, sur ordre, pour s'aérer. Les responsables politiques prennent l'épidémie très au sérieux, parce que les morts recensés sont déjà très nombreux.

« Naturellement, poursuit-elle, les camelots de la foi en profitent. Tu te souviens de cette ancienne vedette du base-ball devenue prédicateur évangéliste ? Ce Billy Sunday ose avancer que la grippe est la vengeance de Dieu contre la vie moderne et ses péchés. La preuve ? On ne connaît pas, assure-t-il, de méthodiste atteint. »

Mary pourrait réciter par cœur les pensées de sa mère : le Dieu de la Bible ne se venge pas, il se fait craindre. Il est vrai qu'il a répandu les fléaux, mais peut-être ne faut-il pas confondre la grippe et le déluge du bon Noé ou l'anéantissement de Sodome. Encore Jéhovah a-t-il pris soin de sauver les animaux, et, par l'aviné Noé et sa famille, l'espèce humaine.

Que l'air soit putride dans New York, il n'en faut pas douter. Il l'est naturellement, pense la jeune Bostonienne, et si les paroissiens de Saint-Bart paient leur écot à l'épidémie, ils en ont l'habitude, non qu'ils ne soient pas croyants, mais pour la simple raison que l'air est empesté plus qu'ailleurs et en permanence par les usines, les trains, les camions. Il est plus rare que les employés du ministère de la Guerre ou de la Marine à

Washington redoutent les effets des miasmes venus du Potomac, fleuve tranquille et salubre. Ils ont d'ailleurs, pouffe Mary, le bon pasteur Woodrow Wilson pour les protéger du Malin !

La longue lettre de Mrs Samantha Paxton poursuit son analyse impitoyable : oui, la grippe tue. Il faut s'en protéger si l'on veut éviter la panique. Elle aimerait qu'en France les hôpitaux américains en fussent conscients.

Le regard de Mary s'attriste : « Mère ne connaît pas nos ateliers de boucherie. À vivre vingt-quatre heures près de nos chirurgiens, elle toucherait du doigt les plaies les plus démentielles, celles que les hommes se font à eux-mêmes en utilisant toutes les ressources de la science et des techniques. Elle comprendra quand elle verra rentrer les premiers mutilés. »

« Le glas sonne dans toutes les paroisses de Boston, plusieurs fois par jour, poursuit Samantha. Le laitier, homme sensé, m'a soutenu que les Allemands s'étaient "débrouillés pour pénétrer notre atmosphère et empoisonner notre air". Impossible de l'en dissuader. "Cela est trop maléfique, assure cet honnête livreur, pour être dû au hasard, en plus pendant une guerre." »

Et Samantha aborde le chapitre des folies : sa propre mère Marylin pense sérieusement que les microbes se transmettent par le téléphone et raccroche le combiné dès que sonne l'interurbain. Les édiles municipaux cherchent des médecins à la retraite, car il y a pénurie de praticiens. On voit mourir, tous en excellente santé la veille, des mères de familles nombreuses, des facteurs, des livreurs, des instituteurs, des blanchisseuses…

Samantha remarque, chemin faisant, que ces décès

frappent surtout les classes pauvres. Dieu merci, ceux qui peuvent prendre des bains chauds réguliers et se nourrir sainement semblent d'être épargnés. Mais il ne faut jurer de rien. Les journaux affichent les noms de célébrités du théâtre, de la finance et de la politique emportées en quelques jours. Dieu n'a pas pitié des notables et frappe aussi les illustres philanthropes. On assure que le roi d'Espagne serait parmi les victimes. Qui est plus croyant et plus riche qu'un roi d'Espagne ? Il a l'indulgence du pape germanophile, et son pays se relève à vue d'œil grâce aux immenses profits de la guerre. Il a vendu aux Français ses chevaux et ses ânes.

À la sortie de la gare de Washington, des Noirs vendent à bon marché des cercueils aux pauvres. Un entrepreneur de pompes funèbres a lancé avec force publicité le cercueil *Réveil*. Il permet à ceux qui auraient été trop vite déclarés défunts par les médecins accablés de besogne de respirer par un long tube, d'appeler au secours et de manger dans leur *coffin* des rations alimentaires.

« Je demanderais pour ma part ma marque favorite de conserve de pêches », conclut Samantha.

*

Une phrase a retenu l'attention de Mary dans la lettre de sa mère, symbolique d'un réel vent de panique. Samantha a vu dans son église le pasteur et son épouse laver les aubes en les faisant bouillir dans une marmite en fonte. Elle connaît l'homme, et sa parfaite maîtrise.

Qu'il en soit réduit à faire désinfecter les bancs de bois à grande eau par ses paroissiennes est le signe incontestable d'une véritable angoisse.

La lettre maternelle n'est rien d'autre qu'un appel désespéré à la prudence. Comment les siens résistent-ils dans l'armée, et Mary à l'hôpital ? Elle a bien noté que l'épidémie était propagée par les paquebots rentrant d'Europe. Paris est-il menacé ?

Mary n'a pas manqué de déplorer le nombre de soldats hospitalisés pour pneumonie ou pleurésie, et rentrés du front dans un si triste état que beaucoup ont succombé. Par pudeur, ou pour éviter la panique, on n'a pas désigné la grippe épidémique comme cause de ces malheurs, de plus en plus fréquents. On n'a pas même songé à isoler les malades, alors que les Américains passent pour des modèles d'hygiène et de prévention.

Cela mérite enquête. Mary, sans plus tarder, sort de son élégant appartement du Champ-de-Mars, sanglée dans son uniforme strict. Elle roule dans sa petite Ford jusqu'à l'Hôpital américain et s'informe auprès du professeur Jonathan Epstein, spécialisé dans les voies respiratoires et réputé en Amérique. À sa surprise, cet homme de trente-quatre ans, en pleine force et donnant tous les signes de la lucidité, explique l'impuissance de la médecine devant une épidémie dont les modes de transmission sont inconnus, et le microbe, non identifié.

Il lui montre un épais dossier établi à la demande insistante de l'armée, inquiète de la propagation du mal. On ne peut accuser les responsables de n'avoir pas vu arriver le cyclone. Ils ont réagi fort tôt, dès les premiers symptômes alarmants.

En France, les journaux ne parlent de l'épidémie que depuis le début de juillet. *Le Matin* affirme alors qu'elle est un nouvel allié, car elle semble beaucoup plus grave en Allemagne. Les échos sont rares et peu explicites. La grippe – que certains baptisent « espagnole », note Mary – ne s'étale jamais à la une.

— Il n'est pas avéré que la maladie, qui évolue rapidement chez nous, explique Epstein, soit venue d'Europe. Le cher George A. Soper, mon collègue britannique, affirme même dans l'*English New Record* que les prémices sont apparues dans les camps militaires américains dès le mois de mars, sur notre sol national, et que les premiers cas allemands se sont manifestés au sein des troupes faisant face aux secteurs américains. On peut avancer, sans risque d'erreur, que le début de la pandémie se situe au mois d'avril, date de ce rapport. Vous voyez que nous nous en sommes très vite préoccupés. Il fallait en effet faire face à la malveillante campagne de nos amis britanniques avançant que les premiers cas seraient apparus en février dans la prison de Sing Sing.

— La grippe serait-elle asiatique ? risque Mary.

— Les Français l'ont cru un temps. Ils l'appelaient « pneumonie des Annamites ». Vous savez qu'ils utilisent en assez grand nombre les travailleurs et les soldats de leur colonie d'Indochine. Les premiers cas ont été signalés à Marseille en 1916 par les médecins militaires. Ils parlaient d'une épidémie spéciale de pneumococcie, et pas de grippe. Toutefois, les cas observés prenaient des formes violentes, avec 50 % de décès rapides. Les hôpitaux militaires de Dijon et Nice offraient des cas semblables. Mais des augures de l'académie française de médecine comme Ribadeau-Dumas ont tenté de calmer les esprits : le mal viendrait de la délocalisation des populations indigènes d'Asie, soumises à de durs travaux dans un climat inconnu d'elles. Pourtant, un autre professeur a noté l'année dernière la présence d'infections très difficilement identifiables, que personne n'a su traiter. Il faut s'attendre à des complications.

Mary prête toute son attention aux propos du spécialiste, tout en songeant au début de panique des habitants de New York et de Washington, et au dénuement des médecins américains que lui a décrit sa mère. Le pire est l'ignorance, elle est à l'origine de tous les maux, ou du moins de leur développement.

— Est-ce un nouveau microbe qui provoque les crises foudroyantes de pneumonie ?

— Il faut d'abord réaliser qu'il s'agit bien d'une pandémie, dont les origines sont inconnues. L'Angleterre est frappée comme l'Allemagne, l'Italie et l'Espagne, où n'ont pas débarqué, que je sache, nos soldats américains. D'autres pays dans le monde sont peut-être atteints, l'immense Russie, par exemple.

— Pourquoi parle-t-on de grippe *espagnole ?*

— Pour une seule raison : l'Espagne a enterré deux cent mille morts victimes d'une influenza en 1889. Même si les cas sont aujourd'hui plus nombreux dans ce pays, on ne parle de grippe espagnole que par référence à ce cataclysme déjà ancien.

Ainsi, pas de modèle espagnol, pas d'influence directe d'une mystérieuse bactérie ayant provoqué la mort du roi d'Espagne.

Mary se sent soudain oppressée. Ses certitudes vacillent. Le brillant professeur n'explique en rien l'origine du mal. Il en est incapable, en raison des balbutiements de la recherche biologique. Les savants de l'Institut Pasteur n'ont pas réussi à isoler le virus et à produire des vaccins. Si sa mère était témoin de l'entretien, elle serait loin d'être rassurée. Une maladie inconnue frappe des gens par milliers, probablement sur tous les continents, et les médecins en sont réduits à employer le vieux vocable rassurant de grippe. C'est à n'y pas croire.

— Je ne vois pas que l'opinion publique soit correctement informée, insiste Mary sur un ton sévère. Est-il vraiment de l'intérêt public et national de taire la nature d'un mal qui peut se répandre comme la peste ? En quoi cette grippe est-elle nouvelle ? Je ne parle pas de ses manifestations, mais de ses causes. Sait-on ce qui la provoque dans l'organisme ?

Le professeur se redresse, essuie ses lunettes à monture d'acier, se lève et tourne en rond dans la petite pièce. Puisque Mary semble douter de la capacité de réponse du corps médical, il va exposer la question comme il convient à un expert. Toute fille de général qu'elle est, et de plus bostonienne, il faudra bien qu'elle reconnaisse l'évidence.

— Nous en sommes aux suppositions, déclare honnêtement Jonathan Epstein, aux hypothèses, si vous préférez. Comment vulgariser un savoir à ses débuts, au risque de désespérer les gens ? On pense généralement que le bacille de Pfeiffer, tenu jusqu'ici pour responsable de la grippe, n'est pas seul coupable. Il joue, certes, son rôle dans l'affaiblissement de l'organisme, mais pour laisser la place à un pneumocoque ravageur. Telle est la première hypothèse, celle qui rendait compte de l'épidémie développée depuis avril et jusqu'en juin, en France comme ailleurs. Ce type d'épidémie est en recul prononcé. Nous butons, depuis sa résorption, sur des cas difficiles, des noyaux durs de résistance, ou de résurgence. Les malades du mois d'août sont emportés, non par une simple pneumonie lombaire, mais par broncho-pneumonie avec troubles cardiaques et œdème.

— Avons-nous quelque espoir de découvrir des vaccins rapidement ?

— L'Institut Pasteur s'y emploie à Paris, sans aucun succès. Son sérum antipneumococcique polyvalent est parfaitement inefficace. Les Français l'utilisent néanmoins dans les hôpitaux, sans doute pour le tester encore. Au Canada, à Toronto, les laboratoires Connaught diffusent un vaccin dont j'ai reçu plusieurs dizaines de doses à des fins expérimentales. Nous restons prudents. Les marchands de sérums prolifèrent. Je ne vois pas vraiment comment il est possible de produire un vaccin contre un agent toxique dont nous ignorons encore la vraie nature.

D'autant plus déçue qu'elle croit, du plus profond de son âme, au progrès de l'humanité par la connaissance, Mary se souvient des propos de sa mère sur les fonctionnaires de Washington, affublés de masques de gaze. Elle en parle au professeur qui, pour la première fois, daigne sourire.

— Un éminent collègue français vient de publier un article pour favoriser ce qu'il appelle « la prophylaxie mécanique de certaines maladies contagieuses des voies aériennes ». Il veut mettre tout le monde sous masque de gaze. Mais l'armée a déjà ses masques à gaz !

Mary n'apprécie pas cet humour glacé. Si le masque est utile, qu'on le dise ! Pourquoi les fonctionnaires de Washington seraient-ils les seuls à en bénéficier ?

— Le docteur Roux, directeur de l'Institut Pasteur, est un chaud partisan du masque. En voyez-vous beaucoup dans la rue, dans le métro ? Les Français préfèrent fermer les salles de spectacle pour laver les planchers au crésyl. On ne rencontre pas, le soir, de Parisienne masquée sous sa voilette. Les cochers de fiacre gardent au vent leurs moustaches. Je ne suis pas sûr que la maladie se contracte par l'air. Souvenez-vous de la peste. Les princes et les évêques croyaient échapper à la contamination en s'aménageant des résidences sur des hauteurs. Ils ignoraient que le vecteur de la peste était la puce du rat.

Pas de vaccin, pas de prophylaxie, pas de remède ! Le professeur est terriblement négatif. Mary s'en indignerait presque.

— Quelles mesures a-t-on prises pour épargner la grippe mortelle à nos soldats ?

— Le premier cas apparu dans les tranchées en avril concernait l'armée française. Le soldat malade a été évacué du secteur de Villers-sous-Coudun vers l'hôpital de Compiègne, très proche, pour y être isolé et traité à part. Le plus efficace est de repérer et de soigner ensemble les grippés. Ainsi, pas de contamination possible ! Le personnel est tenu sous haute surveillance hygiénique et doté de masques. Il dispose d'une batterie de soins appropriés ainsi que de préparations pharmaceutiques dont aucune, hélas, n'est probante. Tout dépend du niveau d'infection, de la rapidité de la prise en charge.

Le regard de la jeune fille est si manifestement absent pendant ces explications que le professeur perd son calme et décide de l'entraîner vers une salle de soins, en l'obligeant à serrer contre son visage la gaze imprégnée de camphre dont il semblait faire fi. Il lui tend une blouse de soignant, enfile, pour lui donner l'exemple, des gants de caoutchouc, comme s'il entrait en salle d'opération.

— Rien ne vaut un contact direct. Vous pourrez écrire à madame votre mère que vous avez vu des *sammies* touchés par le mal d'enfer.

* *
*

Crânement, Mary le suit. Une douzaine de malades sont alignés dans des lits de fer, une feuille de température à leurs pieds. Elle peut lire leur identité et l'indication du secteur où se tient leur régiment. Le professeur s'arrête devant un soldat vêtu d'une chemise de laine en plein mois d'août, qui semble trembler de tous ses membres. Il est à demi adossé au montant de son lit, la tête prise entre les mains, et ne salue pas les arrivants.

— Jimmy Foster, du Connecticut. *Rainbow division.* Secteur de Sommedieu, à l'est de Verdun. Je commence par ce cas encore bénin. Le malade supporte un double cataplasme de moutarde pour dégager ses bronches embrumées. Après trois jours de soins assidus, sa température, montée brusquement à quarante et un degrés, est en train de descendre. Une défervescence peut-être trop rapide pour être honnête. Vous pouvez constater qu'il a seulement le teint rouge, et qu'il respire.

Jimmy se retourne, comprenant que l'homme masqué parle de lui. Il esquisse un sourire en apercevant sous sa coiffe les boucles de cheveux blonds de Mary. Mal lui en prend. Il est pris aussitôt d'une quinte de toux brève mais violente.

Le médecin attend qu'il revienne au calme, l'ausculte en posant le stéthoscope sur son dos découvert.

— Râles crépitants, conclut-il. Ses crachats ont été analysés. Ils renferment une grande quantité de pneumocoques à l'état pur. Il peut encore s'en tirer, mais le diagnostic est incertain. Demain, la fièvre peut remonter très haut. Suivez-moi.

Impossible de serrer la main du malade qui recherche son souffle. Mary lui adresse un signe d'amitié auquel il ne peut répondre, retombé dans son apathie.

— Demain, si l'amélioration se confirme, nous le sortirons sur la pelouse. J'en ai vu plusieurs partir d'ici et reprendre la route du centre de convalescence, où ils restent en observation. Le problème pour leur organisme est d'éviter la pleurésie. Ils n'en sont jamais à l'abri. On a laissé d'autres malades dans l'état de Jimmy un matin presque tirés d'affaire, pour les retrouver le soir au bord de la crise fatale. La maladie décourage tout pronostic.

C'est un médecin américain, un professeur spécialisé, qui tient ce langage. Ainsi, la thérapeutique de la grippe espagnole se borne à accompagner la maladie en suivant son cheminement dans l'organisme, resté mystérieux, sans avoir aucun moyen d'intervention sérieux. C'est au malade de s'en sortir lui-même, grâce à sa forte constitution. S'il survit, il ne le devra qu'à ses propres défenses. La médecine est incapable d'assurer sa protection, encore moins son salut.

Comme pour confirmer les appréhensions de Mary, Jonathan Epstein lui prend de nouveau le bras et l'entraîne à l'extrémité du dortoir, dans une salle à part, véritable antichambre de l'enfer. Tout est propre, nickelé, aseptisé, lavé à grande eau plusieurs fois par jour. Les murs sont clairs, le soleil envahit la pièce. Il faut croire qu'un ventilateur diffuse des parfums antiseptiques, car une odeur salubre se répand. Tout est fait pour assurer au patient le maximum de confort dans cette salle d'attente de la mort.

Mary frémit. Un homme aux lèvres brûlées se tord de souffrance sur son lit. Elle lit son identité sur sa fiche : John Cooper, aviateur. Le numéro de sa base en Lorraine est également indiqué. Celui-là pourrait être son frère. La grippe ne frappe pas que les hommes des tranchées, elle touche aussi les champs d'aviation. Qui sait, peut-être les équipages de chars ?

— Ce malade est au dernier stade de la nouvelle forme de grippe, précise le professeur Epstein. Vous pouvez voir qu'il crache déjà une mousse blanche sanguinolente. Son organisme est tout près de céder.

Le visage n'est pas rouge brique, comme celui de Jimmy Foster. Il est bleu, le teint devient plombé.

— Voyez son regard inquiet, absent déjà. Il est à la limite de l'asphyxie. Il doit souffrir horriblement des muscles respiratoires qui soutiennent encore son maigre souffle. Il ne dort plus depuis plusieurs nuits et délire les yeux ouverts, prononçant des mots incompréhensibles. Il a déjà reçu les secours de la religion. Son œdème des poumons gêne sa respiration. Il a le visage et les mains cyanosés. Après sa mort, son corps deviendra noir.

— Et vous ne pouvez rien pour lui ? demande anxieusement Mary.

— Il a reçu tous les soins possibles. Les tonicardiaques, les injections d'or colloïdal et d'électragol par piqûres intraveineuses. Nous en sommes à la strychnine, et, pour soulager les dernières douleurs, aux doses d'opium. John a épuisé toutes nos ressources. Même une intervention divine ne pourrait le sauver. Il n'est déjà plus des nôtres. Êtes-vous maintenant convaincue de l'impuissance de la médecine contre un mal qui prend des formes aussi radicales ? Notre arsenal pharmaceutique, disent les Français, n'est qu'un *cautère sur une jambe de bois*.

— Qu'est-ce que cela signifie ?

— Un remède inutile, quelque chose qui ne sert à rien.

— C'est la médecine tout entière qui ne sert à rien ! lance Mary, rouge de colère, arrachant son masque et ses gants dans la salle de désinfection.

— Vous n'avez rien vu, répond Jonathan Epstein, attendant que la jeune femme se recoiffe devant une glace. Nous ne sommes qu'au début de la pandémie. Le mois de septembre sera funeste, et octobre plus encore. Nous ne pouvons être que des cassandres, tant que d'immenses moyens de recherche ne seront pas engagés dans les laboratoires. De cela dépend la guérison de ces malheureux, et non pas de nos soins de pauvres aveugles.

* * *

Au bureau, Mary parcourt la presse, à la recherche d'informations sur la maladie. Les journaux américains sont les plus bavards, ils signalent des cas dans les différentes villes de la côte est, rien sur l'armée du front d'Europe. Les journaux français sont plus laconiques. Ils se veulent apaisants. Visiblement, la population ne doit pas être alarmée. Est-elle si ignorante ?

La jeune femme a besoin de parler aux siens, d'écrire à Michel son mari, et à sa mère restée seule aux États-Unis. Rentrant chez elle en toute hâte, elle veut appeler son père au téléphone. Son désarroi est tel qu'elle envisage même d'aller le déranger à son état-major.

La concierge l'interpelle près de sa loge.

— Une lettre du front !

Mary reconnaît rapidement le secteur postal. Celui de Michel Dupuy. Dieu soit loué ! Il est vivant, indemne. Il respire, puisqu'il écrit, il a échappé au fléau. Elle presse la lettre sur son cœur. La concierge lui sourit.

— De bonnes nouvelles, madame Dupuy ?

Assez parisienne pour connaître toute l'importance des concierges, Mary lui rend son sourire. Le mari de madame Bertin est dans la police. Elle le tient au courant des habitudes des locataires de l'immeuble, des passages d'étrangers, des maladies et des décès.

Rien ne lui échappe. On n'entre pas dans l'immeuble la nuit. Passé dix heures du soir, elle refuse de tirer le cordon de la porte si le locataire ne décline pas son nom. Dans la journée, il faut passer par ses fourches caudines pour être introduit. De son côté, monsieur Bertin, îlotier attitré du quartier Barbès, réunit dans ses tournées quotidiennes sa propre moisson de renseignements. Ce couple sait, à coup sûr, tout ce qui se passe dans la capitale.

— Pas de malades dans l'immeuble ? demande ingénument Mary, comme si elle projetait de leur porter secours.

La question est trop directe pour surprendre la femme aux cheveux poivre et sel.

« Tiens donc ! se dit madame Bertin, voilà que les Amerloques prennent la trouille à leur tour. »

— Pas encore, petite madame, répond-elle d'un air pincé. Il est vrai que le pauvre monsieur Leblanc, le veuf du cinquième étage, est entré à l'hôpital ce matin. Il friserait la pneumonie. On dit que le docteur a eu du mal à le caser. Que voulez-vous, par les temps qui courent, les lits ne sont pas vides.

Mary cherche dans son sac un pourboire pour remercier du courrier. On lui a suffisamment dit que les concierges raffolaient de cette pratique. C'est un encouragement pour en savoir plus.

— Pensez donc, cette grippe ! attaque madame Bertin sans se faire prier. Les Espagnols ont bon dos ! C'est les Boches qui l'ont manigancée. Les médecins se demandent quelle est l'origine de la grippe. L'Espagne, pour sûr, mais pas les Espagnols. Ne mangez pas d'oranges, madame Dupuy, elles sont contaminées par des injections. Demandez l'origine des conserves que vous vend Félix Potin. Si elles viennent de Barcelone, rendez-les. Elles contiennent des cultures de bacilles.

C'est le médecin qui me l'a dit. Il a même précisé que le professeur Chantemesse, de l'Institut Pasteur, tenait pour assuré que les trois quarts des habitants de Madrid avaient trinqué ! Et évitez d'acheter des fruits en provenance de Marseille. La grippe y est plus forte qu'ailleurs, et nous n'en sommes qu'au début. La preuve ? Les gens prennent leurs précautions. Essayez donc de trouver du rhum dans le commerce ! Heureusement, notre bon conseil municipal a pris les devants, il en a fait rentrer cinq cents hectolitres de la Martinique. Croyez-moi, madame Dupuy, quand on s'y prend à temps, rien ne vaut le rhum et les infusions de queues de cerise. Si les habitants de Madrid s'étaient soignés dès les premiers symptômes, il n'y aurait pas tant de morts. Il paraît qu'on y enterre même la nuit.

— Pourquoi toujours Madrid ? lance Mary qui veut en savoir plus.

— Dame ! Pas toujours ! Vous ne lisez donc pas *Le Matin* ? Les grands magasins vont fermer à Londres, faute de personnel. Les tramways de Manchester n'ont plus de conducteurs. Les *Angliches* vont travailler à pied ou à vélo. Vous rendez-vous compte ? Comme si nous n'avions plus de métros ni de trams, ni surtout d'éboueurs. Ne me parlez pas des Boches ! Berlin signale dix-huit mille cas dans sa population, c'est aussi écrit dans *Le Matin,* le seul journal qui ne raconte pas d'histoires. Vous avez bien de la chance d'être épargnés, vous autres Américains !

— Détrompez-vous, madame Bertin, coupe Mary, la grippe est aussi chez nous. Ma mère me l'a écrit hier. Elle ne ment jamais.

Elle pense que cette précision décisive permettra à la concierge de plaindre aussi les Américains, que l'on croit trop souvent au-dessus des maladies à cause de leurs dollars. De fait, madame Bertin redresse de quelques degrés ses épaules voûtées, comme si elle apprenait la vraie bonne nouvelle de sa journée.

— Savez-vous le pire ? lance la pipelette, prêchant le faux pour savoir le vrai et comptant sur le bout des doigts que le père, le frère et le mari de cette jeune femme sont au front. Il paraîtrait que nos vaillants soldats sont beaucoup plus atteints qu'on ne le dit, les nôtres aussi bien que les vôtres. Les bacilles les tuent plus que les balles des Boches !

* *
*

« Ma chère et tendre Mary, écrit Michel Dupuy, je t'écris dans la fraîcheur du soir, après une journée de canicule. La nuit aux étoiles tremblantes est notre amie et notre complice puisqu'elle nous réunit par la pensée dans le silence des camps. Que l'antenne de la tour Eiffel, si proche de notre logis, te diffuse mon message d'amour plus vite que cette lettre. Je le charge de mission. Qu'il soit mon interprète pour te dire qu'il n'est pas, au monde, de femme plus aimée que toi, et pas de cuirassier plus heureux que celui qui a l'immense bonheur d'être aimé de toi.

« Nous sommes au repos, après une journée de bruit et d'étouffement. Les *Huns* s'obstinent à nous éviter, non par délicatesse, mais par prudence. Nous serons désormais toujours les plus forts. Il fait très chaud dans nos carlingues d'acier quand le soleil d'août atteint le sommet de sa course. Il me semble que nous devrions rentrer plus tôt que prévu, mais Dieu seul le sait.

« La lune se lève, Mary, celle qui nous a unis sur la plage de La Baule, t'en souviens-tu ? Une lune pleine de tous nos morts, comme disait le brancardier Teilhard de Chardin, un astre froid où s'entassent les os des victimes de nos folies, et peut-être de nos péchés. On nous parle d'un nouveau châtiment du ciel, la grippe dite espagnole. Elle frappe surtout l'ennemi. Pas de malades dans les chars. Nos chenilles écrasent les bacilles et, s'ils s'infiltrent un jour dans les interstices de nos carapaces, nous saurons bien sauter sur le dos de nos chevaux pour les fuir au galop dans le vent. Nous allons changer de secteur. Je t'embrasse aussi fort que je t'aime. »

Elle replie pensivement sa lettre, avec la vague impression que son mari français ne lui dit pas toute la vérité. Son ton faussement badin ne la rassure pas. Il connaît le vocable *grippe espagnole*. C'est un signe. Il est peu probable que l'état-major prenne soin d'informer les combattants qu'une épidémie les menace, dont les symptômes extérieurs ressemblent à ceux du typhus : face et membres cyanosés. S'il nomme le mal, Michel le connaît, il est dans son ombre, il a peut-être frappé ses proches. Il faut qu'elle sache la vérité.

À sa demande insistante, son papa général enquête, apprend que le bataillon de tanks de Michel est en opérations du côté de Mézières-en-Santerre, et qu'il devrait très prochainement rejoindre Verdun ou sa région pour prendre part à l'investissement de Saint-Mihiel par l'armée américaine. Il ne connaît pas de cas de grippe espagnole dans cette unité.

Pour le général, un combattant, fût-il son gendre, est vivant ou mort. Michel est bien vivant, à quoi bon s'inquiéter ? Faut-il que chaque soldat américain ou français craigne davantage la grippe que l'ennemi ? N'est-elle pas aussi redoutable, à ce qu'on lui écrit de Washington, dans les bureaux du ministère américain que dans les tranchées ? À quoi bon focaliser l'angoisse de la guerre sur cette maladie nouvelle, il est vrai peu engageante, qui frappe aussi bien dans les rues et les bistros de Paris ? Après tout, Mary est aussi exposée à Neuilly que Michel en Santerre, ou James dans les nuages, aux commandes de son avion.

Au tout début de septembre, les cas ne sont pas assez nombreux dans l'armée pour provoquer la panique, d'autant qu'on évacue discrètement les malades repérés dès qu'ils commencent à tousser. Ils sont alors surveillés, isolés, cantonnés dans des services spéciaux à la moindre confirmation des symptômes. On n'entend plus parler d'eux dans les sections, comme s'ils avaient été victimes de maladies courantes.

Après tout, l'armée américaine a subi pendant l'hiver assez de pneumonies et même de pleurésies dans les tranchées boueuses pour que les absents hospitalisés n'inquiètent pas le gros de la troupe. On met les cas de grippes de la fin du mois d'août sur le compte d'un rafraîchissement subit du climat après la canicule. Les malades reviendront bien vite. L'armée américaine n'a-t-elle pas, de très loin, le meilleur service sanitaire ? N'est-elle pas celle qui prend le plus soin de ses *boys* et de leur condition physique ?

Le général pense que son devoir est d'agir comme si l'épidémie n'existait pas. Il ne faut pas lui permettre de pourrir la guerre. La libération de l'Europe et l'affirmation universelle des droits de l'homme ne doivent en aucun cas dépendre d'un bacille intempestif. Deux millions d'Américains en uniforme n'ont pas franchi l'Atlantique pour venir mourir de la grippe dans les forêts humides de la Meuse. On ne peut qu'éviter aux troupes la confrontation avec cette absurdité imprévisible, non comptable, et par conséquent indigne des registres d'état-major.

Que tous soient tenus au devoir de discrétion. Que Mary se calme. Elle est d'abord lieutenant dans l'armée américaine, insigne honneur pour une femme. Le général cite à sa fille ces vers de Robert Browning que son épouse lui a glissés dans une lettre, en lui précisant que le poète anglais, mort à Venise il y a moins de trente ans, était le plus tendre de sa génération :

> *Pray God, nor be afraid.*
> *The best is yet to be* [1] *!*

* *
*

Jules Laffère, depuis la mort de Jacques, reste peu enclin à l'optimisme. Les récents engagements heureux des tanks de Michel lui ont redonné le goût de l'action, mais l'arrêt de l'offensive devant la position Siegfried,

---

1. Prie Dieu, ne sois pas effrayé. Le meilleur est encore à vivre.

de Cambrai et Marcoing jusqu'à Saint-Quentin, ramène à son esprit la morosité disparue.

Il somnole dans la chaleur de l'après-midi, presque à l'ombre des chenilles de la vieille guimbarde cabossée que le corps franc a baptisée Titine [1] à cause de sa disponibilité généreuse et constante : elle leur offre l'abri de son blindage dans les circonstances les plus périlleuses. Les autres *Francs* les envient de posséder cette mère poule toujours prête à tendre l'aile, mais Jules sait bien que Jacques a trouvé la mort pour avoir voulu la rejoindre. Il la maudirait presque d'avoir été son tombeau.

Il songe que les Boches s'enterrent. Leur retraite lente, ponctuée de nombreux accrochages, était destinée à permettre aux couleurs de béton de s'embusquer des deux côtés de la Somme et à l'abri de l'Oise pour interdire aux Alliés toute poursuite vers les Ardennes, comme en 1914. On dit, depuis le 8 août, que Ludendorff a renoncé à gagner la guerre. Jules est l'un des rares à penser qu'il ne lâchera pas facilement, qu'il tiendra jusqu'à l'extrême limite de ses forces, en France de préférence, car l'Allemagne ne résisterait pas à l'invasion des armées de la croisade wilsonienne.

Les voilà donc au même point. Et les camarades tombent tous les jours. Vingt morts hier dans le secteur. Combien aujourd'hui, 3 septembre ? Les tireurs d'élite et les artilleurs de mortiers ne sont jamais au chômage, jamais découragés. Leurs balles tuent les hommes en

---

[1]. Abréviation de Valentine, dans une chanson célèbre de l'époque.

patrouille, en sentinelle, et jusqu'aux feuillées. La routine du jeu de massacre quotidien.

Il se doute qu'en face on supplée à la baisse du moral par la perfection de la technique. Les couverts sont hérissés de pièges, les bataillons, à l'abri des *Stollen* ou des creutes. On assure qu'ils n'ont pas à manger, qu'ils boivent de l'alcool de patates. Jules n'en est pas convaincu. Il pense plutôt qu'on saigne la population allemande pour continuer à nourrir le soldat, vaille que vaille.

Tout ce qu'on écrit dans les journaux sur l'effondrement moral de l'Allemagne l'inquiète : si les *Feldgrauen* en sont informés – et comment ne le seraient-ils pas par les nouvelles recrues qui les renforcent sans cesse ? –, on peut en déduire qu'ils ne sont pas impatients de retrouver un pays au bord de la révolution. Si l'armée reste la seule force intacte dans le Reich, les officiers la maintiendront en état de marche le plus longtemps possible, et de tout leur pouvoir. Elle devient, pour ceux qui ont connu le front de l'Est et l'abandon des Russes, le refuge contre la révolution. En portant l'uniforme *feldgrau*, on ne défend plus le pays gangrené, mais ses valeurs, ainsi que les intérêts de ses dirigeants. Ainsi pensent les Prussiens que Jules a devant lui dans l'armée von Hutier, et sans doute aussi les solides Bavarois.

Ils sont désormais si habitués, les *Francs* de Jules, à combattre avec Titine, à l'arrière ou à l'avant des Renault FT17, qu'il n'est plus question pour eux de rejoindre le 76ᵉ régiment de Coulommiers, et surtout le bon capitaine Poindron, l'architecte de Meaux, devenu chef de bataillon. Jules le regrette, mais Michel vient de l'informer que leur changement de secteur et d'armée était imminent. On n'attend plus que les camions. Le 76ᵉ est regroupé en Lorraine, avec sa division au repos le long de la rivière Seille, au nord-est de Nancy. Peut-être le rejoindront-ils quand même, si l'offensive commence dans l'Est ?

Michel Dupuy ne le pense pas. Il a été mis au courant, à mots couverts, de la directive du 3 septembre, signée par Foch, qui fixe Mézières, dans les Ardennes, comme objectif à toutes les armées alliées, depuis Arras jusqu'à Reims et au-delà, jusqu'à la Meuse. Après Verdun, les Américains sont maîtres de se concentrer pour une attaque en Woëvre vers Saint-Mihiel. Il est vraisemblable qu'ils seront soutenus par quelques divisions françaises renforcées des chars de l'artillerie spéciale. Mais ce n'est pas certain.

Jules remet son sort aux mains du commandant Dupuy. La voiture blindée est une de ses trouvailles. Il n'a aucune envie de se séparer de son escouade. Il parvient à dénicher une seconde voiture Renault, plus pimpante d'aspect. Elle permet de prendre en charge l'autre moitié de l'escouade, qui combattait jusque-là à pied en suivant les tanks. Jules devrait être satisfait : sa douzaine de partisans est entièrement motorisée.

Un volontaire ukrainien, rescapé d'une division russe dissoute l'année passée, erre de corps en corps sans trouver un recrutement. N'étant pas français, il ne peut être accepté. C'est probablement un dissident de la toute dernière phalange des combattants russes envoyés en France par le tsar. Il supplie Jules, qui songe à remplacer Maretti. Va pour l'Ukrainien de Crimée !

Qui viendra demander des comptes à un chef de corps franc ? L'homme s'appelle Iouri Soulimov et ne veut pas rentrer dans son pays occupé par les Allemands, pas davantage se faire tuer avec des Russes, qu'il exècre. Il a refusé pour cette raison d'être recruté par la Légion étrangère, qui en compte beaucoup. Son œil perçant, d'un noir de jais, ses cheveux de Christ orthodoxe et sa mâchoire d'acier inspirent confiance à Jules. Il l'enrôle aussitôt, sans rien changer à ses frusques de vagabond du front, et lui lance un poignard et un sac de grenades. Nul besoin de paperasse. Un corps franc n'a d'autre critère de recrutement que la volonté de se battre.

* *
*

La voiture neuve annoncée par Michel est livrée avec son chauffeur. Un expert, à en juger par l'arrondi parfait qu'il décrit en soulevant la poussière dans la cour de ferme du cantonnement. Le conducteur saute à terre. Il est vêtu de l'uniforme de cuir des combattants de l'artillerie d'assaut.

Jules l'accueille les bras ouverts : Raoul Carpentier, par le téléphone arabe du front, a appris la mort de Jacques Millet. Il a demandé à Estienne, son dernier patron, la permission de le quitter pour servir au front dans le bataillon du commandant Dupuy. Toujours volontaire pour la castagne, il retrouve avec émotion les anciens camarades du 76e, et s'intéresse vite à Titine en demandant qui la conduit.

— C'est Philippon, répond Jules. Où est-il, celui-là ?

Encore à marauder dans les fermes ou à boire du café arrosé à la roulante !

Pas de Philippon. Un bruit de toux dans la voiture vide. Jules s'agrippe en haut du blindage, saute en souplesse : le joyeux garçon est écroulé sur son volant, à demi somnolent. Des quintes sèches secouent ses bronches. Sans hésiter, Jules le charge sur ses épaules, le hisse au-dessus du rempart blindé de la guimbarde et fait signe à l'Ukrainien de le recevoir doucement au sol. Michel Dupuy lui a décrit les symptômes de la grippe. Un de ses tankistes a dû être évacué pour cause de fièvre et de toux persistante. On ne l'a jamais revu.

Michel retourne le grand corps de Philippon, incapable de se relever. Son visage est rouge et suant, ses yeux papillonnent.

— Aide-moi, dit-il à Iouri.

Il se doute que l'Ukrainien, comme lui, ne se soucie ni de la grippe ni de la contagion. Tous deux chargent Philippon et le conduisent dans une grange non détruite où bivouaque l'escouade au repos. Jules veille à cacher le chauffeur dans un coin obscur de la bâtisse. Il lui fait un lit de paille épais et l'étend dessus, avec une délicatesse qui surprend fort l'Ukrainien.

« D'abord, se dit-il, faire tomber la fièvre ! »

Il va chercher dans sa musette un tube d'aspirines Usines du Rhône que Suzon y a glissé à sa dernière permission. Il réveille Philippon en lui passant un linge d'eau glacée sur le front, l'oblige à boire deux cachets dilués dans l'eau claire. Il fait ensuite chauffer sur son réchaud un quart de vin rouge qu'il saupoudre abondamment de poivre de Cayenne. Philippon, retombé dans sa somnolence, est réveillé d'une gifle.

— Bois tout !

— Le vin chaud l'étouffe, lui brûle la margoulette, observe Raoul Carpentier. Pourquoi ne le conduis-tu pas au poste sanitaire ? Ils ont l'habitude de ces pâlotins fragiles. Tu n'es pas infirmier, et il n'est même pas des nôtres.

— Veux-tu qu'ils le gardent pour l'expédier avec les autres dans un lazaret de mourants ?

Raoul comprend que Jules en fait une affaire personnelle. Ce Philippon ne lui est rien, il aurait pu mourir à la place de Jacques. Si le bon Dieu lui a fait cadeau de la vie, ce n'est pas pour se laisser aller. Il survivra, qu'il le veuille ou non.

— Ce grand veau a piqué la grippe ! Si la fièvre n'est pas tombée demain matin, il sera temps de le livrer. D'ici là, j'en réponds.

Personne n'objecte. Chacun semble avoir pris pleinement conscience que l'escouade doit faire face à la maladie nouvelle que nul n'ose nommer. Gilbert Tavel, le petit radio, croit que le caporal s'estime obligé de sauver Philippon parce que celui-ci, d'un coup de volant heureux, leur a sauvé la vie à tous. Il se trompe. Ce jour-là, exceptionnellement, le bougre n'avait fait que son devoir, pense Jules, qui n'a rien à attendre de personne. Il veut prouver dans la circonstance qu'à force de volonté on peut sauver une vie. Il n'a pas pu le faire pour Jacques, il le fera pour celui-là, dût-il y laisser sa peau en gobant le bacille.

Sa conviction est qu'il appartient à chacun de lutter de toutes les forces de son organisme contre une infection. Quand les médecins sont impuissants, et s'il est encore temps, la foi et le courage font parfois des miracles. Et ce gros sac de froment a de la ressource. Il s'est endormi comme un agneau sous sa mère. Il ronfle et ne râle pas. La respiration est rapide, mais très régulière.

— Il a encore de la place dans ses éponges, dit Jules à Raoul. Je ne sais où il a été élevé, mais il n'a pas respiré l'air des usines, et sa forge est loin d'être éteinte. J'ai peine à croire qu'il nous fausse compagnie autrement que pour aller boire un verre, à son habitude. Nous verrons demain, à l'heure du café. Je garde bon espoir. Veux-tu prendre les paris ? Je te joue Philippon à dix contre un pour un cognac. Il n'en mérite pas plus.

* * *

— Peux-tu me dire d'où je viens ? demande à Jules le malade à son réveil, vers dix heures du matin, quand le soleil est déjà haut.

L'Ukrainien sourit. Il a toujours pensé que cet homme n'était pas malade, mais ivre mort.

— Je ne sais pas d'où tu viens, répond le caporal en lui tâtant le pouls, mais je sais où tu vas aller. Sors de tes couvertures, fainéant. La partie n'est pas gagnée pour toi.

Il lui chauffe un quart de café, que l'autre boit sereinement. Il y fait fondre deux autres comprimés d'aspirine, le remède souverain de l'époque, le seul auquel croit Jules. Philippon tend une main vers la gnole.

— Pas de ça, idiot ! Tu veux te couper les jambes ?

Par précaution, le caporal engage l'Ukrainien à le

suivre. Ils prennent Philippon sous les bras et veulent le porter jusqu'au sentier conduisant à la forêt.

— Laissez-moi, geint Philippon, je peux tenir debout seul ! Où allons-nous ?

— Faire deux heures de marche, mon conscrit !

D'émotion, Philippon se remet à tousser. Depuis son enfance, il déteste la marche. Ce fils de commandant d'active a tout fait pour être versé dans le service automobile. Il refuse de marcher, il ne l'a jamais fait, et il recommence à tousser d'énervement.

Après une courte pause, Jules lui enlève sa vareuse, ouvre grand le col de sa chemise. Devant eux, le soleil découpe sur le sentier des ouvertures de lumière dans les crevasses des nuages. Les arbres sont recouverts de mousses brunes et de manteaux de lierre tortueux. La forêt reste humide, et pourtant elle semble assoiffée. Point de trilles de rossignols, ni de foisonnements de papillons jaunes ou orangés. Un silence accablant.

— Il faut arriver très vite à la pinède, dit Jules. L'air y est plus sec, moins tamisé par le feuillage des chênes.

Philippon se traîne, fait de la résistance. Jules n'hésite pas à le forcer à avancer au moyen de rudes menaces.

— Tu seras versé dans la biffe, bon pour les marches de nuit de trente kilomètres, tire-au-flanc, fils de bourgeois, honte de l'armée française ! Faut-il qu'on te pique le cul à la baïonnette ?

Philippon se résigne, traîne le pas comme un condamné à mort, la mine défaite, l'air accablé.

— Bombe le torse, respire en marchant ! À mon commandement ! Inspiration, expiration !

Par-derrière, le Criméen lève et abaisse les bras du récalcitrant, en cadence.

— Tu as du souffle, charogne ! Vide-toi en suivant le rythme ! Te faut-il la clique pour marcher au pas ? Avance, si tu ne veux pas finir tes classes dans un claque de la Santé, aligné comme un clochard avec tous ceux qui renoncent d'avance à survivre.

Le sous-bois de pins exhale aussitôt ses essences bienfaisantes, sans qu'un souffle de vent les disperse. Philippon respire mieux, marche plus volontiers, commence à réaliser qu'on est en train de lui sauver la vie. Une formidable panique lui coupe alors les jambes.

— Me prendriez-vous pour un espagnol ?

— Tu as la grippe espagnole, insiste Jules. Encore un jour livré à toi-même, tu étais bon pour la fosse commune. Si tu veux vivre, il faut marcher. Marche ou crève, comme on dit aux Bat' d'Af'. En avant, bataillonnaire !

Sur la trogne poussiéreuse de Philippon, la sueur dessine de larges coulées. Il élimine brutalement, au point de mourir de soif.

— De l'eau sucrée, et rien d'autre, entends-tu, mariole ? Contrairement à ce que tu crois, le vin ou la gnole n'aident pas le marcheur, ils le coincent, l'étouffent, le transforment en traînard. Combien en ai-je vu, à la retraite de 14, tomber aux mains des Boches pour avoir vidé leur gourde de soiffards ! Ils croyaient que cela leur *donnait de la jambe* !

Ils s'arrêtent un instant. Philippon, essoufflé, respire fortement l'air des pins sans le moindre râle.

— Vous allez me tuer ! grogne-t-il. Je suis en nage.

— C'est l'aspirine, et non la marche, qui te fait transpirer. Tu élimines les saloperies qui rôdent encore en toi. Veux-tu périr asphyxié ? Je peux te conduire au *Lazarett,* comme disent les Boches, un endroit bien gardé où l'on retient de force tes semblables, pour quarante jours, au moins. Certains ont déjà la bouille toute noire, et les mains, et les pieds. Veux-tu les rejoindre ?

— Partons ! s'écrie Philippon, effrayé.

Il n'est plus nécessaire de le forcer à marcher.

— La trouille lui donne des ailes ! lance Jules à Iouri, son nouveau compagnon, celui qui l'aide à sauver le chauffeur Philippon. Ma parole, il nous sèmerait ! A-t-il envie d'être un miraculé de la mouscaille ! Nous n'avons plus rien à craindre, il marchera jusqu'à tomber raide.

* * *

Les trois jours suivants, pendant que le commandant Dupuy attend toujours son ordre de route, Jules chouchoute son Philippon comme un poupon, lui fait boire du miel dans du lait chaud, manger des choux au lard de la roulante après la marche de deux heures qu'il accomplit désormais sans efforts. Le soir, il est emmitouflé des pieds à la tête dans la laine. Il dort de mieux en mieux sous l'effet de l'aspirine. Il se rend compte lui-même qu'il est bientôt bon pour le service actif, et qu'il doit son salut à l'énergie du caporal.

Mais il n'en est pas assez convaincu. Jules se décide à tout lui dire.

— Tu as connu Amédée Duvoux, le conducteur du char de Jacques Legris ?

— De la batterie des hommes sans peur ?

— Si tu veux. Duvoux était garagiste en Savoie, avant la guerre.

— Un chauffeur hors pair, reconnaît Philippon.

— La dernière fois que Dupuy l'a vu, il était à l'article de la mort. Faute de curé à sa portée, le commandant lui a récité la prière des agonisants.

— Duvoux ? Solide comme un roc ? Je le croyais dans sa tourelle.

— Il est mort. Le premier jour, il présentait les mêmes symptômes que toi : visage rouge, fièvre, toux sèche et crachotis. Un Savoyard ne s'écoute pas. Il n'allait pas se faire porter pâle pour un début de grippe. Personne au bataillon n'avait alors eu vent de la triste grippe espagnole. On a laissé Duvoux boire son grog et se coucher. Le lendemain, il respirait à peine. Le mal avait fait son chemin. Un jour encore, il était mort.

— Et personne n'a pensé à l'envoyer à l'hosto ?

— Pourquoi faire ? Crois-tu qu'ils l'auraient sauvé ? Sais-tu ce qu'est une épidémie ? Les médecins n'en connaissent pas les germes, et encore moins les vaccins. Tout ce qu'ils peuvent faire, c'est éviter la contagion, en groupant ensemble les malades. Ils n'ont d'ailleurs aucune envie de communiquer le bilan chiffré des contagieux, ils croient avoir intérêt à cacher les morts, pour ne pas faire paniquer les vivants. Michel Dupuy m'a annoncé, sous le sceau de la confidence, le décès de Duvoux, pour que je ne l'ébruite pas. Évitons la panique ! Te voilà averti.

— En somme, je vous dois une chandelle ?

— Ne chante pas victoire, mon chérubin. Tu peux rechuter demain ! Combien des nôtres y passeront ? On ne saurait prévoir, deux ou trois divisions peut-être. Et sans doute plus, sans compter des dizaines de milliers de civils à l'arrière. Pense qu'en Allemagne, ou en Espagne, où l'épidémie est apparue plus tôt, on enterre de nuit, les cimetières sont pleins. Le commandant Dupuy m'a confié que la grippe touchait même les États-Unis.

Ces propos inquiètent Philippon. Le voilà emporté dans un cyclone mondial, rien de moins ! Ce n'est pas une consolation. Pourquoi survivrait-il, quand tant de bonnes gens vont mourir ? En même temps, il trouve des raisons d'espérer : si de tels nuages courent au ras du sol, plombés de paquets de germes, il est un des premiers frappés et, s'il survit, il sera vacciné.

— À quoi bon évoquer les morts du futur ? reprend Jules. Il vaut mieux prendre en compte ceux qui resteront sur leurs jambes une fois la tornade passée. Je veux dire : les gars comme toi, ceux qui sont atteints et qui s'en sont tirés. Crois-moi, le rapport sera probablement de dix pour cent, pas plus, pas moins. Et encore, le pourcentage sera plus fort dans les villes, à cause de la promiscuité dans les lieux fermés, le métro, les trains, les magasins, les administrations. Ici, nous sommes au grand air, que diable !

— Tu en parles à ton aise, caporal, geint Philippon. Le grand air ne m'a pas empêché de choper cette sacrée vérole de grippe.

Un long silence s'ensuit. Pourquoi Philippon est-il frappé, et non Aucouturier, ou Maurice Lafont ? Pourquoi lui, le premier de l'escouade ? Jules en revient toujours à Jacques : pourquoi Jacques ? Le hasard a décidé dans les deux cas : molécule de grippe ou décharge de mitrailleuse. Où est la différence ?

— Tu te demandes pourquoi j'ai mouillé ma chemise

pour t'aider, dis, bouffi ! Que tu meures par un éclat d'obus ou par une balle perdue, tu n'y peux rien, le destin t'a placé sur une trajectoire, c'est tout. Tu as subi ta mort. Tu ne l'as pas méritée. Tu n'avais aucun moyen de l'éviter. Mais si la maladie tombe sur un cossard, un endoffé, un pistonné de ton espèce, elle ne gagne pas à coup sûr. Il arrive que les fainéants résistent, surtout si on leur botte le cul. Ils ont leur combat à mener, ils ne sont pas démunis. Un conscrit parti au front est un patriote, pas un héros. Il n'y a rien d'héroïque à mourir d'une bille de shrapnell. Mais le combat que tu commences à mener contre ta maladie, la souffrance que tu surmontes, les angoisses qui te font suer les vingt litres d'eau de ton corps, font de toi un héros, m'entends-tu, bourrique ? C'est une lutte obscure, de tous les instants, qui ne rapporte aucune médaille, pas la moindre citation. Tu mérites ta vie, si tu la gardes. Elle est ton bien, elle n'est qu'à toi. Et tu n'as à remercier personne.

Le lendemain matin, quand la diane les réveille, Jules et l'Ukrainien cherchent des yeux Philippon. On l'a vu partir en chemise, dès l'aube, sur la route des pins.

— Celui-là est sauvé ! commente seulement Jules avec un voile de tristesse dans le regard.

Il pense encore à l'autre, à celui qui n'a pu échapper à la mort, à Jacques, son frère.

* *
*

— Ligne Sampigny-Commercy-Lérouville. Michel montre un point sur la carte à ses chefs de batterie. Concentration du 2e corps d'armée colonial du général

Blondlat, qui doit aider les Américains à prendre Saint-Mihiel, à partir du 12 septembre. Messieurs, nous partons pour la Lorraine !

Il est en effet question d'offrir à cette unité une protection de tanks Renault, et le commandant a laissé le choix au caporal Jules Laffère : ses voitures blindées, plus légères que les chars, peuvent partir aussitôt par la route. Des camions sont indispensables pour acheminer les FT17 jusqu'à la gare. Ils débarqueront à Commercy, et la manœuvre demande au minimum deux jours et deux nuits. Jules a décidé de partir avec ses hommes par ses propres moyens.

L'escouade des *Francs* prend donc immédiatement le départ, une fois le plein fait. Philippon met un point d'honneur à garder son volant, et Jules le laisse faire. Aucun risque de contagion dans une voiture découverte où le chauffeur, par égard pour ses camarades, porte son masque à gaz. Raoul Carpentier, le mécano d'Ozoir, est aux commandes de la deuxième Renault, la mine réjouie par ce départ en campagne. Iouri l'Ukrainien ne quitte plus Jules, attentif à ses moindres réactions, et pas toujours sûr de bien le comprendre. Aussi prend-il l'habitude de sortir son carnet à dessins – il est peintre – et de figurer, en forme de rébus ou de schémas pour enfants, les questions qu'il veut poser. Jules, impatient, lève les épaules et demande à Léon Bourdillat de le débarrasser de ce paroissien de Sébastopol, en lui apprenant seulement les quelques mots de français nécessaires au combat.

La voiture de tête longe la rivière Aronde, puis l'Aisne jusqu'à Soissons, où elle pénètre avec difficulté. La ville

Le mal de la mort

est presque entièrement détruite et le génie s'efforce de réparer ou de consolider les ponts pour permettre le passage plus aisé, plus rapide aussi, des divisions de renfort. Les Renault cheminent à l'arrière de l'armée Mangin et croisent sans arrêt des convois.

Jules demande à Philippon de stopper. Il vient de reconnaître sur la place du village des visages du 31e régiment de Melun. Il veut en avoir le cœur net : que sont devenus les biffins du général Pichat, ceux du 16e corps, de la 10e division, dont faisait naguère partie le 76e de Coulommiers ?

Il ne s'est pas trompé : le caporal Bonis, fils d'un fermier de Vaux-le-Vicomte, cousin éloigné de sa mère, franchit le seuil d'un troquet enfumé avec des conscrits de sa promotion dont Jules se remémore presque tous les noms : Dumas, le fils de l'horloger, et le petit Cousteau, un coureur cycliste connu dans le département. Philippon ne le suit pas, et ceux de l'escouade restent dans la voiture. Ils rechignent à se frotter aux Melunois, quasiment des étrangers aux yeux des gens de Coulommiers. Il y a le brie de Coulommiers et, beaucoup plus loin, celui de Melun. Encore plus loin, celui de Meaux. Pour les poilus, c'est le même rapport de qualité.

— La division est retirée du front, explique posément Bonis à Jules. Nous avons perdu trop de monde. Mais nos voisins du 30e corps, bien soutenus par une nuée de Renault, viennent de prendre Coucy-le-Château. Pour sa part, le 1er corps d'armée attaque, sur l'ordre de Debeney, en direction du moulin de Laffaux, où beaucoup de cuirassiers ont trouvé la mort en avril 1917.

Sortant du tripot où ceux de Melun jouent aux cartes

en buvant des bières (ils attendent leurs camions), Jules Laffère échappe de justesse aux roues d'un convoi de chars Renault endommagés, montés sur tracteurs, qui gagnent les ateliers du camp de Mailly ou de Fontainebleau pour y être réparés. L'affaire a, semble-t-il, été chaude.

Encore une étape, et les deux Renault chenillées font le plein d'essence sur les arrières de la Ve armée du général Berthelot. Cette fois, l'escouade descend des voitures pour se restaurer. De nouveau, les *Francs* reconnaissent des soldats de régiments proches qui reviennent du front, pendant que les renforts y montent. Bourdillat ne manque pas d'aller aux renseignements.

— Ils viennent de libérer Fismes, rapporte-t-il pendant la pause café dans un bistro du village. Le patron est sûr que la Ve armée borde l'Aisne de part et d'autre de Vailly. C'est un beau résultat. Il ne sera plus jamais question dans les communiqués de poche de la Marne. Disparue, la poche ! Dégonflée comme une baudruche !

— En ce cas, Reims est complètement dégagée, dit Jules, nous pouvons y faire notre entrée sans jouer à cache-cache avec le canon de ces messieurs les Boches.

La ville martyre n'en est pas à panser ses plaies. Les rues sont tout juste libérées des blocs de pierre et des briques, à peine déblayées, et les voitures avancent avec peine. Place Drouet-d'Erlon, les convois se rangent, camion après camion, chargés de poilus lancés dans la poursuite engagée par la Ve armée vers le nord. Les habitants restés dans les caves en sortent, les yeux hagards, ne pouvant croire à leur libération. La ville a si longtemps souffert qu'elle doute encore. Et cependant, au matin, le canon n'a pas tonné à son heure habituelle, faisant son quota de destructions quotidiennes. Les artilleurs prussiens auraient-ils vraiment décampé ?

* *
*

Ils sont soumis à rude épreuve par les tirs de l'artillerie à longue portée de l'armée Gouraud, toujours immobilisée devant les mamelons à reconquérir. Jules décide de prendre plus au sud pour éviter d'être bloqué par les milliers de véhicules des arrières immédiats du front de la IVe armée. Au lieu de suivre la route de Verdun, ils se dirigent franchement sur Châlons-sur-Marne, Saint-Dizier et Bar-le-Duc. Mais toute la zone des armées est en ébullition, à croire que Pétain prépare une offensive décisive en Lorraine.

Le grand itinéraire ferroviaire américain, de Saint-Nazaire à la vallée de la Loire, se poursuit par Montargis et Troyes pour aboutir à Saint-Dizier. Le matériel, les approvisionnements en vivres et en munitions, les convois d'artillerie de trois corps d'armée, convergent vers cette ville, aussi encombrée que les ports de l'Atlantique, où débarquent désormais chaque mois de deux à trois cent mille *sammies*. Jules se demande s'il a été bien inspiré en choisissant cette route. Le commandant Dupuy risque de les attendre longtemps au rendez-vous fixé à la gare de Commercy. Dans la zone des armées, les chemins de fer sont toujours plus rapides.

Il faut de nouveau faire le plein d'essence au réservoir militaire. Les deux voitures y perdent du temps, derrière un convoi interminable de camions transportant un régiment entier du corps colonial de Blondlat. Jules se renseigne : il ne s'agit pas d'un régiment de marsouins, mais d'un bataillon de tirailleurs sénégalais de la 15ᵉ division, commandée par le général Guérin.

Les tirailleurs sont depuis longtemps à l'instruction à Joinville. Ils n'ont pas été transportés jusque-là par chemin de fer, mais directement en camion depuis Watronville, un bourg situé au pied des côtes de Meuse, à l'est de Verdun.

Reposés, entraînés au lancer de grenades, les Sénégalais savent qu'ils seront engagés aux côtés des Américains. Les caporaux et les sergents n'en sont pas à leur première campagne. Ils portent, pour la plupart, la croix de guerre avec palmes, et commandent rudement leurs contingents de bleus du dernier recrutement, débarqués quelques mois plus tôt à Marseille.

Pendant que les chauffeurs annamites s'activent aux pompes, les officiers de tirailleurs inspectent avec curiosité les voitures blindées. Apparemment, ils les découvrent : non sans insolence, Léon Bourdillat propose de les leur faire visiter, comme s'ils voulaient se porter acquéreurs. Quand ils apprennent que les voitures sont chargées d'accompagner les chars du groupe Dupuy, qui doit être engagé avec eux, ils en sifflotent d'aise, tendent leurs mains à un Jules renfrogné qui trouve l'attente trop longue. Déçus, vexés, ils prennent aussitôt leurs distances, jugeant ce caporal mal élevé et d'esprit frondeur.

— Mon corps franc doit atteindre avant la nuit la gare de Commercy pour y retrouver le capitaine Dupuy, daigne leur expliquer Laffère.

Les officiers de la coloniale haussent les épaules. Pour qui se prend ce chef de corps franc, avec son galon de laine rouge ? De quoi auraient-ils l'air devant leurs sous-offs, les brillants officiers de tirailleurs aux bottes fauves, s'ils se laissaient damer le pion à une pompe à essence ? Que ce biffin sache que les Sénégalais n'ont pas besoin du renfort des chars pour enlever une position.

En voyant débarquer l'Ukrainien dépenaillé, ils se demandent où les *Francs* recrutent leurs soldats. Ils s'attendent à tout, pour avoir vu au combat des groupes de ce genre, qui ressemblent aux irréguliers du Maroc. D'où sort ce vagabond à l'uniforme à peine identifiable ? Ils sont à deux doigts d'en demander raison à Jules, qui sort sa médaille militaire de sa poche et se l'épingle prestement, prêt à défendre ses hommes, et même à exiger la priorité à la pompe, fût-ce au prix de la dernière insolence. Il a besoin d'être couvert par la prestigieuse décoration, qu'aucun officier ne peut porter sans mérite tout à fait exceptionnel.

Gaston Aucouturier, le prudent Montluçonnais, craint que l'escouade ne soit au bord d'une rixe, et que Jules finisse la campagne aux bataillons d'Afrique. Il se rapproche de lui, le prend à part, tente de le raisonner.

— Nous attendons ici depuis trois quarts d'heure la bonne volonté de ces messieurs, répond le caporal en colère. Tu vois qu'ils ne se pressent nullement. Pis, ils me narguent ! Je vais leur faire avaler leur morgue.

Par bonheur, une voiture d'état-major, sans doute à court d'essence, s'arrête également à la pompe. Le colonel qui l'occupe se fait servir aussitôt, interrompant sans aucune justification mais avec fermeté l'approvisionnement des bataillons de tirailleurs. Les officiers de la coloniale lui cèdent la place. Un envoyé spécial du GQG a priorité sur tous. Ils le saluent réglementairement. Le colonel leur répond d'un geste hâtif et s'impatiente devant la voiture, dont son chauffeur tarde à remplir le réservoir.

À la lenteur calculée des gestes de ce quadragénaire à l'œil perçant, Jules ne se sent plus de joie. Il reconnaît Fernand Latoise, le coureur du Paris-Bordeaux, l'ancien chauffeur du colonel Vergnies et d'autres huiles.

— Tu as changé de colon ! lui lance-t-il.

— Pourvu qu'il ait ses cinq ficelles, je suis son homme. L'ordinaire est toujours bon dans leurs pensions de famille. Ces gens-là vivent bien.

Jules lui raconte son différend avec les culottes de peau de la coloniale.

— Fais avancer tes tas de ferraille, je te couvre, dit Fernand Latoise avec hauteur.

* *
*

Il est bien tard quand les deux voitures blindées Renault se présentent dans la cour de la gare de Commercy, envahie de véhicules. Jules saute à terre, demande à voir le responsable du trafic.

— Avez-vous vu arriver un convoi de chars ?

— Pour sûr, plus de trente engins !

— Où se trouve le commandant Dupuy ?

— Parti depuis longtemps. Dame ! Il est attendu au front. Les tanks attaquent toujours les premiers, affirme le chef de gare sexagénaire avec componction.

— Nous le savons, grand-père, s'impatiente Jules. Où sont-ils partis ?

— Je l'ignore. Mais si jamais vous retourniez sur la place, vous retrouveriez sans doute le dernier convoi automobile de chars. Vous ne pouvez pas le manquer. Un camion long comme un jour sans vin !

Un semi-remorque Knox bloque en effet l'accès à la place, désespérément vide. Ses chauffeurs, Martial Vrin et Denis Maraval, ce dernier doté de galons de brigadier tout neufs, toisent Jules sans broncher quand il leur demande ce qu'ils ont fait de leur char. L'ont-ils perdu ?

« Il faut que ce jeune excité sache bien, se dit Maraval, le maraîcher de Bagnolet, qu'un sous-officier du train des équipages n'a d'ordre à recevoir que de ses chefs. »

Excédés, Jules, Raoul et Iouri l'Ukrainien, qui ne quitte plus le caporal d'une semelle, écartent Maraval, grimpent dans la cabine, en expulsent Martial Vrin. Le moteur du Knox ronfle à plein régime. Sans égards pour la foule des poilus de la place, ils lancent le lourd engin sur la fragile enceinte de la gare, l'immobilisent le long des rails. Sur une voie, le train des chars attend le débarquement des deux derniers Renault FT17.

— Les voilà ! hurle Laffère.

Ils descendent aussitôt du Knox, courent vers les chars immobiles. Deux hommes en vestes de cuir les gardent. Le premier s'avance vers eux.

— Lieutenant Jacques Legris.

Raoul demande où est le chauffeur du char, se propose de l'aider s'il est en panne.

— Il s'appelait Amédée Duvoux, répond le lieutenant. Il est mort de la grippe espagnole.

Jules s'approche du second char, dont les trappes sont ouvertes. Il jette un coup d'œil à l'intérieur de la tourelle et reconnaît, collé au blindage, le portrait de Mary l'Américaine.

— C'est le tank du commandant Dupuy !
— Vous y êtes.

Les plus noires pensées assaillent Jules. Michel a-t-il été emporté subitement par le haut mal ? Pourquoi a-t-il abandonné son tank ? Le chauffeur n'est pas à son poste. La radio crache toute seule dans les écouteurs.

— Ne cherchez pas, dit le lieutenant. Michel Dupuy, notre commandant, a dû débarquer son chauffeur. Il a tenu à l'accompagner lui-même au poste d'urgence.

— Vous voulez dire Mathieu Landry ? L'ancien pilote du général Estienne ? s'inquiète Raoul Carpentier, qui l'a un temps remplacé à ce poste.

— Tout juste. Mathieu a été pris d'une fièvre folle, à n'y plus voir devant lui. Il est tombé la tête sur ses manettes, étouffé par des quintes de toux incoercibles. J'ai aidé Michel Dupuy à le dégager. Le commandant me faisait signe de m'éloigner et de me munir de mon masque à gaz. Portait-il le sien ? Bien sûr que non ! Il a chargé seul le chauffeur sur ses épaules pendant que les camarades se mettaient en quête d'un hôpital ou d'un poste de secours proche de la gare.

— Où est Michel ? Où est-il ?

Les questions de Jules se pressent dans sa gorge, l'empêchent de parler fort, comme s'il était lui-même étouffé, étranglé. Michel, son plus proche ami.

Jacques Legris garde son calme. Il comprend qu'il ne dissuadera pas plus le caporal de rejoindre Dupuy qu'il n'a pu raisonner celui-ci en tentant de l'écarter de son chauffeur devenu contagieux. Le commandant a voulu prendre le danger pour lui seul, il a ordonné à Legris de rejoindre les chars abandonnés. Il a considéré comme un devoir de porter lui-même le tankiste malade vers le poste d'urgence, comme on traverse une rivière en folie avec un noyé, pour le porter sur l'autre rive, celle du salut.

*　*
*

— Ils sont au poste de secours américain, juste derrière la gare ! lance Jacques Legris à Jules, déjà reparti en courant.

Ils sont arrêtés à l'entrée par un fantassin, baïonnette au canon, casque anglais sur la tête. Jules cherche à le bousculer. Un officier surgit aussitôt de l'intérieur.

— Caporal Laffère, des corps francs. Je cherche le commandant Dupuy.

Un groupe d'infirmiers se fraye à cet instant un passage vers la sortie, ouvrant la porte à un convoi de blessés ou de malades portés sur des brancards, et séparant l'officier de Jules.

— *Pay attention !* lance le lieutenant américain au sergent qui est en tête du cortège. *The Spanish on the left* [1]*!*

Jules n'a pas le temps de remarquer que soignants et soignés portent tous un masque de gaze. Il réussit à pénétrer dans le réduit sanitaire où règne une forte odeur de térébenthine ou de camphre. À sa haute taille, il reconnaît Michel, en discussion avec un major américain. Ni casque ni masque, tête nue. Dans le brouhaha de ce centre de *dispatching*, Dupuy doit hurler pour

---

[1]. Attention ! Les Espagnols à gauche !

se faire entendre, dans son anglais sommaire. L'autre l'écarte de son mieux, le repousse de ses mains gantées en détournant le visage. Cet homme est-il fou ? Ignore-t-il les règles sanitaires les plus élémentaires ?

Michel apprend que l'on renvoie aussitôt les grippés dans une sorte de lazaret situé tout près de la gare, en attendant de les regrouper en un lieu plus vaste. On veut éviter qu'ils ne contaminent les blessés venus du front.

— Combien sont-ils ?
— *Almost thirty, that's all, but that's enough*[1] *!*

« Une trentaine peut-être, se répète Michel. S'ils embarquent Mathieu Landry, il est perdu, ils l'isoleront sans rien tenter, avec tous les autres, des Américains pour la plupart. Ils ne cherchent pas à les évacuer vers Paris, ni même sur Saint-Dizier. Ils ont peur de tout, de la maladie, des chefs qui veulent la tenir secrète, peut-être. » Michel comprend qu'il est inutile d'arguer de ses relations dans l'armée des États-Unis. Le major a des ordres, et même son ombre semble l'effrayer.

— Le correspondant du *Chicago Tribune* est en gare, lance Michel au major. *His name is Floyd Gibbons. He is a dear friend to me*[2] *!* Je peux le faire entrer pour qu'il constate de visu la façon dont vous laissez croupir sans soins des soldats américains victimes de la grippe espagnole. Vous les laissez crever sans rien tenter. Rendez-moi Mathieu Landry, c'est mon soldat ! *He is a French soldier, you know*[3] *!* Je veux l'évacuer en personne.

---

1. Presque trente, pas plus, mais c'est assez !
2. Il s'appelle Floyd Gibbons. C'est un ami très proche !
3. C'est un soldat français, vous savez !

— *As you like* [1], cède le major, qui redoute la presse américaine plus que tout. Prenez une ambulance. Je vous la prête. *And go to hell* [2]*!*

Michel sort en trombe, avise l'ambulance vide, son chauffeur masqué. Il lui donne l'adresse de l'Hôpital américain de Neuilly, détache une feuille de son calepin pour griffonner un mot à l'attention du professeur Jonathan Epstein, dont Mary lui a parlé dans une lettre. Il charge également le conducteur d'un message pour Mary, à son adresse du Champ-de-Mars. Elle doit savoir qu'un de ses hommes, son propre conducteur de char, vient d'être frappé de grippe, et qu'Epstein doit le tirer de là. Il attend avec impatience les brancardiers. Il redoute qu'on n'ait déjà évacué Mathieu, Dieu sait où.

Jules Laffère n'a pas osé intervenir jusque-là. Resté à l'écart, il ronge son frein, se décide enfin quand il lit dans le regard de son ami une fantastique anxiété. Il a compris qu'il écrivait à Mary pour lui demander d'aider un de ses plus proches compagnons, accablé par la grippe mortelle. Il a donc perdu le sens. Elle va réaliser aussitôt le danger que court son mari. Elle ne pourra plus jamais dormir !

— Tu es sûr de vouloir l'évacuer sur Paris ? demande Jules en ôtant le drap recouvrant Landry, que transportent deux brancardiers masqués et gantés de cuir. Emmenons-le. J'ai une méthode. Elle a guéri Philippon. Avec un peu de chance, peut-être sauvera-t-elle ton tankiste aussi.

---

1. Comme vous voudrez.
2. Et allez au diable !

Septembre froid

Suzanne ne quitte plus le domicile des Millet au faubourg Saint-Antoine. Elle ne s'habille pas de noir, pour ne pas se joindre au cortège innombrable des veuves et éviter à l'enfant qui naîtra d'ouvrir les yeux sur la tristesse du monde. Ainsi l'aurait voulu Jacques, elle en est certaine.

Une autre raison la pousse à sortir de sa torpeur endeuillée : les Millet sont déprimés au point que la mère confond ses enfants, appelle Jacques le malheureux Anatole quand elle lui rend visite à l'hôpital militaire de Joinville. Quant au père, il a perdu son sourire qui semblait éternel et se terre dans son atelier, sans toucher aux outils, sans échanger une parole avec son vieux compagnon de route, l'ébéniste Hervé Massip.

Suzon estime qu'elle n'a pas le droit d'ajouter son affliction à leur malheur. Elle doit plutôt s'efforcer de leur rendre un peu d'espoir, et l'enfant qu'elle porte en elle l'encourage encore plus dans cette voie. Hervé Massip la soutient de toute son affectueuse bienveillance.

— Regardez-les ! Ils vont mourir, lui glisse-t-il souvent à l'oreille, si vous ne leur rendez pas le goût de vivre.

Est-il bon d'encourager la malheureuse Germaine à rendre de si fréquentes visites à son fils en traitement ? Sans doute. Il est le seul enfant qui lui reste. Même défiguré et *chanstiqué* du cerveau, il est là, à deux pas de la maison, à quelques stations de métro et de tramway. Gaston, le père, se rend plus rarement à l'hôpital. Il ne peut supporter de regarder en face le visage de son fils. Il craint de se trahir, de heurter Anatole par son attitude instinctive d'effroi, qu'il ne peut maîtriser.

Le miraculé du mont Renaud, le jeune militant anarchiste parisien versé dans les *joyeux*, au bataillon disciplinaire, le frère cadet de Jacques a récupéré partiellement sa mémoire, et sa mère devrait s'en réjouir. Mais elle est trop obnubilée par ses moindres réactions pour ne pas se rendre compte qu'il est loin d'avoir totalement retrouvé son identité.

Anatole s'est reconstitué une mémoire. Sa faculté de se souvenir n'est pas éteinte, mais atrophiée. Il reconnaît seulement celle qui se dit sa mère, parce qu'elle lui rend visite chaque jour depuis de longues semaines.

— C'est ainsi, se dit Germaine avec tristesse, c'est dans la nature des choses. Il se souviendrait de n'importe quelle autre femme si elle le visitait régulièrement ! Il veut sans doute me faire plaisir en m'appelant maman, comme je le lui demande.

Elle constate en reprenant confiance dans l'avenir qu'il commence à retenir le nom de ses proches, mais se dit que ces noms et ces visages sont sans doute entrés dans une seconde mémoire du fait qu'elle les lui a soufflés et montrés sur des photos. À cette idée, la tristesse l'envahit de nouveau. Que faire pour qu'il se retrouve enfin lui-même ? Et si une mère est impuissante, que peut faire de plus la Faculté ?

Un seul indice, mais inquiétant : à plusieurs reprises, quand elle lui a parlé de Suzanne et de Jules Laffère, elle a remarqué que ses yeux se fermaient aussitôt, que son visage se crispait dans un tressaillement. Dans les tréfonds de sa mémoire, le prénom de Jules évoque sans doute le front, la foudre, la mort. Anatole se ferme alors à toute conversation, et bientôt, les traits de son pauvre visage se relâchent, comme en proie à une immense désolation.

À chaque visite, après une heure de conversation, l'infirmière de la Croix-Rouge entre rituellement dans la pièce, explique à la mère que son fils est très las, toujours éprouvé, qu'il faut le ménager. Sa mémoire lui reviendra bientôt tout entière, sans aucun doute. Mais la violence des scènes qu'il a vécues fait encore écran. Il suffit qu'elles reviennent brusquement pour que dans son cerveau tout se brouille.

L'infirmière n'est pas une de ces femmes du monde dévouées par devoir social aux blessés, mais une professionnelle instruite de psychologie, très attentive aux progrès de ses chers malades. Elle ne tient nullement pour négligeables les remarques de Germaine Millet. On n'évince pas une mère, même si elle peut choquer le patient par des rappels de circonstances qu'il est encore incapable de supporter. Faut-il interdire les visites au malade ? Assurément non !

Le professeur Lacagne, qui suit Anatole de son mieux depuis son arrivée dans cet hôpital spécialisé, pense vraiment que la présence de la mère est bénéfique. Elle remet en marche, explique-t-il à l'infirmière avec des mots simples, le moteur du cerveau traumatisé. Toutefois, il demande à examiner lui-même Germaine Millet, et lui fait proposer un rendez-vous pour une visite.

Parlant avec elle, le praticien se rend compte que cette mère serait aussi à traiter : non pour perte de mémoire, certes, ses souvenirs sont d'une précision folle, mais ils s'arrêtent à une certaine période de la vie d'Anatole, celle où il a quitté le domicile familial. Elle ne veut pas lui rendre le souvenir de l'époque où il courait Paris, en proie à un délire dont elle ne comprenait pas les causes et qui devait si mal se terminer, par son arrestation pour insoumission et son envoi aux travaux forcés.

Depuis la mort de son aîné, pense le praticien, elle reporte son affection sur Anatole, s'accroche à lui, tente de souder son mental avec chaleur à son propre stock de souvenirs, toujours les mêmes, ceux où le petit Anatole était heureux dans le giron familial, adorait son frère Jacques et n'avait pas encore, sac au dos, décidé d'aller tout seul mener sa vie. Germaine est en régression mentale. Il faudrait avoir le temps de la soigner, pense Lacagne.

* * *
*

Aussi bien Suzanne se rend-elle compte qu'au retour de l'hôpital Germaine Millet va de moins en moins bien. Elle s'enferme longuement dans sa chambre, déficelle des paquets de souvenirs, s'applique à coller sur un album des photos de ses fils enfants, à relire des lettres dans lesquelles Jacques lui parlait d'Anatole. Pas un mot échangé lors du repas familial. Elle ne s'assied pas à table, se contente de servir. Gaston, loin de l'aider, demeure prostré, comme un homme accablé par le destin. Seul Hervé Massip lance à la mère quelques mots, sans toutefois oser demander des nouvelles du fils alité, car elle refuse toujours de répondre. La relation avec Anatole est son affaire exclusive, elle est aussi sa souffrance, son expiation. Lorsque Suzanne insiste, une crise de larmes s'ensuit. La rencontre quotidienne avec son cher malade ne l'aide pas à survivre, mais l'emmure dans une relation sans espoir.

Suzanne cherche à comprendre les causes de son affliction profonde et décide de l'accompagner à sa prochaine visite. Mal lui en prend. Le premier contact avec un grand brûlé est si éprouvant qu'elle est à deux doigts de défaillir. Certes, les chirurgiens ont accompli des miracles, mais le visage reconstitué est méconnaissable. Les greffes sont encore apparentes et donnent aux boursouflures de peau noircie un aspect terrifiant. Ce visage n'est plus humain.

La future mère sent brusquement son bébé s'agiter en elle, donner des coups de pied répétés, comme si son déséquilibre lui était perceptible. Elle a besoin de toutes ses forces pour retrouver son calme, respire profondément, ferme les yeux, demeure silencieuse, laissant à Germaine le soin de parler à Anatole.

Le regard aigu du malade cherche bientôt à découvrir qui est cette jeune femme assise à ses côtés et obstinément muette. Suzanne lui dit, en donnant à sa voix toute la douceur et la gaieté possibles, qu'elle est heureuse de le connaître, puisqu'elle ne l'a encore jamais rencontré, et qu'elle le trouve au mieux de sa guérison.

Les yeux d'Anatole expriment la stupéfaction. Il s'est habitué à certains contacts : sa mère, le professeur, l'infirmière, les aides soignants, tous repérés, catalogués dans sa nouvelle mémoire. Il est capable de se rappeler à quelle heure de la journée ils se manifestent dans sa chambre, il les attend, les espère. En même temps, cette routine lui déplaît, parce qu'elle lui fait confusément ressentir son incapacité à recouvrer sa liberté.

C'est dire que la voix chaleureuse et colorée de Suzanne, une femme qu'il n'a jamais vue, qui n'évoque dans sa mémoire aucun mauvais ou douloureux souvenir, ne fait pas que le surprendre, elle l'enchante. Son pauvre visage esquisse un mouvement que l'on pourrait prendre pour un sourire, ses yeux s'apaisent, se nimbent de tendresse. L'absence de cils et de sourcils les laisse à nu, vulnérables, et pourtant mobiles et expressifs. Suzanne s'efforce d'y découvrir les sentiments cachés du malade. Elle réalise combien sa présence le réconforte.

— Vous sortirez bientôt, et vous pourrez revoir vos parents, vos amis, lui dit-elle.

— Je n'ai plus d'amis, répond-il. Je ne connais que ma mère. Je n'ai plus qu'elle au monde.

Germaine ne peut se retenir d'éclater en sanglots. Elle saisit ses mains pour y déposer des baisers mouillés.

— Vous me parlez de mes parents, reprend Anatole, où sont-ils ?

— Je suis votre belle-sœur. Ne vous souvenez-vous pas de votre frère ?

— J'ai un frère ? Comment s'appelle-t-il donc ?

— Jacques, tu sais bien, sanglote Germaine. Nous en avons si souvent parlé.

— Et je suis Suzanne Laffère, son épouse. Jules, mon frère, était le meilleur ami de Jacques. J'ai connu mon mari dans son régiment de Coulommiers.

— Laffère, Jules... régiment... de Coulommiers...

Anatole répète ces mots sans suite. Germaine craint un nouveau malaise, fait signe à Suzanne de se taire.

— Bien sûr ! s'écrie Anatole, en se dressant hors de son fauteuil. Jules Laffère ! Le caporal, et l'autre, le garde républicain, mes bons amis qui m'ont envoyé au bagne ! Ces bons patriotes qui m'ont vendu, trahi, condamné à monter au casse-pipe !

Donnant alors tous les signes de la plus extrême agitation, il raconte en vrac, sans omettre un détail, la scène des Halles où ils l'ont retrouvé, alors qu'il était caché par une femme de cœur. L'ont-ils assez sermonné pour qu'il cesse de jouer les anars déserteurs et accepte de se rendre aux prévôts ! Ils ont ensuite disparu, il leur a échappé, pour se faire arrêter un peu plus tard sur le boulevard de Sébastopol. L'ont-ils dénoncé ? Il se souvient de tout, même de la moustache rousse du pandore qui lui a passé les cabriolets. La mémoire lui revient, ardente, violente, au point que Suzanne sort pour alerter l'infirmière, qui prévient aussitôt le professeur Lacagne. Et l'honnête praticien assiste, médusé, à la disparition du traumatisme sous le choc émotionnel.

— Vous dites que vous avez épousé mon frère Jacques. Où est-il donc, celui-là ? S'est-il dépensé pour que je reste dans le *droit chemin* ! Je l'ai retrouvée, frérot, *la voie de l'honneur*, regarde dans quel état !

— Jacques ne peut vous entendre, lui annonce Suzanne sans fuir son regard exalté. Il est mort au champ d'honneur.

* *
*

Rendu à sa solitude, Anatole pleure des jours durant la disparition de son aîné. Jamais en présence de sa mère, encore moins de Suzanne, dont il a seulement exigé qu'elle lui raconte dans quelles circonstances Jacques avait été tué. Puis il a tout de suite évoqué l'autre Jacques, le petit donneur de coups de pied dont il sera bientôt l'oncle ébloui : « L'oncle Anatole ! Suzon ! Moi, tu te rends compte ? J'ai hâte de prendre ce futur portrait de mon frère par la main ! »

Rieur, bravache, il attend qu'elle ait refermé la porte de sa chambre pour tantôt sangloter comme un bébé, tantôt maudire en rugissant cette guerre sans pitié qui les a tous meurtris. Le professeur Lacagne laisse le fleuve déborder de son lit, cogner, hurler sa colère : tout plutôt qu'une nouvelle plongée dans l'hébétude. Il constate avec satisfaction que peu à peu Anatole retrouve seul le souvenir des épreuves traversées, des horribles compagnons de géhenne des travaux forcés, des combats sanglants où la plupart des joyeux, ses camarades de misère, ont laissé leur vie.

Ensemble, ils en parlent, ont des discussions de vieux combattants qui soulagent Anatole. Des lieux, des épisodes restent pourtant cachés dans sa mémoire, depuis le flash de sa blessure : son sauvetage au front par des camarades, ses passages dans les hôpitaux, ses opérations chirurgicales et son long séjour au service des grands brûlés demeurent encore dans le flou.

Il ne peut pleinement réaliser l'étendue du désastre qui a marqué sa vie. Aucun miroir dans sa chambre, le verre des vitres de la fenêtre est dépoli pour éviter les reflets. On lui hache sa viande aux repas, il ne peut voir son image sur la lame d'un couteau. Toutes les précautions sont mises en œuvre par son entourage pour lui éviter la découverte brutale de sa difformité, et pourtant il la sent.

De son pouce, il parcourt son visage, enregistre les protubérances, les boursouflures, les ruptures de tissus, les points de suture des greffes. Il ne retrouve pas l'arête de son nez d'autrefois. Son front est un champ de bataille, son menton est absent, encore tenu sous un bandage. Une opération récente, sans doute. Il constate qu'il n'a plus de cils ni de sourcils. On lui assure qu'ils repousseront, il n'en est pas certain. A-t-il encore un centimètre carré de peau en propre, dont il puisse dire clairement : cela m'appartient, c'est bien ma gueule, on ne m'a pas tout enlevé ?

Il se prend soudain d'attendrissement pour la vieille femme vêtue de noir qui se dit sa mère, et qu'il ne peut croire. Son visage lui est inconnu, il s'y est seulement habitué. Le jeu horrible auquel il s'est livré, sans doute par compassion, a du moins cet avantage : il se souvient désormais parfaitement des innombrables détails de son enfance et de sa prime jeunesse que Germaine lui a racontés avec patience et qu'il est en mesure de restituer. Il se revoit dans l'atelier de son père, travaillant avec un minuscule rabot sur le petit établi que lui avait construit Hervé Massip.

« Hervé ! se dit-il, je veux le revoir, et aussi mon père ! » Quand l'infirmière le fait savoir à Germaine, elle ne se tient plus de joie. Ainsi donc, il est vraiment guéri, on ne lui a pas volé sa mémoire, elle n'a pas œuvré en vain. Il veut les revoir, tous, parce qu'il a envie de revenir parmi eux, de renouer avec son passé, de retrouver, même infirme, les joies de son enfance, de respirer l'odeur des copeaux et de la colle, de se sentir proche de son berceau de jeunesse, qui l'a conduit à l'anarchie des anciens ouvriers du faubourg. La guerre est finie, ou en passe de l'être, lui dit-on pour le rassurer. Il veut en être tout à fait sûr, demande à la première visite des journaux quotidiens. On les lui fournit régulièrement, mais il ne peut lire dans *Le Petit Parisien* ou dans *Le Matin* que des échos de combats. Il est clair que la guerre se poursuit en des lieux incertains, jamais précisés.

Elle n'est pas finie, assurément. On le berce comme un nouveau-né avec des romances sur la paix. Et pourtant, tout a changé depuis sa blessure. Grand est son étonnement de découvrir les photos des combattants américains, ainsi que le visage du président Wilson. Il demande à lire *Le Populaire*. On le lui promet. Quand Germaine lui en fournit un exemplaire, il s'étonne que le journal socialiste fasse un éloge vibrant du président américain, hostile, écrit-on, à la paix de victoire, et partisan de la paix des peuples.

Voilà qui est nouveau. Qu'en pensent ses anciens camarades ? Où sont-ils, ses amis politiques ? Dispersés par la guerre, tués, blessés grièvement comme lui, fusillés peut-être ? Comment les retrouver ? Il n'ose s'en ouvrir à son père Gaston, qui, désormais, vient souvent lui rendre visite avec Hervé Massip. Il les croit patriotes, et partisans de la guerre jusqu'au bout. Il a tort, sans doute, mais, dans la joie des retrouvailles, mieux vaut éviter les sujets susceptibles de les diviser. Il est trop mal dans sa peau pour ne pas se contenter d'avoir regagné le nid chaleureux de sa famille, dont la guerre l'a fait tomber comme par mégarde, sourit-il.

Il ne croit pas pouvoir envisager de sortie proche. Il se trompe. Le professeur Lacagne entre un beau jour dans sa chambre pour lui annoncer qu'il est définitivement guéri de ses troubles mentaux, et qu'il va changer d'hôpital.

— Pour quoi faire ? demande Anatole. À quoi bon ? Je suis si bien soigné ici.

— On peut faire beaucoup mieux pour vous dans un autre établissement, situé à Neuilly-sur-Seine et spécialisé dans la chirurgie faciale. Mes collègues chirurgiens veulent vous reprendre en main pour s'occuper de votre visage. Ils vous attendent avec impatience. Il faut leur faire confiance.

— Mais la guerre est bientôt finie ! lance Anatole presque joyeusement. Les Américains ont débarqué ! Je vais revenir à la vie civile, et retourner dans mes foyers. Le miracle que je vous dois, dit-il presque avec émotion à Lacagne, est d'avoir reconnu les miens, et donc de m'être retrouvé moi-même. Il reste sans doute à revivre la paix, la vraie paix, celle qui mettra enfin la guerre hors la loi.

— Nous en sommes loin, répond le professeur, mais

nous avons, dit-il en clignant de l'œil, de bons alliés. Ils nous permettront d'en finir rapidement, et de fonder enfin en Europe la fameuse paix pour mille ans.

* *
*

Tout Paris ne jure-t-il que par Wilson ? La gauche assurément, et ce culte commence à gagner le milieu ouvrier. Les syndicats se réfèrent à ses quatorze points, diffusés dans un discours datant du mois de janvier, et en principe destinés à fonder la paix telle que la conçoivent les Américains. Les gouvernements alliés seront-ils d'accord ?

Floyd Gibbons, le correspondant du *Chicago Tribune*, en discute au bar du Ritz, place Vendôme, avec Gilles Perret, un journaliste du *Petit Parisien*. À croire que l'endroit bénéficie d'un statut d'extraterritorialité : les boissons sont américaines, le pianiste joue du jazz en sourdine, et un consommateur sur deux porte l'uniforme de l'US Army. Les civils sont des hommes d'affaires français, mais aussi des photographes accompagnés de femmes très élégantes, figures de mode des grandes maisons de couture proches.

Gibbons, toujours à l'affût d'informations de première main, n'attend rien de ce Perret qui travaille pour un journal de vaste diffusion, mais se contente de rapporter des faits divers. De la guerre, il ne connaît que le communiqué officiel, et quelques reportages d'envoyés spéciaux au front, en fait guidés par le bureau de presse du GQG et inspirés exclusivement par lui.

Pourtant, il prête à Perret une oreille attentive pour une seule raison : le journaliste est chargé de la politique étrangère par son patron, le sénateur Dupuis, qui jouit d'un crédit reconnu auprès des hautes autorités françaises. Le problème de Gibbons est de savoir comment les dirigeants de la presse française vont accueillir les projets de paix américains. Pour lui, la guerre est déjà gagnée. Il va repartir le lendemain afin d'assister aux combats de Saint-Mihiel, où l'armée à bannière étoilée fera savoir au monde que l'Amérique est capable de l'emporter, alors que l'Europe de l'Ouest est à genoux.

Gilles Perret a-t-il reçu de son rédacteur en chef des instructions confidentielles ? Il accroche la curiosité professionnelle de son interlocuteur par une sorte de révélation :

— Le président Poincaré a des doutes, expose-t-il. Il a reçu Clemenceau hier. Le président du Conseil aurait fait des réserves sur les chances d'instaurer sur le Rhin la paix française, telle qu'on la conçoit à l'Élysée.

Floyd Gibbons boit lentement son whiskey, sans manifester la moindre émotion ni sortir son calepin, comme tenu par la promesse implicite de ne pas exploiter les confidences de son collègue. Il attend pourtant la suite avec intérêt, et garde le regard vif derrière ses lunettes cerclées d'acier.

— « Nous n'aurons peut-être pas la paix que vous et moi nous voudrions ! » aurait dit Clemenceau à Poincaré.

— Et qu'a répondu le président ? questionne l'Américain en se rapprochant pour être sûr de bien enregistrer les paroles qui vont suivre.

— « Nous aurons cette paix. Nous obtiendrons, si nous savons être fermes, l'Alsace de 1790 et la neutralisation de la rive gauche du Rhin. »

— Est-il allé jusque-là, vraiment ? La frontière de 1790 ? Des territoires sarrois, de langue allemande ! Cela confirme un article paru dans les *Leipziger Neueste Nachrichten*. Lisez-vous l'allemand ?

Il présente à Perret un extrait reçu de Berne, et signé par le journaliste saxon Oscar Hoecker :

— « Plus leurs affaires vont mal, traduit Floyd Gibbons, plus les Français haussent leurs prétentions. Quand ils espéraient que le rouleau compresseur russe nous écraserait, ils ne demandaient que l'Alsace-Lorraine ; maintenant que leurs jeunes gens de dix-sept ans périssent entre des nègres et des *tommies*, il leur faut la rive gauche du Rhin. Je suis jaloux de leur fierté impertinente. »

— Ainsi, réagit Gilles Perret, les Allemands connaissent le point de vue des Français et l'étalent dans leur presse ? Voilà qui est très nouveau !

— Ils font l'éloge du maréchal Foch et le donnent aux lecteurs en exemple de foi patriotique, c'est vous dire ! Ils présentent aussi Clemenceau comme un modèle de résistance. Comprenez-vous cela, Perret ? Les journalistes allemands citent vos dirigeants en exemple à leurs lecteurs, probablement affectés par la propagande pacifiste et la menace de révolution.

— En sont-ils réellement là ? Il me semble que leur front ne faiblit pas.

Floyd Gibbons a un geste d'impatience. La presse française est-elle si mal informée ? Ne connaît-elle pas les derniers bobards qui courent en Allemagne, relatés par les journaux hollandais ou danois ? La rumeur du suicide d'Hindenburg, par exemple, ou de son assassinat par les soldats, à la manière des bolcheviks ?

Non, ce Français ne sait rien de tout cela, visiblement rien. Il ne s'intéresse qu'à la reprise de Noyon et, demain, à celle de Metz et de Strasbourg. Floyd est curieux de voir jusqu'où va l'indifférence de Perret aux idées de Wilson.

— Au fond, lui dit-il, si l'empereur Guillaume faisait savoir à Clemenceau qu'il est disposé à rendre l'Alsace et la Lorraine, avec un petit bout de Sarre charbonnière en pourboire pour les réparations, Clemenceau serait prêt à traiter ?

— Vous oubliez l'indemnité de guerre, et la sécurité sur le Rhin, qui, pour Foch, est l'essentiel. Sans doute ignorez-vous aussi la volte-face de Poincaré, qui reçoit volontiers Foch, qu'il évitait jusque-là. Il semble avoir oublié Pétain. Pourquoi, selon vous ?

— Parbleu ! répond aussitôt Floyd, il cherche à se rapprocher de ses *partners* anglais, qui ont aussi leurs buts de guerre, et donc de Foch l'anglophile, contre Wilson et ses projets de paix universelle, de paix sans victoire, mais avec une Allemagne débarrassée du Kaiser et de la caste des junkers.

— Vous ne semblez pas réaliser à quel point Foch a changé. Il se fera le champion de la paix dite de sécurité, qui ressemble beaucoup à une paix de victoire.

— Il y a donc un parti Foch en France, conclut Floyd Gibbons.

— C'est vous qui l'avez dit.

*

Le général Pershing a rassemblé ses trois corps d'armée autour de Saint-Mihiel. Assurément, il a reçu de Washington des instructions très précises et répétées pour combattre désormais sous son drapeau, et remporter sur ce champ de bataille, à la limite de la Lorraine, des victoires qui illustrent une intervention américaine en Europe mobilisant deux millions et demi de soldats, dont la moitié de combattants. Pershing n'est nullement pressé d'en finir trop vite avec l'Allemagne, avant que sa défaite ne se solde par une capitulation sans conditions. Il envisage les offensives décisives sur le Rhin en 1919, quand tous ses effectifs auront débarqué, avec un armement plus spécifiquement américain, notamment des mitrailleuses Browning et des avions *made in USA*.

Pour prendre Saint-Mihiel, il a encore besoin des Français, particulièrement de leurs chars, comme l'en a convaincu George Patton, qu'il vient de nommer général de brigade, en le conservant près de lui en tant que chef de l'état-major des chars. Ce seul fait explique la présence, le 10 septembre à son QG de Ligny-en-Barois, de Michel Dupuy, chef d'un groupement de l'artillerie d'assaut. Les consignes données au commandant par le GQG français sont de coller au corps colonial et de servir son attaque en exclusivité. Pershing le sait, mais il croit pouvoir fléchir le jeune chef, ardent au combat, dont on n'a pas manqué de lui préciser qu'il était l'époux de Mary, la fille de Paxton, un général commandant au front une division d'infanterie, un ancien camarade de l'école militaire supérieure de West Point.

— Vous pouvez certainement imaginer, lui répète-t-il souvent, les conséquences morales d'une défaite de la première offensive américaine sur le sol français ? Nous n'avons pas le droit d'échouer. Apportez sur mon front trente chars français supplémentaires, il me les faut.

— Mon général, explique Michel Dupuy, très embarrassé par le ton sans réplique de l'Américain, mes ordres, reçus de Provins, me placent à la disposition du général français Blondlat, commandant le corps colonial.

— Avez-vous déjà pris contact avec lui ?

— Naturellement.

— C'est regrettable. Ignorez-vous que j'ai délégation du maréchal Foch pour diriger seul cette opération, et que je puis disposer comme bon me semble de votre *Colonial Corps* ?

— Cependant, mes ordres...

— Je me moque de vos ordres. L'artillerie d'assaut dépend de moi dans son ensemble, tout comme les forces aériennes. Je n'ai qu'une trentaine d'escadrilles portant les couleurs américaines.

— Des avions français, des Spad..., rectifie Patton, qui cherche à calmer le différend car il convoite fortement son supplément de chars, et redoute que ce commandant français ne se braque.

— Ils seront bientôt tous américains. Nos chaînes de fabrication travaillent jour et nuit à équiper nos escadrilles. En attendant, les Français mettent à ma disposition les six cents appareils de leur 1re division aérienne, et les Anglais, les cent bombardiers de l'Independent Air Force du général Trenchard, basée à Nancy. Les avions décolleront à mon signal.

— Il faut préciser, ajoute Patton, que le colonel américain Mitchell commande l'ensemble de la force aérienne qui comprend, outre sept cents chasseurs, plus de quatre cents bombardiers de jour et de nuit, sans compter quelque trois cents coucous d'observation. Les pilotes sont belges, portugais, polonais, italiens, pas seulement français ou américains. Une vraie force internationale dotée d'un matériel franco-britannique. Des Spad autant que des Sopwith de la dernière couvée.

Mitchell, invité par Patton, se présente à l'état-major comme responsable de la force aérienne, et répond aussitôt à l'invitation de Pershing d'exposer la mise en place de ses forces, y compris des escadrilles françaises. Le bouillant colonel comprend qu'il s'agit d'impressionner ce commandant français des chars. Il explique que les raids ont commencé sur une très large échelle :

— Des villes et des gares sont bombardées jusqu'à soixante kilomètres du front : Longuyon, Conflans et Metz, attaquées cette nuit même. J'ai entraîné mon 3e groupe de chasse à surprendre et détruire les convois de camions exclusivement à la bombe. Ils se concentrent sur un point de passage obligé des Allemands que nous avons repéré avec soin : la route de Vigneulles à Mars-la-Tour, par Saint-Benoît et Chambley. Les chasseurs ennemis ont été éliminés. Notre as des as à nous, Frank Luke, a remporté quatorze victoires depuis le début de la semaine, dont cinq en huit minutes.

— Vous voyez, coupe Pershing, que nous sommes

déjà engagés dans un combat aux forces parfaitement intégrées, sous mon commandement exclusif. Il faut désormais préparer l'assaut, et nous avons besoin de votre artillerie spéciale. Pas un char ne doit nous manquer.

— Mes chars, précise Michel Dupuy, sont armés de mitrailleuses lourdes.

— Il n'importe, répond Pershing, ils peuvent grandement faciliter l'assaut de l'infanterie. Vous avez ici mes chefs de corps, Dickman, Ligget et Cameron. Ils sauront vous exposer ce qu'ils attendent au juste de vous. Nous connaissons la capacité manœuvrière de vos Renault.

Les généraux inclinent la tête, saluant sans sourire. Ils estiment légèrement inconvenant que le Français Blondlat, commandant du corps colonial, ne soit pas présent à la réunion au sommet, et qu'ils n'aient pour interlocuteur qu'un commandant de chars. C'est aussi l'avis de Michel Dupuy. Il se demande pourquoi le corps d'armée français n'est pas représenté. Traquenard tendu par Pershing, ou calcul de la part de Blondlat ?

— J'ai déjà intégré dans mon corps, sur mon aile droite, la 15ᵉ division coloniale française, précise Cameron, le plus ouvert des généraux américains. Le général Blondlat devrait être présent, mais ses unités ne sont pas encore toutes arrivées en ligne. Il les attend pour les... comment dites-vous, *dispatcher* ? J'espère qu'elles n'ont pas reçu de contrordre.

— Reste le problème des tanks, intervient un autre général à la mine sévère, aux sourcils broussailleux, resté jusque-là sur la réserve et présenté par Patton sous le nom de Rocquenback. Il est chargé de superviser les blindés alliés de toute origine.

Michel s'étonne qu'un personnage aussi important, ancien patron de Patton, s'adresse à lui, modeste commandant Dupuy. Il se demande si Pershing manque de tanks à ce point. Il croit savoir que l'armée américaine dispose de trois mille pièces d'artillerie. On a sans doute jugé superflue, à Provins, l'attribution à une offensive locale d'une importante force blindée, peut-être disproportionnée avec la capacité réelle de résistance des Allemands. Avant que d'obéir à Foch, le général Blondlat dépend de l'état-major de Pétain, qui régule les engagements d'unités, y compris ceux des chars, bien sûr.

— Je dispose de deux cent soixante-dix chars seulement, précise Rocquenback.

Michel s'interroge : pourquoi cet Américain convoite-t-il tant ses trente petits Renault, alors qu'il en détient dix fois plus ?

— Une centaine d'équipages à peine sont français, les autres sont américains et n'ont pas encore été engagés au combat. Nous redoutons qu'ils ne soient une cible trop facile pour les artilleurs allemands, très entraînés. Nous comptons sur vos hommes pour les diriger. Le général Estienne nous a vivement recommandé de vous utiliser, si vous me permettez l'expression, comme « poisson pilote ». Vous êtes actuellement l'officier français le plus expérimenté dans le combat des chars. Nous équiperons tous vos tanks Renault FT17 de postes de radio réglés sur nos fréquences.

— Pas d'objections, commandant ? lance Pershing de sa voix de castagnette.

— Pas la moindre, mon général.
— Tenez-vous à la disposition de Rocquenback. Je ferai connaître incessamment cet accord au général Blondlat.

* *
*

De retour à son unité, Michel Dupuy constate qu'il dispose d'une seule auto blindée. Il s'en inquiète.

— Jules est parti en repérage, explique Raoul Carpentier. Il n'en pouvait plus de son inaction. Il m'a dit qu'il aimait savoir à qui il avait affaire.

Le commandant attend désormais de l'état-major de Ligny-en-Barrois son ordre de mouvement. Il a tout le temps de préparer ses chars au cantonnement, de procurer à chaque équipe la carte d'état-major de la région, d'annoncer l'arrivée de radios américaines toutes neuves. Il ne dispose malheureusement pas d'un assez grand nombre d'opérateurs capables de les utiliser.

Sa première question aux équipages est de demander qui peut se charger d'une radio. À sa surprise, des mains se lèvent. Les hommes ont pris l'initiative de se faire expliquer le mécanisme assez simple des quelques postes existants. Le problème, pour le conducteur ou pour le chef de char, sera de manœuvrer pendant l'action les écouteurs aux oreilles, car il est impossible d'embarquer plus de deux hommes dans un Renault.

Quand les Américains livrent les postes sur un camion Ford, ils sont accueillis par des hourras et fêtés comme des bienfaiteurs. Les artilleurs spéciaux aiment les innovations techniques. Ils enrageaient de naviguer au fanion ou au pigeon voyageur, alors que leurs camarades des batteries fixes travaillaient en liaison radio permanente avec l'aviation d'observation.

Ils se jettent sur les postes, demandent les codes aux *sammies* qui s'empressent de les leur communiquer, en leur montrant les manœuvres très simples qui permettent de rester au contact et de recevoir des ordres. Il est prévu que ceux-ci seront donnés dans les deux langues, pour plus de sûreté.

Jules rentre à point nommé, à la fin du jour, pour calmer l'angoisse de Michel. Il lui apporte une moisson de renseignements piqués çà et là, la plupart du temps dans les secteurs français et américains, au contact des bataillons de première ligne.

— Nous sommes seulement quarante-huit mille Français à prendre part à cette bataille, pour dix fois plus d'Américains, dont la moitié sont gardés en réserve. Ne t'inquiète pas pour l'artillerie ! La plupart des pièces sont servies par des Français, et les observateurs sont les nôtres.

— Comment peux-tu l'affirmer ?

— Je le tiens d'un officier de chez Blondlat, installé au fort de Liouville, d'où il a une vue panoramique sur les positions allemandes. Le général multiplie les observations. Il ne quitte pas la longue-vue. Je crois pouvoir ajouter qu'il a bien l'intention de mener ses coloniaux au combat comme il l'entend.

— Qui avons-nous en face ?

— La hernie de Saint-Mihiel s'est formée dès 1914 entre la crête des Éparges et la boucle de la Meuse, de

Pagny à Pont-à-Mousson. En avant de la rivière, la butte et la forêt de Bois-le-Prêtre, endroits sinistres où pullulent les tombes et surtout les fosses communes des nôtres. Les Boches connaissent à fond le terrain. Ils n'en ont pratiquement pas bougé depuis septembre 1914. Nos offensives n'ont jamais pu les en déloger.

— Très mauvais secteur. Et leur artillerie lourde bombarde la voie de chemin de fer de Paris à Nancy sur le tronçon Lérouville-Commercy, menaçant nos liaisons, commente Michel en étudiant la carte. As-tu une idée des effectifs de l'ennemi ?

— Toujours les mêmes : le détachement d'armée C du général von Fuchs avec douze divisions, sans doute incomplètes et pas de premier ordre. Les patrouilles ont rapporté des pattes d'épaulettes. Nous avons devant nous des Bavarois et des Saxons, et même, paraît-il, une division austro-hongroise.

— Je croyais que le jeune empereur Charles Ier ne voulait à aucun prix engager les siens au combat sur le front de l'Ouest. Où se tient von Fuchs ?

— Quelque part entre Saint-Hilaire et Haumont. Son QG est bien caché. On croit savoir, chez Blondlat, qu'il dépend du groupe d'armées de von Gallwitz.

— De combien de canons disposent-ils ?

— D'un millier sans doute, des pièces de 77 pour la plupart. Les observateurs assurent qu'ils ont commencé à évacuer leur artillerie lourde. Il leur reste les pièces de campagne, dont les 105 tractés, et surtout leurs innombrables *Minenwerfer*.

— Les Américains sont donc en nombre très supérieur, d'au moins trois fois !

— Ne juge pas en effectifs. Cette position, tenue depuis longtemps, offre des collines et des côtes rocheuses entièrement truquées, des *Stollen* profonds cachant l'infanterie, des réserves de munitions illimitées pour les nids de mitrailleuses protégés par des coupoles d'acier ou des bunkers bétonnés. Ils ont eu le temps de s'organiser en plusieurs lignes de résistance successives. On n'aperçoit pas, à la jumelle, l'arrondi d'un casque au cours de la journée. Ils sont enterrés, invisibles. Leurs réserves de gaz et d'obus arsidés sont sans doute importantes. L'assaut d'une telle position est aussi difficile que celui de la ligne Hindenburg. C'est un retranchement de forteresse.

— Les Américains ont renforcé leur dispositif sanitaire. J'ai aperçu partout des postes de secours. Ils s'attendent sans doute à de lourdes pertes au cours de l'assaut.

— À l'évidence. Je puis toutefois te communiquer une information qui vaut son pesant de moutarde. Elle vient d'un chef de patrouille de zouaves. Ils ont surpris un ordre d'évacuation du saillant datant du 8 septembre. Nous sommes aujourd'hui le 10. Cela signifie que depuis deux jours, à longueur de nuit, l'ennemi a commencé à évacuer la position.

— Quel excellent renseignement, caporal ! le félicite Michel en lui donnant une bourrade.

— Ne te réjouis pas trop vite. J'ai bien retenu la phrase finale de l'ordre de l'état-major du détachement d'armées à ses chefs de bataillon, saisie par nos zouaves : « Vous devrez vous battre aussi longtemps que la situation tactique vous le permettra », a stipulé von Fuchs.

* *
*

Le commandant français Dupuy se montre très coopératif avec les Américains : il se rend lui-même à motocyclette, en pleine nuit, au PC de George Patton, qu'il a trouvé réceptif et même sympathique. Le grondement des moteurs entourant le lieu ne trompe pas. Les tanks sont là rassemblés, et Patton commande en personne à toutes les brigades.

Rien d'étonnant : il est devenu un véritable professionnel de l'artillerie spéciale, depuis qu'il a créé à Langres le premier centre d'instruction des blindés américains. Sur ce champ de bataille de septembre, en Lorraine, le seul véritable responsable de l'arme blindée interalliée, c'est lui.

L'endroit est sinistre à la nuit tombée : une grotte consolidée par le génie dans la côte de calcaire, à peine fermée par une bâche et tapissée de toiles de tente. Patton l'a choisie parce qu'on n'y sent aucune odeur d'ypérite ni d'arside et qu'il a, bien que fort, le nez délicat. Devant la grotte, un ravin assez à pic que les Allemands bombardent, car l'artillerie s'est cachée à son ouverture. La grotte est dissimulée aux regards de l'ennemi par la forêt très dense en cet endroit, et pourtant le soleil l'éclaire vivement dans la journée, perçant à travers les branchages.

À peine Michel a-t-il commencé de transmettre à son interlocuteur les informations recueillies par les zouaves que Patton lui fait signe de le suivre, et lui désigne le ciel où passent des bombardiers Gotha, dans le clair de lune.

— *Listen ! I don't like that* [1]*!*

Ils sortent de la grotte pour gagner la route. Michel découvre que les chars sont cachés sous les frondaisons des bas-côtés, ce qui n'est pas prudent. Trop proches les uns des autres.

— *Be cautious. It's for us* [2]*!*

Le bruit d'un moteur se rapproche, et soudain cesse. Patton plonge à terre. Michel saute dans un fossé. Ce bref silence est l'indice du largage de la bombe. Elle tombe. Le moteur se remet aussitôt à ronfler et l'avion s'éloigne pour échapper à l'explosion. L'interruption n'a duré qu'une dizaine de secondes. Michel a l'habitude des raids aériens. Il sait que le pilote coupe les gaz pour pondre son œuf avec le maximum d'efficacité, juste au-dessus de sa cible.

Le moteur reprend de plus belle, arrache l'appareil vers la lune. Michel ajuste son casque. Un sifflement, une explosion.

— *Come with me* [3]*!*

Patton semble très habitué à ces bombardements aériens. Il a appris que l'avion était désormais le premier ennemi du char, au moins autant que le canon. Il entraîne Michel dans l'abri creusé dans le roc où s'est réfugié son état-major.

— *They will come back* [4] *!*

En effet, une secousse est perceptible dans l'abri. Un autre avion a lâché sa bombe de la même façon. L'état-

---

1. Écoutez ! Je n'aime pas ça !
2. Attention, c'est pour nous !
3. Venez avec moi !
4. Ils vont revenir !

major est-il repéré ? Patton ne le croit pas. Les bombardiers visent plutôt la route et ses convois nocturnes. De fait, un camion porteur de munitions s'embrase, éclairant vivement toute une colonne de Ford. Cherchant leur cible à la lumière des projecteurs de la DCA, les mitrailleuses antiaériennes crépitent dans un vacarme assourdissant.

— Les Gotha ne se montrent que de nuit, dit le général à Michel dans son français rugueux. Le jour, nos chasseurs en feraient une bouchée. Ils ont parfaitement repéré la route. Il faut craindre maintenant le tir de leurs batteries fixes. Ils veulent anéantir le convoi qu'ils ont reconnu. Les camions sont sans doute déjà dispersés, mais je crains le pire pour mes tanks.

Il demande par radio aux chefs de batterie d'éloigner les Renault FT17 de la route menacée. Qu'ils partent aussi vite que possible en pleine nature et cherchent abri sous les arbres, en attendant l'ordre de regroupement.

Michel Dupuy, l'alerte passée, renouvelle en anglais ses révélations. Les Allemands se préparent à lever le camp, dit-il. Il en a la preuve. Patton écoute avec attention ce Français qui parle d'un ton uni et calme. L'ordre de mouvement donné par le général allemand von Fuchs le surprend. Rien ne bouge en apparence dans les lignes d'en face, au moins durant la journée.

— C'est de nuit qu'ils travaillent, assure Michel. En ce moment peut-être, ils poursuivent leur évacuation des dépôts et réserves. Attention ! Même s'ils ont commencé leur repli, ils conservent des positions très solides et des armes spéciales meurtrières pour les chars. Les *Minenwerfer* bombardent à vue, et les nouveaux fusils spéciaux peuvent crever les réservoirs des FT17.

Il raconte à Patton sa propre expérience, l'assure qu'une balle SnK à noyau d'acier de 13 millimètres tirée par un Mauser Tankgewehr peut pénétrer l'acier d'un rail, et donc la cuirasse d'un tank avec encore plus de facilité.

Patton doit déjà le savoir, car il n'insiste pas. Il demande si les défenses allemandes sont à l'épreuve des pièces lourdes.

— Naturellement, répond Michel sans hésiter. Leurs nids de mitrailleuses sont bétonnés et soigneusement camouflés. Les obus ne peuvent les réduire que s'ils tombent pile dessus. Je ne connais pas d'exemple de bombardement de préparation, aussi long soit-il, qui ait pu éliminer ce genre d'obstacle.

— Nous bombarderons mètre par mètre, et pendant quatre heures, assure l'Américain, confiant.

— Et les mitrailleuses légères, portées par deux hommes seulement, auront tout le temps de se jeter dans les trous d'obus pour attendre notre infanterie. Il n'est jamais certain qu'un bombardement d'artillerie anéantisse un réseau dense de barbelés. Les Allemands en ont fait à Verdun l'expérience cruelle.

— Comment envisagez-vous l'emploi des chars dans une telle configuration ?

— Ouvrir des brèches dans la défense, ils peuvent le faire à coup sûr, et précéder l'infanterie au lieu de la suivre, dans l'exploitation de ces percées locales du glacis. C'est aux fantassins de suivre, et certes de protéger les tanks, de favoriser le sauvetage des équipages dont l'engin est touché, d'occuper les points de résistance anéantis par les mitrailleuses des Renault et de les retourner contre l'ennemi. Mais c'est aussi leur rôle que de guider l'attaque, de l'encourager, de faire savoir à nos biffins qu'ils ne sont plus seuls à la tâche.

— Je veux que nous combattions ensemble, lance avec un enthousiasme bourru George Patton, de retour à son PC. Demain, dès l'aube, je vous expédie un officier de liaison, avec le plan d'attaque bien mis au point. Vous êtes un homme précieux.

* *
*

Les tanks sont cachés dans la forêt d'Apremont, pendant que les voitures blindées surveillent les débouchés vers l'ennemi. Sans prendre aucune précaution, Jules Laffère oblige Philippon, son pilote guéri mais terrorisé, à circuler dans la journée du 11 septembre sur le no man's land, en direction du village ruiné d'Ailly, occupé par l'armée de von Fuchs.

Il est impossible de ne pas se faire repérer par les observateurs du fort du Camp-des-Romains, où flotte le drapeau impérial, comme un défi. Les deux soldats sont seuls à bord de Titine, avec Iouri l'Ukrainien assoupi qui tressaute dans les chaos sans se réveiller. Les autres dorment sur un lit de mousse, dans le bois d'Apremont. Philippon proteste. Il est toujours au danger, pour le seul plaisir du caporal. Le bougre ne peut-il rester tranquille comme tout le monde sur ce front, en attendant l'assaut général ?

— L'auto est blindée ou non ? le secoue Jules. Tu n'as rien à craindre des giclées de mitrailleuses, elles rebondissent sur ta carcasse. J'ai besoin de repérer les départs de tir des Boches. Avance en crabe, pour éviter les pointages.

Saint-Mihiel est un village situé juste en arrière de la forteresse, et protégé par sa masse. Entre la forêt et le rocher du Camp-des-Romains, l'ennemi s'estime bien protégé. C'est pour cette raison, disait Michel Dupuy, que le corps colonial est juste au contact. Il est tout de même incroyable que le général Pershing laisse à des Français le soin de s'emparer du village qui donne son nom à la bataille. Pense-t-il que seuls des Noirs et des Arabes peuvent risquer leur peau dans une entreprise aussi décourageante ? Et si telle est bien l'hypothèse de départ du plan américain, pourquoi ces Français, massés devant le secteur le mieux défendu, seraient-ils privés de tanks ? Il n'est d'ailleurs pas sûr que leur attaque puisse aboutir, tant la masse d'artillerie groupée derrière le fort semble redoutable.

Justement, un obus de 77 vient exploser devant Titine, trop loin pour la cribler d'éclats.

— Ils cherchent leurs marques ! lance Jules. Cabre-toi et file comme un cheval au galop vers la voie ferrée de Sampigny.

Du haut de son observatoire de la 4e brigade de la *Rainbow division,* le général MacArthur suit l'action à la jumelle. Mâchoire carrée, bouche mince, pas un trait de son visage ne bouge sous sa casquette rabattue sur son front, car il ne porte jamais de casque.

— *Look at the crazy French,* dit-il à son chef d'état-major, qui fait signe à l'officier d'artillerie de suivre l'action à la jumelle.

Il a vu et noté le premier départ de 77. Il attend la suite avec intérêt. Autant de cibles repérées et dûment reportées sur la carte d'état-major par l'officier, en prévision du tir de préparation du petit matin.

Déboulant à travers champs, Titine bloque ses deux roues avant, saute sur ses chenilles et s'arrête brutalement sur ordre de Jules. Il veut laisser le temps à une autre batterie de 77 de tirer un coup de semonce, pour avoir toute faculté de la repérer.

Philippon a compris la manœuvre. Il râle. Le chef lui fait jouer le rôle de la chèvre, ou du mouton, lui ordonne de se prêter au tir au lapin. Tous les animaux domestiques passent dans ses jérémiades, y compris les cochons de Boches, qui semblent poursuivre Titine par jeu, pour exercer sans danger leurs pointeurs, puisque la voiture n'a pas de canon pour leur répondre.

Une autre batterie de 77 a effectivement pris le relais, tirant sa première salve de quatre obus qui s'inscrivent dans le ciel bien dégagé sous forme de flocons. Un temps d'arrêt. Jules pressent que les observateurs ne se hâtent pas, ils veulent viser à coup sûr et faire exploser l'étrange amas de ferraille. Il fait signe à Philippon de reculer jusqu'à la ruine d'un mur, pour s'y mettre à l'abri. L'arrière de la voiture cogne les pierres, réveillant l'Ukrainien écroulé dans l'habitacle, qui jure entre ses dents en saisissant son fusil.

L'obus de 105, et non de 77, explose à moins de deux mètres de l'engin, disloque un arbre fourchu. Jules jubile. C'est la preuve que les Boches ont avancé les 105, des pièces lourdes, tout près des lignes. Voilà une belle proie pour les artilleurs. Le tir, à vue de nez, vient de derrière le fort. La position exacte de Titine a dû être communiquée par les observateurs ennemis. Jules demande à Iouri s'il va bien. L'autre, torse nu, est occupé à prélever dans son biceps, avec la pointe de son poignard, un éclat pointu comme une aiguille.

Le caporal veut poursuivre le jeu dangereux et donne l'ordre de se rapprocher du fort. Une manière de défi pour les artilleurs d'en face. Un tir mieux ajusté fait exploser un obus juste devant la voiture et l'ensevelit en partie sous la caillasse. Philippon lâche une bordée de jurons, manœuvre vers l'avant, puis vers l'arrière, écrase des tas de cailloux de ses chenilles et triomphe de l'obstacle. Il est méconnaissable, recouvert de poussière crayeuse, blanc comme un bonhomme de neige. On distingue à peine Jules et l'Ukrainien dans le bloc de l'habitacle. Quand ils émergent enfin, Philippon se frotte les yeux et salue le caporal :

— Mission accomplie, nous attendons le prochain obus avec confiance. Nous n'avons plus de secrets pour la terre de Meuse. Elle est dans nos yeux, dans nos oreilles, dans nos poches. Il nous reste à plonger au fond du trou pour ne plus en ressortir. Plus jamais.

* *
*

Ils sont rejoints par un parti de Sénégalais qui les voit en difficulté. Le sergent reconnaît Jules, malgré la poussière qui recouvre entièrement son uniforme.

— C'est moi ! lui crie-t-il dans les oreilles, Samba Koumi ! Vous vous souvenez du mont Renaud, caporal Tempête ?

Jules ignorait que les tirailleurs l'avaient affublé de ce surnom. Clignant des yeux, il dévisage Koumi, le situe :

— 70ᵉ bataillon, te voilà sergent ! Et tu n'as plus Douno Diouf pour t'ouvrir la route. Ton papa de Bandiagara.

Koumi est au bord des larmes. Diouf est mort. Il lui a laissé son grade de sergent. Il l'inspire encore, du fond de la forêt des ancêtres, et Koumi entend sa voix qui lui dit : « Va jusqu'au bout de ton courage et ménage les tiens. Ils sont de bons et vaillants garçons comme toi, et ils ont des femmes et des mères au village. »

— Je veux venir avec toi, dit-il au caporal qui brosse hâtivement son uniforme. Dans l'habitacle, Iouri et Philippon évacuent la pierraille à la pelle.

— Nous n'avons pas de fauteuil à t'offrir !

— Mais tu sais faire la guerre. Chez toi, on ne meurt pas !

— Hélas ! se lamente le caporal.

Il n'a pas le temps d'en dire plus. Deux officiers surgissent, bottés et casqués. Jules les reconnaît : il les a « secoués » sur la route, au poste à essence.

— Je vois que ce caporal débauche nos sergents, dit le premier officier, le capitaine Poullet, au lieutenant de Bellecize.

Voyant le chef en délicatesse, Iouri l'Ukrainien et Philippon lui-même sautent à terre, encore blancs de poussière.

— Que faites-vous dans mon secteur, au 70ᵉ bataillon de tirailleurs sénégalais ?

— Corps franc ! répond Jules avec un regard si féroce

que Poullet baisse les yeux. Corps franc, comme ville franche, ou Franc-Comtois. Franc, c'est tout simple, cela veut dire libre ! Et Jules fulmine contre Philippon : retourne à ton volant, bleusaille, qui t'a dit de couper le moteur ?

Ils sautent en marche. Les officiers leur barrent la route, appellent du renfort, pointent sur eux leurs sticks, les menaçant du conseil de guerre. Jules se retourne. Samba Koumi a sauté derrière la voiture et se cache à l'abri du blindage.

— Tu ne peux pas rester, Samba, le dissuade Jules avec affection. Regarde ton grade. Tu es sergent. Et le mien : caporal. As-tu vu un sergent obéir à un caporal ? Pars vite, si tu veux éviter le falot.

Il obéit, saute en route, retire son casque pour saluer les *Francs* tête nue, sans répondre aux ordres aboyés par le capitaine qui lui promet Biribi s'il ne rejoint pas immédiatement sa section.

— Longue vie à caporal Tempête !

Philippon voudrait prendre le chemin du retour. Jules n'est pas de cet avis.

— Il faut profiter du jour pour tout voir. À l'aube du 12 septembre, il sera trop tard.

Il dirige la voiture vers le bord extrême du no man's land, au départ du glacis ennemi, profond de cent mètres et piégé de barbelés, de trous à ferrailles, de mille embûches mal repérées par l'artillerie et qu'il faut connaître en détail pour éviter les pertes inutiles. Jules descend en souplesse pour arrimer au crochet de leur pare-chocs d'acier l'extrémité d'un barbelé du réseau.

— Recule à fond !

La voiture hoquette, patine, proteste, mais finit par arracher un rouleau de ferraille, avec ses piquets de fer. Jules l'observe avec attention :

« Ils ont encore allongé, se dit-il, les pointes acérées du fil de fer, qui font quatre ou cinq centimètres. Un homme empêtré là-dedans ne s'en sortira pas sans lacérations graves. »

— Il faut les chars pour ouvrir ! lance Jules à Philippon qui le dévisage. Trop dur pour Titine. Nous ne passerons pas. Et les Sénégalais se feront massacrer par les nids de mitrailleuses postés en tir croisé, dont j'ai repéré à la jumelle les coupoles blindées. Je me ferai une joie de les canarder à la grenade dès demain.

L'ennemi est-il sourd ou aveugle ? Sans doute perplexe, il laisse avancer la voiture dans le réseau sans tirer un obus. Jusqu'où cet engin cabossé va-t-il poursuivre son travail de nettoyage et d'observation ?

Le premier coup de semonce passe au-dessus de leur tête. Un 77, à n'en pas douter, Jules a reconnu son sifflement caractéristique.

— Recule et mets-toi vite à l'abri de ce pan de mur, là-bas, à cent mètres.

Les trois obus arrivent ensemble, pulvérisant les ruines de la ferme et une partie du pan de mur où s'est réfugiée la Renault. Philippon songe qu'il va bénir à genoux le caporal, l'encenser jusqu'à la fin de ses jours. Hier, il le sauve de la grippe espagnole, aujourd'hui, sans cette reculade inspirée, ils y passaient tous les deux, sans compter Iouri, assommé par l'explosion, mais sauf.

— Il est l'heure de rentrer, dit le caporal en regardant le coucher du soleil, tel un moissonneur aux champs entendant l'angélus. Il se fait tard.

* *
*

Le temps est maussade le matin, avec des brouillards froids. À midi, le soleil de septembre perce assez chaudement pour faire pousser les dernières fleurs de l'été, les reines-des-prés frivoles et attardées, et déjà les colchiques. De lassitude, Jules s'allonge sur la mousse, à l'orée du bois dominant le ravin. Il a une vue imprenable vers le rupt de Mad, qui serpente au pied du bois de Mort-Mare, où doivent attaquer les Américains.

Les nuages se pressent au couchant, condensés au-dessus des feuillages. Jules aime en suivre les contours mouvants, quand ils s'effilochent sous le vent d'ouest en longues traînées blanches, se regroupent dans un tourbillon en méduses ou en comètes au centre noir, sombre, porteur de grêle. D'autres, pommelés ou dentelés, s'annoncent à l'horizon dans une revue à grand spectacle. Le soleil, plongeant dans les eaux de la Meuse, éclaire les nébuleuses par en dessous, à contre-jour, faisant éclater toute la gamme des roses pour empourprer le ciel. De l'autre côté, la lune se lève, timide et blême, signal de mort. Quand elle aura terminé sa course, la grande tuerie commencera.

Jules connaît le rôle des lunaisons dans les arrivées d'enfants. Elles bousculent les termes, les réveillent avant l'heure, portent la mère dans les douleurs. Quand la sage-femme, autrefois, disait que la maman perdait les eaux, il était toujours intrigué. Il se demandait si l'enfant voguait sur une sorte de mer intérieure, s'il exigeait de sortir, une fois ouvertes les écluses de la naissance.

L'eau, la lune, le sang, la vie. Il pense à Suzon. Est-elle bientôt à terme, pour parler comme les matrones ? Quand viendra le petit Jacques ? Car elle veut l'appeler Jacques, comme son père. À la paix, sans doute ! Le petit Jacques n'aime pas les bruits de guerre.

— Tu ne dors pas, caporal ? lui demande Raoul Carpentier.

— Jamais à la veille d'une action. J'ai besoin de me reposer, de penser aux miens, à toi, Raoul, et aux autres. Qui de nous survivra demain ?

— C'est vrai, répond, songeur, le mécano d'Ozoir. Demain, nous avons bal.

Raoul pense à la sortie des camarades du garage, le samedi soir. Ils pressaient le savon de Marseille à pleines mains pour se laver de fond en comble sous la douche de l'atelier, avant de rentrer chez eux pour se changer et partir en goguette. Le bon temps reviendra-t-il ? Sans doute, pour les survivants. La vie reprend toujours ses droits. Il y a les filles qui n'ont plus de fiancés, et celles qui grandissent, jeunettes, jusqu'à leurs dix-huit ans. Toutes les filles, les munitionnettes, les cousettes, les grenadières et les bergères. Prendre le train de Paris le soir, dans la petite gare champêtre d'Ozoir, naguère construite par le baron de Rothschild pour se rendre à son château de Ferrières. Descendre à Nogent, où les canotiers égayaient la Marne les dimanches d'été…

Raoul, quand il rêve, évoque toujours des filles et les zinzins des musettes. Mais à quoi bon donner à Jules la clé de ses songes, lui qui dort les yeux ouverts ? Connaît-on ses désirs, ses aventures ? Le caporal est plus muet qu'un menhir.

A-t-il gardé quelque souvenir de Gaby la chocolatière ? Revoit-il les traits de son visage, le clin d'œil un peu canaille de la Vénus des faubourgs ? A-t-elle gardé son portrait sur son cœur ? Qui le sait ? Il retrouve autour de son cou le médaillon qu'elle lui a donné, et regarde son visage oublié. Les bords de la Meuse sont si loin de ceux de la Marne, aussi loin que le Mississippi. Ils irriguent les rives de la mort programmée. Pourquoi mêler la gentille Gaby à ce paysage si doux, et promis à la ruine ? Que viendrait-elle faire dans cet enfer ? Comment exiger d'elle qu'elle se souvienne, pour une de ces relations brèves qu'elle doit connaître si souvent avec des danseurs d'un soir ? De quel droit ? Pour un soldat qui a si peu de chances de revenir ?

L'arrivée de Iouri le réjouit. Il s'est lavé tout nu dans le rupt, au point de rencontre avec les Américains du corps de Dickman, qui s'y baignaient aussi en s'éclaboussant joyeusement. Ils l'ont aspergé à son tour, attiré chez eux pour boire le verre de l'amitié. Il leur a raconté son histoire d'Ukrainien égaré dans l'armée française. Quand il a revêtu ses défroques, ils lui ont fait cadeau, pris de pitié, d'un uniforme américain tout neuf, casque compris. Fidèle à ses habitudes, il leur a offert de combattre à leurs côtés. Le sergent n'a pas voulu. Et le voilà de retour, *sammy* de pied en cap, heureux de retrouver Jules, le caporal Tempête, et les autres de l'escouade.

Il distribue les cadeaux des Américains enfouis dans son sac. Il a conservé sa lourde sacoche de cuir délavé, prise naguère à un officier allemand. Il en tire du whiskey, des cartouches de cigarettes blondes, du chocolat aux amandes, aux noisettes, des pralinés, des fourrés aux cerises. Et des mouchoirs en quantité. L'Ukrainien ignorait l'usage de cet article. Il en a pris une douzaine, et des oranges à poignées pour étancher sa soif.

— Ils t'ont soigné, les collègues, sourit Raoul d'Ozoir. Nous faisons la même guerre, mais leurs caïds leur assurent un certain confort. C'est fou ce qu'ils sont gourmands !

*   *
*

Jules Laffère se lève pour partir à la recherche du commandant, arrêter avec lui les grandes lignes de l'action du lendemain. S'il estime n'avoir de comptes à rendre qu'à Michel, encore faut-il qu'ils se mettent d'accord.

Il s'est fait indiquer le PC des chars, installé dans une hutte de charbonniers, au débouché d'une clairière où les engins prêts à partir se sont rassemblés pendant la nuit. Ils y sont déjà, à en juger par le grondement des moteurs. Les Alliés et les Allemands circulent la nuit pour leur mise en place. Cette nuit-là, personne ne dormira.

Jules s'approche de la hutte quand un bruit de motocyclette le fait sursauter. Un homme de grande taille en descend. Jules ne peut le reconnaître dans son uniforme de tankiste à veste de cuir, qui ressemble à celui des Français. À l'accueil de Michel, il comprend que le passager sorti du side-car est un général américain.

Patton est venu en personne s'assurer de la collaboration des tankistes de renfort. Pratique, il a le culte de l'action concertée, de la clarté dans l'exécution du plan. Il pénètre sans se faire annoncer dans la hutte dont l'intérieur, assez vaste, est faiblement éclairé par une lampe-tempête, pour échapper aux bombardements nocturnes qui perturbent déjà la zone américaine au bord de la Meuse, celle du corps d'armée Ligget. Au garde-à-vous, Michel salue le général et l'aide à déplier la carte striée de coups de crayon rouge délimitant le secteur de Saint-Mihiel.

— Nous sommes ici dans la forêt de Liouville. Vous devez disposer vos tanks, quatre par quatre, devant la 1re division de l'armée américaine, de part et d'autre du village de Seicheprey, dont nous devons nous emparer avant de longer la rive sud du rupt de Mad. Vous partirez dans une heure. Des motocyclistes sont postés tout le long du sentier qui vous conduira jusqu'à nous. Tout cet espace est garni de champs de barbelés et de toutes sortes d'obstacles où vos Renault devront ouvrir des entrées, avant d'attaquer les nids de mitrailleuses. Je n'ai aucune confiance dans la préparation d'artillerie. À nous, les *special forces,* de permettre le passage des *boys*. Vous aurez trois heures pour vous mettre en place, en contournant le fort de Liouville par le sud, pour que les ronflements des chars n'attirent pas l'attention des guetteurs de l'ennemi. Dickman vous a préparé vos emplacements de départ. *Good luck !*

Dans son side-car, Patton parcourt la forêt pour vérifier que les batteries françaises sont prêtes à partir. Il les conduirait lui-même si c'était nécessaire. Il ne disparaît dans la nuit qu'aux premiers grondements des moteurs. Il fait pleine confiance au commandant *frenchie*.

Dès son départ, Jules sort de l'ombre et bondit audevant de Michel Dupuy.

— Ainsi, tu vas donner tous nos tanks aux Amerloques. Les Sénégalais de Blondlat n'auront personne pour les soutenir, comme au Chemin des Dames. Ils se feront hacher menu et tu trouveras normal leur sacrifice. Va-t-on gaspiller des chars pour la coloniale, je te le demande ? Ces gens-là se battent au coupe-coupe, c'est bien connu, en hurlant des imprécations rituelles ! La « force noire » de Mangin ! Comment imaginer ces sauvages attaquant avec des chars, dont les équipages sont toute la noblesse retrouvée de l'ancienne chevalerie française ? termine Jules, en redoublant de cynisme. Tu me fais mal, Michel. C'est indigne de toi !

— Garde tes bons sentiments. Viens voir la carte d'opérations que m'a laissée Patton. Note les heures d'intervention des chars. Tu verras que les deux corps d'armée américains, Dickman et Ligget, partent les premiers et assurent l'essentiel du boulot. Il est donc normal de leur donner tout le soutien de l'artillerie d'assaut. Ils ont à percer le front.

— Que feront les Blondlat ? De la figuration ? Pourquoi les avoir fait venir ?

— Ils sont en complément, comme le 5e corps de Cameron à leur gauche. Ils interviennent plus tard, les Cameron, à partir des Éparges, et nous, du Camp-des-Romains à Apremont.

— Ils attaquent néanmoins à la même heure, dans le secteur le plus pourri de ce front.

— Non, tête de mule ! Ils partent après les Américains.

— Peu importe l'heure du départ. Sans les chars, si l'artillerie a manqué sa préparation comme au Chemin des Dames, les Blondlat ne pourront rien faire que mourir. J'ai repéré les défenses des Boches, essuyé des tirs d'artillerie d'une remarquable précision. Ils devront ramper sous les réseaux de barbelés non détruits, comme à la belle époque. Et tu seras responsable du carnage, pour leur avoir refusé le soutien de tes chars, que le GQG a dû pourtant promettre formellement à Blondlat.

— Le général n'était pas présent au briefing de Pershing.

— *Briefing !* grince Jules en le singeant. Te voilà américain jusqu'à la moelle ! Tu parles leur baragouin ! Si Blondlat n'était pas présent, je suppose qu'il avait ses raisons. Sans doute était-il peu soucieux d'avaliser par sa présence des dispositions prises sans lui, et à son détriment ! Peut-être n'a-t-il pas envie de sacrifier son corps d'armée de braves, étrillé à la bataille de Picardie du côté de Montdidier, pour laisser aux Américains le bénéfice exclusif de la victoire. Réalises-tu que le secteur réservé au général français est celui du bourg de Saint-Mihiel, truffé de défenses, sous le feu des canons lourds du fort du Camp-des-Romains ?

— C'est prévu ! Le fort sera réduit en poussière par notre batterie de 340B.

— Tu as réponse à tout, et des ordres à exécuter. Je n'insiste pas, Michel, mais tu sais que les corps francs aiment combattre librement. Mes deux voitures blindées sont à moi, je les garde, elles marcheront en tête des bataillons de Blondlat. Je ne te demande que le secours de quatre de tes chars, quatre petits Renault que je te renverrai dès qu'ils auront ouvert des voies dans les barbelés. Tu diras à Patton que tu les as perdus.

* *
*

Jules a obtenu gain de cause. Le sous-lieutenant Reverchon se présente, à la tête de ses blindés, pour soutenir l'assaut des Français. Il revient du QG de Blondlat. Il a trouvé le général furieux.

« Les Américains, lui a-t-il dit, vont voir de quel bois on se chauffe à la coloniale. Ils m'enlèvent les chars pour que je ne puisse partir en même temps qu'eux. Et je ne puis leur résister, Foch m'a placé sous le commandement de Pershing. Je suivrai ses ordres à la lettre, c'est dit, avec un peu d'avance toutefois. »

— Je lui ai annoncé la bonne nouvelle, reprend Reverchon : j'étais à sa disposition avec ma batterie et deux autos blindées de corps francs pour lui ouvrir la route. Le hasard a voulu qu'il ait suivi, dans la journée, tes escapades à la jumelle, qui ont permis à ses artilleurs de précieux réglages. « Vous me parlez, m'a-t-il interrompu, de ces trompe-la mort ? – Tout juste, mon général. Ils marchent avec nous. »

Quand Reverchon rapporte à Jules, tout heureux, la satisfaction du général, le caporal se prend à douter. Blondlat voulait seulement obtenir de son ami Dupuy, le commandant du groupement de chars de renfort, une meilleure protection du corps colonial, qu'il estimait négligé par Pershing.

Et voilà que Jules, par sa stupide obstination à défendre la veuve et l'orphelin, s'est lui-même placé en tête d'une opération d'une extrême témérité, aux ordres d'un de ces généraux de la coloniale qui font du zèle pour arracher les palmes de la victoire les premiers. Blondlat médite bien un départ anticipé de sa division. Le renfort de quelques chars suffit à l'entretenir dans sa bonne conscience.

Jules réalise son erreur. Il est trop tard pour la corriger. Il entraîne ses camarades dans une opération suicidaire. Son initiative se retourne contre lui, et contre les braves marsouins, zouaves et tirailleurs sénégalais qu'il voulait seulement protéger. Il partira donc à l'heure dite, aux ordres du flamboyant Blondlat.

Pershing s'est assuré d'un si grand nombre de canons que les quatre heures de bombardement semblent efficaces.

Pas de tir de contrebatterie, remarque Léon Bourdillat, le charcutier d'Ozoir, qui trouve l'affaire louche. Il entend passer au-dessus de sa tête des monstres de 220, auxquels les Allemands ne tentent même pas de répliquer.

— On dirait une bataille arrangée, dit-il en comptant les grenades qu'il enfouit dans son sac.

— Tu oublies, répond Jules, que ceux d'en face ont déménagé les grosses pièces. Quant aux 77, ils nous les réservent pour l'assaut.

Pendant quatre heures, ceux du corps franc ont eu tout le temps de se préparer au combat. Ils observent, dans des parallèles anciennes hâtivement occupées par les coloniaux, creusées et recreusées depuis quatre ans, une certaine fébrilité. Les bataillons des marsouins prennent leur place, et surtout, au premier rang, les trois mille Sénégalais des 66e, 67e et 70e.

— Il sera difficile de retarder leur départ, fait remarquer Jules à Bourdillat. Ils trépignent sur place depuis le début de la nuit. Je les ai entendus chanter avant l'aube.

Quand le jour se lève, la pluie s'annonce, diluvienne. Heureusement, les batteries fixes ont accompli leurs préparations sur des données recueillies la veille, par beau temps. On ne distingue de la plaine de Woëvre que la masse sombre des forêts qui l'entourent. L'aviation ne peut prendre l'air.

— C'était ainsi au Chemin des Dames en 1917, se souvient le sous-lieutenant de dragons Reverchon. Un bombardement intensif contre des batteries qui avaient changé de position pendant la nuit. Pas un coucou en l'air pour les repérer à cause de la pluie, comme aujourd'hui. Mangin a fait avancer les coloniaux de Blondlat à l'aveuglette. Que faire d'autre quand l'heure a sonné ?

Reverchon est le chef des quatre Renault concédés par Michel à Jules, à son corps défendant. Il a combattu avec les légionnaires dans la première grande attaque des chars, et se réjouit de marcher devant les coloniaux. Brigadier en 14 dans un régiment caserné à Épernay, il a pris tous ses grades dans les batailles. Engagé dans les chars dès 1917, au temps du commandant Bossut, il est heureux d'avoir abandonné les lourds Saint-Chamond pour commander un FT17, ses yeux lancent des éclairs. Au premier signal, il grimpera dans sa tourelle pour donner le départ aux Renault qu'il commande.

En attendant, il plaint les Sénégalais trempés dans leurs tranchées de départ. Il sait d'expérience qu'il est fâcheux de laisser mijoter les coloniaux sans leur donner d'explication. Ils risquent de se décourager, de perdre leur élan.

Jules le sait aussi, et Gaston Aucouturier, le Montluçonnais sagace :

— La ligne de bataille s'embrase vers le sud, au niveau des deux corps américains. Les *Minenwerfer* partent tout seuls. Les 77 se démasquent. Tu n'y vois goutte, mais tu peux entendre. Nous devions partir en même temps qu'eux.

— Le général Blondlat le voulait. Mais il n'est pas tout seul.

Aucouturier comprend qu'en dépit de ses intentions, le commandant de la 15ᵉ coloniale s'est fait tancer par un envoyé des quartiers généraux de Bombon ou de Provins. On l'a sommé de partir à l'heure prévue, aux ordres de Pershing. En complément d'attaque, et rien d'autre.

* *
*

Jules ne l'entend pas de cette oreille. Il s'estime maître de son corps franc. Rejoignant Titine au trot, il renvoie Reverchon à son char et bourre les côtes de Philippon, qui décrit un large arc de cercle pour se positionner face au no man's land, suivi par l'automobile blindée de Raoul Carpentier. L'escouade est au complet, prête à en découdre. Les Sénégalais trempés lèvent les fusils pour l'acclamer mais ne peuvent la suivre. Ils n'ont pas d'ordres, comme les quatre chars de Reverchon.

Le sous-lieutenant ne peut avancer que sur message radio de Michel Dupuy, déjà au combat avec Patton, à l'avancée de l'attaque américaine. Et Dupuy reste silencieux. Il sait très bien, trop bien, que la batterie de

Reverchon ne doit partir qu'une heure après le premier départ américain, avec la coloniale jusque-là clouée au sol. Tels sont les ordres. Aussi est-il surpris d'entendre dans sa radio grésiller la voix du petit Tavel.

— Ici, la voiture du caporal Laffère. Avons démarré en direction d'Apremont.

« Encore un coup de Jules ! se dit le commandant Dupuy. Rien ne peut le retenir. »

Jules a compris qu'il ne pouvait pas forcer le glacis du fort du Camp-des-Romains sans l'aide des chars. Faute de pouvoir entraîner Reverchon à sa suite, il défile de toute sa vitesse devant le fort de Liouville, où se tient le général Blondlat, qui le distingue vaguement sous les trombes d'eau et se demande où vont ces têtes brûlées qui attaquent seuls et sans ordres, alors qu'il vient d'être mis en demeure de rester sur place.

Il n'a pas les moyens de les rappeler. Les deux voitures s'ouvrent un passage sous l'averse, faisant gicler à la barbe des Américains des gerbes de boue. Ils avancent rapidement à la gauche du corps d'armée Dickman, à qui le bombardement d'artillerie a ouvert la voie, et surtout des chars de Dupuy, partis en avant de l'infanterie américaine pour arracher les barbelés et nettoyer les nids de mitrailleuses.

Jules ne cherche pas à suivre Dupuy, ni même à le contacter par radio. Il voit devant lui les *Yanks* marcher à l'assaut, plonger dans les trous vite inondés pour se protéger des patates. Il les abandonne pour virer à gauche, et entraîner Carpentier à sa suite sur les arrières allemands, en face de la 15e division coloniale. Poursuivi par les canons du fort, qui, sous les rafales de pluie, parviennent mal à cadrer les cibles mouvantes, il attaque avec ses deux Chauchat les mitrailleuses qui criblent sa carapace.

Arrêté derrière un rocher de la côte de Meuse, il fait le ménage en sautant à terre, suivi par l'escouade. Ils s'approchent des coupoles blindées abritant les Maxim, balancent des grenades par la fente de tir. Ceux de Carpentier n'hésitent pas à traquer les *Minen* enterrés de la seconde ligne de résistance.

Les prisonniers sortent des trous et lèvent les mains en l'air. Qu'en faire, alors que les *Kameraden* de la première ligne sont toujours en place, et attendent les Sénégalais ? Quand ils se voient tournés, ils se rendent aussitôt en longues files dont personne ne s'occupe. Des *Feldwebel* rugissent, des officiers sortent leurs pistolets pour tirer sur les fuyards. Aucouturier les ajuste au fusil-mitrailleur et s'en débarrasse en quelques rafales.

Des renforts arrivent. Il est temps de regagner les voitures. Jules appelle Reverchon par radio.

— Si tu veux prendre ta part de la bataille, fais avancer tes monstres.

Il signale sa position au sous-lieutenant ébahi. Il est juste devant les lignes, du côté allemand. Il n'y a plus à enlever, dans son secteur, que quelques postes de mitrailleurs embusqués.

Reverchon donne aussitôt l'ordre de départ, ouvre des voies dans les barbelés, suivi par les Sénégalais dont les chefs de bataillon viennent enfin de recevoir l'ordre d'attaque. Ils poussent des cris terribles en arrachant leurs jambes au cloaque. Ils courent bientôt sur Chauvoncourt, séparés par la boucle de la Marne des ruines de Saint-Mihiel. Ils s'en éloignent sous le feu nourri de l'ennemi, qui couche à terre nombre d'entre eux.

Jules fait signe à Samba Koumi, qu'il reconnaît à la tête d'une section, d'avancer derrière les deux voitures blindées. Il les fait obliquer vers le nord, et franchir sans pertes le fleuve au pont de Maizey, pour grimper ensuite sur le plateau assez escarpé où le gros de la coloniale attaque, de Seuzey à Spada. Samba n'hésite pas à le suivre. Il suivrait le caporal Tempête en enfer et sauterait volontiers, s'il le pouvait, à bord de la Renault.

Les voitures peinent dans la grimpette. Philippon a des sueurs froides : le moteur est à bout, l'eau chauffe dans le radiateur, il risque d'exploser. La Renault de Carpentier n'est pas plus brillante, et pourtant ses chenilles accrochent les cailloux. Elle prend la tête.

— Tous à terre ! lance Jules.

* *
*

Seuls les fusils-mitrailleurs restent à bord pour soutenir l'action, servis par Gaston Aucouturier et Paul Servan. Ils doivent descendre à leur tour, attaquer à la grenade, car un fort parti de Bavarois les menace, et ils constituent des cibles de choix, dans les voitures qu'ont abandonnées les chauffeurs. Ils s'en éloignent pour aider les camarades, uniquement armés d'œufs de Pâques.

Toute la ligne de combat est en feu, malgré la pluie qui ne cesse de tomber. Les Américains du corps Cameron attaquent enfin plus au nord, poussant vers le plateau où les chars de Patton font merveille, détruisant les nids de résistance pour hâter l'avance de l'infanterie des deux corps du sud. Michel mène cette bataille avec ses chars, éloigné de cent années-lumière de la batterie mobile du sous-lieutenant Reverchon, qui déplace en grande hâte ses quatre tanks pour attaquer les Bavarois et sauver la mise aux Sénégalais.

Deux batteries de 77 se dévoilent en même temps à trois cents mètres, tirant en direct une mitraille de shrapnells. Huit pièces déversent leurs charges à raison de quinze obus à la minute. Un char, touché par un explosif pendant sa manœuvre de repli, prend feu, sans que Jules et les siens puissent lui porter secours.

Reverchon surgit de toute la vitesse des chenilles de son engin, poussé à fond. Jules, Carpentier et l'Ukrainien le suivent en courant. Bravant les rafales de mitrailleuses, aussitôt repérées par le corps franc et neutralisées à la grenade, le char fonce droit sur les 77 et mitraille les servants jusqu'à épuiser ses munitions. Un canon le vise et le manque, broyé peu après sous les chenilles. Les *Francs* empêchent les servants d'atteler les autres pièces pendant que les Sénégalais surgissent à la course pour les exterminer.

Les Bavarois, bousculés par la charge, se réfugient dans les abris creusés cent mètres plus haut. L'artillerie des 105 riposte, obligeant les Français à plus de circonspection. Les trois chars encore en état de combattre de Reverchon se sont regroupés. Par radio, Michel leur ordonne de riper au nord, où les Américains ont avancé au point de réaliser leur liaison avec les bataillons de Cameron, autour de Vigneulles. Reverchon répond qu'il ne peut abandonner le corps franc de Jules, accablé par le retour en force des Bavarois, soutenus sur leurs arrières et leurs flancs par des *Alpen* autrichiens dont les canons de 90 font rage.

Michel a perdu du monde. Les mitrailleuses dissimulées dans les bosquets crachent des rafales meurtrières. Paul Servan, le mineur stéphanois, tombe, blessé au genou. Son camarade Aucouturier le charge sur ses épaules, abandonnant le combat, pendant que Jules et l'Ukrainien rampent pour faire sauter la coupole par sa meurtrière, à la grenade. Jules réussit à grand-peine cet exploit, alors que la Maxim allait faucher Iouri.

Philippon a pris le parti de se cacher derrière le tronc d'un chêne abattu par le bombardement, suivi par le radio Gilbert Tavel, qui a hérité du fusil-mitrailleur d'Aucouturier. Avec son habileté coutumière, Gilbert dispose le Chauchat sur une branche morte et vise avec précision, en évitant la gifle du retour de coup, une escouade bondissante de Bavarois qui n'a pas le temps de se jeter dans un trou d'obus et prend la giclée de plein fouet.

— Ils sont trop nombreux, s'écrie Jules. En voiture !

Il aide Aucouturier à traîner Servan, qui grimace de douleur, pour le mettre à l'abri des blindages de Titine. La retraite est lente, difficile. Léon Bourdillat se poste dans un trou d'obus pour retarder l'avance de l'ennemi. Le meilleur grenadier de l'escouade se démène, aidé par l'Ukrainien qui allonge ses bras immenses pour frapper plus loin. Ahanant, Philippon aide le petit Gilbert à porter le Chauchat pour qu'il échappe à l'ennemi. Ils vont être rejoints quand des coups de sifflet provoquent l'arrêt puis le recul de leurs poursuivants. L'ennemi abandonne les *Francs,* se retourne vers le nord pour rejoindre le gros de ses forces et éviter la capture par encerclement. Jules entend avec plaisir hurler les *Feldwebel* rageurs. La fête est finie pour les Bavarois. Ils ont les Américains dans le dos, et, devant eux, les Sénégalais entraînés à l'assaut.

« Il est temps de les appuyer par les tirs de nos fusils-mitrailleurs », se dit Jules qui dévale la pente pour retrouver le bosquet de chênes où il a abandonné Titine et sa sœur. Quand l'escouade arrive, les *Minen* accablent les Renault, qui sont atteintes, puis incendiées. Les chars de Reverchon surgissent, concentrent leur tir sur les *Minenwerfer* vite neutralisés.

Mais l'escouade est à pied. Paul Servan a perdu beaucoup de sang avant qu'Aucouturier n'ait réussi à garrotter sa cuisse. Il a souffert, dans la retraite précipitée, d'une mauvaise blessure qui fait craindre l'amputation. Il perd connaissance au moment où les brancardiers viennent le charger.

Le char du commandant Dupuy stoppe alors devant eux, et Michel saute à terre, étreignant Jules.

— C'est la victoire ! lance-t-il, joyeux. Les Américains défilent dans les rues de Saint-Mihiel. L'évêque de Verdun, monseigneur Ginesty, les a accueillis crosse en main, mitre sur la tête. Les *Yanks* dorment à poings fermés à même le sol détrempé, sur le lieu de leur triomphe. Demain, le président Raymond Poincaré sera parmi nous.

— C'est *ta* victoire, souffle Jules, accablé. Celle des tiens, de tes nouveaux amis. Nous n'avons fait que soutenir nos braves camarades dans la peine.

La valse des Columériens

Le capitaine Poindron, architecte de son état, fait fonction de chef de bataillon au 76ᵉ régiment de Coulommiers. Depuis le 27 juillet, son colonel reçoit ses ordres du général Gérard, chef de la VIIIᵉ armée, basée en Lorraine. Gérard dépend lui-même du QG du général de Curières de Castelnau, le sauveur de Nancy, comme toutes les autres grandes unités du groupe de l'Est.

La logique voudrait que la division fût capable d'intervenir entre Metz et Strasbourg, pour la grande offensive méditée par Pétain et Pershing vers le Rhin, qu'elle libérât, en somme, la Lorraine allemande. Poindron pense que son régiment, s'il est encore au repos, devrait participer à cette opération. Mais il ne reçoit aucun renfort en troupes fraîches et se demande s'il sera jamais en état d'attaquer.

Très honnêtement, il ne le regrette pas. Le régiment des Columériens a donné assez des siens depuis août 1914 pour considérer qu'il a fait plus que son devoir. Qu'il soit au repos en Lorraine n'est que justice. Non, Poindron ne veut pas que les siens soient toujours parmi *les mêmes qui trinquent*, comme disent les poilus.

Le capitaine n'a pas de nouvelles de Jules Laffère, parti avec son corps franc en soutien du bataillon de chars du commandant Dupuy. Il ne compte guère sur son retour. Les blindés ont trop besoin d'infanterie d'accompagnement pour se passer des petites unités déjà formées, et Dupuy avec Jules, c'est une équipe de fer !

— Le retour des fugitifs n'est pas pour demain, répète à ceux de sa section le sergent-chef Brinbuisson, l'instituteur en congé d'école pour cause de guerre. Nous devrons nous passer de leurs services, si toutefois la bataille nous rejoint en Lorraine.

— Je pense que le colonel en a fait son deuil, regrette Poindron. Pas moi. Je connais Jules. Il ne peut s'intégrer à une organisation fixe. Et les chars sont désormais embrigadés en batteries, bataillons, brigades. Plus de fantaisie dans l'action. Le temps de la liberté est pour eux terminé. Tout est prévu, encadré, comptabilisé par les culs-de-jatte de la *Strass*, y compris les bidons d'essence. Jules nous reviendra, ne serait-ce que pour nous revoir, mais aussi parce que toute perspective d'encadrement lui soulève le cœur.

— C'est vrai, dit Brinbuisson. Ces tankistes ont perdu tout repère, ils ne combattent plus avec leurs conscrits, leurs frères d'armes. Ils viennent de partout, des dragons, de la biffe, des cuirassiers, de l'artillerie à pied. Ils ne se connaissent pas les uns les autres.

— De plus, ajoute le capitaine, ils combattent avec les Américains.

— Les rations sont meilleures chez les *sammies* !

— Mais le pinard, plus rare.

— Parlons-en ! Les dernières instructions du GQG

de Pétain sont navrantes : un demi-litre par jour et par homme. J'en connais qui vont se plaindre. Sans compter le ravitaillement. Avec les déplacements d'unités, on bouffe de la viande congelée, il faut liquider les stocks. Pas question d'abattage. Et pourtant, les vaches ne manquent pas en Lorraine. Un bourrelier ou un bouvier n'ont pas les mêmes besoins que les scribouillards. Il faut les voir mâcher du singe, les Columériens. J'ai dû promettre le châtiment de l'enfer à Maurice Lafont, celui de Montbarbin. Je l'ai surpris à saigner un cochon dans une ferme. Il faut être un riz-pain-sel pour croire que la troupe des poilus peut se contenter de potage salé en conserve et de café en tablettes.

— Je crois savoir que Pétain a promis un demi-litre de pinard supplémentaire « après satisfaction des ravitaillements essentiels », précise la circulaire. En attendant, il faut veiller à ce que chaque poilu dispose de deux gourdes d'eau d'un litre chacune.

— Nous avons toute l'eau de la Moselle.

— Sans doute, mais un officier du service des eaux est venu voir le colon ce matin. Si nous marchons à la poursuite de l'ennemi, nous serons suivis par des convois d'eau, avec des tonnes attelées aux mules. Interdit d'utiliser les points d'eau avant qu'ils ne soient désintoxiqués et javellisés par un infirmier régimentaire. Le bruit court que les Boches sont capables d'empoisonner les sources.

— Quelle blague ! dit Aristide Boyron, tueur de bœufs aux abattoirs de Coulommiers. Je suis de la classe 16. J'ai connu le désastre de la Somme, la bataille la plus boueuse et la plus sanglante de la guerre. Les

Allemands en retraite sur Péronne et Noyon ont coupé les pommiers, c'est vrai. Mais ils n'ont pas touché aux sources. Si vous devez attendre le service des eaux pour boire de la flotte, autant piller les caves abandonnées des villages et mettre les tonneaux en perce. Au moins, vous aurez du pinard !

Poindron se lasse de l'inaction. La 125e division est assez éloignée du front pour connaître l'ennui de la routine du cantonnement. Pas même de colis pour améliorer l'ordinaire. Ils sont provisoirement conservés à la gare régulatrice, où ils s'amoncellent, pendant que leur contenu pourrit. Les journaux répètent qu'on est au bord de la victoire, que les Américains pourvoient à tous nos besoins, et nous voilà au bord de la pénurie pour cause d'avance trop rapide.

— En fait d'avance, nous avons surtout reculé sur certains points, grogne Brinbuisson. Et nous voilà à l'engrais en Lorraine, comme des veaux de boucherie. À peine à boire, peu à fumer, et de la bouffe innommable.

— Il faut s'organiser, tranche Poindron. Que les escouades partent au ravitaillement et payent en bons de réquisition. Nous ne sommes pas au front, que diable ! Les villageois des bords de Seille sont des patriotes. Ils ne vous laisseront pas sans légumes et sans lard.

* *
*

Le colonel Badoche a des relations. Il sait que Pétain a promis de sévir avec la dernière sévérité contre les officiers trop bavards de son entourage. Il en a fait une question d'honneur. Rien ne doit filtrer hors des murs de Provins. Il a fendu l'oreille d'un capitaine coupable d'avoir trop parlé avec un collègue qu'il croyait aussi bien informé que lui : trente jours d'arrêts de rigueur.

Et pourtant, le colonel Badoche, nommé depuis peu à la tête du 76ᵉ, a reçu les confidences de son vieux camarade de l'école des officiers d'infanterie de Saint-Maixent, le commandant Puylaroque, du 3ᵉ Bureau du GQG. Franc-maçonnerie des anciens d'une école recrutant des sous-offs pour en faire des officiers, brimés par les saint-cyriens, et très solidaires entre eux dans les états-majors. Les sous-lieutenants d'active sortis de Saint-Cyr se font rares dans les rangs. Des promotions entières ont été saccagées. Pétain fait flèche de tout bois, et l'ancien professeur d'infanterie à l'École militaire sait qu'il peut se fier aux saint-maixentais [1].

Clément Badoche, fils d'un employé à la gare de Vierzon, sur le Paris-Orléans-Midi, a grimpé avant la guerre les échelons de la vie militaire, de garnison en garnison, se faisant remarquer et bien noter lors des grandes manœuvres. Arrivé par le rang, sortant d'une école réputée pour l'esprit de sacrifice des siens et aussi pour leur compétence particulière dans le combat d'infanterie, il n'est pas peu fier de se retrouver à la tête d'un régiment, et ne souhaite nullement que la guerre se termine en queue de poisson. Il a encore ses preuves à faire.

---

1. L'École militaire de l'infanterie a été installée à Saint-Maixent, dans les Deux-Sèvres, dès 1874 et a fonctionné jusqu'en 1940. Elle recrutait ses élèves par concours parmi les sous-officiers d'active et les officiers de réserve.

La valse des Columériens 167

Puylaroque l'a conforté dans sa persévérance :

— Un rapport nourri de statistiques a été concocté au 3ᵉ Bureau des opérations. Il ne faut pas imaginer la fin des combats avant l'année prochaine.

— Pourtant, le moral de l'ennemi baisse. Tous ceux du 2ᵉ Bureau le répètent.

— À voir ! se gonfle Puylaroque, pénétré de son importance au « saint des saints ». Il veut convaincre son camarade que ni l'aide-major général Dufieux ni surtout le major général Buat n'ont de secrets pour lui. Il ne veut pas croire à la chute de l'esprit offensif chez les Allemands, qui signifierait la fin de la guerre dans le désordre et l'improvisation. Pour que l'Allemagne soit vraiment vaincue, il importe qu'elle combatte avec détermination jusqu'à la dernière bataille, et qu'elle capitule sans conditions, comme les armées du glorieux maréchal de Mac-Mahon en 1870. Aussi Puylaroque fait-il volontiers état d'une « propagande patriotique intensive » chez l'ennemi. La déception des officiers en *feldgrau* qui se prennent à douter de la puissance allemande ne doit pas faire illusion.

— Devant le succès des Alliés, la théorie de la guerre défensive, défendue par Ludendorff, prendra chaque jour plus de consistance. L'Allemand n'est pas prêt à lâcher, affirme-t-il, et il peut résister longtemps.

— Raison de plus pour le pousser fermement dans les reins, il lâchera plus vite, risque Badoche, convaincu d'être démenti.

Puylaroque donne quelques signes d'impatience. Cette interruption le pousse aux considérations générales :

— Tu n'imagines pas les problèmes posés par l'avance de nos armées. La guerre n'est plus ce qu'elle était. Il nous faut mettre en place une vraie machinerie pour rendre les routes carrossables, et surtout adapter nos ponts aux camions américains de vingt tonnes – c'est trois fois plus que leur capacité de résistance normale. Nous reconstruisons ceux de Lagny avec des poutrelles métalliques, grâce au concours du génie maritime, y compris le pont du chemin de fer, qui doit être renforcé. Il faut déplacer les monstres de l'ALGP [1], si nous voulons venir à bout des fortifications redoutables de la nouvelle ligne Hindenburg, qu'ils aménagent sur leurs arrières depuis des semaines. Plus que jamais, l'artillerie est indispensable. Pense aussi aux tracteurs de chars. Ils pèsent des tonnes.

Clément Badoche se rend volontiers à ces raisons, mais voudrait en savoir plus sur le programme du GQG pour l'année 1919, la cinquième de la guerre, que l'on planifie déjà de part et d'autre.

— Désormais, Foch a pris le dessus, explique Puylaroque avec une pointe de regret. Il a nommé le roi Albert de Belgique responsable des armées du Nord, et coordonne les divisions belges avec celles de Haig. Pétain n'est plus guère chargé que de la partie du front entre Saint-Quentin et Sainte-Menehould. À l'est, Castelnau a dû faire toute leur place aux Américains de Pershing. Pétain voudrait attaquer en Lorraine pour reprendre l'initiative. Il a peu de chances d'aboutir. Le

---

1. ALGP : artillerie lourde à grande puissance. Canons et obusiers de très gros calibre déplacés par voie ferrée.

plan de convergence des Alliés sur Mézières, celui de Foch, s'impose aujourd'hui, tu dois en prendre ton parti. L'aviation s'est montrée vigilante sur les mouvements de troupes ennemies en Lorraine. Il n'y a pas, dans cette région, la moindre concentration offensive.

— Les Allemands couvrent Metz, et nous protégeons Nancy. Autant dire que nous ne bougerons plus jamais.

— Les autres armées pas davantage, avant 1919. Il nous faut attendre la construction de quatre mille cinq cents bombardiers et de cinq cents chars légers, la moitié de Renault et autant de tanks américains Ford, actuellement fabriqués à la chaîne dans les usines de Detroit. As-tu idée de l'importance des travaux nécessaires avant le début de l'offensive ?

— Pas la moindre. Nous disposons ici de nos propres territoriaux, sans aucun renfort de travailleurs pour aménager nos positions.

— Sur les fronts concernés, soixante mille manœuvres venus d'Asie et d'Afrique du Nord sont indispensables pour le seul équipement du front et des bases de départ, et autant pour l'aménagement des voies de communication. Comprends-tu pourquoi la guerre ne peut finir si vite ? Un programme industriel de cette ampleur ne se boucle pas en un mois.

— Mais les hommes ? Où les trouverons-nous, dans six mois ? Nous serons à bout de souffle, distancés par les divisions américaines, qui comptent vingt-cinq mille hommes. Nous n'en avons plus que neuf mille à peine par unité, et il est question de les réduire encore, voire d'en supprimer.

— Pétain estime qu'au bout d'un an les pertes de

l'infanterie sont en moyenne égales à la moitié de son effectif. Ce qu'il appelle les « ressources d'entretien », le remplacement homme par homme dans les unités combattantes, ne promet que trois cent soixante-dix mille conscrits ou blessés récupérés. Le déficit est d'environ cent mille hommes. Pétain envisage de supprimer des divisions et d'abaisser à cent soixante-quinze poilus l'effectif d'une compagnie.

— Nous y sommes déjà, laisse échapper Badoche avec regret. Où sont nos beaux effectifs d'août 14 ?

* *
*

Poindron ne dispose en fait que de compagnies à effectifs variables. La grippe espagnole fait des coupes claires dans les rangs, et les malades remplacent les blessés dans les infirmeries. De nouvelles tentes du service sanitaire se dressent chaque jour plus nombreuses à l'arrière de la division pour tenter de récupérer le plus possible des effectifs touchés. Puisque le régiment est au repos, l'ingénieux capitaine songe à entretenir la bonne santé des hommes en leur faisant cultiver les jardins abandonnés par les paysannes dont les maris ou les fils sont aux armées.

— Y pensez-vous sérieusement ? s'indigne le colonel Badoche. Voulez-vous qu'on nous surnomme les « jardiniers de Lorraine », comme on disait « les jardiniers de Salonique » ?

— Nos roulantes manquent de légumes verts, et la santé des hommes s'en ressent. Les poilus d'Orient avaient la dengue ou le paludisme, faute de fruits, de scaroles et de laitues. Les nôtres toussent et crachent, également par carence de beurre et de fromage frais. Qu'on les mette au travail ! Sans compter que le jardinage est une excellente gymnastique.

— Je doute qu'on soigne la grippe espagnole avec de la salade ! Quant aux exercices physiques, le lancer de grenades et les duels à la baïonnette, si injustement négligés, doivent suffire à entretenir la forme.

Le régiment n'a pas de chance, songe Poindron. Deux colonels successivement faits prisonniers, et ce foudre de guerre arrivé depuis peu qui ne songe qu'à lancer à l'assaut ses maigres effectifs de bleuets de remplacement, rescapés de la bataille de l'Aisne.

— Nous ne sommes pas les seuls à musarder, affirme Brinbuisson en lui montrant une lettre du pays. Les Marocains de la 2e coloniale sont concentrés à La Ferté-Gaucher. Des troupes de choc immobilisées loin du front. Coulommiers est envahi par les poilus de la 48e, un mélange de zouaves du 1er régiment et de tirailleurs, renforcé de conscrits venus du dépôt de Roanne. Encore une troupe d'élite au repos. Ne nous plaignons pas. S'il nous installe en Lorraine, c'est sans doute que Pétain pense à nous pour la suite.

« Quelle suite ? » se demande Poindron.

Une sonnerie de clairon l'arrache à sa morosité. Qui a donné l'ordre d'ouvrir le ban, comme à l'arrivée d'un général ? Le petit Lerminat, fils du boucher de la place du marché à Coulommiers, gonfle ses joues à perdre haleine. Pas de général en vue. Le colonel sort de son PC, furieux. Qui est le coupable ?

Personne. Mais Lerminat a reconnu tout seul, d'un coup d'œil, les gars de la classe surgissant au pas derrière Jules, comme au défilé. Il célèbre à sa manière le retour des héros. Poindron bondit pour les accueillir, et Brinbuisson, et le sous-lieutenant René Godard, de l'imprimerie de Coulommiers, et l'adjudant crapouilloteur Max Revel, et le sergent Lescure.

Le colonel n'en croit pas ses yeux : qui peuvent être ces revenants de si bizarre allure ?

— Caporal Laffère, se présente Jules dans un salut respectueux, démenti par un brin d'ironie dans le sourire. 76ᵉ régiment, 1ᵉʳ bataillon ! Corps franc du capitaine Poindron. Retour d'opération sur le front de Saint-Mihiel, aux ordres du commandant de chars Michel Dupuy. Mission terminée.

— Nous vous verrons demain au rapport, lance Badoche d'une voix de rogomme. Rentrez dans le rang.

Il n'y faut pas songer. Les hommes sont salués par une acclamation continue, et surtout Carpentier, le mécano d'Ozoir, qui conduit une mule coiffée d'un chapeau de paille à voilette. La bête tire une voiture légère chargée des fusils-mitrailleurs et des sacs de grenades, mais aussi de jambons et de tonnelets de pinard.

Poindron ne se demande pas une seconde pourquoi Jules a engagé un escogriffe portant l'uniforme américain, les cheveux noirs et bouclés sous son calot. C'est Iouri le Slave. Il ne se soucie pas non plus de connaître l'identité militaire d'un piètre marcheur au teint rougeaud, sanglé dans un uniforme du train des équipages. Philippon et l'Ukrainien lui seront présentés en temps utile. Ils suivent Jules, ils sont à lui.

La valse des Columériens

Le capitaine préfère chercher des yeux ceux qui manquent. Il ignore la mort de Jacques Millet et n'ose poser de questions. Il n'aperçoit pas Robert Dupieux, le garçon de café de Bouleurs. Tué au combat, comme Raymond Maretti, le bleuet de Meaux.

Dieu soit loué ! Le petit Tavel est vivant. Il a même sauvé sa radio, qu'il porte dans son sac comme le saint-sacrement. Et voilà Gaston Aucouturier. Mais où est Paul Servan, son inséparable ?

— Blessé, glisse Jules. Il s'en sortira.

Il oublie de préciser qu'il sera sans doute amputé de la jambe. Pourquoi attrister les copains ?

Poindron serre dans ses bras Léon Bourdillat, le colossal charcutier de Tournan, et l'agile Edmond Garnier, le braconnier de Pontcarré. Il en pleure de joie. Ils sont tous rentrés à la base ! Ils ont retrouvé jusqu'en Lorraine leur vieux 76ᵉ de Coulommiers, le régiment des Briards.

Ils sortent des sacs les bonnes bouteilles cachées et la charcuterie de rapine, font rouler les tonnelets. Une popote s'organise, qui ne demande rien à la roulante, dans une grange au toit à demi écroulé, assez loin du PC du colonel Badoche pour qu'on puisse rire et parler toute la nuit du pays, autour des braseros.

Le corps franc est de retour. Il revient toujours, Jules le diable. Il passe à travers les gouttes de l'orage, c'est connu ! Par petits groupes, les poilus de toutes les escouades se sont glissés en silence dans la ruine ouverte aux senteurs de la nuit lorraine. Le ciel est strié d'étoiles filantes, de queues de comète annonçant pour une fois un événement heureux.

Poindron n'oublie pas Jacques Millet, ni les camarades disparus. Il fait observer, au début des agapes, une minute de silence, sans garde-à-vous, sans citation des noms. Chacun pense aux siens et à ceux des autres. Ils sont un peu comme une famille en deuil muet. Et toute la nuit ils se racontent les souvenirs du pays, où figurent à leur place les vivants et les morts.

* *
*

Le petit Lerminat sonne la diane avec une certaine langueur. Il n'a pas dormi beaucoup plus que les autres. Les *Francs* se redressent, comme pour partir au combat. Au rassemblement, le colonel ne fait aucune remarque sur les nouvelles recrues de Jules Laffère. Le caporal se demande pourquoi le maixentais se montre aussi coulant. Poindron a-t-il réussi à arrondir les angles ?

Il n'en est rien. Jules est convoqué au PC.

— J'ai une bonne nouvelle pour vous, lui annonce le colonel en brandissant un télégramme chiffré. Le commandant Dupuy vous demande pour une opération spéciale, avec dix ou douze volontaires de votre choix.

— Il n'en est pas question, mon colonel ! Je suis le caporal Laffère, du 76e régiment d'infanterie. Je vous demande la permission de servir, et s'il y a lieu de mourir, parmi les camarades de mon unité, aux ordres du sergent Brinbuisson.

Badoche n'ose insister. Il se dit que le trompe-la-mort du régiment a sûrement ses raisons. Difficile de le contraindre. Cet homme-là n'en fera jamais qu'à sa tête.

Quelque estime qu'il ait pour Michel, son camarade des mauvais jours, Jules a décidé de ne plus servir un officier qui l'a déçu devant Saint-Mihiel. Dupuy devait protéger les coloniaux de Blondlat. Il a obéi en tout point à ce général Patton. Qu'il reste donc avec les Américains et ne compte plus sur lui. S'il est rentré au régiment, c'est en toute connaissance de cause. Il ne veut plus combattre qu'à son rang, avec les siens.

— C'est dommage, commente le colonel en relisant le télégramme. Le commandant Dupuy a été désigné par le général Estienne pour ouvrir la route aux troupes d'assaut de la 62ᵉ division commandées par Colin, dont l'éloge n'est plus à faire. Il compte apparemment sur vous et sur vos hommes. Voulez-vous m'accompagner au PC automobile de la division ?

Jules se résigne : ce Badoche veut lui forcer la main en lui montrant un Ford tout prêt pour le conduire à destination, rien que lui et les hommes de son escouade, chouchoutés telles des vedettes, comme si sa participation était attendue, programmée, et aussi indispensable.

— Il faut se faire une raison, dit Badoche d'un air important, reprenant mot pour mot un propos que Puylaroque a entendu maintes fois au GQG, la guerre sera gagnée par les avions et les tanks. Sans eux, l'infanterie est impuissante. J'aurais préféré vous garder, connaissant votre valeur. Mais d'autres ont incontestablement la priorité. À vous de décider ! Je n'ai pas le droit de vous obliger à une mission spéciale proposée à des volontaires.

Jules observe le centre où se pressent des Berliet de

ravitaillement en vivres et en munitions. La routine. Mais le colonel l'entraîne plus loin, vers le poste d'essence. Le caporal n'en croit pas ses yeux : sur la plate-forme de l'énorme tracteur Knox, un véhicule flambant neuf. Pas de roues avant, mais un jeu de chenilles très puissant. Ce Schneider semble fabriqué tout spécialement pour le corps franc.

Les deux chauffeurs du train des équipages qui achèvent le plein d'essence du Knox ne sont pas inconnus du caporal. Martial Vrin, le marchand d'articles de pêche du Bazar de l'Hôtel de Ville parisien, a un bandeau sur la tête.

— Que t'est-il arrivé ? lui demande Jules.

— Les Gotha. Je dormais la nuit dernière avec Maraval dans une scierie. J'avais cru malin de me coucher au premier, dans un bon lit à duvet installé sur un parquet de planches. Le souffle de la bombe a emporté l'étage. Je suis tombé de toute la hauteur, avec mon plumard. Heureusement, je me suis reçu sur le dos de percherons. De bons gros chevaux qui m'ont sauvé la vie. Mais j'ai heurté leur mangeoire de la tête.

— Il a une bosse grosse comme un bol de soupe, assure Maraval, le maraîcher de Bagnolet. Le poste de secours l'a badigeonné d'arnica et pansé comme un bébé. Avec ce bandage, il est sûr d'avoir enfin son galon de brigadier !

— Tu as touché un Schneider sur mesure, dit Vrin. Je l'ai chargé au dépôt des chars, à Pommiers, près de Soissons. As-tu vu ces crochets ?

Jules observe le pare-chocs avant, muni en effet de crocs d'acier. Il grimpe sur la plate-forme blindée, s'assied dans la cabine protégée. À l'avant, un bouclier lourd, menaçant, capable de détruire les plus solides défenses. Un poste de tir pour fusils-mitrailleurs dans la cabine, aux côtés du conducteur, un autre à l'arrière, bien protégé. L'engin se conduit comme un char, sans volant.

« Carpentier en fera son affaire », se dit-il.

Il envisage déjà de repartir, puisqu'il pense à engager Raoul d'Ozoir. Il inspecte minutieusement le caterpillar, demande à Maraval des détails sur le train de chenilles. Le maraîcher est bien incapable de se lancer dans des explications techniques. Il assure simplement que le moteur tourne rond, et qu'ils ont engagé l'engin sans difficulté sur leur plate-forme Knox.

— J'ai entendu dire que les usines Schneider du Creusot avaient reçu la commande de cinq cents de ces limousines. Tu es gâté ! On te donne un prototype.

— Vitesse ?

— Trois kilomètres à l'heure, comme les chars. Ce n'est pas un cheval de course !

Jules grimpe encore à l'avant, puis à l'arrière, frappe partout sur la tôle, sur les plaques d'acier, pour en mesurer l'épaisseur au son.

Le colonel le suit d'un regard amusé. Il se doutait bien que le caporal se laisserait fléchir. Rien de tel qu'un matériel neuf pour stimuler le corps franc. Badoche se frotte les mains : pour lui, l'affaire est dans le sac !

— Vous repartez dans une heure, lance-t-il à Maraval. Le temps de rassembler l'équipe.

— Impossible ! coupe Jules. La plate-forme est trop petite. Elle ne peut accueillir au mieux qu'une demi-douzaine d'hommes, pas un de plus ! Je refuse de partir sur cet engin trop lent sans avoir toute ma bande derrière moi, avec moi. C'est non !

* *
*

— Vous n'avez pas qu'un Schneider, vous pouvez disposer en plus de cette merveille, répond Badoche, tentateur, en entraînant le caporal vers un tracteur Latil, dissimulé derrière le Knox.

Babelon et Beaufret, les chauffeurs, deux lascars du train inconnus de Jules Laffère, descendent de l'engin. Leur fort accent creusois et leurs épaules carrées inspirent plutôt confiance au Briard.

— Bonjour mon caporal ! lui lance, ironique, le brigadier Beaufret, natif d'Évaux-les-Bains.

Jules hausse les épaules. Il réglera son compte plus tard à cet insolent qui le salue avec désinvolture, comme pour lui rappeler que, malgré ses grands airs et les attentions que lui réserve le colonel, il n'est jamais qu'un soldat à galon de laine rouge, et rien de plus.

L'infatigable Badoche continue de faire l'article lui-même, comme un marchand de voitures civiles dans le hall d'exposition de Louis Renault ou d'André Citroën.

— Peugeot a sorti de ses ateliers franc-comtois une vingtaine seulement de ces engins, une commande du roi des Belges. On l'appelle *auto-chef* parce qu'elle conduit le roi et son chef d'état-major sur les champs de bataille.

Jules se renfrogne. S'il croit l'avoir au boniment, ce Badoche se trompe. Une voiture blindée, c'est pour la chicorne, pas pour la frime. Il examine l'engin de plus près. Les pneus larges et pleins sont crantés, capables de franchir des plaques de boue sans glissade, grâce aux essieux rehaussés.

— Vous remarquez la mitrailleuse lourde sous sa coupole blindée, fournie par Peugeot avec le modèle, poursuit Badoche. Les meurtrières à l'avant du blindage biseauté garantissent la sécurité du chauffeur, mais permettent aussi le tir d'un fusil-mitrailleur. Un autre Chauchat peut être mis en batterie derrière. C'est un nid de mitrailleuses roulant, beaucoup plus rapide que les chars. Ce modèle a été aménagé spécialement pour vous, sur les ordres précis du commandant Dupuy. Il aurait dit, en passant la commande, « qu'une voiture dessinée pour le roi des Belges devait convenir au roi des corps francs ».

— Pas de chenilles ! note Jules, parfaitement insensible à la flatterie. C'est un handicap ! Cet engin ne peut suivre les Renault FT17 sur le terrain. Avez-vous déjà vu un champ de bataille bombardé avant l'action ? lance-t-il, un rien méprisant, à celui qu'il considérait à tort comme un officier d'état-major, probablement un de ces planqués ignorants qui n'ont jamais vu tomber leurs hommes au cours d'un assaut.

— Puisque vous avez les deux ! s'exclame le colonel Badoche sans relever son arrogance, bien décidé à ne pas lâcher et prêt à toutes les concessions de forme pour mettre en route ce trompe-la-mort et ses hommes. Le Schneider précède les tanks, ouvre la voie au fantassin sur le glacis des barbelés. La Peugeot suit et attaque à la volée les positions des mitrailleurs ennemis.

La remarque n'est pas sotte. Ce colonel aurait-il commencé sa carrière comme caporal d'infanterie ? « Il a le sens du terrain », lui concède Jules, ravalant son accès de dédain.

Il poursuit son examen, observe le treuil fixé à l'avant de la Peugeot. Elle peut être tractée rapidement, en cas d'enlisement, par le Schneider muni de crochets. Il calcule l'attaque jumelée des deux engins, imagine l'impact des mitrailleuses sur les points de tir de l'ennemi.

Il est déjà à son affaire. La tactique est à mettre au point, mais le matériel est valable. Le Schneider ouvrira la voie, et la Peugeot balaiera les obstacles, prête à la poursuite sur ses roues élevées, équipées de chaînes pour ne pas patiner dans la mélasse. Pourquoi ne pas tenter l'opération ?

— C'est bon ! lance Laffère au colonel. Nous partons tout de suite, le temps de faire les sacs et de charger les munitions.

Badoche respire. Loin de se formaliser de la prétention ombrageuse du caporal, il se débarrasse à son honneur, en répondant aux ordres, de ce ramassis de fortes têtes tout juste capables de nuire à l'esprit de discipline qu'il entend restaurer au 76ᵉ régiment. Il va pouvoir envoyer un message radio ainsi rédigé à l'état-major de la Vᵉ armée de Berthelot, où attend le commandant Dupuy : « Le corps franc est en route. »

* *
*

De Lorraine en Champagne, la transversale est longue par les routes de la zone des étapes, la seule où l'on peut avancer rapidement, un peu en arrière du front. Avare de renseignements, Martial Vrin a cependant confessé au caporal qu'ils avaient reçu l'ordre de prendre livraison de ce matériel neuf, arrivé en gare de Nancy, et de le conduire ensuite, une fois l'équipage chargé, en direction de Reims, jusqu'à Fismes.

— Pourquoi Fismes ? Dupuy est à Saint-Mihiel, que je sache ?

— Il y était, mais son bataillon a reçu la consigne de se mettre à la disposition du général Berthelot, commandant la Ve armée. Nous roulons à sa demande.

Les chauffeurs sont toujours au courant des mouvements du front. Il n'est pas inutile de leur prêter attention. L'astucieux Vrin explique volontiers à Jules que la 62e division, qu'ils doivent rejoindre à Fismes, ne fait partie de l'armée Berthelot que depuis le 10 septembre. Elle s'intégrait auparavant, dans les combats sur la Vesle, à un commandement de l'US Army.

« Nous y voilà, pense Jules. Le colonel Badoche s'est moqué de moi. Michel est toujours aux ordres des Américains. Ils sont dans le coin, ils sont partout, et pour des raisons politiques, on leur délègue les commandements. »

Ils rencontrent en chemin de nombreux convois de camions Ford bourrés de *sammies* qui se dirigent vers l'est.

— C'est le 3e corps d'armée américain, fait remarquer Vrin à l'étape. Vous n'avez qu'à vous renseigner. Tout le monde vous dira qu'il abandonne l'armée Berthelot pour filer sur la Lorraine. La 62ᵉ division est désormais rattachée au corps français du général Pellé. Cela vous va-t-il mieux ?

— D'où tiens-tu ces renseignements ?

— Il suffit d'ouvrir l'œil, et de parler avec des collègues. Maraval et moi, nous avons livré des chars dans toutes les armées en action, surtout chez Mangin, à la Xᵉ, qui piétine sur le Chemin des Dames. Il en veut toujours plus, celui-là.

— Tu oublies Gouraud et la IVᵉ armée de Champagne, intervient Maraval. Le manchot est le plus gourmand, il bouffe du Renault tous les jours dans son potage. Il ne peut pas s'en passer. Et voilà que Berthelot s'y met. Il est arrêté par les Fritz du côté de Fismes, et il explique, pour justifier son retard, qu'il a le plus grand besoin du renfort magique de l'artillerie d'assaut.

Dans le troquet où l'on s'entend difficilement parler, Jules semble s'assoupir. Il songe aux engagements des chars de Michel, son ami. Combien en a-t-il vu brûler sur place, touchés de plein fouet par les obus, et même par les balles spéciales. Il a perdu lui-même ses deux autos blindées Renault. Il ne pense pas que l'arme nouvelle soit magique, sinon pour les fantassins, dont elle simplifie la besogne. Les tanks restent vulnérables, et sans doute aussi cette voiture destinée aux Belges, détournée par Michel à son intention, il ne sait par quelle prouesse. Il se demande quelle peut être l'utilité des chars dans le paysage vallonné, avec crêtes et creutes, du secteur nord de Fismes, où ils doivent être engagés. Sans parler de l'épaisseur des forêts, de l'abondance des marécages au bord des rivières, où même les chenilles risquent de s'embourber. Quant aux problèmes du franchissement des rivières sur des ponts rafistolés qui risquent de s'effondrer sous le poids des blindés, il ose à peine y penser.

Babelon et Beaufret mangent de la soupe aux choux arrosée de picrate. À près de quarante ans, ils ont été engagés en 14 dans le 278ᵉ de réserve de Guéret, où ils ont connu l'enfer des premières batailles. Quand les camions sont sortis des usines par centaines, on a cherché des chauffeurs. Ils se sont portés volontaires, et leur bonne instruction primaire leur a permis d'être recrutés, après un stage dans une école du service automobile.

Ils ont si bien réussi qu'ils sont passés du Berliet aux tracteurs Latil : une promotion, dans leur arme. Ils affectent un certain mépris à l'égard des chauffeurs parisiens plus jeunes de l'équipe du Knox. Ces gamins, assure Beaufret, n'ont certainement pas la force de tourner la manivelle, et le manche est trop dur pour eux. Ne parlons pas de changer une roue, ils en sont incapables. Des amateurs. Il est vrai qu'on recrute n'importe qui au camionnage, même des Indochinois.

Raoul Carpentier supporte mal les gros bras et les grandes gueules. Le mécano d'Ozoir se retient de chercher la rixe avec ces bouseux de la Creuse qui ne savent sûrement pas démonter un moulin. Il aimerait les voir en panne, au bord de la route. Il prend à témoin Philippon, qui rosit d'aise en buvant un petit vin aigre du cru, et n'entre pas dans sa querelle.

Philippon est aux anges du matin au soir. Il n'aurait pas cru possible qu'on lui confiât une voiture identique à celle du roi des Belges. Sa vanité naturelle le fait planer dans la tabagie du bouge. Peu lui importent les dangers à venir. Blindé au-delà du possible dans sa cabine haute sur roues de dominateur romain, il attend les Boches de pied ferme, convaincu, le vin aidant, que rien ne peut l'atteindre. Quant à Iouri l'Ukrainien, il fait bon ménage avec le charcutier de Tournan et lui gagne aux dés sa maigre solde. Le vagabond de Crimée, rhabillé sur ordre de Jules en tankiste à veste de cuir noir, s'est trouvé une famille chez les Briards et ne veut plus les quitter.

* *
*

Grande est la surprise de Jules à l'étape de Fismes. Il entend autour de lui, à la nuit tombée, des groupes de poilus baragouiner l'italien. Les conducteurs de tracteurs se seraient-ils trompés de secteur ?

— Non, assure Martial Vrin. Si vous parliez aux soldats de passage, au lieu de rester entre vous, vous sauriez que la 62e division vient de passer sous commandement italien. Du 2e corps, pour être précis.

— Elle est mise à toutes les sauces !

Pauvres poilus de la 62e ! Ils n'ont pourtant rien d'exceptionnel. Les trois régiments de Colin n'ont plus aucun lien entre eux. Une division de fortune. Ils n'ont pas cessé de donner depuis les combats du mois de mars, où ils ont été dépêchés au secours des *British*. Colin, responsable de l'infanterie, a ensuite dirigé la retraite depuis Nesle, Roye et Noyon jusqu'à

Lassigny, avant de combattre plus au sud, dans le Matz. Chacun se rappelle à la division l'odyssée du bataillon Lepenne, du 338ᵉ régiment de Laval. Son commandant s'est défendu jusqu'au bout, mais a perdu ses sections l'une après l'autre. Ce genre d'exploit, à l'âge industriel, reste un exemple pour l'armée, et bien sûr pour la division, où le sacrifice de Lepenne est constamment cité devant les bleus.

— Les soldats de Colin ont-ils déjà combattu avec des chars ? questionne Jules.

Martial Vrin n'en sait rien, mais un adjudant venu au ravitaillement en munitions se mêle à la conversation. Il est de la 62ᵉ, et fier d'en être. Attendant que les territoriaux malgaches en finissent avec son chargement, il observe joyeusement la veste de tankiste du caporal aux yeux féroces.

— Voilà la cavalerie ! lance-t-il en offrant à boire. Appelez-moi Auguste, je suis d'Angoulême et du tout premier recrutement. Militaire de carrière, comme Colin. J'ai servi sous ses ordres au Maroc en 1910, dans la coloniale. Vous demandez à ce traînard, à cet embusqué du train, si nous avions touché des tanks ? Jamais, entendez-vous ? Vous êtes les premiers. J'espère que vous nous resterez, car les tankistes sont des oiseaux migrateurs. Colin a utilisé dans la retraite de mars un groupe d'automitrailleuses et s'en est bien trouvé. Mais elles ont vite disparu. Vous serez les bienvenus, soyez-en sûrs.

— Les ACM ne dépendent pas du général Colin, mais des divisions de cavalerie, rectifie Jules. Leur appui ne pouvait être que transitoire.

— Admettons ! concède Auguste. Les autos-canons-mitrailleuses appartenaient à Robillot, un cavalier qui nous a aidés à tenir Conchy-les-Pots en nous baillant trois groupes, pas moins. Êtes-vous aussi des cavaliers ?

— L'artillerie d'assaut que nous accompagnons relève, comme son nom l'indique, du commandement de l'artillerie, du moins en principe.

Auguste fait la grimace. On sent bien que les biffins de la 62ᵉ n'ont pas entretenu les meilleurs rapports avec leur artillerie, même divisionnaire. Pour eux, les artiflots n'arrivent jamais quand il faut, et, une fois en place, ils tirent sans prêter grande attention aux leurs.

— Enfin, le général est habitué à prendre tous ceux qui lui tombent sous la main quand l'urgence s'en fait sentir. Il faudra vous y faire. C'est un bretteur marocain, toujours au premier rang, son revolver à la ceinture. Je ne vous raconte pas le nombre de colonels qu'il a déjà mis à la porte avec fracas.

— Un bon général est une espèce rare qu'il ne faut pas négliger, balance Jules, au risque de choquer l'esprit militaire de ce vieil adjudant qui nourrit pour le général Colin un véritable culte.

— Sans lui, la division aurait été dissoute, pour sûr ! Un général qui la commandait a été limogé par Pétain en mars, pour incompétence.

— Et l'on n'a pas nommé Colin à sa place ?

— Il a fait fonction de divisionnaire, le temps que Girard rejoigne, semble regretter le juteux. Mais il a gardé la direction de l'infanterie de la 62ᵉ. Nous n'avons été relevés dans le Matz que le 15 avril, par la 125ᵉ division.

— La nôtre, dit Jules. Je m'en souviens très bien. J'avais alors un corps franc au 76ᵉ régiment de Coulommiers, auquel j'appartiens encore.

— Dans les chars ?

— Non, dans une escouade de volontaires montée sur autos blindées pour aider les tanks.

— Voilà qui plaira à Colin. Il commande toujours dans son auto, jamais dans son PC. Il pense qu'il faut manœuvrer en terrain découvert, et non dans les bois, où les liaisons sont impossibles. Quand il nous a lancés dans la seconde bataille de la Marne, du 15 juillet au 15 août, il n'a pas cessé d'appliquer ses bons principes, et a sauvé une fois de plus la division. Soyez certain qu'il sera fou de joie de recevoir un bataillon de chars.

* *
*

Ce que l'adjudant a passé sous silence, Jules l'apprend de Michel Dupuy lui-même, quand il le retrouve avec émotion au PC du général Colin.

Dupuy attend Colin depuis deux heures. Lévi, son chef d'opérations, polytechnicien, large front, taille courte, visage ouvert et volontiers souriant, ni moustache, ni casque, ni masque – aucun des attributs du poilu –, se détourne de ses cartes d'état-major pour excuser son général : il est toujours parti dans ses unités, à donner des ordres précis, sur place, aux colonels.

— Il connaît bien vos Renault FT17, assure-t-il en tirant sur sa pipe.

Michel Dupuy pense que Lévi veut se dépenser en

paroles aimables et encourageantes, et que le général n'a sans doute jamais vu un seul tank. Il se trompe, Lévi n'avance jamais rien au hasard :

— Il a découvert les chars, précise-t-il, le 26 juillet, dans le camp de Neuilly-Saint-Front, quand nous étions en réserve d'armée, quelque part entre La Ferté-Milon et Fère-en-Tardenois. Je me rappelle que leur parc était installé dans la cour d'une ferme, à Vaux. On pouvait découvrir tout à loisir leur précieuse mécanique, leurs chenilles souples et la qualité de leur armement. Les équipages étaient de premier ordre. Les officiers m'ont expliqué les conditions d'intervention de leurs chars. Ils doivent ouvrir en masse le chemin à l'infanterie et exploiter ses résultats.

— Je ne tiens que dix Renault, répartis en deux sections, à la disposition de votre division pour l'attaque, affirme Michel. Une escouade de corps franc habituée à manœuvrer avec eux les accompagne, dont le caporal Laffère est le chef.

— À pied ?

— Non. Il dispose d'un caterpillar Schneider pour ouvrir la route, d'une auto blindée pour éliminer les nids de mitrailleuses. Cette formation est nouvelle, expérimentale, à vrai dire. Nous devons faire la preuve que de petites unités spécialisées peuvent rendre plus de services à l'infanterie que les attaques de chars en grand nombre, comme les pratique l'armée Mangin. À condition que les escouades soient elles-mêmes portées et protégées.

— Ce type d'action contredit le règlement général du GQG de Provins, hostile à l'emploi éparpillé des tanks, remarque Lévi, que rien ne prend au dépourvu.

— Mais il est soutenu par le général Estienne, créateur des chars, mon père spirituel, précise Michel. Le GQG pond des directives, il ne connaît pas les blindés. Il prône l'attaque en masse. Elle est inutile sans infanterie d'accompagnement et sans le soutien logistique de l'aviation, qui doit neutraliser les tirs des batteries antichars. J'ai une arme secrète dont je ne parle à aucun collègue, car elle susciterait des jalousies. Chacun de mes Renault – je dis bien chacun – est équipé d'un poste de radio américain que m'a fourni le général George Patton. Nous sommes, d'un char à l'autre, en contact permanent, et c'est un avantage décisif. L'état-major ne comprend pas l'intérêt des actions groupées, il faut le rallier à notre point de vue en lui offrant des exemples heureux qui ne figureront pas dans la relation officielle des combats, et ne porteront que sur de petites unités – j'allais dire des unités fantômes. J'en prends la responsabilité.

Le commandant Dupuy, d'instinct, sent qu'il peut faire confiance à ce jeune Lévi, officier ouvert aux initiatives, et sans aucun doute au général Colin, un baroudeur habitué à combattre en faisant flèche de tout bois et sans trop se soucier des circulaires du GQG.

— Nous avons perdu beaucoup de monde depuis le début de la campagne, déplore Lévi. Notre unité est sans lien réel, les poilus ne parlent pas la même langue, le même patois : un régiment du recrutement d'Angoulême, maintes fois recomplété, un autre de la Mayenne, et le dernier vient de Decize, dans la Nièvre. Les bleuets nous arrivent de partout, à peine formés, pour remplacer les anciens disparus au combat. Nous n'avons en soutien permanent qu'un régiment d'artillerie de campagne, soit trois groupes de 75. Notre encadrement laisse à désirer. Beaucoup d'officiers sont morts au combat. Sans l'énergie de Colin, il n'y aurait plus de 62ᵉ division. Vous venez à point pour nous conforter. Si nous pouvons inaugurer une action d'un type nouveau, je suis votre homme.

Michel Dupuy s'informe sur les difficultés du combat dans ce secteur boisé et vallonné.

— Depuis la fin de juillet, expose Lévi, nous n'avons connu que des difficultés, à la droite de l'offensive Mangin. La rivière Ourcq, qui n'est pourtant pas large, nous a longtemps arrêtés. Les berges étaient farcies de nids de mitrailleuses, les ponts et passerelles, détruits. Le génie a travaillé de nuit, dans des conditions pénibles, et nous avons pu créer une tête de pont pour nous lancer à l'assaut de Fère-en-Tardenois, dont la conquête a été un enfer. Une section s'est bien infiltrée dans la ville, mais les obus de 77 et de 105 pleuvaient depuis les collines. L'enlèvement des points d'appui tout autour a demandé beaucoup de temps et causé des pertes.

— Colin est-il un général risque-tout, qui ne se soucie pas des pertes ?

— Il risque d'abord sa propre peau. Il avait installé son QG dans la ville détruite. Il a bien failli y rester. Les gaz et les obus incendiaires rendaient la position intenable. Enfin, nous sommes passés. J'ai grand-peur que nous ne rencontrions les mêmes difficultés sur l'Aisne. Nous en sommes encore très loin. Il faut d'abord conquérir les plateaux et les collines entre la Vesle et l'Aisne. Le moindre obstacle est utilisé par l'ennemi pour nous retarder. Les Allemands sont obstinés et parfaitement organisés dans la retraite.

Écoutant Lévi avec la plus grande attention, Jules n'ose intervenir. En voilà un, se dit-il, qui ne dore pas la pilule.

De fait, le chef d'opérations de Colin explique très franchement aux nouveaux venus que son divisionnaire, Girard, depuis le succès allié du 8 août, est sans cesse pressé par Berthelot de foncer droit devant lui, comme Mangin, sans pour autant en recevoir les moyens. Il turlupine Colin qui n'en peut mais. Car Mangin lui-même est bloqué sur le Chemin des Dames, malgré ses chars et ses canons. Les Boches ont gardé juste assez de bombardiers et de pièces de 105, de *Minen* et de mitrailleuses, pour contrarier l'avance alliée. Ils ont piégé les fermes, miné les châteaux de bombes à retardement pour que les états-majors ne puissent s'y installer, et détruit méthodiquement les ponts et passerelles.

— Notre avance est un supplice de tous les jours, avec des pertes énormes, conclut Lévi.

Mais Michel Dupuy n'est pas satisfait de cette analyse rapide. Il veut en savoir plus et provoque Lévi en constatant sur la carte que la division a cependant progressé, malgré ses pertes.

— Nous avons fait de nombreux prisonniers sur l'Ourcq, précise Lévi, dont un officier supérieur, capturé par un sergent que le général Girard a décoré de la médaille militaire sur le front des troupes. Ce héros s'appelle, je crois, Desroches. Vous devriez le rencontrer, dit-il à l'adresse de Jules. Il a réussi à traverser l'Ourcq de nuit avec sa patrouille, comme un vrai corps franc !

Jules n'est pas franchement envieux des exploits des autres. Mais il sait se réjouir du succès des camarades, et son visage se détend. Ce Lévi en calot de poilu a su le distinguer et l'associer à ses propos louangeurs, sans pour autant lui passer la brosse. Dans sa tête, le caporal l'assimile à Poindron. C'est dire s'il lui est sympathique.

— L'interrogatoire de l'officier allemand et les ordres trouvés dans sa sacoche, poursuit Lévi, ont permis d'établir que Ludendorff attachait du prix à une résistance obstinée, rivière après rivière. Nous avons mis cinq jours pour franchir la Vesle au prix d'une forte casse, et vos chars ne nous auraient été d'aucun secours dans cet épisode, sauf à mitrailler d'une rive à l'autre les nids de résistance ennemis, en se gardant des tirs de l'artillerie. Nous étions alors sous commandement américain et nous avons perdu, sans profit réel, plus de deux mille hommes en quinze jours [1], sous les tirs incessants de l'artillerie allemande.

— N'êtes-vous pas soutenus par l'aviation ?

— Jamais sur notre front. Les bombardiers nous survolent sans nous aider le moins du monde, et vous êtes les premiers tanks à venir à notre secours. Nous ne pouvons compter que sur nos 75.

— Ainsi, la traversée de l'Aisne, et même l'arrivée sur les berges de la rivière, peuvent demander un long délai, s'attriste Michel, qui se voyait lancé dès son arrivée dans un assaut classique de positions défensives bien repérées.

---

[1]. La 62ᵉ division compte alors un peu plus de huit mille combattants d'infanterie.

— Je le crains, convient Lévi.

* *
*

Le général Colin, pipe au bec, calot de guingois, moustache fine et visage mince, entre dans son état-major de campagne. Il a la mine tendue, mais le cœur en fête.

— Je viens de voir Berthelot, dit-il à Lévi. Le moujik [1] m'a soumis un projet d'attaque pour rejeter les Allemands au nord de l'Aisne. Le 2e Bureau a beau me répéter que les ordres donnés à l'ennemi sont de se faire tuer sur place, nous passerons.

— Pour l'artillerie ? interroge Lévi.

— Un groupe d'artillerie lourde vient nous renforcer, et nous avons les chars, lance-t-il joyeusement à l'adresse de Michel Dupuy. Berthelot ne m'en a rien dit. Vous êtes la surprise du jour. Nous devons prendre notre revanche après la reprise du village de Glennes par une contre-attaque allemande. Il n'est pas question de les laisser s'y fortifier.

Lévi connaît l'impétuosité de son général. Son rôle est plutôt de la modérer, autant qu'il peut, en présentant des objections raisonnables.

— Quelles chances avons-nous de réussir, là où les coloniaux ont échoué ? Nous avons devant nous une division de la Garde prussienne, et une artillerie redou-

---

[1]. Surnom du général Berthelot dans les états-majors : pesant cent kilos, il portait une simple blouse à la russe pour dissimuler son embonpoint quand il travaillait chez Joffre.

table qui tire des obus arsinés. Une seule division italienne nous est arrivée en renfort, pour remplacer la 77ᵉ américaine, qui n'a obtenu aucun résultat.

— La 77ᵉ est une bonne troupe, intervient Michel.

— De l'armée nationale, pas de l'armée régulière, rectifie Colin. Ils portent la statue de la liberté sur leurs insignes. Une division du recrutement, pas de professionnels.

— Ils sont des conscrits comme les nôtres, ose avancer Jules.

— Ils se sont battus bravement, mais si les Américains sont bons dans l'attaque, ils ne savent pas s'organiser pour garder les positions. Ils ont reculé devant la contre-attaque. Il se peut que la brigade Brescia les remplace avantageusement. Elle s'est bien battue en Champagne. J'ai conféré avec le brigadier général Cartia. Nous faisons provisoirement partie du 2ᵉ corps italien.

Michel Dupuy ignore le nom de cet officier. Il n'a guère connu qu'Arditi, mais se souvient parfaitement d'avoir combattu avec les Italiens et d'avoir remarqué leur courage, alors qu'ils faisaient face, presque seuls, à la pointe de la dernière grande offensive allemande sur Épernay. Il n'était alors qu'un officier de cuirassiers dépêché en liaison par Mordacq.

Il réfléchit longuement à sa mission, le soir, au cantonnement des chars, sur la rive droite de la Vesle, en avant du village de Villette, où s'est installé l'état-major de Colin. L'avantage des Renault est d'ouvrir la route à l'infanterie dans les champs de barbelés, et de neutraliser les mitrailleuses. Mais les Allemands en retraite ne constituent pas de lignes continues, avec fascines et glacis protégés, ils n'en ont pas le temps. Ils s'accrochent au terrain, se cachent dans les creutes, bondissent pour une attaque par petits groupes et font donner leur artillerie omniprésente dès que les Français s'annoncent. Les chars n'ont aucun moyen d'attaquer les batteries trop éloignées, et ils sont de peu de secours pour le nouveau combat d'infanterie pratiqué par des hommes agiles, terrés dans les trous, bondissant au coup de sifflet pour la contre-attaque. La diversité des bataillons alliés sert encore les troupes d'assaut ennemies, à cause de la précarité des communications. Elles savent très bien s'infiltrer entre un bataillon américain en retard et un français aventuré, disloquer une compagnie italienne, réduire les têtes de pont par un feu nourri de mitrailleuses. À croire qu'elles ont gardé intactes leurs nombreuses sections de Maxim.

— Là, nous pouvons intervenir, estime le commandant Dupuy, à condition que les mitrailleuses très mobiles des *Feldgrauen* soient repérées et marquées au sol par le corps franc. Notre rôle n'est plus de frapper des objectifs fixes, mais de poursuivre des mitrailleurs éparpillés dans les trous du terrain, traînant avec eux, à deux, leur arme très légère. Le char ne doit pas rester un seul instant immobile, mais tournoyer comme un destrier, s'adapter aux conditions du combat. Il n'existe plus de réseaux de tranchées organisées à l'ancienne, avec parapets et boyaux. Les hommes creusent juste assez pour se mettre à l'abri des éclats. Ils utilisent des tranchées à demi éboulées, par petites portions. Plus de successions de lignes continues. Nous devons être des renforts mobiles lancés au secours de l'infanterie en perdition, sur les points les plus menaçants de l'avance ennemie. Il est naturellement essentiel que nous soyons protégés par notre propre artillerie contre celle de l'adversaire, qui peut nous anéantir. Nous ne pouvons rien si nous sommes seuls contre le canon, d'autant moins que les Allemands disposent, comme nous, plus que nous peut-être, de canons-autos ou de pièces sur tracteurs chenillés.

Le commandant demeure perplexe. Le discours de Lévi ne l'a pas vraiment rassuré, bien au contraire. Il comprend pourquoi le général Colin a la bougeotte. S'il ne quitte pas ses avant-postes, c'est qu'il est bien obligé de diriger en personne ses sections, imprudemment engagées par le QG de l'armée Berthelot. La supériorité des divisions d'infanterie alliées sur l'ennemi n'est nullement affirmée, depuis le 8 août. Elles sont lancées dans une prétendue poursuite qui se révèle en fait une sanglante course d'obstacles.

* *
*

Jules, de son côté, est resté éveillé une partie de la nuit pour entendre la confession du soldat Bigord, bleuet de Decize, apprenti dans un atelier de constructions métalliques. Court de taille et carré, solide, Bigord aurait pu être chasseur à pied. On l'a expédié pêle-mêle avec des réformés revisités dans le régiment reconstitué, qui venait de perdre ses cadres dans la bataille sans fin de l'Ourcq à l'Aisne. Il a sans cesse changé de capitaine, le soldat Bigord, et perdu tous ses copains, blessés ou tués par les mines et les rafales. Il était de la patrouille du sergent Desroches, qui s'est illustré dans la capture d'officiers de la Garde prussienne.

— Vous avez repris Fismes ? lui demande Jules. C'est un beau résultat.

— Nous sommes entrés dans Fismes, reconquise par d'autres que nous. La ville était dans un triste état, les routes d'accès coupées, encombrées d'arbres sciés et d'entonnoirs de 105. Nous en sommes sortis pour progresser difficilement sur un grand plateau désert, où les mitrailleurs ennemis étaient embusqués dans les trous, derrière les moindres monticules.

— Vous avez monté une attaque dans les règles ?

— Quelles règles ? J'étais au bataillon du commandant Pérotel, le 14 septembre. Nous attaquions en liaison avec le bataillon Pellegrin.

— Comment était organisée l'attaque ?

— En lignes, après une courte préparation d'artillerie, nos sections de mitrailleuses en tête, et mises immédiatement en batteries dès la progression des premiers groupes. Nous sommes entrés dans le village de Glennes, mais un violent bombardement a coupé nos liaisons avec le PC du colonel. Nous n'avions plus que les signaux optiques pour indiquer notre position.

Jules est étonné par la compétence de ce bleu. Il a vite appris à se repérer dans la bagarre. Il en parle comme un vrai troupier.

— Deux de mes copains d'escouade sont morts dans le nettoyage de Glennes, maison par maison. J'ai fait prisonniers deux gardes prussiens qui étaient cachés dans une cave. Le commandant veut me nommer caporal. Il m'a inscrit pour une citation. Je m'en bats l'œil. Je n'ai jamais eu d'autre objectif que de vendre ma peau très cher. Le régiment de Decize était mal vu, jusqu'à notre exploit de Glennes. Pellé, commandant le corps d'armée, a envoyé au régiment ses félicitations pour avoir capturé quatre-vingt-onze Prussiens. Du coup, nous passons pour des héros, et Colin nous porte en avant.

— Vous avez surpris la Garde prussienne ?

— En effet, et elle ne nous attendait pas si tôt. Mais elle est revenue dare-dare. Nous avons dû reculer, maison par maison. J'ai vu mourir le commandant Pérotel. Nous nous sommes accrochés, selon les ordres, aux dernières masures en ruines de Glennes, sous le canardage effrayant des 105. Le capitaine Arbeit, du 4e bataillon de secours, était blessé à mort. Pas de brancardiers pour l'évacuer. Nous nous sommes dévoués. Plus de liaison avec le général : le PC de Villette était bombardé par des gros noirs. On voyait de loin les gerbes immenses des explosions. Plus de nouvelles du PC. Mon copain Gisquel se demandait si le général Girard n'avait pas passé l'arme à gauche. Il n'avait d'ailleurs pas l'air de s'en attrister. Moi non plus.

— Quand avez-vous reçu des secours ?

— Nous avons tenu deux jours et une nuit. À se demander s'ils ne s'étaient pas tous fait tuer. À gauche, à droite, nous apercevions des groupes de Boches qui s'infiltraient pour nous isoler. Nous avions avec nous cent soixante-neuf prisonniers, et nous étions à deux doigts de nous faire prendre à notre tour !

— Tu as dit deux jours. Vous avez donc poursuivi le combat dimanche dernier, le 15 septembre ?

— Pour sûr, sous un bombardement soigné, avec leur pourriture d'obus à l'arsenic. Mais nous les avons repoussés. Gisquel a appris d'un lieutenant que notre attaque de la veille était seulement destinée à soutenir l'offensive de la Xe armée Mangin, à notre gauche, en direction du moulin de Laffaux. C'est à désespérer du commandement. Pourquoi mourir devant Glennes et s'y cramponner comme des cloportes, alors que nous nous faisions décimer pour le bénéfice d'un autre ?

— Question d'état-major, gronde Laffère. Tu en verras d'autres. N'as-tu pas vu ton colonel ?

— Jamais au bataillon. Toujours d'après Gisquel, le colonel Boisselet tenait son poste de commandement à Baslieux-lès-Fismes, au-dessus du ravin des Fondinettes. Il faut croire qu'il n'a pas mis son masque. Gazé, il est presque aveugle, comme son major. Il ne peut plus lire une carte.

— Combien de pertes ?

— Dans le bataillon, nous n'avions plus qu'une compagnie. Le régiment ne pouvait aligner que cinq cents fusils. Nous allions tous y passer.

Michel Dupuy vient interrompre la conversation.

— Repose-toi, dit-il à Jules. Dans trois heures, tout doit être prêt pour le départ à l'aube. Les Allemands vont attaquer et nous sommes les seuls à pouvoir les arrêter.

* *

*

Le soldat Bigord a enfin trouvé le sommeil. Il ignore que, le 16 septembre au soir, les ordres de Girard étaient de maintenir les deux tiers des survivants du 279ᵉ régiment en première ligne, pour faire face à l'attaque allemande annoncée par les prisonniers, des grenadiers de la 5ᵉ division de la Garde.

— Les Allemands ont gardé tous leurs moyens offensifs, explique Michel à Jules : bombardements aux gaz toxiques et par l'artillerie lourde, *Minenwerfer,* mitrailleuses légères avancées derrière les grenadiers. Nous avons à combattre une unité d'élite avec des fantassins épuisés dont Colin ne cesse de demander la relève. À toi d'entrer en scène pour créer la surprise. L'ennemi ignore notre présence. Mes chars sont cachés dans le bois de la Fosse-aux-Loups. Tiens tes voitures à l'abri. Tu attaqueras le premier, dès que le bombardement de préparation aura cessé, pour dégommer très vite les mitrailleuses.

— Le caterpillar ne me sera pas d'un grand secours. Pas de champs de barbelés !

— Mais la voiture peut faire du dégât, et je te suivrai avec mes dix tanks.

Ils se penchent ensemble sur la carte du secteur.

— La 5ᵉ division de la Garde est massée là, sur la ligne de Glennes à Pissevin. Lévi sait qu'elle va développer son attaque entre les villages de la Croisette et de la Marnière, des deux côtés du chemin de fer, dit Michel.

— Le terrain sera troué comme un gruyère !

— Sans doute, mais Philippon n'est pas maladroit. Notre artillerie a rassemblé plusieurs groupes pour empêcher la montée des renforts et bouleverser leurs bases de départ. Elle doit surtout écraser leurs batteries pour nous permettre d'opérer sans pertes. Notre rôle est d'agir à la pointe de leur offensive, par des manœuvres en nœuds de lacets. Pas une de leurs mitrailleuses ne doit nous échapper, et toi seul peux les repérer.

Jules réveille l'escouade afin de préparer au plus vite l'opération. Il compte sur le caterpillar pour constituer un pôle mobile qui puisse l'aider en cas d'avarie, et définit sur la carte avec Raoul Carpentier le parcours exact de l'engin, qui déploiera un fanion rouge et maintiendra ouverte la fréquence de son poste de radio. Raoul gardera les écouteurs en permanence, en liaison avec Gilbert Tavel. Le Schneider doit être en mesure de dépanner à tout moment la voiture Peugeot, tout en arrosant copieusement les alentours de ses engins à mitraille.

Le plus difficile pour Jules est de convaincre Philippon d'attaquer en plein champ, sans chenilles.

— Tu as la voiture blindée la plus rapide et la plus mobile de l'armée. Elle ne doit pas s'arrêter une minute. Je serai à tes côtés. Les camarades se tiendront prêts à bondir pour grenader. Tu dois réagir au doigt et à l'œil.

— Une si belle voiture ! grogne Philippon. Je n'aurai jamais la même. Car elle sera détruite, n'en doute pas !

— Elle te conduira en Allemagne pour siroter le vin du Rhin. Ne te plains pas, tu n'auras jamais personne devant toi que l'ennemi.

L'Ukrainien a deux paires de jumelles allemandes autour du cou. Elles portent la marque Zeiss, la maison d'Iéna. Prise de guerre sur les prisonniers allemands, récupérée par Iouri, toujours à l'affût. Il s'est déjà aménagé un poste d'observation sur la plate-forme pour diriger le tir du fusil-mitrailleur d'Aucouturier. Servan, blessé, manque à l'appel. Jules désigne sans plus attendre Edmond Garnier, qui tirera à la mitrailleuse lourde.

— Je ne l'ai jamais fait ! gémit le bûcheron de Pontcarré.

Michel l'initie rapidement aux manœuvres. Mais il faut quelqu'un pour lui passer les bandes. Il désigne Léon Bourdillat, qui ne proteste pas. Au corps franc, chacun doit tout apprendre et savoir tout faire.

Tavel établit les contacts radio avec le Schneider, mais cherche aussi la fréquence du char de Michel Dupuy et surtout de celui de Jacques Legris, qui commande la deuxième section des Renault. Il est paré pour la manœuvre. Jules lui demande aussi de contacter d'urgence l'état-major de division et le PC du lieutenant-colonel Tisserand, commandant l'artillerie, pour vérifier les liaisons. Michel lui a recommandé de rester en contact avec les batteries fixes.

Iouri geint dans son sabir. Il a l'oreille plus fine que n'importe lequel des *Francs*. Il entend le ronflement d'une escadrille de Gotha qui survole le bois de la Fosse-aux-Loups. Instant d'angoisse. Chacun perçoit l'approche des appareils et s'attend à être bombardé. Le bruit décroît rapidement vers la gauche.

— C'est pour les Italiens ! lance Bourdillat.

Jules regarde sa montre : cinq heures quinze. Les batteries allemandes viennent de tirer leurs premières salves.

— Les masques ! hurle-t-il.

* *
*

La voiture sort du bois ypérité de toute sa vitesse pour se mettre à l'abri dans l'entrée d'une creute où se tient un PC de bataillon. Il n'est pas question de rester sur le terrain quand tombent en grappes les obus de 105 et que se déchaînent les 77 rageurs, sans compter les 90 autrichiens. Les poilus de Decize font le dos rond dans les abris des « ouvrages bleus », d'anciennes tranchées récupérées et sommairement aménagées. Tavel appelle le Schneider. Un écho grésillant dans sa radio lui apprend que Raoul est à l'écoute, même s'il est inaudible. Le bombardement cesse, il est temps d'attaquer.

Les grenadiers prussiens avancent par petits paquets, noyés dans la brume matinale renforcée de nuages artificiels. Philippon peste, il n'y voit goutte. La voiture commence à recevoir des rafales de mitrailleuses qui ricochent sur sa carapace.

— À terre ! lance Jules.

Les Renault s'avancent, protégés aussi par la brume. Surprise chez l'ennemi, qui ne les attendait pas. Les mitrailleuses tirent au hasard, au ras du sol. Devant la Peugeot, le char du lieutenant Legris balaye le terrain, s'enfonce dans les excavations dont il se dégage sans efforts, montrant la voie à Philippon qui lui colle aux chenilles et, grâce à lui, repère les trous qu'il contourne avec adresse. Les camarades déployés en tirailleurs accrochent les escouades de Prussiens et les abattent à la grenade, dans les creux où ils se planquent.

Quand le vent disperse la brume et les vapeurs de gaz, l'Ukrainien se hisse sur la plate-forme que n'a pas quittée Aucouturier. Il faut bien qu'il reste en place pour arroser au fusil-mitrailleur. Iouri guide son tir à la jumelle en repérant le feu des mitrailleurs ennemis. Inutile de leur fournir des cibles. Tous les *Francs,* au coup de sifflet de Jules, ont vite repris leur place à l'abri des blindages de la voiture qui fonce droit sur les objectifs repérés, des Maxim planquées dans les entonnoirs. Les Renault suivent, écrasant les grenadiers ennemis réfugiés dans les excavations. Jules lâche une fusée pour signaler sa position à l'artillerie française.

Les tireurs du 279e régiment, renforcés par l'attaque inopinée des voitures et des chars, massacrent par des feux de file groupés les Prussiens qui ont réussi à poursuivre leur avance, vaille que vaille, vers les rangs français.

— *Ein fahnenträger*[1] *!* hurle Iouri en braquant sa jumelle.

Philippon lui crie de se taire. Il ne comprend pas du tout ce qu'il veut dire, mais fonce docilement dans la direction indiquée par le bras tendu de l'Ukrainien.

— *Fahnen !* lance de nouveau Iouri. *Flag*, fanion ! *Bandera !* Le drapeau !

De fait, devant la machine, un sous-officier allemand tente de fuir en enroulant un drapeau autour de sa taille. Jules saute de nouveau à terre, bondit sur le Prussien et lui serre la gorge à l'étrangler. Il va sortir son poignard pour l'achever quand trois grenadiers en *feldgrau* surgis-

---

1. Un porte-drapeau !

sent. La garde rapprochée du *Fahnenträger*. Ces géants au visage crispé par la fureur ont en main le Demag, redoutable poignard-baïonnette à double lame. Iouri a vu le danger. Il prend son élan et plonge du haut de la voiture sur le plus dangereux des agresseurs, qu'il égorge pour le compte. Jules a le temps de se dégager pour faire face aux deux autres, pendant que le porte-étendard tente de reprendre sa fuite.

Léon Bourdillat abandonne la mitrailleuse, saisit une lourde pelle et bondit dans la mêlée. Il débarrasse en un instant Jules de ses deux assaillants qui s'écroulent, assommés. D'autres accourent. Le géant ramasse une baïonnette à terre et lutte au corps à corps, pendant que Jules, tel un rugbyman, bloque les bottes de l'*Unteroffizier* en fuite. La voiture a repris du recul et Philippon opère un demi-tour en direction des lignes françaises, prêt à décamper. Il rétrograde en faisant grincer le pignon pour permettre à Aucouturier de balayer au fusil-mitrailleur les gardes prussiens venus au secours de leurs camarades.

Iouri et Jules ont assommé le *Fahnenträger*. Ils le jettent tel un cadavre, par les bras et les jambes, sur la plate-forme de la voiture, où Aucouturier n'a pas le temps de le réceptionner, car il poursuit son tir infernal. Remonté dans sa tourelle, Bourdillat nourrit le tir de Garnier à la mitrailleuse lourde. Tous les *Francs* sont récupérés. Jules n'a pas besoin de faire signe à Philippon pour qu'il lance aussitôt sa limousine bien-aimée. Iouri l'Ukrainien est le dernier à rejoindre. Il porte à la main l'étui de cuir dont il sort triomphalement l'oriflamme aux armes du Kaiser Guillaume, portant la croix noire de Prusse.

Aussitôt, Tavel joint par radio le char amiral de Michel Dupuy.

— Ici, le corps franc. Nous avons capturé un drapeau prussien.

Michel croit à une intoxication des Boches utilisant la fréquence pour donner de fausses nouvelles. Le message n'est pas envoyé au nom de Jules. Il reste méfiant et s'inquiète. L'ennemi comprendrait-il les ordres donnés en clair ? Faut-il utiliser des codes, des chiffres ? Il est trop tard pour y songer : devant son char surgit la voiture blindée, arborant un magnifique drapeau prussien.

* *
*

— Cette fois, dit-il à Jules, tu ne refuseras pas la citation à l'ordre de la division.

— À condition qu'elle s'adresse au corps franc du 76e régiment de Coulommiers, et au régiment tout entier, pour faire bonne mesure ! Que d'histoires pour un simple bout de chiffon !

Michel Dupuy, la tête rentrée dans sa tourelle, réfléchit un bref instant à cette invraisemblance. Le 5e régiment de la Garde est monté à l'assaut avec son drapeau, comme en 14 ! Il interrogera le porteur prisonnier. Il a sans doute planté l'oriflamme dans le sol afin que le régiment défile devant elle et comprenne bien qu'il n'est pas question de reculer. Pas d'autre exemple de cette nature, au cours des combats qui se sont succédé sans interruption depuis 1915.

Il faut croire que Ludendorff utilise tous les moyens

psychologiques pour renforcer le courage de ses troupes, en exhibant le patriotisme exemplaire de la Garde du Kaiser, et même en courant le risque de perdre une aussi glorieuse oriflamme au premier rang. Voilà qui en dit long sur la nécessité de doper le moral dans l'armée impériale. Il est vrai aussi que les Prussiens se croient sûrs de l'emporter sur une division française qu'ils ont à demi détruite.

Il n'est pas question de s'attarder. Les Prussiens reviennent au combat avec des bataillons de renfort. Laissant son prisonnier à la garde des fusiliers de Decize, Jules frappe sur le casque de Philippon pour qu'il remette les gaz. L'autre pousse un cri de rage, comme s'il avait reçu un coup de pied.

— Tu n'auras donc jamais fini de jouer les héros ! Par la madone, tu vas tous nous faire tuer ! Je vais manquer d'essence. Il faut retourner.

— Au Schneider ! Vite ! Il a des bidons de réserve à ne savoir qu'en faire.

Pieux mensonge ! Mais les soldats du 279e régiment se défendent dans leurs trous avec l'énergie du désespoir, à un contre deux. S'ils ne sont pas soutenus à la minute, ils vont flancher. Par radio, Tavel appelle les chars à la rescousse. Tous concentrent leur feu sur le bataillon de grenadiers prussiens qui grimpe du vallon en hurlant. Les officiers ont renoncé à l'attaque par bonds, en escouades. Tellement assurés de n'avoir devant eux que des débris de division, ils grenadent comme à l'exercice, balancent les manches de bois par-dessus les obstacles où sont retranchés les fusiliers de Decize.

La charge des tanks prend l'ennemi au dépourvu.

L'artillerie allemande ne peut pointer les blindés dans la mêlée sans écraser aussi les siens. La tactique de Michel réussit à merveille. Les Renault agiles semblent broder des huit sur la carte des lignes ennemies, mitraillant sans viser, en éventail. Les Prussiens tombent, fléchissent, refluent. Jules oblige Philippon à poursuivre. Bourdillat aide le bûcheron-braconnier de Pontcarré promu mitrailleur en lui passant les bandes. Au mépris de toute prudence, la voiture dévale vers le fond du vallon. Une pièce menaçante de 77 décharge sa ration de shrapnells à cinq cents mètres, sans résultat : les billes rebondissent sur la cuirasse.

— Remonte ! crie Jules à Philippon, ils vont recharger la pièce aux explosifs spéciaux antitanks.

La voiture pivote presque, reprend la pente, poursuivie par les obus du 77 qui parviennent à la toucher au sommet, brisant une de ses roues arrière. Philippon réussit à virer de nouveau pour présenter la mitrailleuse face à l'ennemi qui poursuit. Les camarades sont assaillis par les grenades. Maurice Lafont tombe, frappé à mort. Par radio, Jules fait demander les secours du caterpillar Schneider. Miracle ! Raoul Carpentier répond, demande la position.

Les minutes d'attente sont longues. Iouri et Jules ont sauté à terre pour recevoir les assaillants à la grenade. Aucouturier et Bourdillat, secondés par Philippon, canardent les Prussiens injuriés par leurs officiers, qui retournent au combat. L'ennemi fait avancer à flanc de coteau, tout près de la zone de combat, des 77 tractés qui ouvrent la danse. Jules signale leur attaque à Michel par radio. Les chars s'élancent bravement sur la batterie, réussissent à surprendre deux pièces en cours d'installation, mais deux Renault sont touchés et s'enflamment. Impossible d'arrêter la charge infernale des huit engins restés valides, qui écrasent les affûts des canons, mitraillent les servants, font sauter les obus dans les caissons.

Il reste à sauver la Peugeot. Raoul Carpentier a chargé au passage sur la plate-forme de son caterpillar le corps de Maurice Lafont, le caporal bourrelier de Montbarbin. Il s'avance ensuite de toute la puissance de son engin à la rencontre de l'épave. Les *Francs* sautent à terre pour protéger l'opération. Derrière l'écran de feu des camarades, Philippon arrime le câble de sauvetage aux crocs avant du Schneider, qui enlève la Peugeot comme une plume.

Elle ne reviendra pas chez le roi des Belges : ses essieux sont faussés, son train arrière, en capilotade. La roue arrachée ne peut être remplacée. Le moteur fume, l'essence fuit, une patate de *Minen* l'achève. Au soir de la victoire du régiment de Decize, pendant que les Prussiens se retirent vers Pissevin, Philippon, le chauffeur des *Francs,* regarde brûler, en maudissant la guerre, sa limousine royale qui rend en crépitant son dernier soupir.

* *
*

Le calme revient au secteur, où la 62ᵉ division s'apprête enfin à recevoir les troupes de relève. Les chars font le plein d'essence au camp de départ pour reprendre la route de Champagne, vers les positions de la IVe armée de Gouraud, qui a obtenu leur rattachement.

Le commandant Dupuy a sollicité de Lévi et de son patron un document officiel relatant avec précision l'action des blindés appuyés par un corps franc d'infanterie, qui ont réussi à briser la violente attaque d'une division allemande de la Garde.

Lévi a très bien compris l'intérêt que prend le commandant Dupuy à monter l'opération en épingle. Ce n'est nullement pour son bénéfice personnel. Il veut avant tout démontrer l'efficacité d'une action intégrée. Sans son intervention, le front de la 62e était rompu. L'engagement combiné des chars en liaison radio avec l'infanterie vient de faire ses preuves, même à l'échelle d'un combat de secteur entre deux divisions, sans envoi de renforts, ni d'un côté ni de l'autre.

Lévi accepte de grand cœur d'expédier son rapport, non seulement au 3e Bureau des opérations du GQG de Provins, via le Ve corps d'armée Pellé et la Ve armée Berthelot, mais directement au PC du général Estienne, aux fins d'information.

Ainsi Michel Dupuy a-t-il rendu compte à celui qui est à ses yeux le vrai patron des chars, tout en respectant la hiérarchie, dont il risque d'encourir les blâmes pour les deux tanks perdus. Mais il se peut aussi que la victoire acquise grâce aux tanks éclaire les vues des bureaucrates, surtout s'ils sont semoncés par le général Estienne, toujours ardent au combat d'état-major.

Michel ne se fait cependant pas d'illusions : plus tard, sans doute, les vues novatrices d'un Estienne, totalement assimilées par un George Patton sur le champ de bataille de Saint-Mihiel, porteront leurs fruits. Pour l'heure, le commandement se contente d'assurer la gestion de la guerre selon ses principes et ses moyens, sans pouvoir tolérer les innovations.

Le 279ᵉ régiment déplore la mort de sept cents hommes et de vingt-deux officiers. Il en aurait sans doute perdu beaucoup plus sans l'intervention des blindés, et la 5ᵉ division de la Garde prussienne aurait pu pavoiser, sans toutefois que son engagement patriotique ne change en rien le sort de la guerre.

Les survivants de la division Colin, profitant du beau temps, ont plongé dans l'Ardre, rivière fraîche et sinueuse, aux rives encore verdoyantes malgré la canicule inattendue de septembre. Le caterpillar conduit par Raoul d'Ozoir s'arrête pile devant ces joyeux ébats. L'escouade des hommes sans peur du régiment briard, massée dans l'habitacle, abandonne les armes pour sauter à terre.

Nus comme des vers, ils se jettent à l'eau en chantant. Dans les chars bloqués derrière le Schneider, les équipages ont vu la scène. Ils sortent des tourelles, des cabines, et piquent une tête à leur tour. Michel et Jules font des brasses énergiques avec les hommes, oubliant les combats.

L'eau est fraîche comme celle d'une source, claire au point d'y voir nager les gardons, de pouvoir les capturer à la main. Les bleuets barbotent et s'éclaboussent tels des enfants, comme s'ils se lavaient de la saleté de cette maudite guerre. Certains portent les cicatrices superficielles du dernier assaut. La caresse de l'eau dilue leurs souffrances et leurs angoisses, régénère leurs forces. Il ne manque aux *satyraux* que les nymphes émues de Ronsard à la fontaine Bellerie.

Un bruit de moteur d'avion boche sème la panique parmi les baigneurs. Ses ailes à croix noire se rapprochent. Un coucou d'observation a parfaitement repéré la colonne des tanks à l'arrêt, brillants au feu du soleil, même camouflés. Les biffins trouvent abri sous les saules encore verts. Les pruneaux ne vont pas tarder à pleuvoir. La fête est finie !

Les tankistes se précipitent sur la berge, ramassant leurs vêtements à la hâte. Sans se troubler, Michel indique la manœuvre : se mettre à couvert dans le bois, évacuer la route. Les moteurs ronflent et le premier tank s'ébranle, dès que Raoul Carpentier a démarré et libéré la colonne en fonçant droit sous un bosquet de charmes au feuillage impérial.

En quelques minutes, la route est dégagée, les Renault, invisibles sous les frondaisons. Prudent, Michel les fait pousser plus au cœur du bois. Ils se fraient un chemin entre les chênes et les érables, écrasant les fougères géantes et les ronciers aux mûres éclatantes.

Par radio, Michel signale au centre automobile de Fismes qu'il se dirige vers lui avec huit chars, et demande qu'on prévoie les tracteurs pour les enlever. Que l'artillerie réduise au silence la batterie allemande qui a commencé son tir. La route en fait les frais : elle est entièrement labourée sur trois cents mètres. Il donne avec précision sa position : dans le bois, à l'est du ravin des Fondinettes.

Des coucous à cocardes volent tranquilles dans le ciel sans nuages. Ces biplans paresseux profitent du beau temps pour repérer avec exactitude les emplacements des batteries ennemies, dont ils communiquent les coordonnées aux artilleurs français par radio. Des Spad les accompagnent, écartant les chasseurs aux ailes jaunes ou rouges. Pour le commandant Dupuy, l'efficacité de l'information radio au front n'est plus à démontrer. Aviateurs et artilleurs en éprouvent les bienfaits tous les jours. Les tankistes ne doivent pas être en retard.

L'ensemble des trois groupes de l'artillerie divisionnaire se déchaîne, avec l'aide des pièces lourdes. Après ce bombardement intensif, les canons ennemis sont sans doute réduits au silence. Le chauffeur d'un char de reconnaissance envoyé par Michel sur la route de Baslieux-lès-Fismes confirme par radio que l'on peut évacuer la position sans risques. Les camions ne pourraient certes pas emprunter cette piste trouée d'ornières, mais les Renault y suivront sans la moindre difficulté le majestueux caterpillar aux chenilles d'acier de Raoul d'Ozoir qui ouvre la marche triomphale. La colonne progresse, à trois kilomètres à l'heure. Il est temps que les Renault soient pris en charge : l'essence diminue dans les réservoirs.

Les tracteurs Knox et Latil ont été avancés en colonne jusqu'à Baslieux, pour hâter l'embarquement des engins impatiemment attendus par le général Gouraud. Raoul avise les deux compères Vrin et Maraval, qui attendent la voiture de Jules avec leur engin. Ils doivent se faire une raison : la Peugeot a flambé. Ils grimacent à la vue du caterpillar couvert de poussière et le chargent sans zèle excessif, déçus de ne pas transporter le carrosse blindé du roi des Belges (les légendes vont vite chez les chauffeurs). On dégage d'abord avec précaution le corps de Maurice Lafont pour l'enterrer décemment sur place, en puisant dans le stock de cercueils de sapin de la 62ᵉ division.

Ils étaient deux conscrits de Montbarbin et de Bouleurs, petits bourgs briards proches de Coulommiers. Ils ne se quittaient jamais. Ils avaient juré de rentrer ensemble, comme ils étaient partis, bras dessus, bras dessous. Ils sont morts tous les deux, Robert Dupieux le premier, et maintenant Maurice Lafont. Jules songe qu'il ne pourra plus s'arrêter au café-tabac de Bouleurs sans que son cœur se serre. Et Lafont le bourrelier ne réparera plus les harnais des chevaux de son père. Jules prononce quelques mots devant les camarades. De sa voix profonde, Iouri l'Ukrainien entonne le chant des morts des popes orthodoxes de Crimée.

Michel Dupuy n'est pas de la cérémonie. Il est retenu au QG du corps d'armée à Fismes. Quand Jules le retrouve, il lui annonce qu'il part incessamment avec ses tanks vers la Champagne, pour se présenter au QG de la IVᵉ armée, en préparation d'offensive. Et comme le caporal manifeste son désir de rejoindre, avec les copains, le capitaine Poindron et le sergent Brinbuisson, il lui lance :

— Tu les reverras plus tôt que tu ne crois. Leur division vient d'être intégrée à l'armée Gouraud. Nous marchons en parallèle vers le nord avec les Américains qui attaquent en Argonne.

La boue de l'Argonne

Émilie Dejean n'a pas quitté son guichet à la poste de la rue du Louvre. Repérée par les Maghrébins pour sa patience, elle expédie à la poste de Tizi-Ouzou les mandats des travailleurs kabyles, plus nombreux à Paris depuis le début de l'été. Elle est aussi assiégée par les Malgaches et les Annamites, employés à toutes les tâches par les industries, le gaz de ville, les travaux publics. Ils sont très nombreux, par exemple, sur les chantiers du service des eaux, ouverts dans la région parisienne depuis la fin de cet été caniculaire pour protéger et alimenter la population.

Son oncle et tuteur, Vincent Grégoire, directeur de la voirie à la Ville de Paris, lui a bien recommandé de ne pas boire l'eau du robinet sans la faire bouillir. Les Parisiens sont devenus aussi méfiants que les Marseillais. « Ils achètent des filtres à eau dans les bazars », assure le tuteur. Émilie ne prend pas très au sérieux ses conseils de prudence. Elle vit seule avec lui dans l'appartement spacieux du quai Malaquais, où autrefois l'hébergeait sa grand-mère, avant qu'elle ne fût tuée par la Bertha dans l'église Saint-Gervais.

Fort heureusement, Marguerite Didon, la solide

domestique bourguignonne du tatillon directeur, met de l'eau dans son vin, se moque de sa maniaquerie, et explique à Émilie que son oncle a des excuses : il vient d'être sommé par le conseil municipal d'assurer le ravitaillement en eau saine de la population en période d'épidémie. Nombreux sont en effet les augures de bistro qui mettent l'eau en cause dans la propagation de la grippe, profitant de l'ignorance où se trouvent les autorités sanitaires sur la nature même de la nouvelle maladie. C'est un fait que celles-ci pressent Grégoire de poursuivre une action énergique de contrôle et d'assainissement des eaux.

Émilie n'a plus que Marguerite à qui se confier le soir après ses journées accablantes. Renée, sa cousine, est restée auprès de sa mère à Dijon. Ses lettres sont alarmantes : elle prétend que les foyers de grippe sont plus fréquents à Dijon qu'à Paris, et que les aviateurs de la base sont hospitalisés en grand nombre. Son cousin de Dijon, Adrien Lesourd, fait comprendre à sa mère qu'elle serait peut-être plus en sécurité dans son appartement parisien. La Bourgogne devient une plaque tournante de l'épidémie, c'est un fait reconnu par les autorités sanitaires.

Renée s'ennuie d'Émilie, et surtout de son *boy friend* Jérôme Lavigne, le jeune prodige de Neuilly qui n'a pu préparer son bachot au lycée Pasteur, établissement évacué, comme Montaigne et tant d'autres dans Paris, mais à Janson-de-Sailly [1]. Jérôme est l'observateur fana-

---

1. Le lycée Pasteur, terminé en 1914, a été vidé de sa population scolaire pour constituer en 1917 la première antenne sanitaire américaine de Neuilly. Les élèves ont dû s'inscrire à Carnot ou à Janson, comme Jérôme.

tique du milieu américain de Paris, et d'abord dans son ancien lycée, où affluent les blessés de l'US Army. Renée languit de ne plus le voir. Les promenades et les conversations de cet esprit singulier lui manquent. Dans ses lettres, elle interroge sans cesse Émilie pour savoir si elle a revu Jérôme, et s'il ne l'a pas oubliée. La petite lycéenne est éblouie, même si elle regrette que le petit-fils de son professeur de latin ne sache pas danser, et qu'il se soucie du jazz comme de colin-tampon, alors qu'il est à l'affût des innovations d'outre-Atlantique.

Non, Émilie ne l'a pas revu. Une fois seulement, le jeune homme s'est présenté au guichet, pour expédier un colis de livres à ses parents transplantés par obligation en Savoie. Sa mère, professeur, a pris un poste là-bas pour résider tout près du sanatorium de son mari tuberculeux. Le fils unique a été confié aux bons soins du grand-père de Neuilly. Non, Jérôme n'a pas dit un mot de Renée. Il a même semblé à Émilie – était-il à ce point dans la lune ? – qu'il l'identifiait à peine.

Elle n'en a conçu aucun dépit. Toutefois, elle a levé les yeux un instant de son travail pour se rappeler à son souvenir : ne se sont-ils pas rencontrés à plusieurs reprises en compagnie de Renée ?

Il s'excuse en la félicitant sur sa nouvelle coupe de cheveux qui la change et lui va à ravir. Peut-être est-ce la raison pour laquelle il ne l'a pas reconnue. Elle lui avoue en rougissant qu'elle serait enchantée de parler avec lui plus longuement. Surpris mais volontiers disponible, Jérôme propose de la retrouver dès la fin de son service, au jardin du Palais-Royal tout proche, à la terrasse d'un petit salon de thé fleurie de fuchsias américains aux rouges cloches tombantes, et abritée de parasols tricolores. Sans doute lui donnera-t-elle des nouvelles de Renée.

Tenant en main le prix Femina de l'année passée, *L'Odyssée d'un transport torpillé*, par René Milan, qu'il feuillette à vrai dire sans passion, il aperçoit la mince silhouette de la jeune fille fendant la foule des employées de bureau, des soldats en permission, des officiers d'armées étrangères, portugais, polonais, américains, britanniques, des vendeuses des magasins du Louvre pressées de récupérer leurs enfants dans les crèches où on leur sert des gâteaux Brun et du lait frais provenant de l'œuvre de la Goutte de lait.

Le jour raccourcit fin septembre, et le garçon du salon de thé, immigré espagnol, commence à ranger la terrasse sans se hâter de les servir, comme s'il ne souhaitait rien tant que leur départ. Jérôme entraîne la jeune fille toujours souriante vers la rue de Rivoli qu'ils traversent dans le passage clouté, protégés par le bâton blanc d'un sergent de ville au képi bordé de favoris grisonnants.

Ils contournent l'arc de triomphe du Carrousel, abordent les jardins des Tuileries où folâtrent toute la nuit les amoureux d'occasion. Émilie ne cesse de sourire, comme si cette promenade était la plus naturelle du monde. Jérôme bavarde, sans songer qu'il pourrait se laisser entraîner sur le banal terrain de l'amourette. Heureux de trouver une Renée *bis,* capable de supporter sans sourciller ses longs discours, il est loin de penser au *flirt*, cette mode importée d'outre-Manche, même quand ils sont assis côte à côte sur un banc de pierre, à l'ombre d'une statue de Waldeck-Rousseau, gloire de la République.

Un ballon atterrit à leurs pieds, que Jérôme s'empresse de renvoyer dans les bras d'un garçonnet rouge et essoufflé. « Merchi ! » zézaye le petit footballeur en dribblant autour d'eux avant de s'éloigner. Jérôme le suit des yeux, un instant attendri.

— J'ai voulu vous rencontrer, se hâte d'annoncer Émilie, profitant de la diversion, parce que vous connaissez extrêmement bien, je m'en souviens, les unités de l'armée américaine en France. J'étais avec Renée quand vous commentiez, de la fenêtre de votre grand-père, le défilé des troupes de nos alliés, le 14 juillet. Il se trouve, ajoute-t-elle innocemment, que je suis à la recherche d'un soldat noir disparu sans laisser de nouvelles, prénommé Jeff – son vrai prénom est peut-être Jefferson –, jazzman et chanteur de *negro spirituals*. Je suis un peu sa marraine de guerre. Pouvez-vous m'aider ?

**
*

La statue barbue de Waldeck-Rousseau chutant devant leur banc n'eût pas davantage surpris Jérôme, arraché brusquement à sa rêverie par la demande insolite d'Émilie. Ainsi, il n'est pas question de Renée, dont elle ne se soucie guère, à l'évidence. Encore moins de lui, Jérôme, que toutes les filles du lycée Molière, sans compter celles de Racine, convoitent comme un génie sur les pistes de patin à glace l'hiver, aux parties de bicyclette ou de canotage du Bois, l'été. Elle lui demande le numéro du régiment de ce Jeff, comme elle interrogerait un îlotier sur une rue perdue du XVIe arrondissement. Pour qui le prend-elle ?

Il sourit pourtant avec compréhension, et décide, puisqu'elle en est avide, de lui livrer tout ce qu'il sait sur les régiments noirs américains : il est même en mesure, grâce à ses patientes enquêtes, d'en localiser approximativement la position sur la carte de la guerre. Il a lui-même assisté à un concert de *negro spirituals* donné dans son lycée. Il se souvient d'avoir parlé avec l'un des chanteurs noirs, assez pour être édifié sur cette étrange réalité : la levée de soldats descendant d'esclaves du Sud dans l'armée des *Yankees*. Il croit savoir que quatre régiments complets ont débarqué en France et se trouvent présentement en ligne, en Lorraine.

Le *captain* Teddy Moor, qui accompagnait la formation de chanteurs et la « produisait » dans Paris, était lui-même un Noir. Cela faisait partie de la propagande, après le spectacle, que de satisfaire la curiosité d'un jeune Parisien parlant bien l'anglais. Il a accepté de rencontrer Jérôme plus longuement dans un café, surpris par l'intérêt du jeune Français pour la question raciale.

— Oui, expliquait le *captain*, les volontaires noirs ont dû mener un vrai combat, en accord avec l'administration Wilson, pour faire face aux racistes. L'opposition des Sudistes s'est réveillée dans l'armée, où ils comptaient nombre d'officiers supérieurs, ainsi que dans les États du Sud, où nous entraînions nos troupes. Nous avions déjà des unités en armes en 1917, par exemple les 9e et 10e régiments de cavalerie, et trois d'infanterie, dont le 15ᵉ de la National Guard de New York et le 8ᵉ de l'Illinois.

— Comment Wilson a-t-il éliminé le racisme dans l'armée ? avait demandé Jérôme.

— *Fortunately*, précisait le *captain,* frappé par le niveau de culture du jeune homme, et fort soucieux de présenter le régime démocrate sous un jour favorable, le très libéral Emmett J. Scot a été nommé *Special Assistant* du secrétaire d'État à la Guerre. Un *Negro Draft Act* a été voté sous son impulsion pour définir le recrutement.

— Et protéger les recrues, je suppose ?

— Exactement ! On a obligé à démissionner des membres du bureau de recrutement convaincus de racisme. Les officiers coupables de discrimination dans les camps sont passés en jugement. Finalement, nous avons abouti à la création d'une division entièrement noire, la 92ᵉ, avec ses officiers et ses services placés sous le commandement du général Charles C. Ballou.

Jérôme a bien noté que cette division était au combat sur le front et qu'elle a occupé le secteur de Saint-Dié à partir du 25 août, jour de son baptême du feu. À Saint-Dié avait été inaugurée la première place d'une ville française portant le nom du président Wilson. Il y en aurait beaucoup d'autres par la suite.

Jérôme ne rapporte rien de tout cela à Émilie. À quoi bon faire étalage de sa connaissance maniaque des unités américaines ? Que ferait-elle de ces informations ? D'autant qu'il ne sait pas au juste dans quel régiment peut servir ce Jeff – ou Jefferson. À sa surprise, Émilie se souvient parfaitement du numéro de l'unité que le soldat portait sur sa vareuse, et de l'insigne de sa division.

— Il la portait sur l'épaule gauche et elle représentait un bison, assure-t-elle.

— Celui de la 92ᵉ division, précise Jérôme.

— Et, au collet de sa vareuse, figurait ces chiffres, très faciles à retenir : 3,6,9.

— Le 369ᵉ régiment d'infanterie des États-Unis, traduit immédiatement Jérôme. L'ancien *Old Fifteenth* de New York ! Une unité d'élite constamment mise en avant dans la presse américaine, qui se flatte de n'avoir jamais eu un seul soldat prisonnier et de ne pas avoir abandonné un pied de terrain à l'ennemi.

Il songe que, dans un tel régiment, nul privilège ne peut être réservé aux *jazzmen*, ils vont au combat comme les autres. La mine apitoyée d'Émilie, et la confiance qu'il lit dans ses yeux ne peuvent le laisser indifférent. Il a gardé de très épisodiques relations avec Rosy Richmond, la fille de l'attaché militaire américain à Paris. Après les roses de Bagatelle, il lui a fait visiter Versailles, et le Trianon, et la ferme de Marie-Antoinette par le menu. Il a joué à la perfection le rôle du cicérone. Pourquoi ne pas l'interroger sur ce soldat noir américain auquel une jeune Française porte l'intérêt le plus manifeste ?

* *
*

Il faut croire que Jérôme Lavigne est un avocat persuasif, car Rosy rapporte, une semaine plus tard, la réponse de l'enquête menée rapidement par son père. Hélas, elle en est attristée : le soldat Jefferson n'existe pas. On connaît seulement un certain Jeff Lewis. Le *private*, simple soldat en français, a été gravement blessé au combat, et amputé d'une main. Il ne jouera plus jamais de la guitare, ni du saxophone. Du moins peut-il encore chanter.

Jérôme demande des détails sur les circonstances du drame, pour pouvoir informer Émilie et diminuer son chagrin. Rosy est bien incapable de retracer les combats du 369ᵉ régiment. Elle propose à Jérôme de l'introduire à l'ambassade, dans les services de son père, où un lieutenant fort attentionné à son égard le renseignera bien volontiers, si elle le recommande gentiment.

Jérôme réalise son rêve : pénétrer dans l'espace interdit du faubourg Saint-Honoré, gardé par deux immenses soldats à casquette blanche de la *military police*, grimper les étages de l'hôtel pour se retrouver sous les combles, dans un bureau propre et net, mais encombré de dossiers, où officie un *first lieutenant* brun et sémillant, chargé des affaires du personnel, en particulier d'informer les familles des soldats morts au combat en leur adressant une lettre officielle signée du général en chef.

Bill Kenny accueille l'étudiant parisien avec un empressement affecté, comme s'il était journaliste au *Washington Post,* sans s'étonner de sa jeunesse ni s'inquiéter de l'éclat fiévreux de ses yeux noirs. Il ouvre le dossier du 369ᵉ avec une sorte de révérence, comme s'il s'apprêtait à réciter la geste des héros.

— Il faut savoir, commence-t-il dans un anglais fort

compréhensible, que cette unité était au combat bien avant que la 92ᵉ division ne fût constituée en force autonome sous commandement exclusivement américain. Son recrutement a commencé très tôt, dès 1916, avant l'entrée en guerre, grâce à l'intégration à la National Guard de plusieurs centaines de volontaires : un bataillon a pu se constituer à Manhattan, un autre à Brooklyn et le troisième dans le Bronx. Votre Jeff Lewis – car c'est *definitely* son nom, n'est-ce pas ? – était dans ce dernier, présent dès le premier jour. Il a pris sa guitare pour se rendre au camp.

— Par patriotisme ?

— Sans doute, concède en souriant Bill, mais surtout par souci de la dignité des Noirs. Jeff voulait être soldat comme les Blancs, avec les mêmes droits. Constituée dans l'armée de conscription en 369ᵉ régiment, l'unité a débarqué à Brest. Elle a séjourné à Saint-Nazaire avant d'être intégrée par petites sections à des compagnies françaises dès le mois de mai, sur le front de Champagne, et elle a reçu finalement la charge d'un secteur dans les rangs de la IVᵉ armée française.

— Ainsi, ce Jeff est un vieux soldat.

— Il est entré en guerre dès le 4 juillet 1917. Lui et ses camarades noirs ont participé à la résistance acharnée de la IVᵉ armée française du général Gouraud, pendant la dernière offensive allemande du 15 juillet. Ils ont subi des pertes sérieuses. La main emportée par un éclat d'obus, le *private* Jeff Lewis a été opéré dans une antenne chirurgicale américaine de campagne et évacué vers Chaumont, où il doit être en convalescence, à moins qu'il n'ait déjà été transféré au Havre pour retourner aux États-Unis. J'attends des informations sur ce point.

— Il aurait définitivement quitté l'armée américaine ?

— En ce cas, également votre territoire, avec la Distinguished Service Cross des héros épinglée sur sa vareuse, et sans doute aussi la Légion d'honneur française.

— Il n'a pas pu rejoindre ses camarades jazzmen pour leur dire au revoir ?

— Pas à ma connaissance. Cela me paraît, à la réflexion, tout à fait impossible. Lequel de nos colonels accepterait dans ses effectifs combattants un infirme ?

Jérôme est fort embarrassé. Il peut certes apprendre à Émilie que son chanteur noir n'est ni mort ni prisonnier. Il répugne à lui parler de son atroce blessure, qui condamne à jamais sa carrière de musicien de grand talent.

Mais les services de l'ambassade ne peuvent encore l'assurer que le *private* Jeff Lewis a bien pris le bateau pour les États-Unis. Il est peut-être encore en France.

Pris d'une subite inspiration, Jérôme se demande s'il ne peut rencontrer le capitaine Teddy Moor, le *manager* des chanteurs de *negro spirituals*. Il doit être aisé de le situer. Il pose tout de go la question :

— Je le connais très bien, assure le lieutenant. Il n'est malheureusement plus présent dans votre capitale, il a pris un commandement au front. Nous n'avons plus la moindre opportunité de donner des concerts à l'arrière, tous nos soldats sans exception sont envoyés au combat.

— Dans quel régiment sert le *captain* ?

— Au 369ᵉ, naturellement.

— Et que devient la 92ᵉ division ? Est-elle toujours rattachée à l'armée Gouraud ?

— Vous n'y songez pas ! répond le lieutenant avec une pointe d'impatience. Nos troupes sont entièrement sous le commandement du général Pershing. La 92ᵉ est partante dans la nouvelle offensive. Vous comprendrez que je ne puisse évidemment pas vous donner d'autres précisions.

« Jeff a peut-être rejoint ses copains, songe Jérôme. Après tout, le général Gouraud combat lui-même avec un bras en moins, et cela ne surprend personne, bien au contraire. La presse ne tarit pas d'éloges sur le *manchot*. »

Il décide de ne pas tout dire à Émilie. Il la comble de joie en l'assurant que Jeff est sain et sauf. À quoi bon avouer la mutilation désastreuse qu'il a subie, et la plonger brutalement dans le chagrin, sans même pouvoir lui préciser ce que son cher Jeff est devenu ?

* *
*

Une armée entière d'Américains est effectivement engagée, à la fin de septembre 1918, sur les routes sombres de l'Argonne. Leur offensive parfaitement autonome est seulement « jumelée » avec celle de la IVᵉ armée française du général Gouraud. Les instructions du maréchal Foch à Pershing et à Gouraud ? Le colonel Badoche, du 76ᵉ régiment d'infanterie français, les connaît, en partie du moins :

— « À l'initiative des chefs, pousser la marche en avant aussi loin que possible », a écrit Foch.

Pour Pershing, il convient de marcher résolument vers le nord, sur Buzancy, à partir de Clermont-en-Argonne, en suivant la longue route râpeuse de Neuvilly à Varennes qui laisse à sa droite la butte de Vauquois, de sinistre souvenir pour les Français. Et rejoindre à Grandpré la départementale n° 6 qui grimpe au nord jusqu'à Buzancy. Au-delà, c'est le grand bois de Belval et la forêt de Dieulet. Si on les traverse, on rencontre Beaumont-en-Argonne, puis la Meuse, qui coule nonchalante à Mouzon.

Ces informations parviennent jusqu'au PC du bouillant colonel Badoche, qui les commente en compagnie de Poindron, faisant fonction de chef de bataillon au 76ᵉ régiment de Coulommiers.

Poindron se demande comment Badoche a pu avoir communication d'instructions adressées par Foch, commandant interallié, au GQG de Pétain à Provins. Le colonel estime qu'il n'a pas à lui faire de confidences. Il ne peut certes lui expliquer que son camarade Puylaroque les a reçues du capitaine de Marenches, envoyé spécial de Foch, pour les transmettre à Buat. Et qu'il s'est laissé aller à l'affranchir oralement, sans rien lui montrer d'écrit, sur le ton des instructions de Foch, bien décidé à faire retrouver aux quartiers généraux d'armée et de division « l'esprit de décision et d'initiative ». Puylaroque sait bien que Badoche dynamisera son régiment s'il est informé qu'en haut lieu on ne souhaite rien tant que le retour à l'esprit offensif.

Quittant les bords de la Seille, en Lorraine, le régiment se trouve orienté à l'est de l'armée Gouraud, débarqué à Vitry-la-Ville, et acheminé par camions à Ripont, pour préparer l'attaque vers Challerange et Monthois.

— Nous avançons à l'ouest de l'Argonne, vers Vouziers et Rethel, en parallèle avec les Américains plus à l'est, note Badoche en déchiffrant la carte d'état-major.

Poindron découvre avec inquiétude les instructions libellées, à la virgule près, par les scribes du quartier général de Pétain, qui ont à l'évidence reproduit et intégré les consignes de Foch : l'armée Gouraud, « dans les mêmes conditions de rapidité, de décision, d'initiative », doit « couvrir l'armée américaine ».

— Ils sont autonomes, remarque-t-il, mais pas encore considérés comme de grands garçons. Nous sommes là pour les « couvrir ».

Le 76e régiment n'a pas reçu de renforts d'infanterie, mais sa dotation en canons est augmentée, et, surtout, il a récupéré le corps franc de Jules Laffère, qui ouvrira la marche. Badoche frémit d'impatience. Enfin, son régiment va pouvoir donner sa mesure.

Poindron tente en vain de modérer ses ardeurs : les reconnaissances prouvent que le secteur est très bien défendu et que les Boches sont sur le qui-vive. Il ne peut s'agir d'une marche triomphale, mais d'une pénétration ardue en terrain sauvage. L'Argonne a rebuté tous les envahisseurs, depuis 1792 et la bataille d'arrêt de Valmy. Ses défilés sont cette fois tenus par les Prussiens. Il ne sera pas facile de les en déloger.

— Vous remarquerez, souligne Badoche, que Provins

ne nous fixe aucune limite à ne pas dépasser, aucun front à constituer. Nous devons profiter des occasions favorables, sans nous soucier de l'alignement des divisions, et encore moins des armées. On peut donc comprendre au sens large notre mission de « couverture » des Américains. S'ils restent à la traîne, tant pis pour eux !

« Pour infiltrer l'ennemi, le prendre à revers, l'isoler sur ses points de résistance, il nous faudrait beaucoup de corps francs comme celui du caporal Laffère... », songe tout haut Badoche.

Voilà que le colonel semble douter de la valeur de ses bataillons.

— Rien ne nous empêche, lui objecte Poindron, d'attaquer par petits paquets soutenus par nos sections de mitrailleuses, qui sont de premier ordre. Nos sous-officiers sont très entraînés à l'attaque de surprise, pourvu qu'ils ne soient pas lancés en masse. Ils peuvent assurément faire du bon travail.

— Dieu vous entende, Poindron !

— Une dernière remarque, mon colonel. La liaison avec les Américains me paraît vitale. Je ne crois pas que nous puissions nourrir une avance sérieuse s'ils sont enfoncés, et vous devez vous rappeler que vous êtes à l'extrême droite de l'aile droite.

— Je l'aurais deviné ! lâche Badoche, irrité par les allusions de Poindron, qui, demain, pourraient devenir des critiques. De quoi se mêle ce commandant d'occasion ?

* *
*

Toujours très attentif aux interrogatoires de prisonniers, Poindron attire l'attention du colonel sur la capture en patrouille de nuit, par Jules et son escouade, d'un sous-officier de *Minenwerfer*. La déposition de cet homme lui paraît capitale : il semble bien que Ludendorff ait décidé de se passer le plus possible des mortiers lourds de tranchée au profit d'éléments légers, répartis dans les régiments et non plus dans le cadre des divisions.

— C'est une révolution dans la tactique, assure Poindron : cela veut dire que nos poilus trouveront devant eux, non pas seulement des nids de mitrailleuses, mais des *Minen* légers quasiment en première ligne, ou éparpillés sur le champ de bataille, puisqu'il n'y a plus de lignes. Il est aussi question, au dire du *Feldwebel*, de poster des tireurs antitanks aux endroits stratégiques. Des fantassins ont été spécialement formés à cette technique. Les chars trouveront un adversaire qu'ils connaissent déjà, le fusil spécial de 13 millimètres à balles perforantes, mais employé demain à une beaucoup plus grande échelle.

— Je vous trouve bien pessimiste, coupe le colonel Badoche. Rappelez-vous que nous avons en face des gamins de dix-huit ans, c'est tout ce qui leur reste.

Avec patience, Poindron cite un rapport du 2e Bureau envoyé aux PC des régiments pour leur demander la vigilance au cours des interrogatoires de prisonniers. Il est faux d'affirmer que la classe 20 est actuellement en ligne chez les *Feldgrauen*. Ludendorff aurait même pris grand soin de préciser à ses commandants d'unité que son emploi dépendait strictement de lui.

— Les prisonniers de dix-huit ans capturés sont des volontaires, comme chez nous, ni plus ni moins, ou des cadets des écoles militaires. Ils peuvent provenir également des unités spéciales constituées avec des grévistes ou des droits-communs. Il en existe aussi dans l'armée allemande. Quand les Américains découvrent devant eux des combattants très jeunes, il faut leur expliquer que ce n'est pas la règle, mais jusqu'ici l'exception.

— Je n'ai pas pour tâche, Dieu merci, de faire l'éducation de l'armée Pershing. Vous pouvez avoir raison. Les Allemands n'en sont pas encore à faire tuer leurs gosses. Il reste que leur armée est fortement démoralisée. Ce n'est pas moi qui le dis, c'est le général Pétain qui l'écrit : « sinon démoralisée du moins affaiblie ». Et vous connaissez sa prudence de plume légendaire.

Poindron doit convenir qu'une attaque générale en direction de Mézières concerne toutes les armées, et que l'avance de Gouraud n'est pas un fait isolé. L'ensemble du front doit bouger : depuis Degoutte, qui signe dans le Nord ses ordres « au nom du roi des Belges », jusqu'à Curières de Castelnau, à qui Pétain vient de demander de préparer un front offensif en Lorraine et en Alsace sur soixante-dix kilomètres de largeur. Il concède que la 125e division, dont fait partie le régiment de Coulommiers, entre en ligne précisément pour participer à ce mouvement général, et qu'il y a lieu de s'en réjouir, car il peut être le signal du commencement de la fin.

Ce signal est-il bien perçu chez les poilus de Coulommiers ? Poindron veut s'en assurer. Il consulte fréquemment le sergent Brinbuisson, très au contact des bleuets. Ils ont suivi heure par heure, assure l'ancien instituteur, les nouvelles de l'attaque de Saint-Mihiel, et le succès des Américains dans ce secteur les a habitués à penser qu'ils ont des alliés valables. C'est un progrès : jusqu'à ces derniers temps, on les traitait en assistés. Toutefois, les anciens corrigent cet optimisme des bleus, et Brinbuisson le premier :

— Il faut penser, dit-il à Poindron, qu'il y a chez nos chefs un gros brin de folie. Ils croient nous faire marcher vers la fin, mais nous n'en sommes pas encore là où nous étions au mois de mars, loin s'en faut. Et ils crient déjà victoire !

Le bon sens des poilus d'expérience laisse quand même entrevoir qu'après le succès américain l'ennemi sera sérieusement démotivé. Même Alfred Grenier en convient. Ce prote d'imprimerie de Coulommiers lit les feuilles répandues sous le manteau, d'un régiment à l'autre. Syndicaliste militant, devenu en 1917 ardent pacifiste, il estime toutefois qu'il est trop tard pour faire la paix, qu'on est près de la fin. Tout ce que l'on peut souhaiter est la signature d'une paix à la Wilson, traitée d'égal à égal par la coalition des Alliés avec une Allemagne enfin débarrassée de sa classe seigneuriale.

— Mais avec Clemenceau au pouvoir, il n'y a rien à espérer, explique-t-il aux bleus qui veulent bien l'entendre. On veut coûte que coûte aller à Berlin, et même plus loin.

Les nouvelles de l'arrière préoccupent les poilus, et Grenier ne manque pas de mettre l'accent sur la détresse des mères de famille au travail :

— À l'imprimerie, explique-il aux Columériens, un mouvement de grève s'annonce chez les femmes. Elles demandent cinq francs par jour d'indemnité de vie chère, au lieu de trois. Avec la grippe espagnole qui sévit aussi là-bas, elles exigent d'être payées en cas de maladie, et elles estiment juste de toucher un franc par jour pour chaque gosse à charge. Elles s'indignent qu'on leur retienne 5 % sur leurs salaires en vue de la retraite. La maison résiste. Nos femmes risquent de se décourager. Vous pensez bien que les dirigeants n'ont aucune hâte de voir revenir les poilus à l'imprimerie. Ils ne pourraient plus rien leur refuser.

— Tu pourrais bien rentrer plus tôt que prévu, et nous aussi, affirme le sergent Brinbuisson, même si cela gêne tes patrons. Le grand baroud se prépare, un remue-ménage monumental.

* *
*

À la compagnie du *captain* Napoleon Bonaparte Marshall, on ignore ce qu'est devenu Jeff Lewis, le baryton grenadier, depuis qu'il a perdu une main à la bataille de Tahure, en Champagne, en juillet dernier. Personne ne l'attend, à son régiment.

Dizzy le pianiste pense que pour lui la guerre est finie, et qu'il se fait dorloter à l'arrière avant qu'on lui emboîte une main artificielle, ce qui est à ses yeux le malheur absolu, qui vient tout de suite après la condamnation à mort dans l'échelle des calamités. Lionel le clarinettiste est de cet avis, comme le sergent Eddy, saxophoniste, qui a besoin de ses deux mains pour jouer. On tue bien les poètes, pourquoi pas les musiciens ?

Dans le camion Ford qui transporte les servants de sa compagnie de mitrailleuses, le lieutenant James Reese Europe commence à se demander, compte tenu du grand nombre de camarades tombés en juillet au bois d'Hauze, en Champagne, s'il reverra jamais son quartier pourri de New York. Il demande au *private* Tom River s'il a la moindre idée des raisons qui ont pu le conduire, à grands frais, du Bronx à la Main de Massiges.

Le soldat s'étonne franchement. Il ne comprend pas la question. Il défend, comme les autres, le drapeau des États-Unis, bien entendu ! *The Star-Spangled Banner* ! Comment ne pas être patriote, quand on a la chance d'être américain ?

— Connais-tu les Allemands ?

Non, il connaît l'ennemi, les *Huns,* ceux qu'il faut détruire, les ennemis de la liberté, ceux qui ont tué sans merci tant de bons camarades !

James tient en main une circulaire lâchée la veille dans les lignes américaines par un avion allemand. Rédigée en anglais. La propagande allemande ne risque pas de faire effet, se dit-il en la lisant. Qui croira les marchands de mensonges ?

« *What are you doing over here* [1] *?* » C'est la première question posée par le tract. « Vous défendez la démocratie. Appelez-vous démocratie un régime qui vous traite en citoyens de seconde classe ? Pouvez-vous vraiment entrer dans un restaurant de Blancs, vous asseoir dans un orchestre de théâtre aux côtés des Blancs, ou dans un autobus, ou dans un train ? »

---

1. Qu'êtes-vous venu faire ici ?

« Nous savons tout cela, se dit le lieutenant. C'est aussi pour cette raison que les nôtres combattent : pour être traités chez eux à égalité avec les Blancs, comme au front. Ce n'est pas aux *German childrenkillers* de nous le rappeler. Ils prétendent qu'en Allemagne les *colored people* occupent des situations enviables dans les affaires. Se moquent-ils du monde ? Y a-t-il un seul général allemand qui ne soit un junker prussien, traitant ses soldats comme des chiens ? »

« Vous combattez les Allemands au seul bénéfice des voleurs de Wall Street qui veulent protéger les millions qu'ils ont prêtés aux Britanniques, aux Français et aux Italiens , lit encore James sur le tract. Venez en Allemagne, vous y trouverez des amis. »

« Quels amis ? Les colonialistes allemands d'Afrique noire ? J'ai le sentiment que cette invitation n'aura guère de suite, se rassure James Reese Europe. Nous allons corriger, en Allemagne, dans leur repaire raciste, ceux qui impriment de tels mensonges. Oui, ils ont besoin d'une bonne raclée. »

Se tournant vers le *private*, James lui lance :

— *What are you doing here, Tom ?*
— *I fight for freedom and for the negro rigths* [1].
— Le ciel t'entende !

Le camion s'arrête, comme s'il cherchait sa route. Les soldats ne bougent pas. Ils attendent, sans chercher à s'informer le moins du monde. Ils sont sonnés, *knock out*. Ils ont déjà marché pendant vingt kilomètres,

---

1. Que fais-tu ici, Tom ? – Je combats pour la liberté et pour les droits des Noirs.

ployant sous leurs paquetages, sur les routes des Vosges transformées en pistes boueuses par la pluie battante, avant d'être pris en charge par les colonnes de camions Ford.

Dans le secteur de Saint-Dié, les soldats du 369ᵉ régiment vivaient heureux, adoptés par la population. L'ordre de départ est tombé le 22 septembre. Ce jour-là, le colonel Hayward est venu surveiller en personne le départ du régiment vers la station de chemin de fer. Alors a commencé le séjour en enfer des Noirs de New York, de l'Illinois et d'ailleurs.

Ils se sont embarqués, trempés comme des soupes, après quatre heures de marche, et sont arrivés le lendemain à l'aube, après tant de convois de la 92ᵉ division, à la gare du Chemin. Un parcours difficile. La chaussée mal empierrée, recouverte de boue, grouillait de chevaux, de mulets, d'ânes épuisés et mourants, jetés dans les fossés. Les héros du front des Vosges, et précédemment de Champagne, perdaient leurs chaussures en tentant de les arracher à la boue. Ils ne les avaient pas quittées depuis dix jours. Ils ont attendu toute la journée les ordres du quartier général, installé à Sainte-Menehould. James se souvient d'être parti à sept heures du soir seulement pour rejoindre sur ordre, en marche de nuit, un lieu perdu dans les bois, appelé Camp d'Italiens.

Pour chasser le cafard de la troupe, les copains musiciens ne pouvaient sortir leurs instruments de leurs étuis sans les rendre inutilisables. Ils sont restés blottis et transis sous des tentes précaires, vite inondées, dans la nuit du 23 au 24 septembre. Pas le moindre abri prévu pour eux dans le camp forestier.

Ils sont repartis, toujours de nuit, l'eau ruisselant sous les chemises, pour atteindre à l'aube, à neuf kilomètres, un autre camp forestier. Et de nouveau, les bugles ont sonné le départ sur la grande route de Verdun. James et Tom se souviennent de ce parcours comme d'un enfer, enfin soulagés d'être à l'abri dans un camion Ford bâché, même s'ils sont complètement immobilisés.

* * *
*

On n'a jamais vu, de mémoire de combattant, un pareil embouteillage. Sur des miles et des miles, les *trucks* sont bloqués, et les efforts de la *military police* semblent impuissants. Elle accroît encore le désordre en exigeant la priorité pour les convois d'approvisionnement en munitions des premières lignes. À Verdun, en 1916, au temps de la Voie sacrée, les camions se suivaient sans interruption. Tout engin en panne était aussitôt basculé dans le fossé. À vouloir, pour des raisons louables, sélectionner les convois, les Américains paralysent tout le système.

Les camions transportant des fantassins, et même des ambulances, stationnent sur la gauche de la route. Tom le *private* fait signe au lieutenant : un Ford est retourné, là, devant lui, les roues en l'air. Il a glissé dans un trou d'obus ouvert la nuit sur la chaussée. Beaucoup d'autres sont en panne.

Le lieutenant Europe saute du camion pour prêter main-forte au colonel. Avec le brigadier général et le major général, il tente en vain de désengorger le trafic.

Il faut se rendre à l'évidence : les routes de l'Argonne sont entièrement obstruées sous la pluie incessante. Les Américains ne peuvent pas avancer. Ils se sont embourbés eux-mêmes.

Dans le désordre dont personne ne sait comment sortir, l'infanterie reçoit finalement l'ordre de descendre des camions et de partir à pied par escouades pour se cacher dans les bois le long de la route. James Europe cherche des mulets dans les villages pour prendre en charge ses mitrailleuses et ses caisses de munitions. À cinq heures du matin, il arrive avec sa colonne dans la forêt de Beaulieu, dominant Passavant-en-Argonne, largement à l'ouest de la Voie sacrée de Verdun, au sud-est de Sainte-Menehould.

Le ciel très sombre est constamment illuminé par les départs des grosses pièces alliées. Ni le déluge ni les difficultés d'approvisionnement de l'artillerie n'ont arrêté l'offensive des troupes de *rangers* en première ligne. Le *private* Tom River ne parvient pas à entendre les ordres criés par son sergent, à quelques pas de lui, tant le vacarme est assourdissant. C'est l'artillerie lourde qui bourdonne sans répit ! Pourtant, estime James Europe, les batteries sont distantes d'au moins dix kilomètres vers l'arrière. On ne peut distinguer le bruit d'une pièce ou d'un groupe, tant le grondement est continu.

Tom River comprend qu'il se passe un événement exceptionnel dont il se souviendra sans doute toute sa vie. Il n'a jamais entendu un tel tonnerre de bombardement, et il se bouche les oreilles pour relâcher la tension dans sa tête endolorie. L'attaque des Américains est précédée par cette très forte démonstration de puissance de la concentration d'artillerie. Les 220 et autres gros calibres ne manquent pas de munitions, comme les pièces de l'avant. Ils s'en donnent à cœur joie.

Les ordres arrivent enfin aux biffins immobilisés et morts de fatigue. Les *headquarters* de Sainte-Menehould se plaignent. Les renforts ne peuvent suivre l'avance de l'infanterie de premier rang. Les routes sont impraticables. Le bataillon du colonel Hayward doit se dévouer, abandonner les armes pour prendre la pelle et aider le régiment des *engeneers* à construire rapidement une route à travers le no man's land, sous la pluie qui ne cesse de tomber.

Les musiciens de la section Eddy piochent avec ardeur, et charrient les pierres déversées par les tombereaux pour bloquer mètre par mètre une chaussée viable dans la gadoue. Certains jettent leur casque, essorent leur chemise trempée et travaillent torse nu. L'eau ruisselle sur leurs côtes, plaque leurs cheveux, la boue noire enlise les brodequins. Il s'agit de permettre aux engins motorisés de l'artillerie tractée, aux voitures de mitrailleuses, aux convois de munitions, de franchir les bois au nord de Clermont-en-Argonne, de soutenir les groupes d'assaut qui poursuivent l'ennemi qu'on dit en retraite. Dans la plus grande hâte, les travailleurs s'évertuent à construire un tronçon aussitôt emprunté par des colonnes de renforts.

Les soldats du 369e ont les épaules dans les talons. Reclus de fatigue, trempés comme des canards, ils poursuivent leur travail de fourmis dans la boue de l'Argonne, réparent les ponts endommagés, raccordent des tronçons de routes détruites par les explosions, creusent des fossés pour permettre à l'eau de s'écouler. Plus de dix mille hommes sont acharnés à la tâche, sans répit.

Les chevaux des attelages qui fournissent la pierre dans des charrettes tombent les uns sur les autres, épuisés par l'effort. Il faut les remplacer sans cesse. Les soldats du régiment d'*engeneering* tracent les bas-côtés au cordeau, disposent les pierres plates, abattent un travail de Romains. L'armée doit s'arracher à la mer de boue, en crevant s'il le faut les pionniers du génie et les soldats noirs devenus manœuvres. Dans les quatre régiments de la 92e, ils grognent, et même protestent : c'est toujours eux qui ont droit à la belle ouvrage ! Oserait-on plonger les Blancs dans ce bain de merde ? Non pas, ils restent les pieds au sec ! Les officiers les consolent : ils ne sont pas les seuls, toute l'armée de Pershing est immergée dans la gadoue.

James avise une équipe d'hommes tirant un canon à la corde. En tête, un colosse donne le mouvement en poussant des *han* de bûcheron. Les autres le suivent comme ils peuvent. Le canon de 75 est hissé, extrait de la boue au prix de muscles déchirés. Au timbre puissant de sa voix, le lieutenant Europe reconnaît l'homme de tête, celui qui entraîne l'équipe. Il a passé un cordage autour de son torse et le retient d'une seule poigne. C'est Jeff, Jeff Lewis, que tout le monde croyait à jamais disparu !

Quand la pièce est tirée de l'ornière, Jeff se redresse et, de sa voix sonore, salue James Reese Europe. Dans le bruit du canon, il n'est pas entendu. Alors les deux Noirs, bras dessus bras dessous, s'élancent vers les copains en entonnant *On Patrol in No Man's Land*, le chant de guerre du régiment de New York, qui troue la nuit d'Argonne d'accents profonds et triomphants.

* * *

Le général Piarron de Mondésir était au repos dans un château cossu du temps d'Henri IV, avec poivrières, chemin de ronde et portraits d'ancêtres, quand on lui a annoncé son rattachement à l'armée Gouraud, forte déjà de cinq corps. Il avait pris quinze jours de repos après la seconde bataille de la Marne, et, pour se détendre, croquait avec talent au fusain les perspectives du parc admirable, sur une haute terrasse de Montmort, entre Sézanne et Épernay, devant la tour des arquebusiers. Dans ce château, von Bülow avait, en septembre 1914, il y a quatre ans déjà, donné l'ordre de retraite sur l'Aisne aux armées allemandes, consacrant ainsi la première victoire française de la Marne.

On lui dit que Pershing et Gouraud demandent de ses nouvelles. Gentilhomme d'abord et soucieux des convenances, il décide de ne pas les faire attendre et fait seller son cheval pour rejoindre les braves poilus de la 74e division, en route depuis la Picardie pour le rejoindre. Aimant la guerre avant toute chose, le général ne se dérobe jamais et sent la poudre comme Bucéphale, sa monture favorite des jours de bataille.

Il couche le soir même, sans ronchonner, dans un petit village fort laid de la Champagne pouilleuse, construit en torchis. À la guerre comme à la guerre ! Ce militaire d'un autre âge apprend que le général Gouraud, fort de ses trois mille canons, compte fermement sur lui pour sa prochaine attaque, et lui fait l'honneur de l'y associer. Pareil égard de la part d'un général républicain lui va droit au cœur.

Assuré de s'endormir avec un doigt de cognac de qualité, il est attaqué dans la nuit, mais seulement par les moustiques grouillant sur l'eau glauque d'une douve abandonnée. Il reprend sa route vers l'est du front d'armée, toujours à cheval, pendant que son état-major suit en automobile. Il est temps pour lui de prendre ses troupes en main, des manants trempés de pluie le long de la rivière Tourbe. Il improvise aussitôt un circuit de visite de ses unités, et notamment du 221ᵉ régiment de Langres, où servent des poilus venus de tous les horizons, de Paris comme du Morvan. Ces soldats, épuisés déjà par les longues marches, ont pris leur départ dans la région de Soissons et se sont présentées à temps pour participer à l'offensive du 26 septembre, annoncée au général à son quartier de Dommartin-la-Planchette, exactement la veille.

Ses troupes font mouvement, sur son ordre, au matin du 27, sans rencontrer de résistance sérieuse avant la rivière de la Dormoise, position très favorable à la défense allemande en raison du léger escarpement de la rive nord. Le général Piarron de Mondésir a confiance dans la pugnacité de ses divisions, et surtout dans les cavaliers de Brécard, une belle troupe. Il peut compter aussi sur ses bataillons de chasseurs à pied au passepoil jonquille, toujours ardents à l'attaque.

Il est sans liaison précise avec la gauche de l'armée américaine et le déplore, regrettant que les *headquar-*

ters de Sainte-Menehould aient installé sur sa droite, se plaint-il, « la 92ᵉ division composée uniquement de Nègres », dont il prétend n'avoir pas reçu les positions exactes.

Piarron de Mondésir n'aime pas les Noirs, qu'ils soient américains ou français. Il faut dire que le vieil aristocrate est entré à l'École polytechnique en 1875 et qu'il n'a servi, pour peu de temps, qu'à Madagascar, et pas du tout en Afrique-Occidentale. Il ignore la valeur des troupes de couleur, surtout si elles ne sont pas commandées par des coloniaux français. Ne dit-on pas que ces *negros* ont des officiers de leur race ? Comment attendre d'eux qu'ils se comportent comme des professionnels ? C'est assurément trop demander.

Pershing connaît de réputation Piarron de Mondésir, qui a dirigé des unités américaines sur la Marne. Il s'inquiète à son tour de l'avance des Français à son aile gauche. Piarron va-t-il accomplir sa part de sacrifice, dans les horribles conditions de l'offensive, où les artilleurs ne peuvent en rien profiter du secours des avions en raison du mauvais temps ?

Il apprend par ses officiers de liaison que le 38ᵉ corps d'armée du général Piarron de Mondésir pousse ses 74ᵉ et 71ᵉ divisions échelonnées en direction de l'Aisne. Elles doivent être suivies plus tard par la 125ᵉ. Les fantassins d'élite du régiment d'Annecy, renforcés par des tirailleurs sénégalais, assurent la percée à la 74ᵉ.

À la 71ᵉ division, le soldat Toutbon, du 221ᵉ régiment, attend, pour être engagé dans l'action, que les camarades de la 74ᵉ s'épuisent. Il écrit chez lui, chaque soir de bataille, en commentant laconiquement les faits du jour.

« De grands événements sont proches. Il s'agit d'une forte attaque destinée à mettre l'ennemi en déroute et, de ce fait, à terminer la guerre avant la fin de l'année. » Le sceptique correspondant du front de la 38ᵉ a donc la conviction qu'il participe enfin à une offensive décisive. La préparation d'artillerie des trois mille canons de Gouraud l'a fortement impressionné.

Il n'est pas à la pointe extrême du combat, le soldat Toutbon. Ceux de la 74ᵉ sont encore devant lui. Aussi pense-t-il sereinement, le 27 au soir, que « tout va bien ». Il n'a pas, au vrai, de motifs d'inquiétude. Son régiment n'a pas la percée en charge. Tranquille, confiant, il s'approche un peu des premières lignes : « Nous n'avons pas fini d'avaler des kilomètres », c'est un bon signe. L'avance du corps d'armée est déjà sensible.

Jusqu'au 29 septembre, le soldat Toutbon écrit de façon quotidienne et encourageante. Il ne sait pas lui-même jusqu'où va l'avance de la division de pointe, mais, aux marches qu'on lui impose avec ses camarades toutes les nuits, il comprend que « la fête continue, malgré le vilain temps ».

Le régiment n'a pas de problèmes de camionnage, et pour cause : il accomplit son approche à pied sous la pluie, dans des conditions effroyables. Jules Toutbon, poilu très râleur, un brin grognard, ne se plaint pourtant pas. Autour de lui, les copains annoncent bruyamment « la fin de la guerre pour Noël », en choquant leurs quarts de gnole.

Ils y croient, à la victoire, et pourtant, à la 71ᵉ, échappée en charpie à tous les carnages, il n'est pas d'usage de se dorer la pilule. Hier encore, ils pestaient contre la guerre sans fin. Toutes les nuits, ils courent à l'ennemi, et l'arrêt devant la rivière Dormoise est de courte durée : elle est franchie par l'ouest le 27, et, le 29 septembre, les Français entrent dans le bourg rasé de Bouconville. Piarron de Mondésir peut expédier à Gouraud des messages avantageux : les poilus ont bien marché.

* *
*

Les biffins de la 125e division sont tout aussi optimistes dès le premier jour, et se tiennent prêts à intervenir sur les arrières, dès que les divisions de tête seront usées, c'est-à-dire détruites à 50 ou 70 %. S'ils ne sont pas encore au baroud, c'est que l'avance se fait avec un minimum de pertes.

La canonnade du début de l'offensive assourdit les soldats de Coulommiers. Ils entendent surtout celle qui vient de l'est, du secteur américain. Les « associés » ont reçu une très forte dotation en canons. Redevenu biffin, Jules Laffère reconnaît au son une de ces belles préparations d'artillerie généralement dirigées contre les Français, mais dont cette fois l'ennemi est victime.

Dans son PC de fortune, le colonel Badoche s'impatiente. Il attend l'heure du combat, prêt à lancer ses biffins à l'assaut des positions ennemies. Les ordres d'attaque n'arrivent pas. Son chef, le général Émile Mangin, ne dépend pas de Piarron de Mondésir, mais d'un autre corps d'armée. Il n'est pas tenu au courant de l'avance du 38e corps. On demande seulement au colonel du régiment de Coulommiers de rester benoîtement sur place, et de se préparer à la relève. Aux autres la gloire !

Son attente lui est si pénible qu'il décide de constituer un corps franc, bien sûr commandé par Jules Laffère, pour explorer le terrain entre l'aile droite de Mondésir et l'aile gauche américaine. Jules doit partir de suite, avec deux jours de vivres et des sacs de grenades. La mission est de reconnaissance : tenir le PC informé de l'avance française, de la liaison avec les Américains, et préparer les voies d'une entrée en scène fracassante du 76ᵉ régiment.

À la mine réservée de Poindron, Jules comprend que le chef fait du zèle, qu'il lui confie peut-être une tâche dont nul ne l'a investi. L'approximation des objectifs l'irrite : avancer droit devant lui entre les unités alliées, exactement dans la zone de contact entre Français et Américains à l'est du village de La Harazée. Là, rencontrer l'ennemi, faire des prisonniers, rester en liaison permanente, préparer des positions d'attaque et attendre, une fois bien installé, l'arrivée de la compagnie de mitrailleuses. Des objectifs à la fois ambitieux et médiocres, auxquels Jules n'est pas accoutumé.

Poindron, à la veille du départ, tient à faire comprendre à Jules l'enjeu de la bataille de l'Argonne. Il le conduit à l'observatoire, d'où il lui fait découvrir les forêts denses, percées de ravins et de gorges, parcourues de petites rivières souvent encaissées, joignant des villages détruits mais sans doute creusés de défenses souterraines. Jules comprend pourquoi cette zone inhospitalière est restée aux mains des Allemands depuis 1914 : elle a défié toute tentative de reconquête en raison de son relief tourmenté, des difficultés de liaisons et de l'épaisseur des bois.

De retour au PC du capitaine, Jules déchiffre attentivement les signes cabalistiques portés sur la carte, où Poindron a marqué au crayon gras les positions des unités, avec les réserves d'usage : il ne connaît pas au juste le détail des avancées, il parle seulement de la situation au départ de l'offensive.

Le caporal est frappé par les problèmes d'accès. Le chemin de fer dessert l'Argonne par la ligne de Paris à Metz qui passe par Reims, Sainte-Menehould, Clermont-en-Argonne et Verdun. Les trains desservant le secteur s'arrêtent aux Islettes. On ne peut ensuite compter que sur le réseau routier, aux départementales sinueuses et non goudronnées, dont l'empierrage ne résiste pas aux camions lourds, surtout aux Ford américains.

— On s'est battu férocement dans l'Argonne depuis 14, commente Poindron. De Grandpré, une ville plantée au nord, sur la rivière l'Aire, jusqu'à la voie ferrée des Islettes et Clermont-en-Argonne, au sud. Combien des nôtres sont tombés au bois de la Gruerie ? Nous avons réussi à remonter jusqu'à la rivière Tourbe, mais pas au-delà. Les défilés de l'Argonne, au nord de l'Aire, sont restés pendant quatre ans aux mains de l'ennemi, qui nous attend de pied ferme. Dans les collines et les gorges, il a massé ses divisions sur un champ de bataille aménagé.

— Combien de divisions ?

— Plus de quarante, semble-t-il, dans tout le vaste secteur Argonne-Meuse. Elles s'y cramponnent en permanence. L'est de la région d'Argonne est tenu par une vingtaine de divisions américaines. L'armée Gouraud s'étale vers l'ouest, et nous sommes en position d'attente juste derrière le 38ᵉ corps de Piarron de Mondésir, en opération vers la Dormoise. À sa droite, le 1ᵉʳ corps américain et la 92ᵉ division de régiments noirs. Nous ignorons absolument leur avance, car les liaisons ne fonctionnent pas.

— Où sont les nôtres ?

— À l'ouest. Ils ont atteint la Dormoise, où les Allemands ont installé leur ligne de résistance. Ils l'ont peut-être franchie vers l'ouest, mais je n'en suis pas sûr. L'avance est bloquée vers l'est, du côté de La Harazée. Il faut voir pourquoi nous piétinons. Badoche n'a aucune information précise sur la ligne d'arrêt du 38ᵉ corps. Il a interrogé l'état-major de la 125ᵉ division. Le général lui a fait répondre que Piarron de Mondésir a prévu un poste mixte franco-américain à la liaison des deux armées, sous le commandement d'un officier américain blanc en qui il avait confiance. Il regrette de ne pas pouvoir nous informer. Le poste mixte ne donne aucune précision. Vous devez retrouver ce colonel Parson, et obtenir de lui des renseignements. Sans vous sentir lié par la stratégie du 38ᵉ corps, auquel nous n'appartenons pas, tâchez de vous installer dans ce paysage torturé pour organiser un point d'observation et de résistance dans le no man's land. Honnêtement, c'est tout ce que vous pouvez faire. Nous sommes plongés corps et biens dans le pot au noir !

* *

*

Les hommes partent avant l'aube, longeant d'abord le cours scintillant de la rivière Tourbe vers Servon. Ils avancent masqués, car le secteur vient d'être ypérité. Les habitants tapis dans les caves leur signalent par les soupiraux que les Allemands en retraite appartiennent à la 1re division de la Garde. Ils ont tout détruit derrière eux.

Quelle armée ? Les paysans ne savent pas. Ceux qui comprennent l'allemand ont entendu les gardes prussiens parler d'un général appelé von Einem.

Leurs armes ? Des mitrailleuses en quantité, et aussi des *Minen* de petit calibre. Ils portent des tenues camouflées et des feuillages plaquées sur leurs casques. Ils sont talonnés sans répit par nos chasseurs à pied, précise un vieil homme à grosses lunettes d'écaille.

A-t-on vu des Américains ? Oui, mais ils sont repartis plus à l'est. Des Noirs !

Jules tient la piste, il ne la lâche plus, progresse vers La Harazée, qu'il atteint au lever du soleil. Le petit Tavel a chargé dans un sac son poste de radio et vérifie les fréquences du PC de Poindron. Philippon le chauffeur, embarqué de force par Jules, se plaint, car ses jambes ne peuvent plus le traîner.

— Fais comme moi, lui lance Raoul Carpentier, trouve-toi une mule !

Les bruits de combat se rapprochent, un tir de barrage allié d'une extrême violence. Les convois de blessés transportés en voiture ou à dos de mulet se succèdent vers les postes de premiers secours. Des soldats de la 74e division et des chasseurs. Jules questionne un sergent marchant à pied, son bras en écharpe, et réussit à lui tirer quelques renseignements.

— Ils étaient retranchés sur plusieurs échelons, comme à Verdun, avec glacis de barbelés non détruits et nids de mitrailleuses ! Pas de chars pour nous aider. Nous avons eu des pertes. Ils s'attendaient à notre attaque.

Comment les tanks pourraient-ils manœuvrer sur ce terrain entièrement piégé, bouleversé, couvert d'abattis ? Gouraud a dû les réserver à des secteurs dégagés. Ici, les fantassins ont attaqué seuls, avec l'aide douteuse du canon tirant sans visibilité. Ils se sont fait décimer comme au bon vieux temps. Toujours les mêmes erreurs des états-majors !

Jules se fait confirmer à La Harazée que la ligne principale de résistance ennemie se situe bien sur la rive nord de la rivière Dormoise. Les tranchées sont creusées à contre-pente, et leurs défenseurs, à l'abri, se moquent des bombardements d'artillerie. L'avance jusqu'ici réalisée, au prix de pertes sensibles, a seulement permis de dégager la zone des avant-postes allemands.

Dans le village, le commandant d'un bataillon de chasseurs a installé son PC. Il s'étonne de l'arrivée d'un corps franc de la 125ᵉ division. Jules lui montre son ordre de mission : reconnaissance, et non renfort.

Des prisonniers en *feldgrau* défilent, peu nombreux. Le commandant veut bien expliquer que les hauteurs de la Main de Massiges et de la Tête de Vipère sont tombées entre les mains françaises, parce que les Allemands les ont abandonnées après de brefs combats, assez sanglants, pour dire le vrai. Ils n'avaient pas ordre de se cramponner sur ces avant-postes, mais leurs armes automatiques ont causé des pertes sensibles aux Français. Les biffins de la 74ᵉ ont pris Bouconville, à l'aile gauche.

— Nous piétinons ici devant leurs défenses, confesse le commandant. Le terrain est marécageux, en partie inondé. Les Boches se sont récupérés dans un réseau de tranchées très ancien. Je ne vous conseille pas de vous y risquer. Nous y avons laissé des plumes. Ils tiennent ferme les lisières des bois. Je vais les faire bombarder sérieusement.

— Mais que font les Américains ? demande Jules.

— Il semble que les régiments noirs aient reçu l'ordre de ne pas pénétrer dans la forêt. Le gros des troupes de Pershing attaque vers l'est de l'Argonne, dans la plaine, en direction de Buzancy. Ils nous laissent les bois !

Impossible d'y progresser. Iouri l'Ukrainien, en éclaireur, démasque les défenses allemandes enterrées, les clairières dangereuses farcies de *Minen*. Jules, qui l'accompagne, n'a pas l'intention de risquer son corps franc dans ce guêpier. Il se borne à envoyer Iouri et Edmond Garnier, le forestier, surprendre en rampant une mitrailleuse agressive qui tire à cent mètres, protégée par le fouillis inabordable des abattis de chêne.

Les deux servants sont capturés sans pouvoir réagir. Ils appartiennent, non pas à la Garde prussienne, mais à une *Jägerdivision* rompue aux combats forestiers. Iouri rapporte sur ses épaules la mitrailleuse légère que Jules examine avec soin : c'est une MG 08 portable, dont Garnier traîne les caissettes contenant des bandes de deux cent cinquante cartouches. Le forestier ne résiste pas au plaisir de tirer un coup de semonce dans le bois.

Une explosion lui répond quelques secondes après.

Les *Francs* plongent à l'abri des troncs d'arbres. Les éclats provoquent de nouvelles chutes de branchages. Pas de blessés. Ils repartent en rampant, à la recherche du lance-mines tout proche. Garnier le déniche à moins de cent mètres. Les servants s'apprêtent à tirer leur deuxième patate. Ils n'en ont pas le temps. Iouri saute sur l'un d'eux, baïonnette en main, égorge le tireur pendant que Bourdillat plaque au sol le second. Les autres prennent la fuite.

L'engin est une prise intéressante. Un *Minen* léger que Ludendorff a multiplié par milliers sur le front.

— C'est un *Flaschbahnwerfer* de 76 millimètres, décrète Raoul Carpentier, le meilleur connaisseur du corps franc en armements. Il est transportable sur un petit chariot par un équipage réduit. Le bois doit en être truffé.

Personne ne peut les renseigner, et pour cause, les servants sont en fuite et donnent l'alerte. Il vaut mieux prendre le large. Les patates vont pleuvoir ! Une retraite discrète dans le bois, sans autre incident notable que la chute de Philippon, le pied pris dans une racine. Il se relève avec difficulté. Iouri le saisit aussitôt par le bras pour l'aider à marcher.

Quand ils arrivent en lisière, Jules les oriente aussitôt vers l'est.

— Il est temps de prendre contact avec les Américains, dit-il à Carpentier. Nous en savons bien assez sur la position avancée de nos chasseurs.

*   *

*

La boue de l'Argonne

Deux mules se suivent dans le bois de la Gruerie. L'une est tirée par la bricole, elle porte le fusil-mitrailleur, ses munitions et des sacs de grenades. Mais aussi le sac de Philippon, hissé sur la deuxième mule. Raoul Carpentier conduit le convoi sur la route impraticable aux automobiles, défoncée par les obus. L'avance se poursuit vers l'est, par un parcours vallonné et sinueux, jusqu'aux lisières de la forêt de Lachalade.

Iouri l'éclaireur est en tête, dans son uniforme américain déchiré, un foulard noir autour du cou, les jambes prises dans des bottes allemandes récupérées dans le dernier combat. Il porte accroché à la ceinture un casque français cabossé, un masque de Fritz autour du cou parce qu'il le trouve supérieur aux modèles français. Ses cheveux longs et sales recouvrent ses épaules, ses traits tirés évoquent un Christ de souffrance.

Près de lui, Edmond Garnier, le forestier de Pontcarré, a l'allure d'un braconnier en maraude plutôt que d'un poilu en patrouille. Il porte, croisés sur sa vareuse délavée, deux sacs de grenades et de victuailles que l'on croirait garnis de gibier. Il est chaussé aussi de bottes allemandes, plus souples, moins bruyantes, et un bonnet de laine enfoncé jusqu'au cou lui tient lieu de casque. Quant à Jules, n'étaient son galon rouge de caporal et ses brisques, son visage noirci, ses vêtements en lambeaux, le sac de jute percé qu'il a revêtu pour s'abriter de la pluie, lui donnent franchement l'aspect d'un chef de bande, ou plutôt d'un bandit de forêt.

Le groupe échelonné ne marche pas du même pas. Gilbert Tavel est toujours en retard, parce qu'il s'arrête au pied d'un arbre, aussi souvent qu'il le peut, pour signaler sa position et maintenir le contact. Aucouturier joue le rôle du serre-file, poussant devant lui les *Francs* fatigués, las de marcher dans la boue putride où les cadavres de chevaux apparaissent au lever du jour, couverts de mouches noires et bleues.

Aristide Boyron, le tueur aux abattoirs de Coulommiers, voulait suivre Laffère au pas de chasseur. Il n'a pas l'habitude de marcher aussi vite et se traîne auprès de Léon Bourdillat, le charcutier de Tournan, qui prétend avoir aperçu une harde de cochons sauvages et tient à leur donner la chasse. Seul Paul Lescure ressemble encore à un soldat en exercice. L'agent de liaison du 76ᵉ régiment a été appelé à la rescousse pour revenir dare-dare au PC du colonel et donner l'alerte, au cas où le corps franc aurait de graves problèmes. Il marche un peu à l'écart, comme s'il ne tenait pas à être confondu avec cette bande d'extravagants.

Il importe peu que les *Francs* soient, d'apparence, des hommes des bois. Dans les tranchées, l'hiver, on avait perdu tout souci de l'uniforme pour ne songer qu'au confort de survie. Dans sa peau de mouton, sous son passe-montagne, ses épaisseurs de laine, ses pantalons de charpentier enfilés dans des bottes fourrées, qui aurait reconnu le poilu sur les postes des Vosges ? Au cœur du bois de la Gruerie, on perd également tout souci des convenances. Au demeurant, les allées sont désertes, Iouri cherche en vain les traces de combats. Le bois a été bombardé, certes, mais si les Allemands l'occupaient, ils l'ont quitté.

Et pourtant, l'Ukrainien attentif fait soudain signe

à la troupe de s'arrêter. Chacun se fige. Jules bondit à ses côtés.

Ils découvrent, sur le tronc d'un chêne haché de mitraille, un panneau de bois marqué d'inscriptions en caractères gothiques. Jules peut lire : *Kronprinz.*

— Les abris personnels du Kronprinz de Prusse, glisse-t-il à l'oreille de Iouri.

Pas la moindre silhouette autour, aucun bruit. Iouri chuchote à Jules de le suivre. L'Ukrainien a décidément l'ouïe plus fine que les autres. Dégingandé, marchant en danseur sur la pointe des pieds, il s'approche sans bruit sur la mousse, écorchant seulement ses bottes aux ronciers. Jules le rejoint et perçoit à son tour un bruit de conversation venant de sous la terre.

Ils découvrent l'escalier d'accès en bois, encore praticable. Couverts par Garnier qui tient en mains son Lebel, ils sortent une grenade de leur sac et franchissent le seuil d'un vaste *Stollen* de béton absolument vide. Ils remarquent seulement sur le sol des bouteilles de champagne cassées, des bidons d'essence vides et des restes d'équipements abandonnés.

Jules allume sa lampe de poche, intime à Iouri l'ordre de rester immobile : les voix se rapprochent, sans qu'on puisse les comprendre. Le caporal découvre l'accès d'un deuxième escalier, conduisant à un étage inférieur, avec plusieurs pièces souterraines en enfilade où les armes du Kaiser et du Kronprinz sont partout sculptées sur des pancartes de bois. Un jet de lumière les saisit par-derrière :

— *Hands up !*

Trois MP athlétiques braquant des Browning gros comme des steaks de deux livres les figent à la lueur d'une lampe-tempête. Les voilà prisonniers des Américains.

Ils doivent livrer leurs armes, tenir les bras en l'air. Ils ont beau protester en français, rien n'y fait. Ils sont conduits devant deux officiers visitant les lieux, qui les dévisagent sans tendresse :

— *Spies !* dit l'un.

— *Robbers,* répond l'autre.

Ils les prennent pour des espions, ou pour des pillards, et leur font passer les menottes.

Les MP sont des Noirs, mais les officiers, des Blancs. Jules n'entend ni ne parle l'anglais. Iouri seul tente de s'expliquer, mais son allure ne plaide pas pour lui. On le fouille, pas de papiers ! Son équipement est passé au crible, son masque, ses bottes, sa chemise américaine. Il est considéré comme un Gitan voleur de poules, traité comme tel, et proteste en vain, présentant Jules comme le chef d'un corps franc français en mission spéciale de recherche de contact.

Le bois est inclus dans la zone américaine d'opérations. Seuls des soldats égarés de l'armée Gouraud pourraient s'y réfugier. De fait, Jules a l'air d'un soldat, et l'on saisit sur lui des papiers militaires. Mais s'ils ont volé des bottes et des masques, pourquoi n'auraient-ils pas aussi dépouillé un mort de ses papiers ?

Ils remontent les deux escaliers sous bonne garde.

À la sortie, ils sont surpris de voir leurs camarades prisonniers d'une section entière de la *military police*. L'appareil de radio saisi dans le sac de Tavel est de marque américaine. Le petit Gilbert est aussitôt soupçonné de l'avoir volé. Philippon, qui s'était assoupi sur sa mule, s'est réveillé en sursaut et a glapi de copieuses invectives qui lui ont attiré un traitement spécial à la matraque.

Pris d'une inspiration subite, Jules retrouve un nom dont il a entendu parler par le capitaine Poindron, celui du colonel Parson, chef du poste mixte franco-américain de liaison.

Loin de lui valoir de l'indulgence, l'énoncé de ce nom glace aussitôt les deux officiers. Ces hommes dépenaillés seraient-ils en fait des espions de haut vol ?

— Comment connaissez-vous le nom du colonel Parson ?

Le caporal ne peut fournir d'autre explication. Sa mission est de repérage, non de coordination. Il n'a rien à voir avec le poste mixte. Il en ignore tout.

Il se prétend chef de corps franc, qu'il le prouve ! Rien dans son ordre de route ne l'atteste. Pourquoi a-t-il engagé un étranger sans papiers, revêtu de hardes volées à l'armée américaine et d'équipements allemands ?

On les entraîne au poste de garde, en lisière du bois du Bel Orme, où se tient le PC des MP commis à la surveillance des arrières du front. Ils sont bouclés dans une grange gardée militairement, en compagnie de plusieurs suspects en tenue militaire, des déserteurs, et de quelques civils à la mine accablée qui redoutent d'être fusillés.

Un officier désigne Tavel :

— *You ! Come with me !*

Mort de peur, le petit Gilbert est sommé d'expliquer ses fréquences. Il a le réflexe d'appeler le PC de Poindron. La réponse arrive presque immédiatement, en code. Tavel le traduit en clair. Poindron donne aux officiers américains l'identité de tous les soldats du corps franc, y compris de l'Ukrainien, présenté comme volontaire étranger. Il explique que l'objet de l'opération confiée au caporal Jules Laffère est d'établir la liaison avec le 1er corps d'armée américain. L'officier fait rappeler pour confirmation. Il est de nouveau en contact avec Poindron.

— *It's all right !* lance-t-il. Libérez les prisonniers !

Jules ne cache pas sa mauvaise humeur. Il demande à rencontrer des chefs d'unité américains en activité, pour en référer à son colonel. Il ne repartira pas tant qu'on ne lui aura pas délivré l'autorisation d'établir un contact avec les responsables du 92e régiment, qui sont censés couvrir la droite de la IVe armée française.

— Une mission particulière s'en charge déjà, celle du colonel Parson, objecte l'officier.

— Justement ! Mes chefs sont sans nouvelles de cette mission. Nous ignorons tout de vos positions exactes. Certains officiers prétendent chez nous que vous n'êtes pas disposés à les donner. Est-ce ainsi que vous concevez la coopération entre alliés ? Vous mettez en état d'arrestation ceux qui doivent prendre des risques pour entrer en contact avec vous ?

Dès que le traducteur a rendu compte des propos du caporal en colère, l'officier mesure les effets possibles de la bavure. Il daigne sourire.

— Le sergent Mike Douglas, ici présent, dit-il à Jules en désignant un MP noir, vous accompagnera sur le champ de bataille de la 92ᵉ division. Je vous recommande de mettre votre casque. Vous en aurez besoin.

* *
*

— Nous avons eu quatre cent cinquante morts, blessés et gazés rien qu'au 369ᵉ régiment, explique le sergent Douglas. Pour avancer seulement de cinq kilomètres. La prise du village de Binarville, au nord du bois de la Gruerie, a été pour nous un calvaire. Sans les camarades du régiment de l'Illinois, nous n'aurions jamais pu y parvenir.

— On dit que vous ne voulez pas combattre dans les bois ! lui lance Iouri en anglais.

— C'est dans les bois que les nôtres sont morts ! Regardez autour de vous : à votre gauche, la colline de la Mare aux Bœufs : un piège à mitrailleuses et à *Minenwerfer*. Tournez la tête à droite : vous avez le bois de Châtel, qui culmine à deux cent quarante mètres, devant Apremont. Vous y trouverez beaucoup de cadavres américains pas encore enlevés par les fossoyeurs du service sanitaire, faute de temps. Nous ne pouvions avancer dans la vallée de l'Aire, derrière les chars de George Patton, sans avoir dégagé une fois pour toutes ces hauteurs, où des batteries étaient postées. Quand je pense que vos généraux pensent que les Noirs américains ne savent pas ou ne veulent pas se battre, j'ai honte pour eux !

Ils avancent en pleine forêt en direction de Binarville, qui vient d'être prise d'assaut par les régiments noirs. Les sanitaires évacuent les blessés sur des voitures attelées, sans pouvoir récupérer tous les morts.

Le sergent s'approche d'un officier couvert de plaies que l'on vient de relever sur le champ de bataille. L'ordonnance du lieutenant Charles G. Young est à ses côtés. Ce jeune Noir, natif de l'Illinois, explique à Douglas que son lieutenant, blessé dans le bataillon de tête, a refusé toute assistance pour rester au milieu de ses hommes et faire évacuer les victimes. Des rafales de mitrailleuses les accablaient.

Natif d'Austin, au Texas, cet officier noir a fait plus que son devoir. Il a perdu connaissance quand les brancardiers l'ont chargé dans la voiture à cheval, parmi une douzaine d'autres blessés graves. Par sa résistance obstinée, il a empêché les groupes ennemis de tourner le bataillon et de le disperser. L'ordonnance du colonel le cherche pour lui dire qu'il sera cité à l'ordre de l'armée, et décoré incessamment de la Distinguished Service Cross par le général.

L'avance du corps franc vers Binarville est un cauchemar. Partout geignent les blessés. Des hommes soufflés par les explosions tentent de retrouver leur équilibre en s'appuyant sur des camarades restés valides. Les tirs d'artillerie ne cessent pas. Les batteries américaines tentent d'empêcher une contre-attaque ennemie, et des renforts arrivent. Des convois hippomobiles s'efforcent de se frayer un chemin à travers les arbres déchiquetés pour ravitailler les combattants de l'avant en munitions.

Jules suit des yeux la colonne cahotante, cherchant à

poursuivre sa piste de fourmi sur un terrain bouleversé. Elle contourne un fossé où une voiture a basculé avec son chargement. Les deux chevaux ont les quatre fers en l'air. Le cocher-pourvoyeur hurle, appelle à l'aide. Les obus de l'artillerie allemande se rapprochent dangereusement, ouvrent des cratères béants. Les caisses de munitions risquent de sauter. Les voitures commencent à quitter le sentier pour trouver refuge sous les arbres. Le *combat wagon* renversé ne peut être évacué. S'il est touché, il va sauter. Le conducteur, pris de panique, s'en éloigne à toutes jambes, plonge dans un trou d'obus pour s'abriter.

Les soldats du corps franc cherchent eux aussi des abris possibles dans la terre meurtrie. Le convoi a dû être repéré par l'observation aérienne, car la batterie allemande fouille le secteur, les impacts d'obus se rapprochent. Jules s'est jeté avec le sergent Douglas dans une excavation pour attendre la catastrophe finale.

À cent mètres, les lourds projectiles retournent les ruines de Binarville et font sans doute sauter les maigres défenses installées par les occupants.

Jules s'inquiète. Leur abri est trop proche du fossé où a versé la voiture de ravitaillement en munitions. Ils seront à coup sûr anéantis par l'explosion si elle saute. Il fait signe à Mikel Douglas qu'il faut s'éloigner.

— *Look at this man !* jette le sergent.

Un colosse noir s'approche à pas tranquilles de la voiture abandonnée, sans aucun souci de la pluie d'obus tombant à cent mètres. Les hennissements des chevaux entravés ont attiré son attention. Il ne supporte pas la souffrance des animaux. Il quitte sa vareuse, retrousse ses manches et plonge dans le fossé profond, où il libère d'abord l'attelage, cherchant des yeux le cocher pour qu'il les tienne par la bride.

L'autre ne reparaît pas. Jules s'arrache au trou d'obus, fonce tête baissée dans le fossé, arrache le licou de la main du Noir manchot, qui le remercie d'un large sourire : il l'a reconnu, le petit Français ! C'est son ancien instructeur du camp de Dammartin-en-Goële, c'est le fils du fermier d'Aulnoy.

— Jules ! s'écrie-t-il.

Il n'a pas le temps de s'attarder, le grand Jeff. Le bombardement continue. Pendant que Jules attache les chevaux à un piton de fer, Jeff décharge les caisses de munitions. Puis il se coule sous la voiture, la redresse sur le flanc et la remet sur ses roues dans un effort surhumain.

— Je ne connais qu'un homme dans l'armée capable d'un tel exploit, lui dit Jules, et c'est toi !

Jeff, insensible à cet éloge qu'il ne comprend pas, remet les lourdes caisses en place, l'une après l'autre, en jetant des regards joyeux à son camarade retrouvé. Le sergent Douglas accourt en renfort, suivi par les hommes du corps franc ralliés, Iouri en tête, honteux d'avoir abandonné Jules, ne fût-ce que quelques instants, alors qu'il se considère comme son garde du corps. Le chargement est vite arrimé sur la plate-forme de la voiture. Jeff prend la place du conducteur, saisit le fouet. Jules veut monter à ses côtés.

— *No,* l'arrête Jeff. *It's my job. See you again very soon, my dear brother* [1] *!*

---

1. Non ! C'est mon affaire. À te revoir très bientôt, mon cher frère !

Il s'avance seul hors du bois, au pas des chevaux rassurés par sa maîtrise. À deux cents mètres, un obus pulvérise la charrette. Jules accourt sous le feu roulant, comme un fou, sans songer à se protéger. Il retrouve Jeff pour le voir disparaître, expirer. C'est trop injuste, il en hurle de désespoir. L'explosion a été si formidable qu'il ne reste rien de la charrette, ni des chevaux, ni de Jeff.

Ainsi va la dévoreuse, la guerre infâme, dans les bois de l'Argonne. La mort entraîne aussi dans son sillage ceux qui chantent, de leur voix merveilleuse, la plus grande gloire de Dieu. Jeff ne chantera plus qu'au paradis des Noirs.

* *
*

Qui préviendra jamais la tendre Émilie, son amie française ? Jeff n'est pas mort, il a positivement disparu, il ne reste pas de lui un bouton de chemise. Pour l'administration américaine, il est un blessé attendant son évacuation vers les États-Unis.

Il avait échappé à la vigilance de ses aides-soignants de l'hôpital, considérant sa blessure comme cicatrisée. Il est vrai que la plaie de l'opération s'était bien refermée, qu'on avait placé sur son moignon une sorte de gant de cuir qui lui rendait une allure normale. Il n'avait plus de main, mais son bras lui restait. Pourquoi s'attarder ?

Il est parti sans crier gare, dans son grand uniforme de *private* du 369e. Son imperméable lui donnait l'apparence d'un permissionnaire rejoignant son unité. On n'arrête pas un soldat sans titre de permission quand il rejoint le front, jamais. Il s'est retrouvé sans difficulté au débarcadère des Islettes. Les camionneurs n'ont pas hésité à le prendre en charge, sans poser de questions. Laisse-t-on en plan un soldat casqué, de retour en secteur ?

Il pouvait sans doute rentrer chez lui, dans le Bronx. L'armée l'aurait rapatrié, décoré peut-être, et pensionné. Et les copains mourraient sans lui dans l'Argonne. Il ne verrait plus jamais James Reese Europe, ni le sergent Eddy. Non, il devait les retrouver, les aider à passer sous les gouttes de l'orage, les relever peut-être, s'ils flanchaient. À cela, il pouvait encore servir. Il était fort et courageux, il pouvait encore tirer d'affaire les camarades blessés. Il le devait.

Son retour avait provoqué des larmes de joie. Ils avaient chanté sur le no man's land à en perdre le souffle. Pour la chaleur de ces dernières rencontres, il ne regrettait certes pas de les avoir retrouvés en enfer. Il était des leurs.

Ils ne seront pas là pour pleurer sur sa tombe, car il n'en aura jamais. Un disparu n'a plus de matricule, plus d'existence officielle. On ne peut rien dire de lui. Les questions posées par ses proches restent sans réponse. Il était une fois un certain Jeff Lewis, soldat au 15e régiment de la National Guard, devenu *private* du 369e régiment de l'Union. Son capitaine Napoleon Bonaparte Marshall a demandé pour lui la DSC au général major Ballou.

Blessé, opéré, amputé, on avait perdu sa trace à la sortie de l'hôpital. Seul Jules Laffère se doutait qu'il s'était évaporé dans le brouillard de l'Argonne, devant le village de Binarville. Il écrira la triste nouvelle à sa sœur Suzanne, pour qu'elle en avertisse la famille, où le souvenir de l'Américain durera jusqu'à la fin de la lignée, transmis de Laffère en Laffère comme celui de Jacques chez les Millet, et ainsi dans toutes les familles de France.

Émilie est à la ferme des Laffère, où elle a accompagné Suzanne, si près d'accoucher qu'elle ne peut se déplacer sans son amie. Elle a ressenti le besoin de revoir sa mère avant l'épreuve, qu'elle attend de tout son cœur, mais qu'elle redoute en même temps.

C'est à la ferme d'Aulnoy que la lettre de son frère Jules est arrivée à Suzon, postée du secteur de la 125e division. Il a pris soin d'écrire tout de suite, dès son retour à l'unité, pour partager sa douleur avec les siens.

Le père a gardé de Jeff un souvenir ému, et aussi Suzanne. Jules, en permission, l'avait naguère entraîné à la ferme. Il était l'Américain des Laffère, mais aussi celui de Coulommiers. Le curé dira une messe à l'intention du premier soldat américain reçu dans la ville, disparu au front. Car l'annonce de Jules permettra de glorifier sa mort, inconnue des services, ignorée de l'ambassade et de l'administration militaire. Dans un lieu, en France, grâce au caporal, la mémoire de Jeff le jazzman sera célébrée.

Émilie est inconsolable. Elle avait été la première à lui donner rendez-vous à la sortie de Saint-Étienne-du-Mont, pour prendre le train de Coulommiers. La mère se souvient fort bien, à la ferme, de sa première visite. Une petite robe blanche de fiançailles, une robe toute simple piquetée de boutons d'or, et un sourire radieux, au bras d'un soldat qu'elle connaissait de la veille.

Seul l'étudiant-prisonnier bavarois, travaillant toujours aux cultures avec Auguste Laffère, trouve les mots convenables pour alléger le chagrin d'Émilie. L'associer, l'intégrer au souvenir de Jeff, réaliser dans l'absence la fusion des âmes. Karl Rauchmann serait-il fils de pasteur, pour enchaîner ainsi les mots qui élèvent ? Nullement, Karl est un incroyant, il ne croit pas même au dieu de Hegel. Mais, dans les décombres de la guerre, il lui semble voir briller les flammèches de l'esprit des morts, les millions de petits cierges allumés dans la nuit, humbles et vacillants témoins des vies perdues.

Le soir, au dîner, il dit simplement :

— Jeff a vécu. Vivre, n'est-ce rien ? Il n'était pas une âme ordinaire. La musique l'arrachait au quotidien, le faisait communier avec ses proches, ses très proches amis musiciens. Il a eu besoin d'un témoin de ce bonheur, dans ce pays étranger où les jeunes filles en robe blanche donnent leurs mains et offrent leur regard aux soldats noirs de New York. Il n'était plus un *private* parmi d'autres, il était distingué d'Émilie, choisi, élu, comme ces élus du ciel qu'il chantait dans ses *spirituals*. Émilie ne le verra plus, il l'aimera toujours. Il sera son *angel*, veillant sur elle dans le ciel. Sa voix chaude la baignera d'un nuage céleste. Ne trouve-t-elle pas étrange que, l'ayant si peu vu, elle soit prête à s'en souvenir toujours ? Jeff a fait d'elle l'enfant du miracle, celui du pur amour.

Ainsi a parlé Karl, et la jeune fille n'a pas assez de toute sa reconnaissance pour l'en remercier. Il lui a révélé le prix de la vie de Jeff. Oui, Jeff Lewis a vécu, puisqu'il a été aimé et qu'il l'est encore.

— Pour l'éternité ! sanglote Émilie.

Le 6 octobre

Pour les soldats, le 6 octobre est un jour comme les autres. Pour les Français, Belges, Allemands, Britanniques ou Américains, la diane sonne, telle la sirène appelant les ouvriers au boulot.

Ce jour-là, le capitaine de Suzannet se rend à Bombon, au quartier général de Foch, pour exposer la situation de la Ire armée du général Degoutte, combattant sous l'autorité du roi des Belges. Le souverain Albert Ier se dit impressionné par l'évacuation dans les ambulances de dix mille malades et blessés récents, soit le cinquième de l'infanterie belge en ligne. En quelques jours de grippe espagnole, son armée peut disparaître.

Le roi veut garder des forces intactes, explique Suzannet, pour supporter un nouvel hiver de guerre. Il ne veut pas envisager une attaque avec une armée atteinte par la fièvre. Il demande des délais.

Foch lui accorde huit jours à peine. Il lui promet le soutien de deux divisions d'infanterie, la 132e, forte de ses deux régiments de Verdun, et la 12e de Reims et de Soissons. Surtout, il dépêchera un bataillon de l'artillerie spéciale aux ordres d'un cuirassier renommé dans cette arme, le commandant Dupuy. Foch répète au capitaine de Suzannet qu'il compte sur l'attaque des groupements belges des lieutenants généraux Biebuyck et Michel pour s'emparer de Roulers.

Après les Belges, les Méridionaux du 15ᵉ corps, ceux qui étaient accusés injustement d'avoir lâché en Lorraine au début de la guerre. Le 6 octobre, les ordres de Foch sont transmis. Les bleuets de Marseille et de Toulon affectés à l'armée Debeney devront faire face, avec les Britanniques, aux forces considérables massées par Ludendorff sur le front Saint-Quentin Cambrai. Ils attaqueront dans le bois des Cocotiers et sur la ferme Tillois, sur le canal de Saint-Quentin.

— Ce n'est pas tout, dit au capitaine de Suzannet le général Weygand.

Le chef d'état-major a pris le relais de Foch, son maître, pour compléter l'information du capitaine.

— Le 36ᵉ corps, avec trois divisions, explique-t-il, attaquera par débordement la puissante ligne Hindenburg. Les Belges, en entrant en scène, devront élargir cette attaque.

Ainsi les poilus sont-ils lancés à l'assaut d'une forteresse. L'attaque est prévue, avec deux autres corps d'armée, pour le 8 octobre. L'ensemble de la région nord sera sous le canon.

Weygand introduit peu après dans le bureau de Foch un agent de liaison de Pettelat, le chef d'état-major de Gouraud, à la IVᵉ armée de Champagne.

— Je compte sur Gouraud, lui dit le généralissime, pour attaquer avec ses six bataillons de Renault au nord de la Suippe et de l'Arne. Il faut absolument qu'il débouche. Qu'il s'entende avec les Américains des 1ʳᵉ, 2ᵉ et 36ᵉ divisions. C'est essentiel. On me dit que les officiers de la 36ᵉ encadrent des unités de la garde nationale du Texas et de l'Oklahoma qui ne savent pas se battre avec les chars. Qu'ils soient formés par leurs camarades, les marines de la 2ᵉ division. Au plus vite. Dites à Piarron de Mondésir qu'il m'a habitué à plus de célérité. Je suis surpris de voir encore piétiner dans l'Argonne le général Mangin – non pas Charles, mais Émile. Je compte qu'il avance sur l'Aisne. Ses Briards avancent au pas de canard.

Tous les chefs d'armée reçoivent des directives, y compris Mitry, qui vient de remplacer Berthelot à la Vᵉ. Foch demande à Weygand de lui trouver au téléphone le PC du général Claudel, commandant le 17ᵉ corps d'armée.

— Vous n'ignorez pas, dit-il à celui-ci, que vous devez recevoir dans votre secteur de la Meuse la 33ᵉ division américaine, qui vient de la National Guard de l'Illinois. Le général commandant la Iʳᵉ armée américaine m'a donné son accord. Vous pouvez utiliser ce renfort comme il convient pour franchir la Meuse avec vos troupes. Cette opération est essentielle. Les Allemands comprendront leur défaite quand nous aurons violé la ligne de la Meuse, celle de l'ancienne Austrasie.

Libérer la Belgique, percer la ligne Hindenburg, dépasser l'Aisne, franchir la Meuse, tout indique que Foch entend matraquer l'ennemi qui résiste pied à pied et se bat furieusement. Dans la journée du 6 octobre, des centaines de milliers de soldats alliés se préparent à franchir le no man's land sous le feu des mitrailleuses, sur ordre de Foch, général en chef.

Et Foch ignore que la veille le président Wilson a reçu une demande de paix du gouvernement allemand.

* * *
*

Au bar du Crillon, place de la Concorde, un homme d'allure bourgeoise, costumé de sombre, chapeau à bord roulé à la main, consulte sa montre au gousset de son gilet et donne des signes d'impatience. Alfredo, le barman italien, connu avant la guerre du tout-Paris des échotiers et des turfistes, n'obtient de lui que des borborygmes quand il veut se rendre utile. Sans chercher à prendre place sur l'un des tabourets où se niche avec adresse quelque échassière de luxe, tirant des parfums opiacés de son fume-cigarette doré, le singulier visiteur se laisse choir assez lourdement dans un fauteuil de cuir au fond de la pièce. Une jeune femme préposée au vestiaire le débarrasse de son chapeau, mais il refuse de se séparer de sa serviette noire.

Le barman le prend pour un voyageur suisse, peu au courant des usages parisiens. Le visage est lisse, rond, le regard, fureteur et fuyant. La moustache encore fournie sur un visage sans favoris pourrait être d'un militaire, si ce n'était cette tonsure sans apprêt frisant un peu long dans le cou. Un homme d'âge, probablement près de la retraite, dont le ventre replet sur des jambes courtaudes indique une pratique assidue des restaurants à noble chère. L'échassière comprend tout de suite que l'inconnu n'est pas un gibier ordinaire, curieux de nuits parisiennes et de compagnie distinguée.

Le bar est envahi depuis plusieurs mois par une faune d'hommes d'affaires et de politiciens américains. Alfredo le flaire d'instinct, celui-là n'est pas des leurs. Il n'a sûrement pas rendez-vous avec quelque officier d'intendance de l'US Army, encore moins avec ceux qui gravitent autour de l'ambassade toute proche. Il n'a nul accent étranger, suisse ou belge, et viendrait plutôt de province. Quelque munitionnaire ou fournisseur de brodequins. Le colonel House, confident et ambassadeur itinérant de Wilson, est descendu à cet hôtel et fréquente volontiers le bar d'Alfredo. Mais le barman italien n'a jamais vu ce visiteur lourdaud et peu élégant en compagnie de House, un *Yankee* pur malt.

Il est bientôt rassuré : le mystérieux bourgeois se lève avec peine de son fauteuil bas pour accueillir un personnage bien connu des bars américains de Paris, le nez pincé par ses lunettes d'acier. C'est Floyd Gibbons, le correspondant en Europe du *Chicago Tribune*. Il serre brièvement la main du bonhomme au sourire jovial et n'a pas besoin de passer commande : Alfredo sert aussitôt deux scotchs.

Étrange rendez-vous où les deux hommes attendent l'un de l'autre des renseignements que ni le premier ni le second ne sont en mesure de donner. Le colonel Vergnies – on l'aura sans doute reconnu – a quitté l'état-major de Fayolle pour reprendre du service au 2e Bureau de l'armée, directement branché sur le responsable en chef du GQG, mais court-circuité par Mordacq, du cabinet militaire de Clemenceau, revenu aux affaires à Paris.

Prêchant le faux pour savoir le vrai, Gibbons, à voix basse et sur le ton de la confidence, assure qu'il vient d'interviewer le colonel House.

— Il n'a rien voulu me dire, confesse-t-il, mais ses silences étaient lourds de sens. Il se passe quelque chose entre Washington et Berlin, ou, pour être plus précis, entre Berlin et Berne.

Il ne serait pas étonné que le bon colonel House eût reçu quelques nouvelles de son cher ami Ludendorff. Qu'en pense Vergnies ?

Il n'en pense rien, et pour cause. Les Français n'ont rien reçu de leurs agents à Berne. Il a l'imprudence de l'avouer. C'est exactement l'information qu'attendait Gibbons. Le colonel House peut boire son whiskey du soir et dormir sur ses deux oreilles : les Français ne savent rien. Sans le vouloir, le Français vient de le soulager d'un grand poids. Pour une raison ignorée de Vergnies, Gibbons n'insiste pas sur ce point. Le colonel est trop fin, trop familier du journaliste, avec lequel il entretient de fréquents rapports, pour ne pas être surpris par sa discrétion. En général, Gibbons insiste, suit sa piste en chien courant. A-t-il déjà trouvé réponse à sa question ?

— Il me semble, glisse-t-il, que les relations franco-américaines se sont plutôt rafraîchies depuis l'affaire de l'Argonne.

Gibbons hausse les épaules. Habitué à célébrer les exploits de l'armée américaine, il a vite passé, dans son journal, sur les déconvenues de Pershing. Il sait que la presse française répand, par bribes, des informations relatives aux déboires des Américains, au désordre de leur logistique et aux faiblesses de leur service sanitaire. Des bruits courent dans Paris sur leur incapacité à monter seuls une opération, sur l'incompétence de leurs états-majors. Et Pershing ne veut rien savoir pour accepter de nouveau la tutelle française ! De son côté, Foch ne peut rien lui faire entendre. Vergnies, comprenant qu'il ne tirera pas grand-chose de l'honorable correspondant du *Chicago Tribune*, s'apprête à prendre congé quand l'autre lui lance :

— Savez-vous comment George Clemenceau surnomme notre président ? Le Bouddha de la Maison-Blanche !

En sortant, Vergnies rencontre un autre augure de presse, français celui-là et familier du puissant sénateur Dupuis, propriétaire du *Petit Parisien*. Il prend ce Gilles Perret par la main pour le conduire dans un salon discret de l'hôtel.

— Vous allez voir Gibbons, n'est-ce pas ? Méfiez-vous, il y a anguille sous roche chez les Américains. Il ne vous dira rien. Les consignes sont au silence.

— Je descends du train de Berne, lance Perret. Dans la nuit du 3 au 4 octobre, l'ambassade allemande de cette ville a reçu une note, à une heure dix du matin très précisément. Elle a été remise au gouvernement suisse à la fin de la journée du 4, je le tiens de source sûre. Mais je n'ai pu savoir si elle a été transmise à Washington, comme il est très probable. Mon cher, nous sommes menacés de négociations secrètes de paix. En savez-vous plus que moi ?

Vergnies a un sourire évasif. Il ne lui appartient certainement pas d'avouer que le 2e Bureau est le dernier informé.

* *
*

Le général Mordacq a convoqué Vergnies à l'hôtel de la Guerre, rue Saint-Dominique.

— La radio allemande, annonce-t-il en fronçant le sourcil, vient d'annoncer l'ouverture de négociations de l'Allemagne avec le président Wilson. Je ne vous cacherai pas que Georges Clemenceau est assez déçu d'être le dernier informé. Vous n'êtes pas le responsable du 2e Bureau, mais vous passez pour un bon connaisseur des affaires allemandes. Pouvez-vous m'éclairer ?

— Tout vient du changement de gouvernement en Allemagne, plaide le colonel pour sa défense. Le 2e Bureau n'a pas à connaître les arcanes de la politique allemande.

— Certes, mais la désignation du prince Max de Bade à la chancellerie est une indication qui n'a pas échappé à Clemenceau. « Le Kaiser, m'a-t-il dit, monte une opération politique pour pouvoir traiter directement avec Wilson. Il se défait de Hertling, créature de l'état-major. Il sacrifie les militaires pour pouvoir traiter sans perdre son trône. Vous verrez, Mordacq, vous verrez ! »

— Il est vrai que Guillaume II appelle Max de Bade, héritier du grand-duché et marié à une Anglaise, fille du duc de Cumberland, parce qu'il a la réputation d'un noble idéaliste et libéral, occupé pendant la guerre aux questions de prisonniers. Je rappelle qu'il a critiqué publiquement, en janvier, la déclaration de guerre sous-marine à outrance, ce qui doit le faire bien voir de Wilson. Pendant l'été de 1917, il a fait savoir qu'il souhaitait une paix de compromis.

— Un ennemi plus redoutable que Ludendorff ! grogne Mordacq. Il peut avec élégance représenter une Allemagne pacifique, décidée à rompre avec les errements du passé. Si Wilson le suit, la guerre est finie. Monsieur Clemenceau constate qu'il s'est adressé uniquement, exclusivement à Wilson, et que celui-ci s'est bien gardé de l'informer. Lloyd George n'en a rien su, et pas davantage Orlando. Tout se passe comme si le Bouddha de la Maison-Blanche entendait négocier seul. Depuis quand Max de Bade est-il à la chancellerie ?

— Il a pris ses fonctions le 1er octobre au matin.

— Sans connaître les décisions de Spa ?

Vergnies n'ose avouer qu'il ignore tout de ces décisions, si informé des affaires allemandes soit-il. Mordacq s'en irrite.

— Je vois bien que vous ne savez rien de Spa, siège de l'état-major de guerre, de la direction suprême. Vous n'êtes pas informé de la réunion présidée par le Kaiser, accouru en automobile à la demande de Ludendorff.

La porte du bureau de Clemenceau s'ouvre avec violence. Le Tigre est toutes griffes dehors, prêt à mordre. Considérant Vergnies comme quantité négligeable, il s'adresse directement à Mordacq :

— J'ai enfin obtenu la relation du conseil de Spa du 28 septembre ! s'écrie-t-il. Les Anglais, comme toujours plus efficaces, m'ont informé, non sans arrière-pensée. Ils veulent que je défie Wilson le premier, en tirant les marrons du feu. Et pendant ces intrigues boches, les poilus se font descendre !

Il jette des informations par bribes : Ludendorff a mené la danse, exigé non pas une demande de paix, mais d'armistice immédiat.

— Puisque vous connaissez l'Allemagne, lisez cela ! lance-t-il à Vergnies, suffoqué d'être connu du président du Conseil. Oui, monsieur Vergnies ! Lisez-nous l'article de la *Berliner Tageblatt*, puisqu'il faut que ce soit moi qui vous renseigne !

Le colonel parcourt le *Message à la nation* du Kaiser : « Je désire que le peuple allemand collabore plus efficacement que par le passé à fixer les destinées de la patrie. »

— Le bon apôtre ! rugit le Tigre. Le voilà devenu partisan du régime parlementaire, faute de pouvoir continuer à imposer la dictature du Parlement. Pour sauver l'armée, seule protection contre la révolution, il veut faire signer la demande par les civils. Il entend sauver l'état-major, et rien d'autre. Il n'a entendu des propos de Ludendorff que cette phrase définitive : « Je veux sauver mon armée ! »

Vergnies fait mine de se retirer, gêné d'avoir eu si peu vent de la situation en Allemagne, et de cette étrange demande d'armistice.

— Max de Bade n'en voulait pas. Il a fait la gueule, poursuit le Tigre. Et savez-vous ce que lui a répondu Guillaume ? « Le haut commandement tient l'armistice pour nécessaire, et tu n'es pas ici pour créer des difficultés au haut commandement. » Pourquoi a-t-il été nommé chancelier, je vous le demande ? Pour porter le chapeau, bien entendu !

— Mais les Allemands sont-ils prêts à tout accepter ?

se risque Mordacq, comprenant enfin pleinement la manœuvre de Ludendorff : il a fait mettre en place un gouvernement prétendument démocratique, en fait désigné par ses soins et approuvé par un Parlement tremblant de peur, pour obtenir que la honte retombe sur lui, pouvoir civil, et non sur l'armée. Il a persuadé Hindenburg de préciser clairement qu'en aucun cas, le IIe Reich construit par le chancelier Bismarck n'accepterait la moindre cession territoriale – l'Alsace et la Lorraine, par exemple, mais aussi les territoires polonais de l'Est –, et qu'il entendait seulement « discuter » sur la base des quatorze points du président Wilson, rien de plus.

— La machine est en route, gronde Clemenceau. Tout dépend du Bouddha, qui négocie seul et ne nous consulte pas pour répondre, comme s'il était le maître absolu de l'alliance. Nul ne peut ce soir ignorer que les Allemands ont fait une offre de paix. Elle a été annoncée par la radio de Berlin. Le sort de nos poilus dépend de la réaction de Wilson à cette ultime manœuvre de la « duplicité germanique », comme l'écrit *L'Écho de Paris*.

*   *
*

Ses chars débarqués par chemin de fer à l'armée du Nord, le commandant Dupuy demande des instructions à l'état-major de la Ire armée. Elles sont claires. Foch n'a tenu aucun compte des bruits courant sur une négociation d'armistice. Il poursuit son offensive de libération de la Belgique.

Les chars ont pris une telle place dans les attaques

alliées que Ludendorff en a fait état auprès du Kaiser, pour justifier sa demande d'armistice. Rois de la guerre finissante ou chevaliers errants, les tankistes ? Michel envie les aviateurs, qui se font une guerre propre, envoient des gerbes à leurs adversaires malheureux, tel l'illustre Madon. Les chevaliers du ciel ne se salissent pas les mains avec le cambouis et ne sentent pas l'essence. Michel a vu trop de camarades brûlés pour ne pas réaliser que le prétendu paradis du chevalier tankiste passe par un enfer où il peut se consumer dans un cercueil d'acier chauffé au rouge, engin de crémation, au mieux de défiguration. Un tankiste blessé est un homme sans visage, qui fait peur. Michel en a trop vu pour considérer les chars comme des armes nobles : des machines à tuer utiles, indispensables, mais fragiles, bruyantes et puantes.

Les soldats belges du lieutenant général Biebuyck l'acclament quand il parade devant leur bataillon, dressé sur son tank de tête, le torse droit hors de sa tourelle, casqué et revêtu de cuir. Les Renault déroulent leur chenille rampante sur un sol meuble, puis sablonneux, mais bientôt marécageux.

— Vous ne pouvez pas aller plus loin, lui dit un éclaireur belge de moins de vingt ans au regard candide et sûr : les Boches ont inondé la vallée.

C'est vrai, le char n'aime ni le sable ni l'eau. Il préfère de loin entendre crisser le gravillon sous ses chenilles, racler le granit, gicler la boue d'argile. Michel a hâte de conduire son bataillon à l'assaut du plateau d'Hooglede, afin de riper sur la terre ferme et d'engager la charge à l'avant des régiments belges.

Autour de lui fourmillent les tentes blanches à croix rouge, immense camp de malades où chaque jour les fourgons viennent enlever les cadavres aux visages noircis. Lumineuse, la reine des Belges, en uniforme de la Croix-Rouge, parcourt les allées, escortée de majors qui lui recommandent en vain le port d'un masque de gaze. Voilées, mais non masquées, les infirmières l'accompagnent dans la traversée de la plaine ventée, mangée par le ciel gris, pour gagner les antennes chirurgicales, pendant que les aumôniers pénètrent sous les tentes des grippés pour prélever les mourants. Mais Élisabeth, née princesse de Bavière, veut aussi visiter les malades, et elle entre résolument dans le carré de la quarantaine, de son pas souple de gazelle royale.

Michel Dupuy se demande si le général Biebuyck ne commande pas à une armée des ombres. Il ignore encore que, sur le plateau, des tentes militaires identiques abritent des soldats allemands touchés du même mal, évacués sur des charrettes flamandes vers l'arrière pour ne pas contaminer les valides. Il songe, en chrétien, que Dieu a déchaîné l'épidémie pour mettre fin à la guerre, irrité par l'acharnement des hommes à s'entre-tuer.

« Dieu n'est pour rien là-dedans, estime au contraire Jacques Legris, son fidèle lieutenant. La grippe se répand à cause de l'ignorance de la médecine, et la guerre résulte de l'obstination des dirigeants. »

Mais aussi de la volonté d'en finir avec la violence et l'injustice. Pour avoir discuté avec un cavalier casqué en qui il a reconnu, à l'écusson amarante de son uniforme kaki, un guide de l'armée royale, Jacques Legris a appris que celui-là n'avait pas quitté le roi depuis 1914. Un fidèle et un chanceux, qui n'a pas laissé pourrir sa longue carcasse dans les dunes. Il a expliqué à Jacques que si le roi avait pu recruter une armée aussi nombreuse, c'est qu'il avait rappelé à lui tous les réfugiés d'août 14, ceux qui s'étaient égaillés sur la route du Havre. Il a levé des conscrits parmi les jeunes des communautés belges de France, et ces derniers sont bien décidés à poursuivre, pour libérer leur pays martyrisé d'une aussi longue et cruelle occupation.

Les Belges ont la satisfaction d'être en position sur leur sol, avec à l'horizon les clochers détruits de leurs paroisses, leurs champs ypérités, leurs pacages inondés. Ils regardent les Renault avec une sorte d'enthousiasme. Ils tiennent enfin les moyens matériels de leur libération. Les équipages français se sentent soutenus par l'attente vibrante de cette infanterie meurtrie, mais gardant au cœur la rage d'expulser les incendiaires et les voleurs qui ont tenu leur neutralité pour un « chiffon de papier ». Jamais propagande de guerre n'est tombée sur un terreau plus fertile.

— Ces gens-là, dit Michel à Legris, sont encore prêts à mourir pour leur patrie, comme jadis les Français à Jemmapes. C'est un honneur que de leur ouvrir la route dans les semis de barbelés et les plantations de chicanes. Foch a mille fois raison : il faut poursuivre, même sur le plateau truffé de défenses imprenables d'Hooglede.

* *
*

En face, l'ennemi se défend avec obstination et ne

donne aucun signe de découragement. À l'arrière du plateau, les convois de camions acheminent les réservistes qui doivent marcher pendant quatre heures au moins sous le barda avant de gagner les lignes. Ils traversent de nuit la Flandre belge.

Le *Feldwebel* Ernst Lann a réceptionné une cinquantaine d'hommes venus d'un dépôt de l'intérieur. Des jeunes, des blessés, des ajournés envoyés au front, qu'il regroupe dans une grange de village. Le lieutenant Hornung le prend à part. C'est un tout jeune homme, dessinateur industriel à Essen dans le civil :

— Lisez-vous les journaux ?

— Jamais, mon lieutenant. Je n'y comprends rien, quand par hasard un de ces canards me tombe entre les mains. C'est comme s'il parlait d'autre chose que de la vraie guerre.

— Vous ignorez les offres de paix faites par l'Allemagne au président Wilson ?

— Assurément. S'il fallait en tenir compte !... Elles ne cessent pas depuis un an et n'aboutissent jamais. J'ai seulement entendu dire que l'arrière s'émeut. C'est son rôle.

— Offrir la paix, dit gravement Hornung, c'est reconnaître notre faiblesse.

Le *Feldwebel* ne répond pas. Tout ce qui lui importe, c'est que la guerre finisse, d'une manière ou de l'autre, et qu'il puisse rentrer dans sa jolie maison de Westphalie, où son épouse bêche le jardin pour y planter des patates.

Il ne comprend pas pourquoi ce jeune lieutenant, technicien dans le civil, fait preuve d'un aussi tardif patriotisme. Pour lui, les patriotes zélés ont des arrière-pensées politiques, et il n'aime pas la politique.

Le 6 octobre, la troupe marche sur une route bordée de champs de choux rouges, à la terre noire et marécageuse. L'étape est longue vers le plateau, et les hommes grognent. Lann les entend bavarder entre eux. Les blessés renvoyés au front ne mâchent pas leurs mots. Ils considèrent cette guerre maudite comme terminée, depuis l'annonce des pourparlers de paix, et ne veulent plus monter au casse-pipe. Ils traînent les pieds.

Ernst Lann fait serrer les rangs et accélérer la cadence. Ils traversent encore des villages endormis, franchissent les nombreux canaux sur des ponts étroits. Quand il retrouve le régiment, il apprend qu'un bataillon entier a été cerné et fait prisonnier par les Belges. Il ne reconnaît plus ses officiers. On a nommé dans l'infanterie des *Hauptmann* de dragons, et même de uhlans. L'un d'eux s'indigne de la mauvaise tenue des réservistes. Du moins ont-ils marché jusqu'au front sans chercher à se dérober. L'effectif des renforts est à peu près intact : peu de déserteurs.

Le lieutenant Hornung prend en charge le secteur. Il fait placer des sentinelles à l'aile droite, explique à Lann qu'il faut surveiller la division voisine, badoise, donc peu sûre. Le *Hauptmann* l'a averti que des éléments avaient fraternisé avec la population belge, qui les a gavés de pain blanc et de friandises à leur passage dans la zone des étapes.

À peine sont-ils en ligne derrière un talus de chemin de fer que des attelages viennent charger les pièces de

77 et partent vers l'arrière au galop. Ernst Lann se demande ce que peut signifier ce mouvement.

— Que nous abandonnions la position, assure Hornung, pour mieux nous retrancher un peu plus loin sur le plateau. Mettez en place les mitrailleuses lourdes ! Les Belges ne vont pas tarder à se manifester, si malades qu'ils soient !

Les hommes s'installent dans les positions préparées à leur intention. La roulante leur fait livrer de la viande de bœuf. Des animaux réquisitionnés et abattus sur place. Il faut bien entretenir le moral des *Feldgrauen* restés valides ! Les réservistes mangent sans mot dire, et boivent de la bière jusqu'à plus soif. Lann remarque que les soldats ne saluent plus les officiers. La discipline se relâche. À quoi bon ce rituel désuet, imposé naguère avec la dernière fermeté, alors que les 75 français commencent la danse ?

Les obus tombent dru, de grands nuages noirs s'effilochent dans le ciel. Le ravitaillement n'arrive plus dans les postes de l'avant. Il est pillé en cours de route. Un fusant tombé sur la roulante a répandu un flot de soupe bouillante au sol. Les soldats décident de piller les caves d'une maison détruite, où les pommes de terre abandonnées par les habitants en fuite commencent à germer. Ils les croquent à moitié crues et les arrosent de schnaps. Pour les livrer en première ligne, transportées dans leurs casques, les coureurs bravent les éclats.

Les chars français se présentent devant les champs de barbelés. Lann aperçoit au départ à la jumelle leur long serpent d'acier, mais ils sont bientôt cachés par un épais nuage artificiel. Les batteries allemandes tirent au hasard, dans un barrage improvisé. Les mitrailleurs sont à leur poste, chaque réserviste imite les anciens, creuse son trou individuel.

— Ce qui m'étonne, dit le *Feldwebel* Lann au lieutenant Hornung, ce n'est pas l'indiscipline de nos hommes, c'est leur obéissance au combat. Regardez autour de vous : aucun ne songe à déserter !

* *
*

Michel Dupuy n'a pas à se soucier de l'avance des fantassins belges. Il a pour mission, après le bombardement d'artillerie, de détruire les défenses avancées et de liquider les mitrailleuses. Les Renault avancent sous la protection du nuage, avant d'arriver à portée du tir ennemi, plus ou moins suivis par les biffins du roi Albert. À eux de s'arranger pour être protégés par les tanks qui dégagent les obstacles du champ de bataille, savamment truqué. Selon les instructions, les Renault doivent être retirés du combat dès leur cavalcade effectuée. Il n'est pas question de repartir dans des actions de détail.

Ils progressent sans difficulté, mais sont bientôt pris à partie par des *Minenwerfer* enterrés, non repérables, et par les redoutables tireurs invisibles aux fusils spéciaux. Michel regrette l'absence des autos blindées de Jules Laffère, dont les hommes guidaient les chars et secouraient les engins en panne.

Son bataillon ne rentre pas indemne de la charge : quatre chars sont détruits sans rémission, leurs équipages, perdus. Les Allemands se sont défendus avec acharnement. Le commandant, récupérant ses morts, ne croit plus à la fin de la guerre immédiate et sans douleur, et pas davantage au désarmement de l'adversaire. Il n'a pas pour autant perdu son esprit guerrier. Il croit comprendre que le maréchal Foch monte une offensive avec une telle quantité de divisons fraîches et de telles masses d'artillerie qu'on le sent prêt à rechercher la décision à toute force. Cela promet une vraie guerre jusqu'au-boutiste, avec invasion prévisible à moyen terme de la région du Rhin, source essentielle de la puissance germanique.

Michel Dupuy ne peut savoir qu'à l'autre bout du front, dans l'Argonne, la 125e division est entrée en action à la suite du 38e corps de Piarron de Mondésir, très éprouvé par son attaque dans les bois et les vallons. Le 6 octobre, les combats font encore rage sur le plateau proche d'Autry, où l'avance des biffins est arrêtée par les feux incessants d'une véritable forteresse. Le général n'a pas le choix : s'il veut s'emparer de la boucle de l'Aisne, il doit anéantir à n'importe quel prix la garnison d'Autry, qui commande la rivière.

Dans cette guerre de siège, les pertes sont nombreuses. Les officiers ne se posent certes pas la question de savoir si la paix est proche : ils ont ordre de lancer les bataillons à l'assaut, comme à Verdun, et de braver une défense énergique. La 74e division est déjà hors de combat, la 71e, où sert le soldat Toutbon, est en passe de l'être. Miraculeusement épargné et retiré de la première ligne, il raconte aux camarades du 76e régiment de relève qu'il est tombé sur un triple réseau de barbelés, et que les pionniers ont pratiqué des brèches à la perche et à la cisaille, comme au bon vieux temps, quand on donnait l'assaut au fort de Vaux.

C'était le 3 octobre. Le jour même où le quartier-maître général Ludendorff exigeait du chancelier Max de Bade qu'il envoie à Wilson la demande d'armistice de l'Allemagne.

— Le 3 octobre, Jules Laffère demande au soldat Toutbon, vous avez pris la station de chemin de fer. Mais le lendemain, vous avez poursuivi l'assaut du village ?

— La gare a été prise, en effet, après un combat féroce, avec tous ses ateliers contenant des machines et du matériel. Restait à purger les bois où l'ennemi s'était retranché. Il a fallu marcher sur des terrains inondés, franchir la Dormoise sur un pont de singe jeté par le génie dans la nuit, nettoyer le bois des Aulnettes, le bois de la Terrière et le bois de Charbogne. En bordure de la route de Challerange, où devait attaquer le 76ᵉ régiment de Coulommiers, les Allemands avaient aligné une quantité incroyable de mitrailleuses.

— C'est Challerange que nous devons prendre, dit Jules.

— Je vous souhaite bien du courage. Dans le village d'Autry, dont nous devions nous emparer, se dessine une espèce de citadelle, au-dessous des maisons, en plein centre des ruines. Une position imprenable : l'église est bâtie sur un rocher à pic, truffé sur toutes ses faces de couloirs, de niches, de meurtrières garnies de mitrailleuses. Une deuxième hauteur, elle aussi hérissée de nids de mitrailleuses, sur l'autre rive de l'Aisne, a pris sous ses feux croisés les assaillants d'Autry. Impossible d'y échapper.

— Vous ne pouviez donc attaquer l'ennemi de front, intervient encore Jules, soucieux de mesurer la capacité de résistance de l'adversaire.

— Certainement pas, il nous a d'abord fallu contourner Autry pour nous rendre maîtres de sa ceinture de forêts. La manœuvre a commencé le 5 octobre. Nous y sommes toujours, nous n'en finissons pas de purger ces bois farcis d'abris, de réduits cachés de mitrailleuses, empuantis de gaz moutarde que le vent ne parvient pas à dégager en raison de l'épaisseur des futaies.

— Vous avez entièrement encerclé Autry ?

— Finalement oui, en perdant beaucoup de poilus. Aujourd'hui 7 octobre à midi, les nôtres occupent le village. Mais vous entendez encore des décharges et des explosions de mines. J'ai tué un pigeon voyageur. Il était porteur d'un message de l'officier commandant la garnison : le *Hauptmann* Utzmann demandait du secours pour ses cent trente hommes à bout de force.

7 octobre ! Ce jour-là, pendant que mouraient les survivants des trois régiments de la 76e division allemande, et que le *Hauptmann* Utzmann décidait de tenir jusqu'au dernier fusil, le président Wilson préparait seul, très tranquillement, dans le calme ouaté de son bureau de la Maison-Blanche, sa réponse circonstanciée à la proposition du chancelier Max de Bade.

* *
*

Jules Laffère et les siens passent à l'attaque le 8 octobre au matin. Ils vont prendre le village de Challerange, et laisser beaucoup des leurs dans cette affaire.

Le même jour, sans en informer ses associés, le président Wilson câble sa réponse au chancelier Max de Bade. Floyd Gibbons, qui a pris le train de Berne, en est averti par un de ses contacts à l'ambassade américaine.

Il apprend que Wilson a pris son temps pour expédier sa note à la légation de Suisse à Washington, marquant bien par là qu'il n'est pas pressé. Il a dû tenir compte de l'opposition manifestée au Sénat par la quasi-totalité des élus à une discussion avec l'Allemagne impériale.

Le correspondant du *Chicago Tribune* apprend également que l'ancien président républicain Theodore Roosevelt, dont le fils vient d'être tué en France, commence une campagne pour exiger une victoire complète, une reddition sans conditions de l'armée de Ludendorff « sur le sol allemand ». Le sénateur Lodge, qui représente un puissant lobby au Sénat, estime que la paix négociée serait une lourde erreur. Seule une paix imposée est à ses yeux acceptable. Le *New York Times,* constate Gibbons avec satisfaction, préconise de repousser la demande allemande, simplement parce que le régime politique de l'Allemagne n'est pas un interlocuteur possible.

La grande presse américaine, qu'il continue de parcourir avec anxiété, suffit à le convaincre que toute discussion serait considérée aux États-Unis comme prématurée. En revanche, aucun journaliste américain ne s'étonne que Wilson prenne en main la question de la paix sans consulter ses associés. Le *Washington Post*, qui fait l'opinion politique et s'impose aux milieux dirigeants, n'émet pas la moindre réserve à cet égard. La question de la paix devient une discussion à l'intérieur de la société politique des États-Unis, comme s'ils avaient seuls la charge de l'avenir du monde.

— Voilà que Wilson ménage la chèvre et le chou, dit Gibbons à son informateur suisse, le secrétaire d'ambassade James E. Madison, qu'il rencontre secrètement de grand matin au zoo de Berne, devant la fosse aux ours.

James et Floyd étaient condisciples à l'université Columbia de New York. Ils ont une confiance totale l'un envers l'autre. James demande tout de même à son ami le serment sur la Bible de ne pas révéler les termes de la réponse de Wilson, qu'il lui fait lire pour sa gouverne.

— Je comprends, conclut Gibbons, qu'avant toute proposition d'armistice, Wilson exige l'évacuation par l'armée allemande de tous les territoires envahis. C'est, selon lui, une preuve de bonne foi dans la discussion. Il envisage donc la discussion.

— Sans doute. Tu as certainement remarqué, mon cher Gibbons, que notre président demande formellement au prince de Bade « s'il est seulement l'interprète des autorités constituées de l'empire, qui ont dirigé la guerre jusqu'à présent ».

— C'est encourageant, répond le journaliste. Regarde ces ours : sais-tu que l'ours est l'animal tutélaire de Berlin ? Il figure sur les emblèmes de la ville. L'ours, c'est la force et la ruse. Notre cher Wilson a l'air de supposer qu'une discussion serait possible si l'Allemagne était dirigée par un gouvernement démocratique. Les ours de Berlin vont se réjouir. Il leur suffira de se coucher voluptueusement au pied des enfants américains pour obtenir des friandises. Max de Bade jurera ses grands dieux qu'il est le représentant d'une Allemagne démocratique, à la tête d'un gouvernement de coalition formé de tous les partis, socialistes compris. C'est très exactement le calcul des deux compères, Hindenburg et Ludendorff : faire signer une paix avantageuse par les politiciens du Reichstag qui sauront amadouer les scrupules démocratiques du professeur Wilson.

— Cela supposerait que le Kaiser et sa clique militaire disparaissent de la scène.

— En effet. Mais ne crois-tu pas que l'on peut scénariser, à peu de frais, le départ de Guillaume en exil, comme celui de Napoléon III en 1870 ? Et exiger de Ludendorff – un homme de rien, le seul du grand état-major à n'être pas un junker, un simple technicien de grand mérite au service de Paul von Beneckendorff und von Hindenburg, de très ancienne famille militaire prussienne – qu'il se retire sur la pointe des pieds en offrant au Kaiser une démission que personne ne songera plus à refuser ? Le sacrifice de Ludendorff sera peut-être suffisant pour engager Wilson à poursuivre sa discussion, et le tour sera joué.

— Je ne partage pas ton analyse pessimiste, répond le secrétaire Madison sur un ton presque bas et recueilli. Je ne comprends pas quel intérêt nous pouvons avoir à créer un vide politique en Allemagne, au moment où s'écroule la Bulgarie, demain la Turquie, l'Autriche-

Hongrie, et où les idées communistes progressent même dans les villes allemandes. L'armée des *Feldgrauen,* transformée en force d'ordre, sans armes lourdes, sans armes criminelles, peut devenir une garantie de sécurité en Europe au service d'une Allemagne régénérée, intégrée librement à une Europe organisée, coiffée par une société des nations libérées, où chaque peuple pourra choisir son destin, par élection ou référendum.

— Que le ciel t'entende ! soupire le chroniqueur du *Chicago Tribune* en jetant quelques harengs aux ours.

* *
*

L'attaque des villages de Challerange et de Montbois est meurtrière. La 125e division y perd nombre de ses bleuets, ceux de la classe 19, qui viennent de monter en secteur. Ils doivent progresser sur le plateau vallonné et boisé en direction de la vallée de l'Aisne, en affrontant des défenses successives et aménagées en profondeur, autant de pièges à enlever d'assaut à la grenade, sur un champ de bataille d'armée minutieusement organisé.

D'abord, arriver sur l'Aisne : les poilus de Coulommiers savent qu'ils sont lancés à l'attaque d'une des principales positions d'arrêt de l'ennemi, la ligne Brunhilde, au nord de la rivière, dans une région de croupes boisées parallèles dont il faut s'emparer en lançant une série d'opérations.

Le corps franc est constamment sollicité par le colonel Badoche pour attaquer, non pas de jour, mais de nuit, quand l'ennemi recule dans les bois pour s'implanter à contre-pente d'une croupe, bien protégé des feux d'artillerie. Le colonel demande à Jules Laffère d'intervenir avant cette installation, de tout faire pour gêner le recul des *Feldgrauen* en jetant le maximum de désordre dans leurs rangs.

Le forestier Garnier devient le premier assistant obligé de Jules. L'avance de nuit dans les bois est son affaire. Il sait repérer au son les escouades ennemies, quand les bottes froissent les feuilles tombées des chênes ou clapotent dans les passages marécageux. Il privilégie les cibles, recherche d'abord les porteurs de mitrailleuses légères et les servants de *Minenwerfer*. La surprise est toujours payante : il s'agit de convaincre l'adversaire qu'il s'est trompé de position, qu'il résiste dans un secteur douteux, déjà investi par les Français. Il en résulte un désordre où capturer des prisonniers devient aisé.

Reste l'avance de jour, particulièrement pénible. Le capitaine Poindron ne cache pas sa perplexité à Jules. Il ne voit pas comment enlever d'assaut la ferme Ragot, dominant les ruisseaux de Sola et des Dains.

— Contournez-la, elle est imprenable de front, suggère Jules en observant l'objectif à la jumelle. Tout le bataillon va y passer. Sous les ruines, le sol est entièrement truqué, probablement bétonné. C'est une forteresse.

— Les ordres de Garnier-Duplessix, le général de corps d'armée, sont de s'en emparer à tout prix.

— Son PC se trouve à dix kilomètres. Il ne se rend pas compte de l'enjeu. Les Américains sont plus prudents. Nous sommes très en avance sur eux.

— Mangin a secoué le colonel Badoche, qui n'a pas besoin d'ordre de la division pour faire du zèle.

À la résignation de Poindron, Jules comprend qu'il n'y a rien d'autre à faire que d'enlever la position aux moindres frais. Déjà, le sergent Brinbuisson rassemble la section pour organiser au mieux une attaque avant l'aube, par petits paquets.

— Prenez garde, insiste le caporal. Nous avons poussé une reconnaissance de nuit jusqu'à la rivière : ils ont inondé la vallée de l'Aisne et installé plusieurs terrains d'atterrissage au nord. Ils n'ont pas du tout l'intention de partir. Je vous l'ai déjà signalé.

— Et j'ai fait mon rapport, envoyé par le colonel Badoche aux grands sachems de l'artillerie lourde. Ils ont concentré leurs feux sur les défenses de la ferme Ragot, et rien au-delà.

— Ainsi, nous serons à la merci d'une contre-attaque, à supposer que nous emportions l'obstacle.

Ils l'emportent, dans un rude combat rapproché. Dans chaque trou d'obus, une mitrailleuse ou un grenadier ennemi accable les assaillants. Brinbuisson mène ses escouades de main de maître, en contact permanent avec la compagnie de mitrailleuses mise en place sous un angle favorable. Le corps franc peut contourner l'obstacle et couper ses liaisons avec l'arrière. Il grenade les caves et repousse les sacs de sable qui obstruent les soupiraux.

Les Allemands se défendent avec acharnement. On les dit découragés, ils ont mangé du lion et ne se rendent qu'à la dernière extrémité. Pour encourager les redditions, Jules prend soin de faire partir calmement les prisonniers en file vers l'arrière, sous la garde de Philippon, qui ne demande qu'à s'éloigner du combat.

Les caves de la ferme creusées en profondeur regorgent de munitions. Jules, accompagné du seul Iouri, déboule dans l'escalier de bois en lâchant ses grenades à la volée, au risque d'être lui-même blessé par les éclats. L'Ukrainien lui dit de prendre garde : si les caisses de munitions sautent, ils ne reverront pas le jour. Mais Jules se fraie au poignard un chemin vers les caisses, allume une mèche en hurlant : « Rendez-vous ! » Stupéfaits, puis effrayés, les Allemands sortent de leurs caches les mains en l'air. La ferme est prise.

Le sang versé par les soldats du 76e a rendu l'exploit possible. En quittant l'abri, le caporal aperçoit Poindron, son uniforme en lambeaux. Revolver en main, il organise les secours aux blessés innombrables, appelant à grands cris les brancardiers. Sur la position conquise, Badoche tire lui-même la fusée rouge, pour avertir les artilleurs. Un tiers du bataillon ne reverra plus la Brie. Les ordres du général sont exécutés.

**

Les prisonniers allemands de la ferme Ragot, et a fortiori leurs vainqueurs, ignorent que ce jour-là, 12 octobre, une deuxième note parvient à l'ambassade américaine à Berne. Le secrétaire James Madison est atterré. Le poulet porte la signature de Soft, secrétaire d'État aux Affaires étrangères.

Celui-ci demande la formation d'une commission

mixte pour régler « les détails pratiques », comme si l'on était d'accord sur le fond. Il affirme que « le gouvernement allemand actuel, qui porte la responsabilité de la paix, a été formé après débats et avec l'assentiment de la grande majorité du Reichstag ».

Le chancelier Max de Bade parle donc « au nom du gouvernement et du peuple allemands ». Le tour est joué. Comment Wilson peut-il refuser de discuter des « détails » avec des interlocuteurs aussi respectueux des usages démocratiques ?

Le secrétaire concentre son attention sur la carte des opérations en France, que tient à jour le conseiller militaire : le repli progressif ordonné par Ludendorff permet au front de se maintenir. Les armées allemandes du Nord contiennent fermement les Alliés sur l'Escaut, de Tournai à Gand. Au-delà, Français, Belges et Britanniques butent sur une nouvelle ligne fortifiée, dite Hermann. Toujours plus vers le sud-est, la ligne Hunding, de Laon en Picardie jusqu'au défilé sur l'Aisne de Grandpré, attend de pied ferme les Franco-Américains, sortis de l'Argonne à grand-peine.

Trois divisions allemandes ont été dépêchées pour empêcher toute avance des Américains dans ce secteur. Il est essentiel que leurs troupes soient contenues les premières, à n'importe quel prix. Elles ne doivent percer le front nulle part. Il ne faut pas donner au président Wilson une trop grande confiance dans la valeur de ses troupes.

Un ordre général de Ludendorff, daté du 12 octobre, tombe entre les mains du conseiller militaire américain à l'ambassade de Berne, par la voie ordinaire de l'espionnage britannique : « Les négociations diplomatiques destinées à mettre fin à la guerre ont commencé. Leur résultat sera d'autant meilleur que l'on réussira à tenir les troupes en main et à nuire à l'ennemi. »

Ainsi, le quartier-maître général Ludendorff n'a pas renoncé à sauver son armée. C'est le but essentiel des manœuvres de paix qu'il a imposées au gouvernement civil. Le secrétaire d'ambassade des États-Unis James E. Madison en est convaincu.

Il parcourt la presse américaine déployée sur son bureau. Les réactions des journalistes et des hommes politiques le rassurent : ils ne sont pas dupes des allégations du prince de Bade. Ils demandent des précisions, exigent que l'on impose des garanties.

En attendant, les Allemands sont fermement installés sur la ligne postcarolingienne de l'Escaut et de la Meuse. Charlemagne n'est pas mort. L'Austrasie tient bon ! Le Kaiser reste en place, et le Kronprinz commande toujours son armée, même si, sur le Danube, le petit cousin d'Autriche flanche. Et les généraux alliés s'organisent pour camper sur cette ligne pendant tout l'hiver, en attendant le printemps de 1919. Personne ne croit alors, pas même Foch, à une victoire proche. Et Pershing moins encore.

Le secrétaire Madison est maintenant en possession de la dépêche venue d'Amérique, qu'il lui faut transmettre à Berlin, via le gouvernement suisse. Ses doigts en tremblent encore, comme si l'histoire y était écrite en lettres de feu. La réponse est signée du secrétaire d'État Robert Lansing, et non de Wilson.

Le règlement des « questions de détail » sera obtenu

par délibération des conseillers militaires alliés, comme le souhaite ardemment Foch, et naturellement aussi Haig et Pershing. Ils demanderont des garanties de sécurité ainsi que l'évacuation totale des territoires des Flandres et de France, où les occupants ont exercé « des traitements inégaux et inhumains ».

« Voilà qui va rassurer nos républicains, songe Madison. Le ton du président s'est durci. Il exige le désarmement immédiat des sous-marins, pour mettre l'opinion américaine de son côté. N'a-t-elle pas accepté l'entrée en guerre au vu des exactions des pirates des mers qui coulaient les bateaux neutres ? »

La clause politique n'étonne pas Madison. Elle le surprend plutôt par sa candeur, qui fera hurler d'indignation les Européens. Le président ainsi que ses associés veulent savoir « à qui ils ont affaire ». Il n'est évidemment pas question pour eux d'imposer un gouvernement ou un nouveau régime à l'Allemagne, cela serait contraire aux principes démocratiques américains. Ce pouvoir arbitraire des militaires et des impérialistes, « il appartient au soin de la nation allemande de le changer ».

« Le président croit-il vraiment, se demande avec naïveté le jeune secrétaire d'ambassade, que la nation allemande en a les moyens, alors que son armée intacte se prépare à rentrer, invaincue, avec armes et bagages ? »

D'ailleurs, qui cherche à la désarmer ? Sans l'armée, quelle sécurité offrirait l'Allemagne ouverte à la révolution ? La réduire, sans doute, mais pas totalement. Et elle gardera ses militaires magnifiques, à l'exception peut-être du trop voyant Ludendorff. Qui aurait le courage de traiter avec une Allemagne dont on aurait chassé l'idole, le vénéré maréchal Hindenburg, seul vainqueur des Russes, que les Alliés affrontent déjà ?

* *
*

Les Britanniques et les Belges n'ont qu'un souci : libérer les Flandres au plus tôt pour y détruire les bases de sous-marins et restaurer la Belgique dans l'intégrité de son territoire. Le commandant Dupuy se croyait seul en lisière de l'armée française expédiée dans le Nord au secours des Belges, et sous le commandement d'Albert Ier. Il aperçoit dans la plaine des Flandres une multitude de chars, et un nombre impressionnant d'escadrilles de bombardement. Peu soucieux d'attendre les négociations de Wilson, les Alliés lancent tous leurs moyens dans la guerre au point le plus crucial, sur l'aile droite du front ennemi, mais pour une nouvelle opération dont ils n'attendent nullement la fin des combats.

Michel Dupuy découvre, au repos, la valeur des nouveaux tanks débarqués d'Angleterre par bataillons entiers : il s'agit d'une véritable artillerie mobile, chargée de déborder la défense allemande par le nord et de faciliter l'avance de la IIe armée anglaise du général Plumer en s'assurant de Roulers, de Tielt et de Courtrai.

Ainsi sera dégagée Ypres, définitivement, et libérée la ville de Lille, où les Allemands, avant leur retraite, ont incendié la gare Saint-Sauveur. Dupuy apprend d'un tankiste au repos que les Anglais sont déjà entrés dans Armentières et Messines.

Quand partiront à leur tour les Français et les Belges ? Pas d'ordres encore pour le commandant. Michel explique à ses équipages qu'il faut attendre la mise en place de l'état-major du général de Boissoudy, qui vient tout juste d'être nommé à la tête d'une véritable armée, la VIe reconstituée. Cette mise en place des Français entre les Belges et les Britanniques demande forcément du temps et du soin. Les états-majors doivent être imbriqués et reliés par téléphone et radio de façon rationnelle, sous la tutelle du roi des Belges.

L'officier tankiste a le plaisir de retrouver James Paxton, pilote de chasse, frère de son épouse Mary, au quartier général de Boissoudy, chargé des opérations jumelées avec les armées belge et britannique. James a les galons de chef d'escadrille. Il accompagne la flotte des bombardiers dans leurs opérations de matraquage systématique des lignes allemandes.

Ni James ni Michel ne sont au courant des négociations de Wilson. Ils ne songent qu'à participer au dernier effort pour la victoire, dont ils mesurent les difficultés. James présente à son beau-frère son camarade de combat, Christopher Ford, fils d'un immigré irlandais et ancien reporter au *Wall Street Journal*. Plusieurs fois blessé, le très jeune Ford vole sur un Spad XIII et totalise trois cents heures de combat depuis qu'il a quitté l'escadrille Lafayette. Comme James, il a passé le brevet militaire sur Caudron, à l'école d'Avord. Il ne compte plus le nombre d'Albatros et de Fokker descendus par ses soins au-dessus de la campagne d'Armentières.

— Votre escadrille de chasse est-elle basée dans les parages ? demande innocemment Michel.

James et Christopher éclatent de rire. Ils changent de base presque chaque jour ! Pour l'heure, en attendant leur prochaine mission et la bonne volonté du roi des Belges, ils s'attaquent plutôt aux infirmières d'Armentières et aux *nurses* de la Croix-Rouge. Christopher vient d'y découvrir une tendre Marie-Antoinette dont il veut faire sa femme. James n'est pas pressé. Il change volontiers d'hôpital, sous prétexte de faire soigner une blessure à la main datant de l'année passée et parfaitement cicatrisée. Comme Michel, l'aviateur est sans nouvelles de Mary. Comment les lettres suivraient-elles des combattants sans cesse mutés d'un bout à l'autre du front ? La semaine précédente, l'escadrille de James et de Christopher attaquait les batteries ennemies en Argonne. La voilà dans les Flandres.

Dupuy explique aux pilotes qu'une armée française vient d'être constituée sur ce front pour participer à l'offensive des Belges en direction de Gand. Si elle réussit, les Allemands seront contraints d'évacuer la côte. Il est question de masser dans le secteur au moins sept divisions françaises, et de les renforcer par deux divisions américaines prêtes à entrer en action.

James et Christopher, soucieux de ne pas manquer la sortie des infirmières de l'hôpital, l'écoutent d'une oreille distraite. Il se retrouve bientôt seul et décide d'écrire à Mary, son épouse adorée. S'il ne tombe pas sur un vaguemestre pour poster sa lettre, il la confiera à quelque camionneur de la noria des troupes françaises mises en place pour étoffer l'armée de Boissoudy.

Par chance, il croise Auguste Lachaume, fameux physionomiste qui le reconnaît le premier malgré sa veste de cuir et son casque de tankiste. Le chauffeur vient de débarquer vingt-cinq biffins de la 77e division qui s'empressent de rejoindre leur bataillon à la roulante, avant de prendre la route à pied. Lachaume invite le commandant à boire avec lui un quart de café chaud bien arrosé de gnole.

— Je fais le va-et-vient, jour et nuit, avec l'armée Debeney, lui explique-t-il. Les trains sont surchargés de troupes anglaises et affectés en priorité à l'artillerie. Pour la biffe, il y a les Berliet. Donnez-moi votre lettre, commandant, je la posterai à Noyon.

— Si loin ?

— Il faut bien trouver les divisions de renfort dans le secteur français. Vous n'êtes pas près d'attaquer, la route est longue. Votre bafouille arrivera plus vite à Paris que les divisions françaises sur la Lys. Toutes les armées sont en mouvement ! Les Boches reculent de partout, mais ils s'accrochent. Sur l'Escaut, vous aurez du mal. Vos chars ne sont pas amphibies.

« Au diable le bavard ! » se dit Michel, heureux néanmoins d'avoir pu confier sa lettre à une tête de bourrique de la vieille école, qui sait conduire son camion les yeux fermés sur les routes défoncées et triompher de toutes les embûches.

* *
*

Dupuy s'inquiète du retard dans le départ des divisions vers l'Escaut, où les Allemands doivent perfectionner leurs retranchements. Il n'a aucun doute sur la continuation de la guerre. Si Foch masse des Français en grand nombre dans ce secteur, c'est pour obtenir la décision en entraînant – au besoin, en relayant – les divisions belges épuisées et ravagées par la grippe espagnole.

Les troupes françaises de renfort portent les cicatrices non refermées de l'histoire de la guerre. Pour Michel le cuirassier, le tankiste, la 77ᵉ division est un numéro parmi d'autres. Quand il voit débarquer les anciens poilus mêlés aux bleuets, il prend la mesure de ce raccourci de générations à l'intérieur d'une seule unité. Selon les années, les mois même, ceux de la 77ᵉ ont conscience de n'avoir pas vécu la même guerre. Quatre ans de chemin de croix ont enseveli aux stations successives, 1914, 1915, 1916, 1917, des morts par centaines de milliers, qui ne sont pas confondus dans la mémoire des survivants, même s'ils constituent un gigantesque ossuaire.

Ils ont en commun leur origine, les poilus de la 77ᵉ. Tout en les regardant débarquer et s'approcher de la roulante, Michel laisse le chauffeur Lachaume lui présenter un briscard, sergent-chef au 97ᵉ de Chambéry. Bon pied bon œil, ce Fernand revient de Reims et du secteur de Champagne libéré par la division.

— Nous sommes tous des Barbot, précise-t-il à Michel.

Et Michel se souvient. Barbot est ce général des troupes alpines tué au combat dans l'affaire effroyable de l'Artois, en 1915, à la tête de sa division, toujours la même, celle des chasseurs alpins et des régiments de Chambéry et de Briançon.

— Vous allez recevoir le 56ᵉ bataillon de chasseurs,

assure-t-il au commandant Dupuy. Il a déjà travaillé avec l'artillerie d'assaut. Nos chasseurs sont bons à toutes les tâches. En 14, déjà, Barbot nous avait conduits dans les cols des Vosges pour les tenir à un contre trois. Toujours à l'ouvrage, les chasseurs. Nous sommes une des rares divisions à compter trois bataillons de bérets bleus pour deux divisions de bleu horizon, à huit mille fusils seulement.

— Vous étiez dans l'Artois ?

— Oui, mon commandant, dès le 1er octobre 14 ! Et nous ne l'avons quitté qu'en mars 1916.

— On peut dire qu'ils ont sauvé Arras ! s'écrie Lachaume. Barbot est le héros national de la ville ruinée.

— Ils ne sont plus nombreux au régiment, ceux qui se souviennent de ces trois batailles de l'Artois. Nous avons failli prendre racine en Picardie. Les corps des camarades reposent dans tous les cimetières, à Souchez, à Montdidier, à Carency. Nous avons servi sous Fayolle, sous Pétain à Verdun, avec les bleus de la classe 16, qui n'avaient pas connu le feu. Nous étions entre Vaux-devant-Damloup et la ferme Dicourt. Autant dire que nous avons eu notre part de gadoue et de gaz moutarde ! 13 mars-3 avril. Compte sur tes doigts, Lachaume ! Cela fait vingt-trois jours d'enfer. Après quoi, nous avons été évacués.

— Pourquoi si vite ? Vous n'avez pas fait long feu à Verdun, s'étonne Michel.

— Tu peux le dire, mon officier, répond le sergent-chef. Et pourtant, tu te mets le doigt dans l'œil ! Nous avons tenu beaucoup plus longtemps que les autres, et c'est un miracle ! Parce que nous étions sur terrain calme, à une période calme ! Combien crois-tu qu'en période d'offensive une division pouvait tenir à Verdun ? L'« usure », comme ils disaient, c'était deux divisions pour trois jours. Vingt-cinq mille hommes, dont la moitié au moins étaient hors de combat. Nous avons tenu vingt-trois jours, et nous avons fini par voir fondre nos effectifs. Les bleus et les anciens se sont comptés : un sur trois avait survécu avec ses quatre membres. Et, comme si nous n'avions pas eu notre content, nous avons reçu des bleus du deuxième contingent, venus de partout. Ensemble, nous avons brinquebalé en camion dans la boue de la Somme, en plein juillet.

— De la boue, en juillet ?

— De mémoire de Picard, on n'avait pas vu depuis un siècle un été aussi pluvieux. Nous avons servi sous Fayolle. C'est lui qui a dû nous réclamer. Les Barbot ! Vous pensez s'il s'en souvenait, des Barbot de Carency ! Encore un beau massacre organisé sur la Somme, du côté de Belloy-en-Santerre et de Barleux. Nous avons fait le coup de fusil jusqu'en novembre, en gardant le front de l'offensive perdue. Les bataillons, les compagnies, n'existaient plus, il fallait les refaire. Pendant toute l'année 17, ils nous ont promenés d'un bout à l'autre de la carte de guerre, de Villers-Cotterêts à Belfort. Pendant que les copains du Chemin des Dames se mutinaient pour cause de connerie des chefs – excusez-moi, mon commandant – nous autres, nous instruisions les nouvelles classes. Il faut dire que les anciens de 14 se comptaient sur les doigts, à la compagnie. Les bleus, de cinq ou six ans nos cadets, nous appelaient papa !

— Et vous les avez collés dans les tranchées.

— Pas pour longtemps. Nous avons valdingué durant toute cette année. On nous demandait de partout. Compte avec moi, mon officier : nous avons commencé sous la VIIIe pour passer, en mars, à la IVe du manchot. Quinze jours après, nous étions devant Noyon à la Ve, avant de retrouver la Picardie dans la IIIe du fou du Maroc. Nous sommes restés dans le secteur, que les anciens connaissaient bien, jusqu'en mai : attachés à la VIIe, puis à la Xe de Mangin, nous étions de la IXe quand le torchon brûlait en Champagne, puis à la VIe, à la Ve, et de nouveau à la IXe pour la seconde bataille de la Marne. Retour à la Ve de Berthelot quand la IXe a été dissoute, et nous voilà dans la VIe reconstituée de Boissoudy, débarqués en camion pour aller plus vite au secours des Belges.

— Vous êtes vraiment les pompiers du front, conclut Lachaume. Si mon compte est bon, vous avez connu douze commandements, épuisé douze généraux d'armée, autant de corps d'armée et de division, vous connaissez tous le gotha de ces messieurs, y compris celui des limogés. Vous pouvez leur donner des notes ou des blâmes.

— Si tu veux, admet Fernand Gattaz, philosophe savoyard assez indifférent au pedigree des généraux – pour lui, un seul compte : Barbot le légendaire, mort au combat. Cette fois, ajoute-t-il pour en finir avec les avatars de sa division, nous encadrons les bleuets de la dernière couvée. Et nos chasseurs vont marcher avec tes chars, citoyen commandant.

— Puissiez-vous finir la guerre avec nous, c'est toute

la grâce que je vous souhaite, répond Michel, que le tutoiement familier du vieux sergent ne choque pas. Son plus cher ami dans l'armée n'est-il pas un simple caporal, Jules Laffère ?

* * *
*

Pendant que les chefs de gouvernement alliés font leurs représentations courroucées à Wilson, l'offensive se poursuit dans le secteur très dur de l'Argonne, où la jonction n'est toujours pas faite entre l'armée américaine de Pershing et le 38ᵉ corps du général Piarron de Mondésir, dans le défilé de Grandpré. Et Jules Laffère enchaîne les coups de main tordus sur les rives de l'Aisne, en se rapprochant d'Olizy, dont son régiment doit se rendre maître.

Jamais les bleus ne sont tombés plus vite, au régiment de Coulommiers. Jules se dit que les gendarmes ne doivent pas chômer dans la ville, pour avertir les veuves. Pas d'hécatombes massives, mais des engagements meurtriers chaque jour, au hasard d'un poste de mitrailleuses découvert derrière un repli de terrain, d'un tir inattendu de *Minen* dans un village truqué que l'on croyait abandonné. De longues heures de calme habituent les soldats à penser que l'ennemi s'est retiré, et soudain le vol d'un coucou d'observation prélude à un bombardement serré, impitoyable, qui laisse allongées sur les champs des dizaines de capotes bleu horizon.

— Qu'elle était belle, racontent les anciens, la guerre des tranchées ! Les puces, les rats et les mouches étaient certes des compagnons incommodes, mais on en venait à connaître les Fritz de l'autre bord, pendant les périodes où il fallait éviter de sortir pour ne pas se faire tuer. Tous les trois ou quatre jours, repos vers l'arrière. Trois ou quatre jours encore, repos dans un lieu plus éloigné, à l'abri du canon, et ainsi tournait la vie quotidienne, entre les copains qui mouraient par inadvertance ou dans les missions particulières, et toujours à l'abri de la tranchée.

« Les soldats de l'escouade n'ont plus la protection de la terre », songe Jules. Pas le temps de creuser. Toujours en cavale, à la merci de n'importe quel pet. Des caches à improviser sur le champ de bataille, au hasard des obstacles servant de boucliers – un rocher, un roncier, une faille, un repli, un méplat. Ouvrir l'œil et guetter le bon coin, celui où les balles ricochent sans tuer. Chasseur chassé sans trêve, que la mort guette à chaque obstacle. Dans le tronc creux du saule d'âge canonique ; derrière les fûts martyrisés, rougissants, des blancs bouleaux éclatés par les balles ; dans le pré aux colchiques où paissent encore les vaches, les pis gros à éclater.

Le caporal enseigne que la nature renferme une série de pièges, qu'elle est truquée jusqu'au moindre fourré. Il apprend aux bleus à bondir, à courir en zigzaguant, à creuser en toute hâte un trou pour s'y enfouir, en attendant mieux. À ne pas négliger les tuyaux des eaux usées, les piles des ponts à ânes, les racines béantes des arbres couchés. D'un coup d'œil, apprécier les ressources du terrain, bondir pour les utiliser aussitôt. Apprendre à ruser avec la mort.

À cette gymnastique du combat, tous ne sont pas

rodés. Jules se garde de leur imposer son rythme. Il préfère un Philippon en retard à un Philippon mort. Il redoute les extravagances de Iouri l'Ukrainien, avançant torse nu dans les prés, à découvert, comme pour braver les fusiliers adverses. Il le sait capable de bondir à grandes enjambées, sautant dans tous les sens, pour étrangler l'adversaire de ses mains. Nul autre que lui ne repère plus sûrement les tireurs postés dans les arbres, les plus dangereux. Il les attaque par-derrière, lance son lasso sur la branche où ils se tiennent et l'agite avec frénésie. Déséquilibré, l'homme en vert-de-gris tombe comme un sac de noix. Gilbert Tavel, pour sa part, a tôt fait de bondir dans les arbres creux pour commander un tir de 75 avancé sur un réduit organisé.

Les coups de main ont rodé les *Francs,* mais aussi bien ceux de la ligne, vite accoutumés à se battre au plus juste. Il ne viendrait plus à l'esprit du sergent Brinbuisson, naguère très à cheval sur le règlement de l'infanterie en campagne, de commander des feux de files ou des avances en rang serré. La baïonnette ne se manie plus que comme un poignard, quand on est au contact et que les sacs de grenades sont vides. Chacun sait ce qu'il doit faire quand les nuages blancs annoncent un cadrage de l'artillerie ennemi : disparaître instantanément sous terre, s'égailler pour offrir moins de prise. Le régiment de Coulommiers est entraîné à la guerre, ce qui ne l'empêche pas de perdre beaucoup des siens, car, à trop ruser, on découvre souvent trop tard que l'ennemi a aussi ses ruses.

Dans cette guerre éclatée, l'escouade, la section, sont les unités opérationnelles de base. Aussi bien Badoche et Poindron ne peuvent-ils diriger le combat depuis un PC éloigné. Ils doivent être au contact, avoir leurs hommes en vue, les garder dans leurs jumelles, sous peine de les perdre à jamais. La hiérarchie subsiste, et des ordres souvent incongrus sont donnés par ceux qui ne voient rien dans leurs optiques. Mais le vrai combat se dessine, s'ordonne et se gagne au ras des colchiques, au cœur des fougères, dans les grands bois d'Argonne et sur les hauts plateaux piégés.

Ainsi, le corps franc ouvre la route au régiment, en s'agrippant aux rebords de l'Aisne et en tâchant de s'y maintenir, contre la guérilla organisée des groupes ennemis qui reculent pour revenir plus forts, toujours soutenus par les mitrailleurs et les lanceurs de mines. La résistance allemande ne faiblit pas, elle se dilue, devient encore plus dangereuse, car imprévisible. Jamais la guerre, dont on annonce la fin prochaine, n'a été plus meurtrière.

Le corps franc est sur le point de franchir l'Aisne à l'est de Brécy avant l'attaque d'Olizy, quand le colonel Badoche demande à Jules Laffère de se mettre sans délai à la disposition du général Piarron de Mondésir pour une opération très spéciale : devancer les Américains à la station ferroviaire de Grandpré, et, surtout, s'emparer de l'observatoire des Six-Chemins, dans la forêt d'Argonne, tenu par les troupes d'élite allemandes.

Jules se prépare donc à rejoindre le PC du général de corps d'armée afin d'y prendre directement ses ordres.

*   *
*

Surprise du caporal Laffère : dans le chaos de l'Argonne en guerre, Piarron de Mondésir s'est découvert une sorte d'oasis de confort et de tranquillité. Le camp de Saalbourg (que les poilus appellent Sale Bougre), magnifiquement installé par les Allemands au cœur du bois d'Autry, lui offre un asile confortable, il est vrai déménagé par l'ennemi, de sorte que le général et son état-major doivent se contenter d'ensembles grossiers en bois blanc empruntés au génie, et de dormir sur des lits sanitaires.

Piarron reçoit Jules dans le théâtre intact, construit par des architectes munichois talentueux, et lui explique les grands traits de sa mission. Départ immédiat. Assurance de citation en cas de réussite. Jules salue sans rien ajouter et prépare aussitôt l'action.

D'abord, traverser l'Aisne avant que les pontonniers n'aient rétabli les passages pour la troupe. Le travail accompli de nuit, avec une méthode remarquable, laisse les hommes de l'escouade pantois. Le franchissement des rivières n'a plus de secrets pour ceux du 38e corps. On assure même que Jules se fait toujours suivre de charrettes transportant des barques.

Chacun des pontonniers a sa tâche précise : l'un porte des poteaux télégraphiques abattus, l'autre, des poutres, le troisième, des sacs Haber à jeter dans la rivière, dont le petit bras mesure huit mètres, et le grand bras, trente. Des équipages légers relient les Haber, formant un passage à la file des hommes qui vont défendre la tête de pont. D'autres assurent la traversée des camions et des canons sur des barques, puis sur des ponts de pilots légers. Quatre bataillons doivent franchir l'Aisne avec armes et bagages avant que l'ennemi ne réagisse. En aucun cas le génie ne doit chercher, même de nuit, à réparer les ponts endommagés, qui sont plus jalousement surveillés par l'ennemi.

Jules commande à ses hommes d'effectuer la traversée les premiers, en barque. Ils se glissent silencieusement dans la nuit et accostent sur l'autre rive sans provoquer un seul tir de mitrailleuse. Ils savent qu'ils ont devant eux des troupes d'élite, parfaitement insensibles à la démoralisation de l'armée allemande. Le bataillon qui garde la rive est un ancien *Sturmabteilung* très connu pour être rompu à toutes les formes de combat.

Jules et les siens lancent l'attaque dans le brouillard de l'aube, par-derrière, surprennent et égorgent les sentinelles, font sauter un dépôt d'armes dont l'incendie illumine brusquement les rives, bientôt noyées dans une fumée noire opaque. Pendant que les secours s'organisent, les *Francs* grimpent la pente menant à la station de chemin de fer.

Cette fois, l'Ukrainien sort de son sac une forte charge d'explosifs qu'il fait sauter pendant qu'Aucouturier arrose au Chauchat les troupes cernant la gare. Raoul d'Ozoir fait prisonnier le *Hauptmann* et le sous-chef de la station, qu'il entraîne dans les bois. La charge saute. Les premières flammes embrasent les ateliers et l'incendie se propage vers les hangars réceptionnant les caisses de munitions et les marchandises. Un feu d'artifice alertant toute la région.

Les *Francs* sont déjà loin. Ils gravissent les pentes des Six-Chemins dans la forêt d'Argonne, rencontrent au passage des patrouilles allemandes, mais peu de centres de résistance organisés. Les engagements à l'arme automatique se succèdent. Aucouturier, bien secondé par Raoul, accroche l'ennemi pendant que les coureurs escaladent les rochers, à la recherche de l'observatoire.

Ses abords sont gardés par une sorte de tranchée circulaire garnie de fusiliers en alerte. Chaque fois que le casque d'un Français rampant apparaît, une balle tinte sur son acier. Jules explique à Garnier le forestier qu'il faut imaginer une ruse pour franchir le barrage de feu des mitrailleuses à tir croisé.

Garnier fait un signe, il a trouvé une piste. Il faut redescendre à mi-pente. Le tube d'un *Minenwerfer* dépasse d'un rocher, prêt à faire feu de l'autre côté. Ramper sans bruit et grenader les occupants de l'abri n'est qu'un jeu. Aussitôt, Garnier fait signe à l'indolent Philippon de l'aider à dégager l'engin, qui pèse lourd. Heureusement, Léon Bourdillat découvre, caché dans les fougères, l'affût à deux roues.

Le lance-mines est remonté à dos d'homme de cent mètres sur la pente, et mis en batterie par Aucouturier et Carpentier. Les patates arrosent dru la tranchée circulaire, projetant des gerbes de caillasse dans les branches basses des sapins. Jules et Iouri partent à l'assaut, grenadent les survivants, passent en force vers le sommet, où deux officiers d'observation, les voyant surgir comme des forcenés, lèvent les mains en l'air, excédés.

Qui sont ces sauvages qui viennent les déranger dans leur minutieuse observation des rives où les Français ont réussi à jeter des ponts de singes ? Ils n'ont pas eu le temps de téléphoner à l'artillerie. Raoul a fait sauter l'installation. L'observatoire des Six-Chemins est entre les mains des Français qui hissent aussitôt le drapeau et font partir une fusée rouge. Mission accomplie, mon général !

* *
*

Tavel apprend par radio du capitaine Poindron que le régiment s'est rendu maître de la ferme Joyeuse, au cours d'un assaut qui a permis à la section du sergent Brinbuisson de donner sa mesure. Le colonel Badoche avait tenu à participer à l'assaut. Il en est mort glorieusement, en bon maixentais, et Poindron dirige de nouveau le 76e régiment de Coulommiers à titre provisoire, en attendant la nomination d'un quatrième colonel. Il a vaillamment donné l'assaut, avec les deux autres régiments de la division, à la forte position du Frankfortenberg et de Vaux-le-Mouron.

Poindron félicite Jules et les gars du corps franc pour leur exploit :

— Vous occupez l'observatoire du général Dumouriez avant la bataille de Valmy. Vous êtes les sentinelles de la France !

Un style aussi emphatique, inhabituel chez le capitaine, étonne Jules. Poindron a-t-il mangé du lion ? Se prend-il vraiment pour un guerrier, pour avoir emporté sans trop de casse quelques positions dans l'Argonne inhospitalière ?

La bataille est aussi dure, affirment les anciens, que la reconquête des positions allemandes du champ de bataille de Verdun à l'automne de 1916, quand l'ennemi en retraite s'accrochait au moindre ouvrage. Tavel fait savoir que le régiment campe sur les rives de l'Aisne, au bord de la voie ferrée de Challerange à Grandpré, et qu'il attend les ordres de Piarron de Mondésir pour escalader les vallons au nord de la rivière.

Jules et les siens soufflent et se restaurent en ouvrant les boîtes de conserve accumulées à l'observatoire. Depuis leur bulletin de victoire expédié au quartier général, ils n'ont reçu qu'un seul message de retour : « Bravo les *Francs* ! » Rien d'autre. Va-t-on les laisser pourrir sur la branche, sans renforts, sans mission nouvelle ? Philippon est le seul à ne pas se plaindre. Il a déployé une couverture sur un lit de mousse et dort du sommeil de l'ange.

Alerte ! Des bruits de pas sur les cailloux du sentier.

Garnier se précipite, reconnaît l'ennemi, revient en souriant.

— Deux officiers américains !

Ils viennent tranquillement prendre possession de l'observatoire, situé dans leur zone.

— *Captain* Ellsworth, se présente le plus gradé, du 306e régiment des États-Unis. *Congratulations, young men* [1]*!*

Des fusiliers en armes et uniformes kaki grimpent la pente, entourent la position, recueillent les mitrailleuses allemandes abandonnées.

— Sommes envahis par les Américains ! lance Tavel à Poindron.

— Normal, vous êtes dans leur zone. Gagnez du temps, je vais alerter le général.

Piarron de Mondésir est absent de son QG. Le chef d'état-major confirme que les Français doivent évacuer l'observatoire, même s'ils l'ont conquis. Des accords ont été conclus entre Gouraud et Pershing, il convient de les respecter.

---

1. Félicitations, jeune gens !

Des radios américains entrent en contact avec les batteries avoisinantes et communiquent les observations des officiers qui se sont emparés de jumelles allemandes, plus performantes.

Le travail commence. Les Américains, à l'évidence, veulent rattraper leur retard, franchir l'Aisne en masse et débloquer la position de Talmas, où ils sont arrêtés depuis plusieurs jours, pour atteindre enfin Buzancy, leur objectif. Ainsi en auront-ils fini avec le cauchemar de l'Argonne.

Les soldats occupant la butte des Six-Chemins sont des Noirs. Jules demande à quelle division ils appartiennent.

— La 92e, répond un lieutenant épuisé par l'effort, les vêtements en loques.

— Avez-vous connu Jeff Lewis ? l'interroge Jules à tout hasard.

— *Yes, I did ! He was my dear friend* [1], répond l'officier de sa voix de basse. *I am James Reese Europe.*

Il apprend à Jules qu'il est le seul survivant du groupe des musiciens. Partis au ciel ! Et Dixy le banjo, Eddy la clarinette et le sergent saxo ! Tous ensevelis dans la boue de l'Argonne, avec Jeff le bon géant, dont la voix faisait vibrer les voûtes des églises et des caves de Saint-Germain-des-Prés. Il est seul, le *lieutenant* Europe, et désespéré. Il rentrera seul dans le Bronx, et tout le monde demandera des nouvelles de Dixy, de Jeff et d'Eddy. Que leur dira-t-il, aux femmes du Bronx ? Qu'ils sont morts pour la *liberty*. Quelle liberté ? Celle de mourir de faim

---

1. Oh, oui, c'était un ami très proche !

dans les vapeurs des soupiraux et dans le bruit d'enfer du métro ? Il leur dira, Europe : *Dead for freedom in France*[1]. Il chantera leur gloire dans le ciel, avec les jeunes. Ils chanteront ensemble, d'une seule voix, dans la paroisse de Brooklyn, et, de là-haut, ils leur répondront, c'est sûr. De si braves gens ne peuvent disparaître.

L'escouade descend piteusement des Six-Chemins, abandonnant la position conquise au prix de tant de risques. Les hommes restent silencieux, déçus. On leur a demandé un exploit, et personne ne leur en sait gré. Les Américains vont s'en flatter, Pershing rédigera un communiqué de presse. Les chefs leur ont demandé d'arriver à tout prix les premiers, et voilà qu'ils donnent l'ordre de rétrograder, de laisser la place, de saluer les remplaçants arrivés en retard.

Jules, encore remué par les larmes de James Reese Europe, décide d'en avoir le cœur net. Il ne sera pas dit qu'on peut risquer pour rien la peau des siens. Il retourne au pas redoublé dans le camp de Piarron de Mondésir. Le chef d'état-major explique posément que le général est parti pour attendre le président du Conseil dans la gare de Sainte-Menehould.

Jules n'hésite pas. Il fait un signe à l'Ukrainien qui bondit dans le parc automobile de l'immense espace. Une Renault abandonnée fait son affaire. Son chauffeur n'est pas loin, le moteur tourne encore. Il se glisse sur le siège, passe la vitesse. Jules saute en marche. Ils franchissent en trombe le poste et débouchent une heure plus tard, brûlant les étapes, en gare de Sainte-Menehould.

Le comité d'accueil est à peine en place, la section

---

[1]. Morts en France pour la liberté.

de service s'apprête à présenter les armes. Jules avise Piarron de Mondésir, ses gants blancs à la main, et veut forcer le barrage, lui parler à toute force. Un capitaine d'état-major réussit à dompter le forcené. Le général a vu la scène, s'étonne, s'informe : on lui apprend que ces hommes en colère viennent de s'emparer avant les Américains des Six-Chemins. Ils sont furieux d'avoir dû céder la place. Ils en ont gros sur le cœur.

La clique ouvre le ban. Jules rentre dans le rang. Le Tigre en personne apparaît sur le seuil de la gare, son vieux bonnet carré sur le crâne, la démarche lourde et la canne en main, mais le regard vif. Mordacq l'accompagne, ainsi qu'un ministre tout de noir vêtu.

— Monsieur le président, annonce Piarron de Mondésir entre deux ronds de jambe, nous avons devancé les Américains au carrefour de Dumouriez et à la station de Grandpré.

— C'est bien ! C'est bien ! répond le Tigre. Vous les avez battus dans la course au Pôle !

— Que veut-il dire ? demande Jules au capitaine qui le retient toujours à distance.

— Il veut dire qu'entre les Américains et nous, les relations sont aussi glacées qu'au pôle Nord. Et il n'a pas l'air de s'en attrister.

Jules rejoint les siens sans même tenter de parler au général Piarron de Mondésir, qui a fini de faire sa cour. Il regagne la voiture et Iouri embraye aussitôt.

— On pourrait dire, si nous n'étions pas en guerre avec les Boches, lance Jules, que nous avons travaillé pour le roi de Prusse !

Les canaux de Bruges

Le commandant Dupuy s'inquiète : non seulement la maladie gagne du terrain chez les Belges, mais ses tankistes eux-mêmes sont touchés, leur carapace d'acier ne les protège pas des miasmes. Deux d'entre eux ont dû être évacués, plusieurs autres présentent les premiers symptômes, comme s'il s'agissait d'une grippe ordinaire. Les hommes évitent de se serrer la main, se parlent à distance, et l'intérieur des chars exhale une forte odeur de camphre. On y entre comme dans une ambulance.

Vrin et Maraval, les honnêtes conducteurs de camion Knox, achèvent de miner le moral des tankistes en leur donnant des nouvelles alarmantes de la capitale.

— Il y a plus de monde au Père-Lachaise qu'aux Folies-Bergère, assure Maraval. On y voit danser les macchabées. Il paraît qu'on les enterre de nuit, c'est plus discret.

Martial Vrin lui adresse un regard lourd de reproche. Ne lui a-t-il pas répété cent fois que sa propre grand-mère se meurt dans son pavillon de Bourg-la-Reine ? Peut-on parler en termes aussi légers d'une si redoutable épidémie ? Le vendeur du Bazar de l'Hôtel de Ville est choqué. Il vient de recevoir des nouvelles de l'établissement : une douzaine au moins de ses collègues ont passé l'arme à gauche, dans des crises d'une violence inouïe. Les clients se sont plaints car les vendeuses toussent à perdre l'âme et contaminent le vaste hall. Il faut fermer, a décidé la direction.

Maraval en dit bien plus : trois cents personnes meurent tous les jours dans la capitale, il le tient d'un étudiant promu médecin militaire de campagne.

— Mado la fleuriste de Montparnasse, qui a pour moi des faiblesses, me raconte qu'elle travaille la nuit avec des filles payées à la pièce pour confectionner des couronnes. À mon dernier passage dans Paname, j'ai acheté *Le Matin*. Ils annonçaient six cent seize morts dans la semaine, en donnant les noms, les âges, la profession.

C'est vrai. Et les deux camionneurs ne disent pas tout ! On ne trouve plus un tube d'aspirine dans les pharmacies, la quinine est réservée aux hôpitaux. Plus de rhum, et, partant, plus de grogs, malgré les stocks prévus par la municipalité. On ferme les théâtres, car la troupe est décimée. Un décès a secoué les Parisiens, celui d'Edmond Rostand, l'auteur de *Cyrano de Bergerac*. Une partie du cœur de la capitale est partie avec lui. Son panache ne l'a pas plus sauvé que Cyrano mourant au pied de Roxane. Beaucoup pensent que l'épidémie est une resucée de la peste, et qu'on ne veut pas le dire aux gens. Bobard absurde : l'Institut Pasteur sait soigner la peste et la rage, pas la grippe espagnole !

— Le plus triste, renchérit Vrin, c'est que les blessés

convalescents des hôpitaux parisiens meurent de la grippe alors qu'ils viennent d'échapper aux mitrailleuses.

Son père a assisté à l'enterrement d'un poète en l'église de Saint-Germain-des-Prés. Les célébrités étaient nombreuses à son cortège. Il avait été blessé gravement à la tête et s'en était remis. Ce Guillaume Apollinaire s'est éteint dans son lit, d'étouffement. La grippe a fait beaucoup plus de morts dans la capitale que les Gotha et la Grosse Bertha.

Ni Vrin ni Maraval ne se doutent qu'en province elle est si menaçante qu'on n'y trouve plus la moindre sécurité, et que les Parisiens émigrés reviennent, car la peur est plus forte encore à Lyon ou à Avignon, quand passent la nuit dans les rues, sans tambour ni trompette, les convois des défunts.

On enterre si abondamment dans la bonne ville de Dijon que Renée, qui doit de toute façon rentrer au début d'octobre pour reprendre ses classes au lycée, a suivi *presto* sa mère à Paris, où le père, directeur de la voirie, les oblige à porter un masque de gaze imbibé de camphre chaque fois qu'elles sortent. Par crainte du ridicule, Renée le met dans sa poche dès qu'elle a tourné le coin de la rue. De quoi aurait-elle l'air, en retrouvant le jeudi son vibrant génie, Jérôme Lavigne, avec ce tampon sur le visage ?

Maraval, dont la gouaille de camionneur de banlieue est décidément intarissable, explique à Michel Dupuy que Bagnolet n'est pas à l'abri du vent mauvais, que la banlieue aussi est touchée. Le commandant, qui pense à sa mère et à sa tante, isolées dans leurs pavillons de Juvisy-sur-Orge, écrit aussitôt deux courtes lettres qu'il confie à Vrin, l'une pour ses parents, l'autre pour Mary, à qui il recommande fermement de ne jamais sortir sans une gaze sur le visage.

Son épouse est en contact avec des malades, peut-être, dans les états-majors de l'armée, elle doit se protéger. Il ignore que la mère de Mary la bombarde de lettres lui prodiguant les mêmes conseils dont la jeune femme se soucie peu, car elle n'a encore vu nulle Parisienne marcher dans la rue avec un masque. Michel ignore surtout que Mary, rentrée pour un temps à Paris après une mission dans une division américaine sur le front de Picardie, s'est fait détacher en Lorraine à l'état-major de Pershing, toujours dans l'espoir de le revoir, en tout cas d'avoir de ses nouvelles.

Vrin et Maraval reviendront. Il est prévu qu'ils livrent des engins Schneider à chenilles bourrés de bidons d'essence de vingt litres et de caisses de munitions pour ravitailler les tanks en campagne. Un deuxième bataillon de chars est en route pour rallier celui du commandant Dupuy. Le général de Boissoudy les a obtenus du GQG afin de renforcer la puissance de l'attaque et décourager l'adversaire. Ces nouveaux tanks sont tous équipés de canons.

Le général de Boissoudy est singulièrement actif. Michel constate qu'il est déjà à pied d'œuvre, alors qu'il vient tout juste d'être nommé, directement par Foch, le 16 octobre, à vingt et une heures quarante-cinq très précisément. Il parcourt les lignes à cheval, visitant en priorité les secteurs belges, dont dépend le succès de l'offensive. S'ils ne sont pas en mesure d'y participer, le plan est dans le lac.

Michel Dupuy attend le général avec impatience à son état-major de campagne bruissant d'activité, expédiant des courriers à cheval en tous sens. Aucun des officiers présents ne lui fait de confidence. On devine que Boissoudy est un maniaque du secret militaire. Il sait que les territoires où opère l'armée ont été récemment évacués par les Allemands, et que de nombreux espions ont pu rester à l'arrière, prêts à délivrer, de nuit, des renseignements. Le général, muet comme une carpe, même avec ses proches, suit à la lettre les recommandations réitérées de Pétain sur le secret.

De retour à son PC après sa tournée dans les rangs des bataillons belges, il accueille le commandant Dupuy d'un large sourire. Cet homme aime les chars et compte sur leur effet de surprise. Il avise son chef d'état-major et lui demande de prendre des dispositions pour que la 12ᵉ division française se mette immédiatement en mouvement. Elle prendra la relève du groupement Biebuyck. Le chef d'état-major de l'armée belge a décidé de relever ce corps d'armée pour cause de maladie. L'épidémie a décimé les compagnies et découragé les plus vaillants. Il faut réagir au plus vite si l'on veut tenir les délais de départ d'offensive.

— Quand partons-nous, mon général ? ne peut s'empêcher de demander Dupuy.

— Rentrez à votre PC. Je vous le ferai savoir. C'est l'affaire de quelques jours.

* *
*

Mary arrive au quartier général de Pershing au moment où l'opération de Saint-Mihiel est achevée, alors que les chars sont partis pour une destination inconnue. Elle obtient d'être versée au secrétariat de Patton, qu'elle doit suivre en campagne. Il est seul responsable des blindés américains, qui partent en groupes vers l'est du massif de l'Argonne. Aucune trace de chars français dans leurs unités. Ils ont déjà tous rejoint les armées de l'Ouest, et même du Nord-Ouest, pour précéder les offensives sans fin décrétées récemment par le maréchal Foch. Mary, très désappointée, songe aussitôt qu'elle ne s'éternisera pas ici.

Elle apprend, vers le 15 octobre, que deux divisions américaines d'infanterie doivent être transportées par chemin de fer vers le nord de la France. Pershing a fait cette concession à la demande expresse de Foch. L'une d'elles, la 37e, est issue de la National Guard de l'Ohio et de l'ouest de la Virginie. Elle n'est arrivée en France que depuis l'été, et Pershing l'a volontiers abandonnée au roi des Belges. Son général est un ami du père de Mary.

La jeune femme se met en tête de trouver Patton, toujours par monts et par vaux dans sa voiture blindée. Elle lui demandera l'autorisation de quitter son service, de se dégager ainsi de toute obligation au PC des blindés, pour être affectée à l'une des divisions d'infanterie américaines du Nord, où, grâce à divers renseignements collectés çà et là, elle croit pouvoir retrouver Michel Dupuy. Elle téléphone à son *daddy* pour le supplier de soutenir sa demande. Le général Paxton est franchement contre cette mutation improvisée après quelques jours de service. Il ne reconnaît plus sa fille, et lui parle avec colère :

— Tu es un lieutenant volontaire de l'armée américaine ! Tu l'as voulu ! Tu dois accepter les postes qui te sont offerts. Tu n'es pas à l'armée pour suivre – ou poursuivre – ton mari, mais pour servir. Je dirai à Patton que je suis opposé à cette mutation !

Jamais *daddy* ne lui a rien refusé. Pourtant, il préférerait que sa fille chérie travaillât aux *headquarters* de la logistique à Paris, plutôt que de sillonner le front, au hasard des PC de campagne. C'est faire bon marché de l'angoisse de la jeune Américaine, qui veut encourir les mêmes dangers que son mari et son frère. Pourquoi la tiendrait-on recluse dans une niche bureaucratique alors que les êtres qui lui sont chers sont si exposés ? Est-ce ainsi que l'on conçoit la présence des femmes dans l'armée ?

Mary, au bord de la crise de nerfs, persiste à chercher Patton pour lui parler en personne, les yeux dans les yeux. L'homme passe pour une brute au cœur tendre. Elle saura bien l'amadouer.

Depuis qu'elle travaille avec le général des chars, elle réfléchit qu'elle l'a en fait très peu vu. Ses officiers d'état-major s'en inquiètent : il rejoint constamment ses unités, pour diriger les manœuvres en personne, comme un général de cavalerie dans les armées d'antan. Il n'est certes pas facile de rencontrer George Patton. Même de nuit, il veut suivre à la trace ses tanks prenant leurs positions d'attaque pour le lendemain. Son PC de campagne est installé dans un endroit introuvable et impossible d'accès : une grotte ouverte sur une déchirure de roche. Il n'y fait un saut que par intermittences.

Elle décide de l'attendre. Il appelle souvent au téléphone, pour demander des nouvelles de tel élément perdu, tel renfort en marche, tel général d'infanterie empêtré dans la boue de l'Argonne. Mary n'ose intervenir. Si elle obtenait du *captain* de service d'avoir le général au bout du fil, elle serait très mal reçue, grossièrement peut-être. Elle se renfrogne et patiente, bien résolue à aller jusqu'au bout, quoi qu'il lui en coûte. Elle a attendu quatre heures, assise sur une cantine en fer, quand le général paraît enfin.

— Que faites-vous ici ? Comptez-vous établir un rapport de nuit ? Nous verrons cela demain. Je n'aime pas le zèle inutile. Allez vous coucher !

Il s'empare d'une feuille dactylographiée, posée en évidence sur la planche à tréteaux qui lui sert de bureau. C'est la demande de mutation rédigée par Mary.

Contrairement à sa réputation d'irritabilité, Patton garde tout son calme. Il ôte son casque, remet de l'ordre dans ses cheveux, se défait de sa ceinture où deux pistolets à crosse de nacre sont accrochés à la diable, serre à s'étrangler son nœud de cravate, se verse un quart de bourbon qu'il avale d'un trait et s'adresse enfin à la jeune fille :

— C'est la troisième fois en moins de deux mois, Miss, que vous réclamez votre mutation. Vous avez voulu le baroud, vous y êtes, à l'état-major des chars de l'armée américaine. Un poste enviable pour un lieutenant arrivé par le rang.

Les yeux de Mary ne cillent pas sous les remarques acerbes. Va-t-il la traiter de fille à papa ? Elle attend la fin de la semonce en songeant que Patton dissimule sa rage. Il n'est pas le genre d'homme que l'on plaque au combat sans crier gare. Quand on a la chance de servir sous ses ordres, on ne déserte pas, c'est inconcevable. Mary aurait dû réfléchir.

Mais Mary l'impulsive ne réfléchit jamais, quand il s'agit de rejoindre son grand Français inconscient de tous les dangers. Patton l'a-t-il deviné ? Il ne faut pas être fin psychologue pour comprendre ce qui la pousse :

— Un lieutenant de l'armée américaine se doit à son service, lance-t-il. Si vous n'êtes pas contente, rentrez à Paris, personne ne vous retient. Vous êtes ici sur votre demande. Partez, je vous l'ordonne. Vous n'avez rien à faire sous l'uniforme. Votre mère poursuit-elle, en France, le général Paxton ? Elle œuvre pour nos blessés, au pays, c'est son rôle. Vous devriez être à ses côtés.

— Pour attendre le retour des héros ? Merci bien ! tranche Mary d'une voix sèche. Vous vous trompez de génération, général. C'est sur le champ de bataille que les filles de mon âge vont chercher les blessés en ambulance, dans votre abri qu'elles font la guerre. Elles regrettent qu'on ne leur confie pas un tank, ou un chasseur Spad. Je puis piloter aussi bien que mon frère, conduire un Renault comme mon mari. Si je veux le rejoindre, c'est pour partager ses risques, pour être la première à le relever s'il tombe. C'est ainsi que les filles de mon âge conçoivent l'amour. Avez-vous une fille, général ? Seriez-vous heureux qu'elle se vernisse les ongles dans un bureau en attendant, telle une chaisière au temple, la fin des combats ?

Patton comprend qu'il n'aura pas le dernier mot avec

cette Bostonienne si sûre d'elle, à moins de se laisser aller à des paroles indignes.

— Je signe sur-le-champ votre mutation pour Paris, dit-il. Ils vous affecteront où ils voudront, peu m'importe ! Mais je vous recommande de ne plus jamais remettre les pieds dans mon secteur. À mes yeux, vous n'êtes ni plus ni moins qu'un déserteur pistonné ! Je n'aurais jamais dû vous accepter !

* *
*

Il faut croire que Patton, ou d'autres, ont fait le siège du général commandant la 37e division de l'Illinois, car il est impossible à Mary d'y trouver une affectation. Elle ronge son frein au quartier général parisien, au bureau des statistiques, songe à démissionner pour retrouver sa liberté d'action. Mais elle sait parfaitement qu'une femme en civil ne peut pénétrer dans la zone des armées.

Ce qu'elle apprend dans la capitale modère vite son ardent désir de retrouver le front. On ne parle même plus à mots couverts des pourparlers de paix dans les milieux militaires américains. On attend incessamment l'accord du président Wilson et des Allemands, comme si les alliés de Londres et de Paris n'avaient pas leur mot à dire.

— Il ne manquerait plus que cela ! Si nous retirons notre fret, si la flotte ne ravitaille plus les ports français, je me demande comment les Parisiens, qui parlent si haut contre Wilson, mangeront et se chaufferont cet hiver, dit un sous-officier de l'intendance pour justifier l'engagement solitaire de son président.

— Voyez les syndicats ! lance Billy, le chef magasinier. Leurs banderoles accrochées dans les rues ou sur les façades des mairies proclament : « Wilson, la paix ! », ou encore : « À bas la guerre, vive Wilson ! ». Si Wilson fait la paix immédiate, qui s'en plaindra en France ?

— Si nous retirons nos deux millions de *boys*, ajoute un manutentionnaire obèse, comment les Français tiendront-ils, même avec les *British* ?

— Comme ils ont tenu jusque-là, coupe Mary, en donnant leur vie pour la liberté de leur pays. Comment osez-vous tenir des propos aussi indignes, vous, des Américains ?

Le *captain* Jim Hornet, qui a finalement consenti à employer la jeune femme à son bureau des statistiques, croit de son devoir d'apporter des informations utiles :

— Il ne faut pas surestimer les effets de notre engagement, précise-t-il, en comptable attentif. Foch a cantonné nos troupes dans l'Argonne, où la progression est la plus difficile. Il peut ainsi plus aisément convaincre Pershing de prêter ses unités au coup par coup, selon ses besoins. Deux de nos divisions vont être ainsi placées sous le commandement d'un roi, ce qui est peu banal.

— Il s'agit du roi des Belges, je suppose ? dit Mary.

— Oui, et nous n'avons guère les moyens d'agir autrement, si nous voulons utiliser les Belges pour libérer la Belgique. Selon leur Constitution, ils ne peuvent obéir qu'à leur roi. Foch lui a imposé le général Degoutte comme chef d'état-major, mais il commande nominalement tout le groupe des armées alliées des Flandres.

Nos braves *boys* de l'Illinois sont ainsi sous ses ordres !
Aux ordres d'un roi !

— Degoutte a sûrement besoin de traducteurs américains. C'est là que je voudrais servir, avance Mary.

— À quoi bon ! répond le *captain* Hornet, moins borné par ses statistiques qu'il n'en a l'air.

Jeune secrétaire de rédaction au Département d'État dans le civil, volontaire pour l'armée, un peu déçu par les tâches ingrates auxquelles on l'a relégué, il est frotté de questions de politique étrangère et ne déteste pas en faire étalage devant cette jolie femme :

— La guerre pourrait être finie, lui confie-t-il, avant que vous ne trouviez le quartier général de Degoutte. Il est très mobile en ce moment, pour dire vrai, à la limite du vagabondage dans la plaine de Flandres.

Mary apprécie peu le faux optimisme du jeune fonctionnaire détaché à l'armée. Il lui paraît sottement sûr de lui. Peut-être est-il impatient de rendre aux diplomates leur rôle exclusif dans les négociations.

— Le président a reçu aujourd'hui même, 20 octobre, la réponse du gouvernement allemand à sa note du 14, reprend-il. Tout se passe au-dessus de nos têtes, plus précisément dans les câbles sous-marins de l'Atlantique Nord, où se bousculent les messages intercontinentaux, d'où dépend finalement la paix.

— Connaissez-vous vraiment la teneur du message de ces messieurs les *Huns* ? coupe Mary, incrédule.

— Seulement par ouï-dire, grâce à mes contacts avec l'ambassade. Les Allemands protestent contre l'accusation d'avoir commis des actes « inégaux et inhumains ». Ils affirment qu'ils sont prêts à évacuer les territoires occupés, à condition qu'ils ne soient pas contraints à des conditions incompatibles avec l'honneur du peuple allemand. Le prince de Bade certifie qu'il a soumis au Reichstag une loi modifiant la Constitution du Reich, et donnant le pouvoir à son gouvernement pleinement responsable devant le Parlement. Ainsi l'auguste Kaiser ne peut-il décider seul de la guerre et de la paix. Il est politiquement mort. Il n'y a plus de pouvoir arbitraire. Rien ne s'oppose à une négociation immédiate.

— Avec Hindenburg et Ludendorff ! proteste Mary dans son bon sens. Rien ne dit qu'ils abandonnent la place. Ils tiennent le front d'un bout à l'autre. Il n'est percé nulle part. Je ne suis pas sûre que les chefs alliés n'envisagent pas autre chose que de camper tout l'hiver derrière l'Escaut et la Meuse, faute de pouvoir avancer. Mon vœu le plus cher, dans ces conditions, est de rejoindre le QG de ce général Degoutte, qui a placé les divisions américaines de renfort sous l'autorité du roi des Belges. Je vous en prie, *captain,* intercédez pour moi. Je vous assure que je rendrai plus de services comme traductrice sur ce front qu'ici, à commenter des statistiques.

— Puisque vous y tenez, répond le *captain,* prenez une voiture et filez en Belgique. Je vous signe moi-même un ordre de mission pour information sur l'état numérique des effectifs de nos deux malheureuses divisions kidnappées par Foch. Inutile de demander l'aval du général, il refuserait sans doute. Je prends tout « sous mon bonnet », comme disent les Français. Je comprends tout à fait que vous souhaitiez quitter Paris. L'atmosphère n'est pas bonne ici, et je ne parle pas seulement de la grippe espagnole. Ce sont les relations avec nos alliés qui sont grippées, et c'est de loin le plus grave !

*   *
*

Georges Clemenceau se réveille à l'aube, le lundi 21 octobre, dans son modeste logis de la rue Franklin où sa voiture vient le chercher chaque matin pour le conduire à son bureau de la rue Saint-Dominique. Il est de fort méchante humeur.

Le soldat Brabant est au volant, comme d'habitude : le président déteste les nouvelles têtes. À ses côtés, Mordacq. Quand la voiture s'engage devant le Trocadéro pour descendre vers la Seine, le Tigre se laisse aller aux confidences, sur un ton acerbe :

— Vous n'imaginez pas, dit-il, le culot de Poincaré. J'ai failli lui coller ma démission à la figure ! Il m'écrit pour me citer complaisamment un prétendu propos du ministre Leygues, qu'il reprend ainsi à son compte. Voyez la franchise ! Un armistice avec l'Allemagne « couperait les jarrets à nos troupes » ! Tel quel ! « Je n'admets pas, lui ai-je répondu, qu'après trois ans de gouvernement personnel qui a si bien réussi, vous vous permettiez de me conseiller de ne pas couper les jarrets à nos soldats. » Et je lui ai flanqué respectueusement ma démission.

Mordacq ne s'inquiète pas trop. Il connaît les foucades du patron. Clemenceau n'est-il pas en route pour son cabinet ? La démission a été naturellement refusée par Poincaré, qui l'a considérée comme « néfaste pour le pays ».

— Vous êtes bien conscient, Mordacq, que Poincaré, une fois de plus, veut se donner le beau rôle en se drapant dans une intransigeance qu'il lui sera facile d'étaler devant les parlementaires et les journalistes, quand l'heure des périls sera passée. Et pendant ce temps, je me débats seul avec un Bouddha qui prétend négocier sans nous avec les Boches. Certains évoquent le départ du Kaiser pour l'étranger. Qui peut l'affirmer avec certitude ? En vérité, Mordacq, ce n'est pas avec les Allemands qu'il faut négocier, mais bien avec nos bons amis américains, et croyez-moi, ils ont les moyens d'être intransigeants, bien plus que les Boches ! Ils tiennent Poincaré par la barbichette, et il est le dernier à s'en rendre compte.

Mordacq revient du front, où il a vu Gouraud, reçu ses confidences. Il ne peut s'empêcher de dire à Clemenceau que les poilus sont à bout de souffle. Les actions continuelles, presque quotidiennes, imposées par Foch au nom de sa doctrine des coups de poing successifs, les usent davantage que les grandes offensives de Joffre.

Rue Saint-Dominique, le président demande à Mordacq de lui lire les dépêches de la nuit, pour se tenir au courant de l'ensemble de la situation militaire : les Allemands évitent partout une rupture du front et s'attachent à sauver leur matériel lourd. L'artillerie à longue portée déménage la première, avec les stocks de munitions. Beaucoup de leurs généraux, dont les ressources deviennent insuffisantes, voudraient se replier franchement à l'abri de la ligne Anvers-Meuse, mais celle-ci est loin d'être prête.

— Le jeu de Foch, affirme Mordacq, est de les

y contraindre par une série de coups de boutoir. La IVe armée de von Arnim, me signale Boissoudy, a reculé sur la ligne de l'Escaut, où elle s'est retranchée, abandonnant la grande cité flamande de Roulers. Mais elle résiste encore devant cette ligne, sur la Lys et sur les canaux. Elle tient encore Tournai et Gand, ainsi que les plateaux boisés dominant les rivières. Toute avance rapide de nos troupes est impossible. Il faut monter une offensive interalliée de grand style pour les déloger.

— Les Belges sont-ils prêts à partir ?

— Un groupe seulement. La grippe espagnole les accable, sans oublier la fatigue d'une longue campagne.

— Et les Anglais ?

— Les Allemands sont partout retranchés en face de leurs quatre armées derrière leurs forteresses, les positions Hermann et Hunding. Leurs troupes tiennent solidement ce front avec discipline, depuis Laon jusqu'au défilé de Grandpré, au nord de l'Argonne, en dépit de nos assauts répétés.

— Ils sont toujours chez nous et se conduisent en occupants pressés de tout détruire avant de faire leurs bagages, déplore le Tigre, auquel son grand âge ne retire pas la lucidité – il connaît même de brefs instants de découragement.

— Ils semblent avoir ralenti les destructions, depuis la note impérative de Wilson, affirme Mordacq. Ils se contentent de saboter les centraux téléphoniques et de faire sauter les ponts. Ils ne font plus sauter les usines et cessent d'évacuer les machines-outils.

Le patron, resté silencieux, se demande si ces informations sont exactes. On lui a dit que les mines de charbon du Nord avaient été inondées, dans le bassin de Lens.

— Depuis le 10 octobre, les attaques commandées par Foch ont obtenu quelques résultats, le réconforte Mordacq. Haig est le plus heureux, grâce à ses tanks. Hier, il a pu réaliser une brèche assez large dans la position Hermann. Les Français bousculent les forteresses de la Hunding, dont les ouvrages sont construits en dur à partir de Douai. Les Américains ont enfin réussi, le 16 octobre, leur jonction avec les Français de Gouraud, à Grandpré.

— Ils y ont mis le temps.

— Personne n'ose leur envoyer des officiers d'état-major français pour améliorer leur logistique. Il ne faut pas les vexer, n'est-ce pas !

— Êtes-vous sûr qu'ils soient capables de s'adapter ? gouaille le Tigre. Ils s'y entendent fort bien pour semer la pagaille.

— Le 15 octobre, poursuit Mordacq, il semble que les Belges aient récupéré le port d'Ostende et la base de Zeebruge libérés par les Anglais.

Samedi dernier, Foch a pondu une nouvelle directive pour un deuxième bond en avant. Il en a informé le président du Conseil. Les Anglais, en attaquant Givet, dans les Ardennes, doivent permettre à la force interalliée des Flandres de forcer l'Escaut, mais rien n'est sûr. Les Américains ont prévenu qu'ils ne repartiraient pas avant le 28 octobre, ils ont besoin d'y voir clair dans leurs rangs.

— Que disent les responsables politiques alliés ? s'inquiète Mordacq.

— Sir Henry Wilson me laissait entendre, le 16 octobre, que les Boches pourraient se maintenir derrière l'Escaut pendant tout l'hiver. Le maréchal Douglas Haig pense que la résistance ennemie n'est pas entamée. Quant à Foch, il change d'avis comme de chemise : le 4 octobre, il disait aux Anglais qu'il espérait un désastre imminent ; le 7, il affirmait que le plus gros de l'effort serait à consentir à la fin de l'hiver. Il soutenait à Lloyd George hier encore, ou avant-hier peut-être, que l'armée allemande n'était pas encore battue.

— Nous connaissons la versatilité de Foch.

— Le véritable maître de la situation, conclut le Tigre, c'est Ludendorff. Les initiatives viennent de lui. Il reste en possession des atouts gagnants, en dépit des apparences. Rappelez-vous Clausewitz : la guerre se continue dans la paix ! Il applique le principe à la lettre. Il manœuvre le Kaiser et le prince de Bade. Il parle seul au nom de l'armée. Il force les civils du gouvernement allemand à négocier avec Wilson, et il réussit à éviter la retraite générale de ses soldats à bout de souffle. Le Kaiser aurait grand tort de s'en défaire. Cet homme vaut son poids de marks en or.

* * *

Floyd Gibbons a accompagné Poincaré dans sa visite triomphale des villes du Nord libérées. À Laon, où l'ennemi a placé dans les caves de la préfecture des bombes à retardement, puis à Saint-Quentin et Armentières, où les *tommies* assurent le service d'ordre. À Lille, le voyage a été triomphal. Poincaré a demandé au général Pénelon une croix de la Légion d'honneur supplémentaire pour décorer le maire Delesalle, oublié dans la distribution. Dans Douai, libéré quelques heures auparavant, il a été reçu par le prince de Galles en uniforme, aux côtés du général Horne, libérateur de la ville.

À Herbillon, qui s'inquiète des pourparlers de paix, Poincaré en voyage demande de parler fermement à Foch, de lui rendre visite au besoin pour lui recommander de soutenir à tout prix son effort offensif. Jamais il n'a été plus nécessaire de persévérer. Il faut combattre avec énergie jusqu'au dernier moment et désarmer l'ennemi, si l'on veut qu'il reconnaisse sa défaite.

— L'Allemagne doit être irrémédiablement battue ! lance-t-il, péremptoire, devant le colonel Herbillon, sachant que celui-ci partage pleinement son analyse.

— On y travaille, répond l'officier de liaison du pouvoir civil avec l'état-major. Mais le général Nollet, un brave parmi les braves, me disait encore l'autre jour : « Le poilu est content de sentir que la paix victorieuse approche, mais il se dit aussi : Ce n'est pas le moment de me faire casser la gueule ! »

— Vous voyez bien qu'il ne faut pas avoir hâte d'en finir, répond le président. Dites-le à Foch. Qu'il soit ferme, très ferme !

— Il n'est pas très influençable, monsieur le président, et ce qu'il veut, il le veut !

— Insistez, pourtant !

Herbillon tient parole. Il n'a pas besoin d'insister. Déjeunant le lendemain chez Foch, il lui rapporte les paroles demandées, et s'entend répondre par le maréchal qu'il est « personnellement de l'avis de monsieur Poincaré ».

À peine Herbillon sort-il de ce déjeuner au château de Bombon qu'il trouve, posté devant sa voiture, le journaliste Gibbons. L'américain fureteur s'intéresse de très près à la personne de Foch, mais ne sait comment aborder un si puissant personnage. Il compte sur Herbillon pour l'introduire, et également pour l'éclairer. De Foch dépendront finalement les conditions de l'armistice. Quelles idées nourrit-il au juste sous son képi ?

Herbillon se permet de sourire. Le journaliste croit-il vraiment que Foch se confie à ce point ? Il a été choisi à Doullens grâce à l'accord tacite de Clemenceau et de son grand ami anglais, lord Milner, le ministre de la Guerre. Les Américains s'y sont ralliés car Pershing n'avait pas, alors, les moyens de faire cavalier seul. Foch a toujours joué, contre Pétain, la carte prioritaire de l'entente avec les alliés, Amérique comprise, bien sûr.

— Il n'a jamais eu la moindre difficulté avec sir Douglas Haig, cependant intraitable, convient volontiers Gibbons. Ne vous semble-t-il pas que ses relations avec Pershing soient plus tendues ? Il n'a eu de cesse de le cantonner en Lorraine, de l'humilier dans l'Argonne, en déplorant qu'il n'ait pas cru bon de renforcer son état-major déficient par des officiers français.

— « Humilié » est un terme exagéré. Il faut reconnaître que Pershing ne doit ses difficultés qu'à lui-même. Les Français l'ont constamment appuyé. Ils lui ont laissé la gloire absolue de la victoire de Saint-Mihiel, alors que les coloniaux du général Blondlat ont tout de même fait une grande partie du travail.

— Il n'empêche que les relations se sont grippées. La négociation solitaire entreprise par Wilson a fortement heurté Clemenceau. Dans quelle mesure Foch sera-t-il l'instrument d'un certain front commun franco-britannique contre l'attitude américaine, à l'ouverture de la vraie négociation d'armistice qui ne saurait tarder, vous le savez bien ?

— Le président Wilson vient de déléguer le colonel House comme son représentant dans la discussion. N'at-il pas la volonté de jouer désormais le jeu de l'union ? C'est moi qui vous retourne la question.

— Je n'en sais rien, répond le journaliste en désembuant ses lunettes, et je vous prie de croire que mes lecteurs de Chicago voudraient bien être édifiés.

— Ils devront patienter. La dernière note allemande affiche seulement des principes. Nous ne sommes pas entrés dans le vif de la discussion, et leur armée tient toujours bon. J'ai le sentiment que l'on fait traîner les combats à des fins politiques, de part et d'autre. Foch monte l'offensive de l'armée des Flandres pour libérer un peu plus de territoire. Il encourage Pétain à préparer une attaque en Lorraine. Quant à Ludendorff, il envoie des renforts sur les points les plus menacés pour tenir encore mieux. Il n'espère pas plus changer la configuration du front que Foch ne s'attend à une percée décisive. Il est de leur intérêt commun de poursuivre les combats – intérêt politique, s'entend –, sans avoir le souci d'épargner quelques dizaines de milliers de vies humaines. La politique prend le pas sur la stratégie. Pouvez-vous écrire cela à vos lecteurs de Chicago ?

— Certainement non ! convient Floyd Gibbons, et pas davantage vos propres journalistes, n'est-ce pas ?

Herbillon en convient volontiers. Jamais la censure ne s'est montrée plus active pour éliminer des journaux la moindre allusion au désaccord des Alliés.

— Il faut tout de même que vous sachiez que le colonel House a fait plusieurs voyages à Paris, confesse Floyd Gibbons. J'ai eu l'occasion de le rencontrer. Il me parle assez librement. Savez-vous qu'il a déconseillé à son ami Woodrow Wilson de répondre à la première demande allemande ? Pas directement, du moins. « Il suffisait, m'a-t-il confié, de faire annoncer dans la presse, par un communiqué de la Maison-Blanche, que le président allait conférer avec les alliés. »

— Le colonel House est très *fair-play*, remarque Herbillon.

— Si vous voulez, mais il entendait surtout obliger nos loyaux alliés européens à prendre leurs responsabilités, à se démasquer, au lieu de charger Wilson de tous les péchés. Son silence les arrange bien. Ils restent innocents devant leur opinion publique fort sourcilleuse. Est-ce leur faute si l'associé américain fait bande à part ? Pourquoi, je vous le demande en conscience, serait-il le seul à porter le fardeau d'une décision ?

— Ce point de vue n'a pas prévalu. Les alliés sont intervenus. Il a répondu à leur exigence d'unité. Vous le savez très bien !

— L'intervention constante et vigilante du colonel House n'est pas pour rien dans cette nouvelle attitude du président Wilson. Il le pousse toujours à imposer aux Allemands les garanties nécessaires, à refuser un compromis. Il est le plus européen des négociateurs possibles. Je voudrais bien savoir si Foch en est conscient.

— Foch pousse les feux sur le front des Flandres. C'est vous dire s'il a hâte d'en finir en bousculant l'ennemi l'épée dans les reins. La course de vitesse est engagée, et, comme toujours, les poilus sont sur la piste de danse.

* *
*

Le général de Boissoudy a enfin lancé son offensive. Il a fait savoir, le 19 octobre au soir, qu'il avait atteint la ligne de Poesele à Wielsbeke. Le 20, deux de ses corps d'armée ont touché la Lys en quelques points, dans la région de Lindenhook. Il compte installer très prochainement son quartier général dans la ville de Roulers.

Le 20 octobre au soir, l'avance des Alliés a réussi, au prix de pertes sérieuses. Quelques têtes de pont ont pu être installées au-delà de la Lys, et la rivière semble presque entièrement bordée par leurs troupes d'assaut. Il est question de se lancer à la conquête des hauteurs de Lindenhook, qui restent à conquérir, en faisant au besoin appel aux réserves. De ce plateau partent en effet les tirs d'artillerie qui empêchent les groupes d'assaut de progresser. La 12e division du général Chabord est justement disponible. Et aussi la 11e, avec ses deux bataillons de chasseurs à pied du recrutement de Brienne.

La 12e division est débarquée des camions dans la région de Thielt, et attend son entrée en scène. Ceux du recrutement de Soissons forment le noyau du 67e régiment, et les anciens ont fait la Marne en 14, la Champagne en 15, Verdun en 16 et le Chemin des Dames en

17. C'est dire s'ils sont rares, ceux qui ont quitté leur caserne de Soissons en août 1914 au son des tambours et des clairons de la clique.

La dernière génération des appelés du printemps complète les rangs, encore creusés par la deuxième bataille de la Marne au mois de juillet. Les Soissonnais ont certes une revanche à prendre sur ceux qui ont martyrisé leur ville, mais, comme le dit à juste titre le général de corps d'armée Nudant, ils ne veulent pas être les dernières victimes de la guerre.

Le commandant Dupuy leur rend visite, car il doit conduire la charge des chars à leur tête, une fois franchie la Lys. Il parle longuement avec l'aumônier Émile Bouvet, qui porte la médaille militaire. Le prêtre le rassure sur le moral des soldats. Ils sont au repos depuis quelques jours, et les jeunes, surtout, ont envie d'en finir avec les Prussiens une fois pour toutes. Ils ont vu défiler dans leur cité assez de troupes américaines pour savoir qu'ils ne sont pas seuls à monter en ligne.

— Dans aucun régiment, assure l'aumônier, le moral de la troupe n'est autant nourri de bourrage de crâne militaire. Les consignes du GQG sont ici respectées au-delà du possible. Le colonel Grillot s'y entend. Il éduque lui-même ses chefs de bataillon, leur rappelle que le régiment était jadis, sous Turenne et Condé, le conquérant de l'Alsace, qu'il a maintes fois obligé les Allemands à repasser le Rhin.

— Je suppose, s'esclaffe Michel, que nos conscrits se moquent de ces hauts faits de l'histoire de France, survenus il y a deux siècles et demi.

— Que voulez-vous, Grillot aime son régiment ! Il

évoque et commente des exploits plus récents : l'affaire du 30 mars de cette année, où les survivants d'un bataillon dépourvus de cartouches et de grenades ont repoussé l'ennemi à la baïonnette. L'unité a été citée par Mangin à l'ordre de l'armée pour s'être emparée du plateau de Villemontoire, le 25 juillet, franchissant la Vesle et l'Aisne au prix de lourdes pertes. Si elle a été choisie par Boissoudy pour attaquer en Belgique, c'est assurément pour sa réputation. Il faut avoir l'honnêteté de convenir que les bleus qui composent l'essentiel des compagnies ne sont pour rien dans les succès passés, qui ont valu au régiment de défiler maintes fois devant les généraux pour recevoir des fourragères. Je vous tiens seulement au courant de l'état d'esprit du colonel. Pendant les journées de repos, il n'a cessé de préparer les jeunes à la bataille imminente, et d'obtenir des sous-offs ayant survécu aux durs combats de l'année qu'ils leur farcissent la tête de la gloire des anciens. Ils persuadent les bleus qu'il ne tient qu'à leur courage de venger dès demain les morts illustres, leurs parents peut-être !

— Je crois savoir que, de l'autre côté, Ludendorff a donné des consignes semblables, et que les *Hauptmann* entretiennent le patriotisme de leurs bleus. Il faut bien leur faire accepter de risquer leur vie, quand courent avec insistance les rumeurs d'un armistice conclu dans leur dos par les civils.

— Le colonel a trouvé la parade : il fait dire et répéter que les Boches cherchent à s'en tirer sans frais, à rentrer chez eux avec armes et bagages, après avoir ruiné nos terres et inondé nos mines. La propagande de guerre n'est négligée dans aucune armée, parce que la fin approche, et qu'elle reste indécise. Que voulez-vous, ajoute le prêtre, la guerre actuelle est si meurtrière qu'elle ne peut avoir de vainqueur. Est vaincu celui qui veut bien en convenir. Il est question de sacrifier des vies pour obtenir des Allemands qu'ils veuillent bien l'admettre, même s'ils n'ont subi aucune rupture décisive, aucune extermination ni capitulation obligée d'une seule de leurs armées. Nous poursuivrons les attaques avec frénésie seulement pour les contraindre à abandonner le terrain, franchir le Rhin et rentrer chez eux. C'est la seule forme de victoire palpable, incontestable, et le moindre de nos poilus s'en rend compte.

— Est-il si sûr qu'ils acceptent de risquer leur vie jusqu'à la victoire ? N'est-ce pas là une idée politique ?

— Demandez-le-leur, sourit l'abbé. Ils vous parleront volontiers. Ils sont heureux de votre présence, à vous les tankistes. C'est à leurs yeux la meilleure garantie de sécurité. Plus vous serez nombreux et décidés, plus ils seront prêts à marcher.

*   *
*

Les tankistes sont assiégés par les jeunes ruraux du Soissonnais. Michel demande à ses mécanos de laisser s'approcher des engins les plus intéressés par la mécanique – des ouvriers des garages de Soissons, réparateurs d'automobiles – toucher les manettes, prendre la place du conducteur, et même de leur enseigner la conduite très simple du Renault FT17. Il songe qu'il peut avoir besoin de remplaçants improvisés, si les siens sont blessés ou tués au combat.

Ils posent mille questions sur la vitesse des engins, sur leur consommation d'essence, sur leur ravitaillement. La révolution technique de l'artillerie d'assaut leur semble clore la guerre des canons et des mitrailleuses : enfin le bouclier après la lance, la cuirasse après le glaive.

Les voilà placés sous la protection souveraine de cette force mécanique dont l'ennemi ne possède pas l'équivalent. Ils savent que les Anglais doivent leurs succès à ces engins, et qu'il en sera de même à l'armée des Flandres, quand ils pourront se déployer dans la plaine, une fois franchi l'Escaut. Le sentiment de la supériorité technologique est essentiel au moral des jeunes classes. Il compte infiniment plus dans leur esprit que les appels à l'héroïsme des vieux sous-offs agissant sur ordre.

Toutefois, le char bute sur un obstacle de taille qui explique l'immobilité provisoire du bataillon du commandant Dupuy : il faut des ponts solides pour lui faire traverser la Lys et l'Escaut, et même un canal de faible largeur. Seuls les fantassins peuvent s'engager sur les ponts de singes ou de bateaux.

Heureusement, les sapeurs du génie bénéficient de la même avancée technologique. Ils traînent avec eux des convois de passerelles métalliques démontables, de sacs Haber en quantité industrielle, de barques pontées transportées sur des voitures. Les gars du Soissonnais ont assisté à ce défilé incessant de nuit. Ils savent que les pontonniers sont capables de lancer leurs passerelles légères en quelques heures, et de réparer non moins rapidement les ponts détruits, grâce à leur matériel de levage. Le génie a pris, dans la campagne, autant d'importance que les blindés. Sans les sapeurs pontonniers, les chars sont impuissants. La parfaite organisation des bases de l'attaque stimule les jeunes imaginations. Elle n'humanise nullement la guerre, elle la rend seulement plus efficace, moins dangereuse pour ceux qui ont la chance de profiter d'un matériel sophistiqué, du dernier cri de la recherche.

S'ils n'écoutent que d'une oreille distraite les récits des anciens, c'est que les bleus attribuent les pertes des offensives du passé à la médiocrité du commandement, aux ordres d'attaque insensés, à l'insuffisance des moyens de combat modernes. Jusqu'à l'arrivée des chars, rien ne pouvait venir à bout des réseaux de barbelés, dont les pointes acérées ont épinglé les poilus d'antan comme des papillons. Pas un colonel d'artillerie ne pouvait garantir, en conscience, malgré les observations aériennes, que les feux de mitrailleuses ne prendraient pas dans leurs rafales entrecroisées une troupe en marche.

Au bataillon Dumont, le bleuet Gaston Latour, vingt ans à peine, touche de ses mains l'arrondi de la carapace d'un FT17, avec satisfaction. Il a trop vu, en marchant vers le secteur, les poteaux télégraphiques systématiquement arrachés par l'ennemi en retraite – une « retraite sans flambeaux », disaient les copains – pour ne pas se réjouir de l'appoint des chars.

— On les a avec nous, comme les atouts maîtres à la belote. Ils vont raser les barbelés, ces forêts métalliques, ces ronciers mortels !

Latour a vu les bunkers détruits, les embûches sur le chemin, les écluses des canaux dynamitées, les ponts coupés. On n'a pas besoin de lui bourrer le crâne. Il sait bien qu'il faut faire rendre gorge aux prédateurs, les contraindre à tout réparer, à tout remettre en place, et leur enlever à jamais toute possibilité de reprendre les fusils, de tirer au canon. Inutile de lui faire la leçon, Gaston comprend tout seul que si le Boche n'est pas vaincu, il laissera la note à payer à ses victimes, qui ne garderont que leurs yeux pour pleurer.

Vite, aux masques ! Les voilà qui tirent des obus à gaz, de très loin peut-être. Que font donc les canons français qui se touchent, ou presque ? Ils ripostent, dans un concert d'imprécations. Un tir allongé de 155 tractés. Les chars se dispersent. Ils ont été repérés, gare à la casse ! En quelques minutes, ils sont partis se mettre à couvert dans les bois, quatre par quatre. Et les bleus du régiment du Soissonnais cherchent des abris en toute hâte.

— La guerre n'est pas finie, camarade, dit Latour. Ils sont encore capables de mordre !

* *
*

À quand la paix ? La paix qui se penche sur le poilu pour lui donner un baiser, la paix miséricordieuse que l'abbé Bouvet appelle de toutes ses prières ? Gaston Latour voit les camarades jeter des couvertures sur les corps encore chauds des copains emportés par les éclats d'obus. Ceux-là n'entendront pas sonner la fin des combats.

— Les maroufles ! peste Amédée Couderc, un des

rares anciens de l'année 1914 au 67ᵉ régiment, ils demandent l'armistice ! Ils veulent éviter la bataille chez eux, ils préfèrent se battre chez nous ! Ils veulent bien gazer nos champs, raser nos villes, mais pas qu'on touche aux leurs !

— Ils comprendraient mieux la guerre, en Bochie, s'ils avaient quelques milliers d'hectares de terres ypéritées, et leurs usines de mort pulvérisées. Je me demande pourquoi nos bombardiers n'y vont pas, dit un bleuet.

— Ils iront, foi de Latour ! Et plutôt deux fois qu'une. Il faut qu'ils comprennent ce qu'est la guerre ! Que leurs familles tremblent sous le canon, comme ils ont fait trembler les Parisiens ou les Londoniens, ou les civils de Dunkerque, de Verdun, de Nancy, de Reims et d'Arras ! Les misérables ! L'armistice ! Ils font semblant d'obéir à Wilson. On parle de la démission du Kaiser. Il faut pendre celui-là haut et court, sans autre forme de procès !

— Et Wilson, qui se prend pour le maître du monde !

— Avec ses « points » et ses commandements, il faudrait lui apprendre d'abord à obéir ! De quel droit vient-il nous donner des ordres, à nous qui versons notre sang à profusion depuis plus de quatre ans ?

— Du diable ! rétorque Guy Leclerc. Ne vous en prenez pas à Wilson. Sans les Américains, où en serions-nous ? Nous n'aurions que des bataillons de cinq cents hommes pour finir la guerre, avec la moitié de pertes au bout du compte !

Leclerc vient d'être recruté, au printemps. C'est sa première campagne. Il arrive au front la tête pleine des nouvelles idées qui courent à l'arrière, répandues par les camarades de l'usine de boulons. Il est de ceux qui se réjouissent que le président Wilson fasse la paix au plus vite, et impose aux Allemands le respect du droit et de la liberté des peuples.

— L'Allemagne et ses alliés proposent un armistice, mais pour vous, c'est toujours la même chanson : la guerre jusqu'à la victoire ! Vous reprenez le discours menteur des politiciens, de ceux qui ne risquent rien et dont les folies restent impunies. Combien des nôtres vont encore tomber dans la boue des Flandres ? Combien de temps faudra-t-il encore risquer sa peau pour que nos bons présidents obligent l'Allemagne à se déclarer vaincue ? N'a-t-elle pas jeté le gant ? Que vous faut-il de plus ? Qu'ils recommencent dans un mois, dans un an, dans vingt ans, pour trouver leur revanche, poussés par leurs marchands de canons et leurs généraux prussiens ? Si Wilson nous en débarrasse, je dis qu'il aura fermé la porte de la guerre pour un bon moment.

Michel Dupuy écoute les poilus sans intervenir. Il ne peut pas croire que le président américain ait jeté son pays dans la guerre pour en finir aussi légèrement. Les Français pourraient dire, à bon droit, qu'ils en ont assez de se battre et qu'ils attendent l'armistice avec impatience. Ils ont perdu tant des leurs qu'un jour de guerre de plus est un jour de trop, quoi qu'il arrive.

Mais Wilson n'a surtout engagé jusqu'ici que ses dollars, même si quelques-unes de ses divisions ont subi des pertes cruelles en se battant avec courage. Garder pour horizon la paix du droit, c'est aussi faire leur droit aux victimes de la guerre, particulièrement aux Belges et aux

Français. Cela veut dire qu'il ne pourra rester sourd aux exigences françaises de sécurité et de réparations des dommages. À qui profiterait la ruine de la France ? Les États-Unis ne peuvent souhaiter rien de tel, même s'ils lui reprochent son esprit colonial et impérial. Michel, l'époux d'une Américaine, fait confiance à Wilson pour laisser agir Foch, seul en mesure de définir les conditions de sécurité capables de ceinturer l'Allemagne vaincue. Ce sont les clauses draconiennes imposées lors de l'armistice, et donc acceptées par l'ennemi, qui feront éclater devant le monde entier la défaite de l'Allemagne, et non la capitulation de son armée. Elle n'acceptera la défaite que si elle y est contrainte par la menace de la désagrégation intérieure, exactement comme l'empire d'Autriche-Hongrie. Et chacun connaît le plus puissant agent de destruction radicale des empires, qui a déjà mis à genoux la Russie tsariste : le bolchevisme.

— Connaissez-vous le film de l'arroseur arrosé ? demande Michel à ses tankistes. Les Allemands ont infiltré à Saint-Pétersbourg le venin du bolchevisme, et voilà qu'ils sont à leur tour à sa merci. Voilà pourquoi Wilson, à peine l'Allemagne vaincue, songe à la conforter en l'enrôlant dans le camp des nations démocratiques, ouverte à la fois aux affaires et aux principes américains. Le président américain veut une Allemagne riche et prospère, armée juste assez pour contenir la menace venue de l'est. En attendant, nous devons combattre, non pour aboutir à une victoire triomphale, mais pour abattre le régime militaire et industriel dont le Kaiser est le symbole.

* *
*

De retour à Paris, Renée ne reconnaît plus son Jérôme. Il n'a plus envie de courir les cinémas, d'arpenter les boulevards ou de canoter au bois de Boulogne, encore moins de danser au rythme du *ragtime* dans les bals clandestins. Il s'enferme chez son grand-père pour parcourir avec frénésie les journaux américains qu'il se procure à l'ambassade, grâce à la complicité de la gentille Rosy, son alliée dans la place, dont il a soin de taire l'existence à Renée, pour qu'elle n'y pressente pas une rivale.

— Wilson vient d'envoyer sa réponse à Berlin ! lance-t-il, à la fin de l'après-midi du 23 octobre, à la jeune fille qui n'a en rien suivi le détail des négociations.

Le père de Renée, devenu hostile à la politique wilsonienne qui ne recueille de sympathies qu'à gauche, n'en dit mot pendant les repas, et répond à peine aux questions de son épouse. Sa fille se contente d'attendre la fin de la guerre, sans trop se soucier de savoir qui dominera les négociations, pourvu qu'on aboutisse au plus tôt. Elle en a assez des deuils et des bombes. Elle veut entendre parler de mode, de musique et de voyages. Il lui prend de furieuses envies de se faire couper les cheveux et de raccourcir ses jupes pour aller danser.

Dans les jardins des Champs-Élysées, côté Guignol, elle voit parader les mannequins élégants des maisons de couture avoisinantes, et circuler sur l'avenue les voitures chromées des officiers alliés. On n'attend plus que la fin des combats pour revenir, sans remords, à la vie de plaisirs. Aucun jeune ne songe à ressasser les malheurs de la guerre, mais plutôt à les oublier, à les enfouir au plus profond de la mémoire, dans un coin tellement sombre qu'ils n'aient plus la moindre chance d'être rappelés. Oui, oublier tout cela, et s'ouvrir enfin à la vie nouvelle. Qu'elle est distraite, Renée l'impatiente, quand Jérôme évoque la paix qui approche, sur un ton de guerre, avec des mots de guerre ! En sortira-t-il jamais, de cette guerre qu'il n'a pas faite ?

— Cette troisième note de Wilson est capitale, poursuit-il sans se lasser le moins du monde, en brandissant le *New York Times* : le président des États-Unis estime que les conseillers militaires des gouvernements alliés, c'est-à-dire les généraux en chef, sont seuls en mesure de dicter l'armistice à l'Allemagne.

— Dicter à qui ? demande naïvement Renée.

Devant la véhémence de Jérôme, elle croit devoir feindre de s'intéresser à la question. Il est tout heureux de saisir la balle au bond :

— Tu poses la question essentielle. Et Wilson ne l'a pas esquivée. Avant toute rencontre, l'Allemagne devra montrer sa capacité à se débarrasser de son gouvernement militaire et, je cite Wilson, de ses « autocrates monarchiques ».

— Veut-il exiger le renvoi du Kaiser et de Ludendorff ?

— Naturellement !

Cela paraît tout à fait impossible à la jeune fille. Elle a trop souvent entendu son père affirmer que jamais les Boches ne se débarrasseront de leurs dirigeants, qu'ils n'en auront pas les moyens et qu'il faudra les y contraindre. L'imposant directeur de la voirie parisienne estime, pour sa part, que la guerre doit se poursuivre jusqu'à l'entrée des troupes alliées en Allemagne.

— Quelle surprise pour le monde si, après une discussion serrée, Wilson obtient l'abdication de l'empereur, le renvoi des généraux et l'acceptation par les Allemands des clauses de sécurité imposées par Foch et les Alliés ! s'exclame Jérôme Lavigne, enthousiaste.

Renée lève les yeux au ciel. Ce garçon sortira-t-il jamais de ses élucubrations ?

— Viens avec moi au kiosque des Champs-Élysées. Je veux trouver *La Tribune de Genève.* Il faut absolument savoir ce qui se passe en Allemagne. C'est la clé de tout. Seuls les Suisses publient des renseignements précis.

Renée fait la moue. Toujours les journaux ! Quand prendra-t-il le temps de lever les yeux sur elle ? Elle a choisi une jupe écossaise, posé un béret coquin sur ses cheveux bouclés, volé du parfum sur la coiffeuse de sa mère. Le beau résultat ! Il ne veut respirer que l'odeur horrible de l'encre d'imprimerie. À la terrasse du Fouquet's encombrée d'officiers alliés, au bar des aviateurs, il se plonge dans le quotidien suisse, sous l'œil amusé de garçons qui n'ont pas l'habitude de servir un couple aussi juvénile.

— C'est bien ce que je redoutais, affirme-t-il avec autorité. Les Allemands biaisent, finassent, un double pouvoir s'installe, celui des politiciens du Reichstag et celui des généraux qui restent en place à la direction suprême. Ludendorff parle d'une levée en masse, d'envoyer au front les ouvriers. C'est la bolchevisation de l'armée, à court terme ! Hindenburg a rendu publique cette déclaration : il est prêt à mener la lutte jusqu'au bout pour sauver l'honneur ! Et pendant ce temps-là, les civils sont au lit, avec la fièvre espagnole. Sais-tu combien il y a de morts par jour dans Berlin ? Plus de mille sept cents pour la seule journée d'hier, annonce *La Tribune*. Le chancelier Max de Bade est au lit, Stresemann, un de ses plus importants ministres, ne quitte plus sa chambre.

— Le Kaiser se porte-t-il bien ? demande Renée, qui croit beaucoup à l'efficacité de la grippe contre la capacité de résistance allemande.

— Tout ce qu'il souhaite, c'est rester en place. Les ministres démocrates ne veulent rien lâcher, ni sur l'Alsace-Lorraine, ni sur Dantzig. Ludendorff les encombre, ils n'ont plus confiance en lui. Ils l'ont obligé à démissionner, pensant qu'il sera un bouc émissaire suffisant pour calmer Wilson.

— Et Hindenburg ?

— Il reste. Et l'armée continue à se battre. Le nouveau gouvernement allemand ne sait d'ailleurs plus très bien dans quel but – autre que politique, bien sûr.

En quatrième page de *La Tribune,* Jérôme avise soudain une courte citation de la *Berliner Tageblatt* : « La population ne veut plus entendre parler de ceux qui lui ont déclaré que l'Amérique ne prendrait jamais part à la guerre, et que, si elle y prenait part, cela n'aurait aucune importance. »

— Enfin une remarque de bon sens ! Je crois que nous ne sommes pas loin de la fin, dit-il en prenant Renée par le bras.

* *
*

Le 67ᵉ régiment de Soissons s'apprête à entrer dans la danse. Le 20 octobre, l'armée du général de Boissoudy a poursuivi son mouvement pour passer la Lys, dernier obstacle avant l'Escaut. À la tête de ses tanks Renault, le commandant Dupuy a été dépêché à l'avant de l'armée belge pour liquider les points de résistance dans la marche sur Bruges. Il a pu constater que le fantassin allemand avait de moins en moins peur des chars.

La tactique de l'infanterie adverse est désormais de ne plus les accabler d'inutiles rafales de mitrailleuses, mais de laisser intervenir les tireurs spéciaux ou les canons légers d'accompagnement tirés par quatre chevaux. Les attelages s'arrêtent pour quelques secondes, dès qu'un char les attaque. Les servants tirent sans dételer le canon, et les coups au but ne sont pas rares. Seule l'attaque des tanks en groupe permet d'éviter le piège et de massacrer ensuite à la mitrailleuse.

Michel redoute davantage les lance-flammes cachés dans les trous d'obus, invisibles depuis sa tourelle. Les *Flammenwerferpionniere* savent qu'en lâchant leur jet à treize cents degrés, ils incendient le char à coup sûr, mais qu'ils n'ont aucun moyen, une fois découverts, d'échapper à la riposte des tanks voisins. Fort heureusement, ces équipes suicidaires se font plus rares. Avec rage, Michel a dû éliminer lui-même à la mitrailleuse ceux qui ont anéanti sous ses yeux le Renault du lieutenant de Cahuzac.

Il n'a aucun moyen de prémunir ses équipages contre

les nappes de brouillard artificiel répandues par l'artillerie ennemie, qui aveuglent la marche des chars. Il donne alors par radio l'ordre de regroupement à l'arrière de la nappe, pour reprendre ensuite le combat. Il constate chaque jour davantage que la magie du char est une fable. On ne réussit qu'à dégager les champs de barbelés et à nettoyer les nids de mitrailleuses découverts, ce qui simplifie beaucoup, il est vrai, l'avance de l'infanterie belge.

Les officiers de l'armée royale, équipés de radios, se sont entendus avec Dupuy sur les fréquences, et lui ont demandé son secours pour détruire des points de résistance repérés. Il organise alors avec les siens un parcours sur le champ de bataille, où les engins à chenilles ne doivent jamais s'arrêter, mais seulement arroser au passage, en prenant soin de godiller afin de ne pas devenir une cible facile pour l'artillerie. Ainsi évite-t-il la casse.

Avec des effectifs amputés de pertes sensibles, il participe au défilé de l'entrée solennelle du roi des Belges dans Bruges. Les chars sont en tête, dans les larges avenues d'accès. Ils stoppent à l'entrée de la cité médiévale, assiégés par la foule qui acclame les tankistes sortis des tourelles. Les filles les embrassent, les gosses grimpent sur les carapaces.

Au son de *La Brabançonne,* le roi Albert, un géant au binocle en bataille, monté sur un cheval anglais, ouvre le défilé. Derrière lui, la gracieuse reine Élizabeth, en amazone sur son cheval bai, et le prince héritier Léopold, duc de Brabant. Ils parcourent la ville décorée de drapeaux cousus par les femmes et les jeunes filles de l'antique cité, égayant les trottoirs de leurs traditionnels habits de fête, souvent au bras des anciens gardes revêtus de leurs uniformes colorés des temps passés.

Les carillons de fonte cachés à l'occupant sont remis en place. Ils égrènent leurs notes joyeuses du haut des clochers, et, sur les kilomètres de canaux aux barques décorées du grand pavois, des orchestres populaires font entendre les couplets de l'hymne national repris en chœur par la population. Toute la joie des Belges se retrouve sur ces canaux qui font la fierté de la ville, capitale de Baudouin Ier, comte des Flandres dès le IXe siècle. Bruxelles est encore sous la botte allemande, mais Bruges fait figure de capitale libre, et l'entrée du roi à la tête de son armée est plus qu'un symbole.

Le général Degoutte, qui suit le roi à cheval, est seulement son chef d'état-major. À son passage, les orchestres jouent *La Marseillaise.* Il retrouve, plus tard, au palais du gouvernement où les officiers alliés sont conviés par le roi à une cérémonie officielle, le commandant Dupuy qu'il félicite chaleureusement pour la charge de ses chars.

À portée de canon, la bataille continue. Les retrouvailles du roi des Belges avec la Venise du Nord sont pour les tankistes français une étape lumineuse. Michel se promet d'y revenir pour faire découvrir à Mary la magie de la longue glissade des barques ornées de lampions sur les canaux, entre les murailles des palais et les façades cossues des bourgeois flamands du XIIIe siècle, restées telles quelles, attendant les livraisons de laine anglaise.

La route est encore longue jusqu'à la fin de la guerre. Michel et ses hommes en sont convaincus quand ils regagnent la région de Tielt pour donner l'assaut à Gand dès que les pontonniers auront permis de franchir la rivière. En attendant, les fantassins sont seuls à l'ouvrage.

* *
*

Ils sont mis à rude épreuve lors du franchissement de l'Escaut. Les ordres de Degoutte, donnés « au nom du roi », décryptés par le lieutenant Lévi, de l'état-major du colonel Grillot, sont de marcher résolument en direction de Bruxelles. Il s'agit de libérer au plus tôt la capitale belge. D'importants moyens d'artillerie sont mis en place pour faciliter un passage « de vive force ».

Depuis le 21 octobre, la 12e division est cantonnée avec ses « gros » dans la région de Tielt et des Cinq-Chênes. Les chars du commandant Dupuy l'y rejoignent pour lui prêter main-forte dès que le passage sera possible. Le 67e régiment est en tête, vers l'est. Il a pour mission de relever un élément de la 5e division très éprouvé par le feu de l'ennemi, et d'entrer directement dans l'action, recevant ses ordres du 30e corps d'armée. Degoutte a pris conscience de l'insuffisance de l'artillerie française face à la résistance ennemie, et demandé le renfort immédiat d'un régiment de tracteurs de canons longs et d'un autre de 75 portés.

Pour atteindre l'Escaut, le rôle du 30e corps est de s'emparer avec les Britanniques d'une ligne de hauteurs boisées autour de Lindenhook.

L'attaque commence le 25 octobre, après une préparation d'artillerie violente, mais sans l'appui des chars. Le terrain est trop difficile pour les risquer dans l'affaire, qui concerne uniquement, en première ligne, les fantassins de Soissons.

On peut comprendre leur déception. Les jeunes se faisaient forts d'emporter les lignes allemandes grâce au travail des tanks, dont ils attendaient des miracles. Voilà qu'ils en sont privés. Gaston Latour n'est pas le dernier à grogner. Amédée Couderc ne le rassure qu'à moitié. La préparation d'artillerie a été renforcée, mais il a vu passer des sapeurs munis de cisailles pour ouvrir des passages dans les champs de barbelés non détruits par le canon. Les Allemands auront accumulé dans les bois les positions de mitrailleuses et de lance-flammes. Gare aux bleus ! Ça va chauffer !

— Te crois-tu à l'abri, l'ancien ? lance Guy Leclerc, indigné. Les rafales sont pour tout le monde. Tu n'es pas protégé par la Sainte Vierge, pas plus que nous tous, les bleus ! Nous allons trinquer, c'est vrai ! Rien ne peut m'en consoler, sinon l'idée qu'en face les Fritz doivent se demander pourquoi ils meurent en Belgique, pendant que chez eux les huiles se préparent à passer la main. On raconte même que leur Ludendorff serait sur la touche. Je ne suis pas sûr qu'ils soient encore très combatifs.

— Tu ne connais pas les Boches. Ils ne savent qu'appliquer la consigne. Nous ferons des prisonniers, c'est sûr, surtout si nous avons en face des Badois ou des Wurtembergeois, mais les mitrailleuses ne resteront pas silencieuses, tu peux m'en croire.

L'ancien a raison : l'attaque est un échec. Les défenses du plateau boisé résistent. Une partie du 67e est prise de plein fouet par une énorme concentration d'armes automatiques. Lévi, au PC du colonel, réclame en vain des tirs de barrage à la direction de l'artillerie pour arrêter la contre-attaque. Les artilleurs tirent au hasard, sur des cibles non repérables. Le champ de bataille est si bien organisé dans le sous-bois que les avions de reconnaissance, même en rase-mottes, ne peuvent repérer les lieux précis où s'articule la résistance.

Les obus pleuvent, les poilus tombent. Les Boches ont dardé assez de batteries pour faire face à l'offensive sur l'Escaut. Peut-être les ont-ils renforcées, à en juger par l'intensité du feu. Gaston Latour et Guy Leclerc évacuent Amédée Couderc, la jambe brisée par un éclat. Il a perdu beaucoup de sang avant qu'ils ne réussissent à le ligaturer. Ils le portent au poste de secours. Leur adjudant proteste.

— Tu veux le laisser crever, un ancien à six brisques ? À ton aise, mais prends garde aux balles perdues, elles arrivent souvent par-derrière ! aboie Leclerc.

L'adjudant se calme. Amédée Couderc semble sauvé par l'amputation immédiate. Dans le meilleur des cas, si la gangrène n'attaque pas sa jambe, il rentrera à Soissons sur un pilon de bois. Les copains qui l'ont secouru sont repartis au combat, et d'autres sont tués ou blessés, jusqu'au soir. Ainsi se sacrifie, une fois de plus, le 67e régiment, en tête d'un combat qui n'aboutit pas, dans un bois de Belgique.

Le général Degoutte, tenu informé de cet échec, en conclut qu'il faut insister, avec des moyens supérieurs de feu d'artillerie lourde et des bombardements d'aviation. Ses moyens étaient insuffisants, il a sous-estimé la résistance de l'ennemi. Il constate que la ligne adverse s'est renforcée de nouvelles divisions dans ce secteur névralgique, pour défendre à tout prix la ligne de l'Escaut. L'attaque a échoué parce que le renseignement n'a pas prévenu l'état-major de division du mouvement de ces renforts. Jusqu'au bout, les Français se sont laissés surprendre.

Le général de Boissoudy fait son rapport au corps d'armée. Il cite, parmi les arguments avancés pour poursuivre l'attaque, « la situation politique actuelle en Allemagne ». Son *Instruction personnelle et secrète*, expédiée au général commandant la 12e division, est datée du 26 octobre. Que sait-il au juste ? Il est à coup sûr au courant de la réponse comminatoire de Wilson, mais connaît-il les réactions des milieux politiques et militaires en Allemagne ?

La veille, Hindenburg a fait publier une déclaration très ferme : « La réponse de Wilson demande la capitulation militaire. Elle est donc inacceptable, pour nous soldats ! » Mais qui suit Hindenburg ? À Ludendorff, qui évoquait « l'honneur militaire », le vice-chancelier Payer (Max de Bade est toujours cloué au lit par la grippe) a répondu sans barguigner :

— Je ne connais pas l'honneur militaire. Je ne suis qu'un méchant bourgeois, un civil, et je vois seulement le peuple, qui a faim !

* *
*

Parler de la « situation politique en Allemagne » veut

dire seulement, pour le général Degoutte, poursuivre à fond l'offensive afin de convaincre le cabinet allemand qu'il n'y a pas de solution de résistance, que les Alliés sont en mesure « d'envisager une action d'ensemble », capable d'imposer la capitulation. Quand il apprend, le lendemain, la démission de Ludendorff, il est sûr d'être dans le vrai.

Et cependant les Allemands résistent encore, pied à pied, pas un officier ne flanche sous prétexte que le quartier-maître général est limogé. Non, le départ de Ludendorff ne provoque aucun remous. Il a échoué, il est parti, le voilà déjà oublié. Il est certain que les généraux allemands, fidèles au maréchal Hindenburg, ne lâcheront pas le front d'une semelle.

Michel Dupuy attend avec une impatience croissante le moment de franchir l'Escaut. Il ignore que cette ligne de défense est si essentielle, du point de vue des Allemands, qu'ils rassembleront en vrac tout ce qu'il leur reste de forces pour la conserver : elle est l'antique frontière de la Lotharingie, le dernier obstacle défendable avant la porte d'Allemagne, sur le Rhin, à Strasbourg.

Non seulement la IVe armée de von Arnim tient l'Escaut, mais elle en protège encore les abords boisés et piégés. Pour la balayer, l'état-major de Degoutte décide enfin de lâcher les chars. Et de faire entrer en action les deux divisions américaines de renfort, jusque-là tenues en réserve près de Roulers.

Mary a réussi à convaincre le *captain* Hornet, son chef de section à l'état-major parisien, de lui obtenir discrètement un poste au bureau des opérations du PC de la 37e division de l'Illinois, en partance pour la Belgique.

Elle sait que le bataillon de chars de son cher époux a été affecté à l'armée des Flandres. Une fois arrivée dans la ville de Roulers, elle se met aussitôt en quête du quartier du général Bishop, installé dans un quartier bombardé, ravagé, tout juste libéré par les Britanniques, à portée du feu des canons à longs tubes. À peine arrivée, les sirènes indiquant une attaque aérienne l'avertissent qu'elle doit se mettre à l'abri.

Le général Bishop la reçoit mal, pis encore que Patton. Il ne comprend pas ce que la fille d'un collègue, bombardée lieutenant par protection, peut faire dans un secteur exposé du front, alors qu'elle occupait un poste des plus tranquilles dans Paris. Il flaire anguille sous roche, demande à son officier de renseignements de s'informer. Quand il apprend que le mari de la belle combat dans la même armée, il s'emporte :

— Je ne sais pas ce qui me retient de vous renvoyer immédiatement à Paris, sous escorte de la *military police*. Je vous affecte à la direction du service sanitaire. Vous y serez plus utile qu'aux opérations, où je n'ai nul besoin de femmes, fussent-elles filles de généraux ou épouses d'officiers de chars français. Vous pouvez disposer. Je ne vous conseille pas de rôder autour de mon état-major !

Mary ne se rebelle nullement. Le seul moyen de rester en place, à portée de la bataille, est d'obéir en souriant au général et de se signaler par son zèle dans l'organisation des hôpitaux d'urgence. Elle prend immédiatement en charge le problème des ambulances, où son expérience acquise à l'hôpital militaire américain de Neuilly peut être précieuse.

Le directeur la convoque dès son arrivée pour lui demander de prévoir sans retard une liaison efficace entre Paris et le centre sanitaire installé par l'armée à l'est de Roulers, en Belgique, où les Américains n'ont jamais opéré. Les grands blessés doivent pouvoir être évacués sur l'hôpital de Neuilly installé au lycée Pasteur, pour y recevoir les soins des chirurgiens américains, tous spécialistes accomplis. De Roulers au front, on ignore encore l'état des routes et les possibilités de secours rapides. Elle doit s'assurer, par une mission de reconnaissance opérée sur place, que tout est bien organisé à la veille d'une offensive qui risque d'être coûteuse pour les *boys* de l'Illinois.

Mary Dupuy découvre l'hôpital de Roulers, évacué depuis peu par l'armée allemande. Dans la vieille ville médiévale dont les maisons à pignons ont souffert des bombardements, le service sanitaire de la 37ᵉ division – elle compte vingt-cinq mille hommes – est installé à la sortie du bourg, sur la route de Menin, dans les bâtiments gris d'un ancien collège. Des blessés des unités de von Arnim y sont encore soignés par des médecins belges, assistés d'infirmières allemandes. Les autorités américaines viennent à peine de prendre possession des lieux qu'elles mesurent déjà tout ce qui leur manque : les médicaments essentiels, les anesthésiants et jusqu'aux instruments de chirurgie, évacués, disparus, volés peut-être.

Une femme suspecte est encadrée par deux MP. Elle parle français, mais porte l'uniforme des infirmières allemandes. Un aide-soignant francophone la questionne sans ménagements. Pourquoi ne s'est-elle pas repliée avec les *Feldgrauen* ? Elle a été découverte dans un réduit de l'hôpital fermé à clé.

— Le major Dickmann voulait me faire fusiller ! s'écrie-t-elle. Mettez-moi en contact avec les troupes britanniques. Les officiers de renseignements vous confirmeront que je suis un agent de l'Intelligence Service.

Un des MP fouille le réduit où la femme était recluse, découvre dans un sac de montagne allemand une croix de fer dissimulée au fond d'une poche. Elle vient sans doute de l'arracher de son uniforme à l'arrivée des Alliés.

Mary, qui a suivi la scène, s'approche du groupe, fait signe aux MP de la laisser seule avec la suspecte.

— Comment vous appelez-vous ? lui demande-t-elle doucement. Je devine votre détresse. S'ils vous ont abandonnée ici, c'est assurément pour vous compromettre. Vous pouvez me parler sans crainte. Je suis une amie.

— J'ai travaillé pendant toute la durée de l'occupation allemande à l'hôpital de Roulers, confesse-t-elle. Je suis devenue, grâce à eux, c'est vrai, une infirmière professionnelle, munie de brevets allemands. Ils m'ont décorée de la croix de fer pour services rendus à leurs blessés. Mon nom est Martha Delynx. Reconnaissant mon savoir-faire, ils m'ont attribué un *Ausweis* permanent qui me permettait de circuler dans les rues à toute heure de la nuit, pour le service de l'hôpital. J'ai été recrutée par une parente, d'abord pour faire évader vers la Hollande les prisonniers anglais, puis pour communiquer des renseignements sur les effectifs allemands passant dans la région. J'ai été démasquée, jugée et condamnée à mort. L'arrivée des Anglais m'a sauvé la vie. Voulez-vous me condamner à votre tour ?

Renseignements pris, Martha est libérée, félicitée par le chirurgien-major, autorisée à soigner les blessés allemands abandonnés. Mary la fait engager comme infirmière à l'hôpital occupé par les Américains.

— La 37ᵉ division est partie hier en direction de la Lys, signale à Mary le médecin-major. Elle attaque demain. On dit que des chars français croisent dans les parages.

* * *
*

Pour en savoir plus, Mary se présente au quartier général de la division, encore installé à Roulers, dans les services du général Bishop. Elle prétend partir en reconnaissance sur la route conduisant des postes de premiers secours jusqu'à l'hôpital.

On lui prête sans difficulté une voiture Ford pour ce repérage. Le *captain* qui la conduit lui explique la mission de son unité. Celle-ci est intégrée à un groupe comprenant la 12ᵉ division française, et doit s'emparer de lignes de hauteurs boisées dominant le cours de l'Escaut. Les massifs sont tellement serrés qu'ils ne permettent pas le passage des camions. Les hommes prennent à pied leurs positions de départ.

— Aucune attaque de chars n'est possible pour aider les fantassins ? demande Mary. Sinon, nous devrons prévoir des moyens de lutte contre l'incendie.

— Certainement pas. Je ne vois pas les chars, même les Renault légers, grimper dans ces fourrés. Tout au plus pourraient-ils attaquer sur la rive de l'Escaut, quand nous serons maîtres des massifs, ou encore pour seconder les Anglais, plus au sud, pendant qu'ils tenteront de jeter, de nuit, des ponts sur la rivière.

Mary respire : son cher tankiste ne peut participer à cette affaire. Du moins pas tout de suite. La voiture s'engage péniblement sur les sentiers du massif de Lindenhook. Elle ne peut aller très loin : la préparation d'artillerie a commencé. Les batteries de 155 tractées engagent un feu d'enfer sur les futaies afin de pulvériser les défenses ennemies installées à flanc de coteau, sur l'autre versant, et presque invulnérables. La contrebatterie ne tarde pas à répondre en aboiements rageurs. Le *captain* entraîne Mary à pied dans le sous-bois, jusqu'à l'abri où flotte, à deux kilomètres des premières lignes, le drapeau à la croix rouge.

Tout est préparé pour recevoir les premiers blessés dans une sorte de grotte aménagée sur la pente, dont l'entrée est protégée par une muraille de sacs de sable. Des convois de mules achemineront les blessés vers la route, où attendent des files d'ambulances.

Les premiers arrivent une demi-heure à peine après les tirs d'obus lourds allemands. Des Français de la 12ᵉ division, surpris pendant leur mise en place. Ils ont été hissés sur des cacolets, à dos de mulet. L'aumônier Bouvet les accompagne et dépêche les mourants, qui seront enterrés sur place, dans les cercueils prévus par l'armée américaine.

Les infirmiers s'efforcent de bander les blessés légers, en débridant précautionneusement leurs plaies, pour faciliter le travail des chirurgiens. L'un d'eux pousse des cris déchirants qui attirent Mary.

— Sa blessure n'est pas grave, assure l'infirmier. Un simple éclat dans le gras de l'épaule. Il faut cependant le lui retirer tout de suite pour éviter l'infection.

Mary s'apitoie sur le joli visage du soldat encadré de cheveux noirs bouclés. Il a l'air si juvénile que sa blessure semble d'autant plus incongrue, indécente. Comment arroser d'acier des chairs si tendres ? On dirait une fille. Du moins celui-ci reverra-t-il sa mère. L'aumônier le regarde avec compassion.

— Il s'appelle Gaston Latour, explique-t-il à Mary. C'est le bleuet le plus râleur du 67e. Il sera triste d'apprendre que son vieux mentor, Amédée Couderc, vient de trépasser. L'opération avait réussi, mais la gangrène l'a vite emporté. Ni l'un ni l'autre n'auront combattu dans l'affaire d'aujourd'hui. Couderc avait échappé à la dernière attaque en y laissant une jambe. À trente ans, il était considéré comme un ancêtre. Le colonel Grillot l'avait fait citer à l'ordre de la division pour sa bravoure. Il laisse une veuve et deux enfants. Sa forge de Soissons n'entendra plus résonner son marteau.

Le bombardement allemand est terminé. On entend le départ du tir de barrage des 75 français. L'assaut est parti. Le *captain* fait observer à Mary qu'ils n'ont plus rien à faire en ces lieux. Ils repartent sur le sentier à pied, croisant en sens inverse des caravanes d'ânes bâtés transportant des munitions.

L'infanterie américaine en tenue de combat avance à son tour en direction du plateau boisé. Les *sammies* sont assez surpris de voir une femme en uniforme portant les galons de lieutenant. Ils la saluent au passage en souriant. Un autre bataillon suit la route, comme s'il devait attaquer directement l'Escaut, sans participer à l'assaut des hauteurs boisées.

— Ceux-là couvrent le corps d'armée sur sa droite et assurent la liaison avec l'armée qui pousse en direction de la rivière, explique le *captain*.

Toujours pas de chars à l'horizon. Seulement des régiments de 75 tractés. Mary se demande si les renseignements glanés à l'état-major du général Bishop sont exacts. A-t-on vu des tanks français dans le secteur ? Personne ne peut la renseigner.

Elle songe à ce que dirait son père s'il la voyait poursuivre son mari sur un front où il n'est nullement assuré qu'il ait à combattre, poussée par une sorte d'intuition maladive, presque une prémonition sinistre, vers ce pays au ciel gris où tant de combattants sont déjà morts.

Quand elle débouche sur la route de Menin et qu'elle s'approche du collège gris à croix rouge où s'est installé l'hôpital américain de corps d'armée, une agitation inhabituelle attire son attention dans la cour.

— Nous venons de recevoir des blessés français, lui indique Martha, très affairée autour d'une ambulance couverte de boue jusqu'aux moyeux. Deux tankistes.

* *
*

Les corps sont allongés sur le billard, côte à côte, dans la salle d'opération. L'un d'eux, le plus grand, a la tête recouverte d'un drap. Mary le reconnaît immédiatement à sa taille. Elle pousse un cri étranglé et tombe en défaillant dans les bras d'un cuirassier au large front trempé de sueur, au visage plein de larmes : c'est Jacques Legris, le compagnon de combat de Michel. L'autre corps est aussitôt pris en charge par le chirurgien et ses aides : c'est celui de Mathieu Landry, le chauffeur du tank. À peine rescapé de la grippe, le voilà déjà grièvement brûlé.

Martha fait respirer des sels à Mary, qui reprend connaissance et se traîne aussitôt jusqu'au brancard où l'on a déposé provisoirement son mari. Elle soulève le drap. Le visage de Michel est intact. Une toute petite blessure à la tempe, à peine entourée d'une aréole rouge.

— Il est mort sur le coup, dit à voix basse Martha.

De nouveau, Mary se trouve mal. Le chirurgien fait signe aux aides qui s'emparent du corps du commandant pour le transporter dans une pièce contiguë, sur un lit de repos. Jacques Legris assied doucement Mary sur un fauteuil, où Martha lui fait une piqûre calmante.

Et le lieutenant raconte à Martha, à voix basse, dans un songe, presque inaudible, comment est mort Michel Dupuy.

— Nous sommes partis au matin dans la brume. Michel ne voulait pas attendre la fin des opérations sur le plateau. Il disait qu'en brusquant la défense par une attaque sur les rives du fleuve nous pourrions dénouer la situation. Il s'était entendu avec les Anglais pour cette avance risquée. Nous l'avons tous suivi dans le brouillard.

Mary ne cherche pas à suivre le récit de Jacques Legris. Elle en est incapable. C'est Martha qui l'encourage à poursuivre.

— Il était seul en flèche. Pour mieux y voir, il a sorti

la tête et le buste de sa tourelle. À moins de dix mètres, un tireur allemand l'a ajusté et a fait mouche. Michel est tombé. Le chauffeur a fait aussitôt demi-tour. Derrière un pan de mur, un autre tireur a braqué son fusil antichar. Il a transpercé le réservoir de sa balle d'acier spécial, et l'essence s'est enflammée. Un quart de seconde plus tard, je l'abattais à la mitrailleuse. Trop tard. Le char brûlait. J'ai sauté à terre avec mon chauffeur, pour sortir Michel de la tourelle. Mathieu Landry, enfoncé au creux de l'engin, avait déjà le visage labouré par les flammes. Nous l'avons aussi tiré de là. Il était temps, le char a explosé sous les coups répétés de l'ennemi. Nous avons tout juste eu le temps de les arracher à la carapace. J'ai annulé l'attaque, trop risquée. Ceux d'en face étaient prévenus, ils nous attendaient avec leurs armes spéciales. La mort de Michel, hélas, nous a permis de les découvrir. S'il n'était pas tombé, nous foncions droit dans le piège. Il est mort en sentinelle, en nous sauvant la vie, à nous qui étions tous prêts à mourir pour le sauver.

Il se tait. Il n'en a pas fini de rester silencieux. Jamais plus il ne parlera de la mort de Michel. Sa statue pétrifiée, sous ses yeux, lui commande le silence.

L'abbé Bouvet, mandé d'urgence au régiment des Soissonnais, accomplit les gestes de l'extrême-onction dans un simulacre de sacrement, sur un corps sans vie. Il prie pour que ce soldat rejoigne tous ses frères sacrifiés dans cette guerre sans fin. Il prie pour que son sacrifice conduise à la fin des combats. Il prie pour que Dieu, dans sa miséricorde, en hâte l'issue. Il prie pour que ce chrétien sans peur ni reproche rejoigne au paradis ses frères en Jésus-Christ, dont le cœur saigne de la mort de ce héros comme de celle du plus humble des poilus.

Quand Mary retrouve ses esprits, elle se jette sur le grand corps inerte, intact, dont Jacques Legris a fermé les yeux. Elle s'allonge à ses côtés, dans l'attitude d'une gisante. À défaut de pouvoir lui rendre la chaleur de son corps, que le froid éternel gagne le sien, qu'on la mette avec lui au tombeau.

Avec pudeur, Jacques et Martha quittent la pièce pour la laisser seule avec son chagrin.

Elle poursuit à voix basse, entrecoupée de sanglots, son délire amoureux : une petite bille d'acier vient de martyriser son cher amour, de rendre ses lèvres muettes à jamais, d'imposer silence à sa parole d'or. Il ne lui parlera plus du miel de sa bouche, du myosotis de ses yeux, de sa peau de pêche, de ses cheveux d'ange blond.

Elle ferme les yeux pour retrouver le son de sa voix, comme s'il pouvait lui parler encore depuis l'au-delà. Elle ferme les yeux avec le désir infini de ne plus les rouvrir, de mourir en lui comme dans la petite mort de l'amour, mais cette fois dans la grande mort, la vraie mort des corps, celle qui prélude à la réunion éternelle des âmes.

Son souffle retenu la quitte. Son cœur éclate. Une heure après, quand on s'affaire autour d'elle pour la sauver, il semble bien qu'il soit trop tard. À les voir réunis en statues de pierre, comme les ménages des tombes d'Étrurie, Jacques et Martha les croient unis dans l'éternel, la main de Mary prise dans la main froide et déjà roide de son amant.

— Où sont les amoureuses ? murmure Jacques en guise d'épitaphe. Au tombeau. Elles y sont plus heureuses, sous des climats plus beaux.

Le dernier quart d'heure du caporal

Mary n'est pas morte, évanouie seulement. Impressionnés, les témoins du drame ne s'en sont pas rendu compte sur le moment, au vu du couple pétrifié. Un major de passage a vite ranimé la jeune fille. Il a recommandé de mettre très vite le cuirassier en bière et de l'évacuer vers Paris pour qu'il y soit enterré.

Elle a choisi pour lui le petit cimetière de Passy, où elle se rend tous les jours, avec des fleurs. Elle a fait graver son portrait sur la tombe, où bientôt le rejoint son jeune frère James, le pilote, abattu au-dessus de l'Argonne. Elle n'a que la Seine à traverser pour se rendre tout près d'eux. Elle passe là le plus clair de ses journées, à rêver. Paris sera-t-il le tombeau de la famille Paxton ?

Elle se laisse mourir, comme dit madame Bertin, sa concierge. Démissionnaire de l'armée américaine, elle ne prend plus aucun soin de sa toilette, s'habille comme une quêteuse de l'Armée du salut. Elle n'ouvre pas les lettres de sa mère et ne cherche pas à revoir son père, retenu au front et loin de se douter de l'état de sa fille. Il est question à l'état-major de Pershing d'une prochaine offensive en Lorraine et tous les généraux sont maintenus en permanence sur le qui-vive.

L'armée lui a rendu les effets de son mari. Elle les a rangés dans le placard, comme s'il devait s'en servir un jour. L'appartement est devenu le musée d'un absent, avec ses objets familiers, le râtelier à pipes, les brosses à dents, le nécessaire de voyage, garni comme s'il devait prendre le train. La robe de chambre de soie grenat est accrochée à sa place, et le peignoir de bain. Rien ne manque, sinon Michel. Elle lui parle, comme s'il pouvait l'entendre et lui répondre.

Madame Bertin s'inquiète et la guette dans l'escalier : elle ne la voit jamais sortir pour faire des courses. Mary maigrit et pâlit chaque jour davantage. Jamais de maquillage. Chaque jour, le fleuriste livre deux bouquets, qu'elle porte aussitôt au cimetière, où elle se rend en prenant l'autobus.

— Eh bien ! madame Bertin, je suis en retard, mes chéris vont m'attendre !

Les larges pourboires qu'elle prodigue à la concierge fort cupide retiennent à grand-peine son mari gardien de la paix, alléché par les primes, de courir dénoncer l'étrangère comme dinguette au médecin des fous.

— Laisse-la mourir à son idée, lui dit la pipelette. Au fond, elle ne fait de mal à personne.

— Il faut tout de même prévenir le père ! Un général ! Suppose qu'on la retrouve morte, nous serions inquiétés pour non-assistance à personne en danger. C'est la loi !

Le général enfin mis au courant de l'étrange comportement de sa fille adorée est au désespoir quand il revoit sa petite Mary dans cet état. Il la fait aussitôt hospitaliser, les spécialistes l'informent qu'il est trop tard pour la ramener à une vie normale. Il ne peut que la faire rapatrier. Peut-être, estime un excellent psychiatre, le changement d'ambiance opérera-t-il un miracle.

Elle meurt trois mois après, dans les bras de sa mère.

La générale n'a pu trouver le moyen de la sauver. Trop crispée elle-même, emmurée dans son malheur. Elle a déploré que Mary ne se conduise pas en fille et femme de soldat, qu'elle refuse d'entendre le discours stoïcien du pasteur puritain, son conseiller spirituel. Elle déplore que le Français ait perverti sa fille chérie, qu'il lui ait fait oublier ses principes d'éducation, sa foi inébranlable dans les volontés du Seigneur. Sous la direction attentive du pasteur, elle a oublié elle-même ses malheurs en se consacrant aux œuvres, elle oubliera aussi la mort de Mary, par les mêmes méthodes. L'éducation religieuse de sa caste rendra possible l'inimaginable.

Pour n'avoir pas voulu oublier, Mary est morte. Elle a payé son passage, en écartant les consolations de la religion. Elle a choisi de rester fidèle à l'esprit, refusant les œuvres, à l'esprit de son amour, à son union avec Michel le chevalier dans le Christ-roi. Sans résignation, elle a choisi de disparaître peu à peu du monde, de s'estomper en quelque sorte, jusqu'à devenir une ombre errante à la recherche de la lumière qui brille pour elle dans l'au-delà. Elle répond d'instinct à l'appel muet de Michel, elle sait qu'il l'attend. Sur son visage émacié, à l'heure du passage, le pasteur lit une joie immense, la satisfaction d'avoir enfin obtenu, sans se donner la mort, sans violence aucune, son passeport pour l'éternité.

Le pasteur ne s'y trompe pas, elle a rejeté la règle, refusé les principes, oublié la lettre du livre saint. Est-ce là une mort chrétienne, telle qu'il la recommande à ses ouailles ? Certainement pas. Morte d'amour, montée sans doute au ciel par la porte ouverte à toutes les mystiques, celles pour qui l'amour d'un homme porte à l'amour de Dieu et qui confond le cuirassier Michel et Jésus-Christ dans le même halo de lumière.

— Profanation ! pense le pasteur, qui recommande à la mère de mettre le décès sur le compte de la grippe espagnole. Ainsi sera rassuré le troupeau de ses ouailles, et tout rentrera dans l'ordre.

* * *

Le caporal Jules Laffère vient de livrer bataille avec le 76ᵉ régiment de Coulommiers. Ils ont remonté l'Argonne en direction de Brécy, par une succession de collines et de vallons où l'ennemi avait toute latitude de se retrancher de proche en proche pour retarder l'avance des Français. Une fois maître de Brécy, après beaucoup de pertes, le régiment a franchi sur des ponts improvisés la petite rivière du Jailly. Le plus difficile était de pousser en avant les charrettes de munitions, de les faire franchir à gué l'obstacle en aidant les chevaux.

Pour continuer l'avance et s'emparer du village fortifié d'Olizy, à l'orée du bois de la Sarthe, il fallait escalader, vers l'ouest, une colline d'au moins cent cinquante mètres d'altitude, truffée de mitrailleuses et de *Minenwerfer*. Le bataillon du capitaine Poindron était chargé de l'affaire. Il y avait laissé beaucoup des siens, mais la ligne du cours supérieur de l'Aisne était atteinte, conformément aux ordres de la division.

Pendant que le bataillon s'acharnait à prendre l'une après l'autre les maisons du bourg en ruines, le corps franc de Jules était désigné pour attaquer de nuit le gros village de Falaise, par surprise, à la grenade.

Le caporal avait obtenu des barques des sapeurs du génie, pour franchir la rivière en chargeant les lourds fusils-mitrailleurs, leurs caisses de munitions et les réserves d'explosifs. Les *Francs*, attaquant par-derrière, avaient éliminé sans bruit les sentinelles et grenadé les caves où se tenaient à l'abri les mitrailleurs ennemis. À l'aube, deux cents prisonniers s'alignaient devant l'église, mains sur la tête, et Jules pouvait tirer au pistolet la fusée avertissant les batteries françaises que la place était prise et qu'elles devaient tâcher d'éviter de cribler d'éclats les bleu horizon.

Aussitôt, un déluge de feu sortait des hauteurs boisées à l'est, où quelques batteries lourdes allemandes étaient restées en place. Les *Francs* s'étaient mis à l'abri dans les caves du bourg détruit, attendant la contre-attaque imminente des *Feldgrauen*. Dès la fin du bombardement, Jules avait fait passer la consigne : sortir des trous à rats, trop faciles à grenader, pour combattre en s'abritant derrière les tas de pierres et les poutres effondrées des maisons ruinées. Il était ainsi plus facile aux fusils-mitrailleurs de repérer les attaquants et de balayer le secteur entier.

Poindron, voyant le corps franc en difficulté, avait envoyé une section de renfort et commandé à l'artillerie divisionnaire un tir de barrage sur les arrières immédiats de l'ennemi. Falaise restait provisoirement aux Français. Les Allemands se retranchaient dans le hameau voisin de la Briquetterie, pour défendre à tout prix l'accès de

Vouziers. Un long bombardement aux obus toxiques modérait les ardeurs des assaillants aux casques camouflés, qui balançaient leurs grenades à manche.

Sur la tête de pont de Vouziers, les Allemands occupaient une position imprenable, en demi-cercle, garnie de quantité de mitrailleuses. Jules avait repéré de nuit les divers points d'appui équipés de systèmes d'alarme qui avaient fait reculer les *Francs*. Il avait averti Poindron que seule une attaque à très gros effectifs pouvait se rendre maîtresse de la place.

Poindron en avait référé à la division, celle-ci, au corps d'armée, et le corps, au QG de la IVe. Gouraud, une fois alerté, avait dépêché l'inlassable division marocaine, et renforcé les batteries d'artillerie de 155 portés pour accabler les renforts ennemis et anéantir avec méthode son artillerie lourde.

Pour la 125e division, cette arrivée des troupes de choc signifiait la fin provisoire des combats. Elle passait le relais. Le régiment de Jules avait perdu à lui seul trois cents soldats, tués ou blessés, dans les villages des bords de l'Aisne. On le considérait comme trop éprouvé pour continuer l'offensive. Il devait se refaire pendant quelques jours et se renforcer.

Enterrant ses morts, évacuant ses blessés, Poindron avait organisé le départ des hommes restés valides, par étapes, à pied, en direction du camp boueux de Mourmelon-le-Grand, situé en Champagne pouilleuse.

— Pas de camions pour les vainqueurs ! grognait Raoul, le mécano d'Ozoir.

— Ils sont réservés à ceux qui vont se faire casser la gueule, lâchait Jules. Veux-tu y retourner ?

Les étapes du retour étaient raisonnables, quinze à vingt kilomètres par jour. Les roulantes ne manquaient de rien, le pinard de l'intendance était au rendez-vous. Chacun se demandait si la fin de la guerre n'allait pas surprendre l'unité installée royalement à l'arrière, en pleine détente.

— Nous sommes seulement le 25 octobre, commentait Poindron. D'ici à l'armistice, des dizaines de milliers des nôtres peuvent encore se faire tuer.

— Quand sonnera le clairon ? s'inquiète Jules.

— Bien malin qui peut le dire. Personne n'en sait rien, à commencer par Foch. Les Allemands sont retors, ne l'oubliez pas, et ils sont encore chez nous, à boire le lait de nos vaches. Avant de pouvoir les bousculer pour les refouler sur le Rhin, il faudra du temps, peut-être beaucoup de temps. Nul ne peut le prévoir. Les statisticiens du GQG doivent s'arracher les cheveux.

Raoul d'Ozoir est déçu. Il se voyait déjà de retour dans son garage, propriétaire d'un camion Ford américain de récupération, acheté à bas prix. Il doit déchanter. Rien ne dit que les Allemands n'engagent pas une nouvelle manœuvre diplomatique, à des fins politiques, comme ils en ont l'habitude. Ceux qui croient au Père Noël seront, aux yeux de Raoul, Gros-Jean comme devant.

— Qui sait ? Le régiment va peut-être repartir en campagne ? lance-t-il abruptement au capitaine Poindron, seulement pour juger de sa réaction.

— Tu n'as pas tort. On parle déjà d'une opération sur la Meuse. Nous sommes loin du dernier quart d'heure !

* *
*

— La Meuse ou la Moselle ? Je te les joue à pile ou face, dit le colonel Vergnies, d'heureuse humeur, à son camarade Dufour, du 2ᵉ Bureau attaché au GQG de Provins.

Quelles que soient les consignes de discrétion imposées par Pétain, ces experts du renseignement savent exactement jusqu'où ils peuvent aller sans franchir la limite de l'interdit. Il leur est loisible de parler entre eux de ce qu'ils sont tous les deux censés savoir, pas de ce que l'un ou l'autre ne peut qu'ignorer en principe.

Ils excellent naturellement à ce jeu de cache-cache, qui fait partie de leur fonction. Il appartient à Dufour de défendre les plans ultrasecrets de Provins, et à Vergnies d'en sonder s'il le peut les arcanes pour le compte de son patron, le général Fayolle, que Pétain est loin de tenir au courant de tout, bien qu'il commande toutes les armées de réserve.

Ainsi, Vergnies sait – et Dufour sait qu'il sait – que la Xᵉ armée de Mangin doit quitter le centre du front pour être affectée à l'est, aux ordres du général de Curières de Castelnau. Cette affectation d'une troupe de choc aux côtés de la VIIIᵉ armée, couvrant déjà toute l'étendue du front de Lorraine, indique une volonté offensive précise et prochaine dans le secteur mosellan. On parle aussi de l'arrivée de la IIᵉ armée américaine dans ce secteur, pour apporter le soutien décisif de ses cent mille combattants.

— En effet, puisqu'elle s'y trouve déjà.

— Pouvez-vous me faire connaître confidentiellement la date d'un départ dont j'ai ouï parler, je le confesse ?

— Vous savez donc qu'elle se situerait autour du 15 novembre à l'aube.

— Je ne vous le fais pas dire. Pour mettre en place l'artillerie et les chars, il faut un assez long délai, même en brusquant les gens, et Pétain demande le rassemblement de beaucoup de bataillons de chars pour réaliser la surprise. Laissez-moi le plaisir de deviner ! Je sais que le 508ᵉ est déjà en route vers la Lorraine. Mais un régiment ne suffit pas, il en faut deux autres, sans compter deux groupements lourds de Schneider et de Saint-Chamond. Et l'on dira que Pétain n'aime pas les chars…

— Il compte sur eux pour créer la surprise. Les vieilles troupes allemandes de Lorraine, au demeurant peu denses, n'ont jamais vu un char de leur vie. Il me semble très franchement que c'est un assez bon calcul, ne trouvez-vous pas ?

— Peu apprécié de Foch, à ce qu'on dit.

— Un homme aussi avisé que vous ne peut ignorer que la grande offensive de ralliement prévue et presque minutée par Foch autour de Mézières a manqué, par la faute du piétinement des Américains en Argonne. Les Allemands se sont ressaisis, ils ont fait de la région Meuse-Argonne le pivot de leur manœuvre de retraite. Nous ne pouvons plus espérer les surprendre de ce côté-là. La manœuvre de Foch a seulement permis, ce qui n'est pas rien, de libérer le nord de la France et une partie de la Belgique, mais malheureusement pas d'acculer l'ennemi à une retraite générale vers le Rhin.

Le colonel Dufour, toujours ardent à valoriser Philippe Pétain, son patron, et pressé de lui rendre sa vraie place dans la bataille, commence à s'échauffer tout seul et à sortir des limites de la discrétion convenable.

— Que voulez-vous ? Pétain reprend du mordant, c'est

inévitable ! Foch se flattait d'amadouer les alliés, de les plier doucement à ses directives. Voilà que Pershing se braque comme un âne rouge. Pétain le récupère avec douceur et persuasion, il devient l'ami des Américains quand Foch, poussé par Clemenceau, s'éloigne d'eux à grands pas.

— Voulez-vous dire que l'offensive de Moselle serait le résultat de cette étrange lune de miel franco-américaine ? Elle est tout de même singulièrement risquée : percer à partir de Nomeny, village martyr, incendié par les Boches en 14, situé près de la Moselle avant Nancy, atteindre le cours inférieur de la Sarre et déboucher en Allemagne dans la région de Trèves, n'est-ce pas utopique ? Pour mon maître Fayolle, qui n'est pas un idolâtre de Foch, Pétain *cunctator*, Pétain le temporisateur, s'engage là dans une voie étrange, comme s'il obéissait à une stratégie politique.

— Qu'est-ce qui n'est pas politique, de nos jours ? Croyez-vous que Foch, en faisant converger les armées sur Mézières sans se préoccuper aucunement du Rhin, ne sert pas les intérêts anglais, et donc l'entente Clemenceau-lord Milner ? Que le plan Pétain réponde à l'attente de ceux qui veulent que la défaite allemande soit clairement lisible sur le terrain est possible. Vous conviendrez avec moi qu'il ne nous appartient pas d'en juger.

— Certes, répond le colonel Vergnies. Pourtant, Fayolle est en train de déjeuner avec Foch à Senlis. De quoi croyez-vous qu'ils parlent, mon cher collègue ? De la prochaine offensive en Lorraine ! Et pour quelles raisons pensez-vous que Foch, notre tout-puissant maréchal, déjeune avec un Fayolle dont la presse ne parle jamais ?

— Parbleu ! répond Dufour avec franchise. Fayolle doit commander environ cinquante divisions, la moitié de l'armée française. Fayolle n'a pas grand-chose à dire sur les offensives en cours. Il se moque de Debeney, et prend Mangin pour un toqué. Mais il connaît à fond l'état d'esprit du poilu. Un homme précieux à consulter, quand on s'appelle Ferdinand Foch et qu'on s'attend à recevoir la lourde charge de préparer la signature de l'armistice, ne croyez-vous pas ?

* *
*

Le 28 octobre 1918, personne à Paris ne peut s'attendre à la signature prochaine de l'armistice. Certes, les communiqués de presse sont pimpants, mais les permissions sont rares et les lettres des poilus, peu encourageantes. Elles arrivent avec retard, en raison de l'avance lente mais continuelle des unités, que le service des postes aux armées a du mal à suivre.

La dernière lettre de Jules Laffère à sa sœur Suzanne annonçait à mots couverts un changement d'affectation de son unité et les préparatifs d'un nouveau bond en avant. Même Poindron, son commandant de bataillon, ne peut savoir que la préoccupation majeure de Pétain, ce jour-là, est d'écrire à Foch pour lui annoncer la nouvelle tactique de l'infanterie qu'il a mise au point pour le départ prochain de son offensive lorraine, probablement le 15 novembre.

Il lui explique minutieusement qu'il faut, plus que jamais, appliquer le principe de la synchronisation des armes, et demander des renforts d'artillerie, d'aviation et de chars. Il est en effet connu de tous les chefs de division que si l'ennemi est incontestablement très usé, sa résistance stupéfiante d'efficacité repose sur un grand échelonnement en profondeur et sur la mise en œuvre d'une multitude de mitrailleuses. Les Français croient pouvoir avancer sans danger, ils tombent sur des points d'appui successifs qui les meurtrissent et les déconcertent par leur grande puissance de feu.

Pétain a parlé longuement avec Fayolle, en qui il a toute confiance. Le général commandant les armées de réserve s'est dit frappé par le très grand nombre des prisonniers, des deux côtés.

— Les Allemands sont plus de trois cent mille à être internés en France, et autant en Grande-Bretagne, soit six cent mille ! Nous n'avons pas moins de quatre cent mille prisonniers en Allemagne. Ces chiffres augmentent d'une année sur l'autre. Les redditions se font souvent en groupe, par bataillons entiers. La lassitude de la guerre peut s'exprimer sous cette forme.

— Quand on parle du bon moral du poilu, assure Fayolle, il faut à l'évidence préciser qu'il s'agit de ceux qui restent sous les armes sans chercher à se rendre, et qui sont, Dieu merci, encore les plus nombreux dans les unités.

Le général évalue les morts de l'année à deux cent dix mille, sans compter les victimes de la grippe espagnole et les nombreux morts de maladie dans les tranchées. Pétain estime les décès par maladies diverses à deux cent mille environ depuis le début des opérations, soit dix fois plus que l'épidémie actuelle. Avec les prisonniers, c'est un total de six cent mille hommes qui manquent cruellement pour terminer les opérations, pense Pétain. Il demande à Fayolle, réputé pour sa franchise, s'il est vrai que les Allemands en retraite ont cessé les destructions inutiles, inhumaines.

— Pas complètement, répond le général. On me signale encore, et je peux les voir de mes yeux, des arbres fruitiers sciés par les sauvages. Ils détruisent encore les villes – Ham, par exemple, en incendiant des cartouches de mélinite – posées sur les poutres maîtresses encastrées dans les murs.

— Je me demande, si l'on porte ces faits à la connaissance du président Wilson, s'interroge Pétain, et quelle sera sa réaction. Je me propose d'avertir moi-même le général Pershing, qui doit être aussi le témoin de ces atrocités inutiles.

Fayolle et Pétain, comme le caporal Laffère ou le capitaine Poindron, ont devant eux le même adversaire. La seule différence est qu'il recule, non dans une fuite éperdue, mais d'une ligne de défense à l'autre. Chaque bond en avant coûte des morts aux Alliés, et nul ne peut dire si la danse va continuer longtemps.

À la 62e division, le général Petit, commandant l'infanterie, a averti ses poilus qu'ils devront partir à l'assaut le 29 octobre pour se rendre maîtres de la partie centrale de la position Hunding. Un nouvel effort, et certes pas des moindres, est demandé aux bleuets issus des centres de recrutement d'Angoulême, de Guéret et de Laval, et placés sous les ordres d'un baroudeur qui n'a cessé de faire campagne depuis le début de l'année.

Il est également prévu par les plans offensifs de

Foch que la Ire armée du général Debeney lancera une attaque le 30 octobre pour prendre pied sur la rive droite de l'Oise, à l'est de Guise, devant la ligne des défenses allemandes. Toujours en territoire français. Nombreux sont les ruraux, dans l'arrondissement de Guise, qui se cachent encore dans les caves, attendant l'heure de leur libération. Guillaumat, à la Ve armée, prépare lui aussi une attaque dont il ignore encore le jour de départ.

La veille seulement de l'opération annoncée, l'illustre 20e corps, constitué de troupes des recrutements de l'Est, est prévenu qu'il attaquera le 30 octobre sur Audigny. Cela veut dire que cette troupe d'élite a franchi le canal de la Sambre à l'Oise pour s'étaler à la poursuite de l'ennemi dans la campagne au sud de Guise. Il s'agit de prendre la ligne Hermann, et ce n'est pas une partie de plaisir – il faut avancer de cent mètres en quatre minutes derrière les chars. Là encore, les combattants meurent en terre française, l'artillerie ruine des villages français et les habitants continuent à subir les prélèvements et les exactions de l'armée allemande.

Il n'est pas un corps d'armée présent sur le front, et jusqu'en Lorraine, où Pétain prépare activement son offensive, qui ne soit dans l'attente d'une opération dans les vingt-quatre heures qui suivent.

Jules et les siens savent qu'ils doivent préparer la remontée en ligne de la 125e division. Au repos vers Trépail pour quelques jours, ils attendent les nouveaux renforts et les compléments d'armements qui doivent leur permettre de repartir dans l'opération de la Ve armée Guillaumat chargée de pousser vers la Meuse.

Le capitaine Poindron fait faire le compte des grenades

et des mitrailleuses. Il a reçu un nouveau colonel, Abel Vrillat, sorti de Saint-Maixent comme son prédécesseur Badoche, tué à l'ennemi. Vrillat vient de la coloniale. Cet impulsif est impatient de prendre sa part de la dernière bataille.

* *
*

Bourdillat s'ennuie au point d'écrire à sa mère, la charcutière de Tournans. Il n'est pas trop embarrassé pour prendre la plume, ayant été brillamment reçu au certificat d'études, mais il faut bien dire que les copains le voient plus volontiers la hache au poing que le crayon à la main.

De sa petite écriture – fine et penchée –, il remercie d'abord sa mère du billet de vingt francs qu'elle lui a expédié. Il n'a pas répondu tout de suite à cause d'un gros rhume qui est en train de passer. Qu'elle ne s'inquiète pas ! Il n'a pas la grippe espagnole, mais il est vrai qu'au bataillon on compte en ce moment autant de malades que de blessés. Il fait si froid dans la boue glacée !

Si la censure est toujours au travail, elle cherchera en vain dans sa lettre le moindre signe de découragement. « D'ici quelques semaines, écrit-il, nous allons voir la fin de cette guerre et ce sera pour tout le monde un réel soulagement. » Le délai indiqué est vague : quelques semaines. Il précise que les soldats sont débordés de travail : « On ne fait rien sans casse », avoue-t-il à sa mère, et, comme s'il voulait encore la rassurer, il lui dit : « De tout côté, il tombe du monde » – des renforts, évidemment –, « et pour cette raison nous ne resterons pas longtemps ici. Tout marche bien pour une fin toute proche. »

— C'est la dernière offensive qui se prépare, commente la charcutière qui en informe aussitôt ses proches, au marché hebdomadaire de Tournans. Foch ne va pas traîner. Il va les poursuivre l'épée dans les reins !

Au 2e bataillon, davantage de détails inquiétants dans le courrier des poilus. Le sergent Bouret, marchand de vin à La Ferté-Milon, écrit à son épouse une lettre non censurée où il raconte que le régiment a participé à l'attaque de Vouziers « et que cela n'a pas été sans pertes ». Il cite même le chiffre de neuf cents hommes tués, blessés ou disparus pour le régiment : un sur trois ! Le 2e bataillon a trinqué, il a dû être envoyé au repos.

Bouret, à l'inverse de Bourdillat, est inquiet : il lui semble que cette grippe pourrait être une épidémie de choléra. Il affirme que c'est la conséquence des privations et des fatigues de la guerre. En tout cas, le 76e est épargné, s'il est vrai que la maladie fait des ravages dans d'autres régiments. Bouret a hâte d'en finir. Il retournera au front avec entrain pour que cela cesse définitivement.

Seulement, il peste en lisant les journaux que des camarades arrivent à se procurer aux étapes. Il faut dire qu'ils ont de longues distances à parcourir sous la pluie, plus de quarante kilomètres à pied jusqu'au front. Et plus question de camionnage. On leur a distribué des gilets pour se protéger du froid, car ils couchent à la belle étoile, et les nuits sont glacées. « Dans la boue, écrit encore Bourdillat, il n'y en a pas pour longtemps à remplir tous les hôpitaux. »

Ils sont d'accord pour le dernier baroud qu'ils sentent venir à grands pas, car ils apprennent le 29 octobre le renvoi de Ludendorff et l'armistice très prochain avec l'Autriche-Hongrie. Ils sentent bien que c'est la fin, et ils s'indignent de constater que les journalistes parisiens estiment qu'il ne faut pas faire la paix tout de suite.

« C'est la guerre qu'il faut à ces profiteurs pour qu'ils continuent à mener la belle vie, écrit Bouret à son épouse. Ils n'en ont pas assez, eux, de la guerre. Mais ils peuvent écrire ce qu'ils voudront, les discussions continuent et aboutiront. »

C'est l'avis général, mais, pour beaucoup, le dernier effort qu'on leur demande doit avoir un sens. Tel chasseur à cheval, bien connu des biffins car il sert d'estafette au colonel, ne cache pas qu'il serait humilié de rentrer chez lui en laissant les Boches repartir avec armes et bagages. Quant à aller faire de l'occupation dans leur pays, sans les avoir écrasés, cela n'a pas de sens. Comment seraient-ils considérés par la population allemande ? Comme des vainqueurs ? Ont-ils fait capituler l'armée en *feldgrau* ? Si ce n'est pas le cas, ils seront seulement les otages, plus que les acteurs, d'une politique de règlement du contentieux franco-allemand, et pas des soldats qui ont gagné la guerre. On les dénoncera bientôt comme des occupants abusifs qui mangent le pain des bons Allemands et se chauffent avec leur charbon. Des mendiants de la paix.

Le chasseur à cheval montre les tracts qu'il a ramassés au matin sur le chemin. Les Allemands se préparent à l'après-guerre, puisqu'ils prennent la peine, tout vaincus qu'ils soient, de les éditer et de les diffuser. Ils expliquent, les bons apôtres, « que le peuple allemand a déjà fait de sérieuses offres de paix et que si les combats continuent, ils déclinent toute responsabilité ».

— Notez bien, dit Jacques Audouin, chasseur du 8ᵉ régiment d'Orléans, un bon garçon qui ne refuse jamais la goutte, notez bien que c'est le peuple allemand qui offre la paix. Est-ce bien le même qui a décidé de la guerre ? Non pas, bien sûr, c'est l'abominable Kaiser ! Ce vieux Guillaume qui va porter le chapeau de la défaite après le casque à pointe de la parade ! Et qui a voté, je vous le demande, les crédits militaires au Kaiser ? Les bons représentants patriotes du peuple allemand, exactement les mêmes qui peuplent aujourd'hui le Reichstag, et naturellement les socialistes compris.

— Tu as dit les socialistes ? lance le caporal Grenier, ouvrier imprimeur dans le civil à Coulommiers. Tu as bien fait. Les socialistes allemands se sont trompés. Ils ont commis la lourde faute de voter les crédits militaires en 1914. Ils l'ont assez regretté depuis. Aujourd'hui, ils veulent la paix. Nous, socialistes français, sommes aussi pour la paix, celle de Wilson, bien sûr, dit-il en armant son Lebel, celle qu'aurait soutenue Jaurès, pas celle du Kaiser.

— Je ne parlais que des socialistes allemands, pas des Français, lance joyeusement le chasseur remontant en selle, ceux qui ont gagné en tuant les nôtres tant de croix de fer de première classe au front.

* *
*

— C'est insupportable ! s'écrie Jérôme en froissant rageusement les pages du *New York Times* devant son grand-père. Les pourparlers de paix ont commencé le 5 octobre. Vingt-trois jours plus tard, et Dieu sait si chaque jour compte, nous en sommes toujours au même point ! Et pendant ce temps-là, les hommes meurent au front !

L'aïeul hausse les épaules. Il lit le grec et le latin, plus difficilement l'anglais. Ernest Chauvelon, né l'année du coup d'État de Napoléon III, est un républicain bien tranquille qui fait toute confiance à Clemenceau. Si la paix n'avance pas plus vite, c'est pour lui bon signe. Une paix péloponnésienne, remise en question deux ans plus tard, ne lui dirait rien qui vaille.

Dans son esprit, la guerre est l'affrontement des cités rivales d'Europe, Londres-Thèbes, Paris-Athènes, Vienne la Macédonienne et Berlin-Sparte. Tout se réduit à ce conflit qu'aurait pu écrire ou prévoir Thucydide, son auteur favori. Le discours d'un Périclès sur les morts athéniens de la guerre lui paraît un sommet de l'éloquence humaine. Il est sûr que Clemenceau l'Attique, Clemenceau l'Hellène, l'ami du démocrate Venizélos, s'en montrera digne.

Il ne retient pas dans sa distribution ce Wilson qui lui semble aussi incongru que le général brésilien dans *La Vie parisienne* de Meilhac et Halévy. Un rôle de composition qui disparaîtra très vite du répertoire. Quant à Lénine, c'est un Spartacus, un révolté sans avenir. Les communistes allemands révolutionnaires de Berlin ne s'appellent-ils pas eux-mêmes, pour trancher sur les socialistes à la Noske, coiffés du casque d'acier de Hindenburg, les spartakistes ?

Le professeur Chauvelon est sans doute bien ridicule avec ses idées anciennes, antiques presque. Son petit-fils ne juge pas utile de lui expliquer les causes de son indignation. Pourrait-il les comprendre, lui qui pense que l'histoire ne se renouvelle jamais et recommence indéfiniment parce que les hommes, en renaissant longtemps après leur mort, tirent toujours, comme dans la république de Platon, le même paquet ? Ainsi, le tyran à qui l'on offre une nouvelle vie choisit d'être tyran, et le démagogue menteur, menteur démagogue, et ainsi de suite. Non, le professeur Chauvelon n'attend rien de cette paix-là, elle ne vaudra certes pas mieux que les précédentes.

Il n'ose dire à Jérôme qu'à son jugement, les cités grecques de l'Europe actuelle vont tout bonnement disparaître, à l'instar de la boréale Petersbourg, la première incendiée. Il vit dans l'hiver de ses jours la fin de l'Europe et n'en souffle mot, de peur d'éteindre la petite chandelle de l'espoir encore allumée devant les yeux si beaux de Jérôme son petit-fils, qu'il aime encore plus que Thucydide.

— C'est un fait, raisonne le jeune homme à voix haute. La réponse des Allemands à la troisième note de Wilson, datée du 23 octobre, est partie le 27, quatre jours plus tard. Un délai qui n'a pas été inutile, puisqu'il a permis au chancelier Max de Bade de faire un grand pas en avant. Le *Washington Post* assure qu'au sein du Conseil de guerre allemand personne n'a défendu Ludendorff, sacrifié à la paix. Il n'empêche qu'Hindenburg reste en place et que Max de Bade en est satisfait. Comprends-tu cela, grand-père ?

— Bien sûr, marmonne Chauvelon sans s'émouvoir. C'est toujours aux généraux que l'on confie la tâche ingrate de désarmer l'armée, et de garder juste assez de troupes pour les convaincre de mater la révolution. Qui d'autre pourrait le faire ? En 70, Thiers a trouvé le général de Galliffet. Il a fait des grâces au sabreur pour qu'il sabre la Commune. Et Waldeck-Rousseau est allé le rechercher en 1899 pour qu'il fasse rentrer les officiers factieux dans le rang, à la fin de l'affaire Dreyfus. On utilise toujours les généraux en politique. Il en faut un pour calmer sa caste. Hindenburg le fera très bien. Il en sera récompensé, un jour ou l'autre, si Dieu lui prête vie.

— Sauf qu'en 70, les Allemands n'avaient pas la prétention de désarmer l'armée française.

— Il n'y avait plus d'armée française, réplique tristement le professeur Chauvelon. Elle était vaincue à plate couture. Ce n'est pas le cas des *Feldgrauen* d'aujourd'hui. Ils rentreront chez eux, battant tambour ! La liquidation de Ludendorff n'est qu'un symbole, de la poudre aux yeux pour Wilson ! Cela veut seulement dire que les Allemands sont prêts à traiter. L'empereur a renouvelé sa confiance aux civils, et lui aussi reste en place. Du moins aujourd'hui encore, si j'en crois *Le Temps*.

Là se borne l'information du vieux professeur, et il ne cherche pas à en savoir davantage. Mais le 28 octobre, Jérôme ne s'indigne plus à la lecture du *New York Times* : Wilson a gagné, les Allemands ont accepté tacitement de désarmer et de se défaire de leur régime monarchique. Du moins les Américains le pensent-ils, comme si le départ du Kaiser était pour eux le but de guerre essentiel.

— La défection de l'Autriche-Hongrie les aura fait réfléchir, remarque le vieux professeur. Quelle honte pour les Allemands si les Italiens entraient dans Vienne et occupaient le Tyrol ! Et les Français de Franchet d'Espèrey, que l'on oublie un peu vite, alors qu'ils ont été les premiers à signer l'armistice bulgare. Pourquoi ne pousseraient-ils pas eux aussi leur glorieuse cavalerie jusqu'à la fière capitale des Habsbourg ?

— Que nous importe ! Nous pourrons passer le Rhin, et c'est l'essentiel ! Ils accepteront tous les points du président Wilson, et la guerre sera mise hors la loi.

Rien ne parvient à dérider le professeur, pas même les naïvetés de son petit-fils. Jérôme finit par s'en apercevoir.

— Je trouve que les Allemands ont hésité bien longtemps, dans leur Reichstag, et surtout dans leur Conseil de guerre, avant d'accepter des conditions qui ressemblent beaucoup à une capitulation. Les militaires ne faisaient plus d'opposition. Ce sont les civils qui n'étaient pas d'accord entre eux. Note bien qu'ils attendent les propositions des alliés « fondées sur la justice ». Pour eux, la discussion est ouverte, et ils entendent bien discuter jusqu'au bout. Ne t'attends pas à des miracles !

Ainsi parle avec sagesse et pénétration le vieux professeur de grec.

* *
*

Les journalistes du monde entier se sont déjà donné rendez-vous à Paris, où ils tentent d'obtenir des nouvelles, heure par heure, sur la fin de la guerre.

L'un de leurs quartiers généraux favoris est l'arrière-salle accueillante d'une brasserie du boulevard Saint-Germain encore appelée, et depuis 1880, brasserie des Bords du Rhin, qui a l'avantage de ne pas être trop éloignée de l'ambassade d'Italie, alors installée rive gauche, dans l'ancien hôtel de Galliffet, rue de Varenne.

Pourquoi cette attention particulière sur l'Italie ? Parce que, après la victoire de Vittorio Veneto du général Diaz, qui a franchi la Piave le 28 octobre, l'écroulement de l'Autriche-Hongrie est programmé, mais aussi bien les difficultés diplomatiques des Alliés avec l'Italie triomphante. Jamais Orlando, le président du Conseil italien, tout gonflé de sa gloire neuve, ne voudra prendre ses ordres au cabinet de Wilson. Quand on s'attend à des problèmes entre alliés, les journalistes accourent.

Et Gilles Perret, responsable de la politique étrangère au *Petit Parisien*, remarque finement, approuvé par Auguste Gauvain, défenseur inconditionnel de la cause italienne au Journal des débats, que la discussion des clauses de l'armistice entre les Alliés est en fait la véritable négociation. L'Allemagne n'y est pour rien. Il est bien entendu par Woodrow Wilson lui-même qu'elle ne sera pas admise à discuter.

— Il ne faut pas considérer Wilson comme une sorte de monolithe, remarque Auguste Gauvain, qui attend avec impatience des informations de l'ambassade d'Italie. Le 25 octobre, le *New York Times*, si wilsonien, écrivait encore que le président des États-Unis avait réussi, par ses notes progressives et savamment dosées, à mettre les Allemands au pied du mur. À suivre ce canard, tout aurait été savamment calculé.

— Je n'en crois rien, répond Gilles Perret, l'homme de confiance du sénateur Dupuis, propriétaire du *Petit Parisien*. Wilson a changé d'avis tout au long de sa négociation. Il me semble suspect qu'il n'ait jamais demandé formellement la démission du Kaiser.

— Nous l'avons demandée, nous ! rugit un correspondant anglais en se défaisant de sa houppelande d'un autre temps pour accoster au bar comme un cargo au port, et nous demanderons même, le moment venu, sa mise en jugement comme criminel de guerre.

Il y a très longtemps que l'on n'a vu dans Paris la lourde silhouette de Richard Bartlett, que les anciens de la campagne des Dardanelles ont souvent rencontré du Caire à Athènes. L'arrivée par l'Étoile du Nord du correspondant du *Sunday Times*, grand ami de Churchill et de lord Burnham, magnat de la presse londonienne, est une sorte d'événement : on peut avancer sans risque d'erreur que les affaires sérieuses vont commencer.

Auguste Gauvain, furieux de l'intrusion de ce journaliste anglais qui ne passe pas pour très favorable aux revendications italiennes, maintient le cap de la conversation sur la négociation de Wilson :

— Peut-il intervenir dans la politique intérieure allemande ? Quel inconvénient majeur voyez-vous à ne pas conserver, avec un vrai régime parlementaire sans doute, un Guillaume II discrédité et sans pouvoir ?

— Sans doute, avance Perret, Woodrow Wilson a-t-il craint, s'il renvoyait trop tôt le Kaiser, de provoquer un mouvement révolutionnaire en Allemagne, qui rendrait impossible toute négociation d'armistice, puisqu'il n'y aurait plus en face des Alliés un interlocuteur susceptible de l'appliquer.

— Vous devez avoir raison, opine Lucio Baldi, du *Corriere della Serra*, qui déteste l'idée que l'Europe se sépare de ses monarques, même vaincus.

Une opinion que partagerait assez le très royaliste Bartlett, qui regrettait qu'en Grèce on eût chassé du trône Constantin le germanophile. Après tout, ce Guillaume II, quels que soient ses torts, n'est-il pas le parent direct de la reine Victoria ? N'a-t-il pas assisté en neveu déférent à ses grandioses funérailles ? N'était la furia anti-wilhelminienne du Premier Lloyd George, Richard partagerait assez l'avis de l'Italien. Il est de ceux qui pensent que les trônes et leurs dais dorés mettent à l'abri de la vermine bolchevique, en offrant aux peuples leur part de rêve armorié, et des rubriques infinies dans les colonnes du *Sunday Times*.

Lucio Baldi est appelé au téléphone. Il revient radieux. Orlando a supplié Wilson de ne pas faire connaître aux Allemands les conditions de l'armistice sur le front de l'Ouest tant que l'empereur Habsbourg n'a pas signé la capitulation de son armée.

— Belle mentalité ! lance Bartlett en commandant une bière anglaise. Votre Orlando demande à Wilson de lui donner les moyens de combattre tranquillement ses quatorze points, une fois son armée à l'abri !

Mais qui se soucie des Italiens ? Eux-mêmes se tiennent provisoirement pour rassurés. Ils obtiendront le Brenner, et peut-être l'Adriatique. Ils le souhaitent avec ardeur. L'essentiel pour eux est de sortir de leur position de faiblesse, d'éviter un violent retour de manivelle de l'armée autrichienne, même en mauvaise posture. Lucio Baldi télégraphie à Rome : tout va pour le mieux.

— Ce qui ne va pas du tout, c'est l'accord des généraux alliés, explique Gilles Perret. Le maréchal Foch veut occuper la rive gauche du Rhin, la Sarre et des têtes de pont sur la rive droite, Cologne et Mayence, s'il vous plaît.

— Je suis frappé de l'accord des généraux alliés sur un point, un seul, observe perfidement Lucio Baldi : aucun d'entre eux, sauf peut-être l'Américain, n'exige le désarmement immédiat et complet de l'armée allemande. Osez-vous appeler cela une capitulation sans conditions ?

— Et qui tiendra le boulevard contre le bolchevisme, si vous désarmez les *Feldgrauen* ? demande, de sa voix de basse embrumée de fumée de cigare, sir Richard Bartlett.

— Les conversations des généraux ont commencé le 7 octobre, remarque Gilles Perret. Foch a pondu plusieurs notes. Il ne peut que constater les désaccords. Les Anglais souhaient s'en sortir au plus tôt et se montrer raisonnables avec les Allemands pour ne pas avoir à licencier, faute de renforts, la moitié de leurs divisions avant trois mois. Les Américains veulent être plus durs, mettre l'Allemagne à genoux, dit Pershing, parce que, en 1919, avec cent divisions en ligne, il sera l'arbitre du conflit. La vraie question est là. Et plus les nôtres se font tuer pour en finir vite en réduisant chaque jour leurs effectifs, car ils n'ont pas en réalité d'autre choix, plus ils confortent le point de vue d'un général Pershing.

* *
*

Ainsi, le bataillon Poindron est prié d'avancer au plus tôt en direction de la Meuse, Foch n'étant pas en mesure de faire respecter les clauses de l'armistice s'il ne franchit pas au moins ce fleuve en direction du Rhin.

La progression est pénible, ponctuée d'engagements durs, de points de résistance découverts au dernier moment. Lloyd George l'a fait observer à la réunion des officiers supérieurs des armées alliées : jamais la guerre n'a été plus coûteuse, alors qu'on croit tenir les Allemands à merci. Les pertes humaines s'accumulent chaque jour, et l'on combat encore sur le territoire français, et le canon pulvérise les fermes et les villages où se retranche l'ennemi.

Les besoins en camions sont si importants pour assurer le déplacement des unités de réserve et le ravitaillement des armées en mouvement qu'on voit de nouveau des cavaliers à cheval, des éclaireurs, chasseurs ou spahis, hussards ou dragons, envoyés en reconnaissance avec leurs voiturettes de mitrailleuses. Quant à la biffe, elle marche par étapes réduites à vingt kilomètres par jour pour ne pas décourager les bleuets, pour éviter aussi les traînards sur les arrières, ceux qui jurent aux pandores, quand ils sont pris à s'enfuir, qu'ils ont perdu leur corps.

— On avait vu des fuyards dans les retraites, jamais dans la victoire, s'étonne un prévôt bougon. Il faut que les hommes soient à bout de nerfs et qu'ils aient perdu le sens de tout cela.

Les accrochages sont si fréquents sur les routes forestières que Poindron décide d'égailler entièrement le bataillon, prenant modèle sur le corps franc de Jules Laffère. Dès qu'un petit groupe est accroché par un îlot de résistance, sous une pluie de rafales de mitrailleuses, il se terre, et les camarades manœuvrent pour encercler et grenader l'ennemi, qui généralement décroche.

On le retrouve un peu plus loin, replié sur une nouvelle position. Pendant le décrochage, une série de tirs de *Minenwerfer* tient les poursuivants à distance.

On s'explique, dans ces conditions, la lenteur de la poursuite. Si l'assurance de gagner à la longue, à l'arraché, donne des ailes aux généraux français, la certitude de perdre rend aux junkers allemands leurs qualités d'organisation dans la retraite. Ils répètent chaque matin aux officiers de secteurs qu'ils ne doivent pas rentrer vaincus dans le *Vaterland*, mais avec les honneurs de la guerre, et leurs armes intactes.

Pour éliminer les points fortifiés, il faut du canon, des chars, des moyens lourds, donc lents à mettre en place. La retraite est plus rapide, plus fluide, surtout si des équipes de travailleurs sont recrutées à l'arrière, bon gré mal gré, pour aménager les relais de résistance des unités combattantes, très bien choisis.

Ainsi s'épuisent les poursuivants. Jules et ses camarades combattent nuit et jour, à l'avant du 76ᵉ régiment, dans le bataillon Poindron, où les brancardiers doivent suivre l'avance quotidienne en récupérant les blessés. Ils entassent les morts sur la baladeuse attelée de chevaux, corbillard d'occasion aux roues grinçantes, aux plateaux sales, quand l'avance est suffisante pour que les territoriaux tonkinois ou malgaches puissent opérer en sécurité.

Cette routine de la mort escomptée, presque calibrée à la journée, affecte aussi bien l'armée allemande. Il faut garder assez d'hommes à la compagnie pour que la résistance ait un sens, et donc remplacer au jour le jour ceux qui tombent, même par des jeunes n'ayant jamais appris à démonter un fusil.

Pourtant, dès qu'ils arrivent en ligne, on les affecte aux mitrailleuses légères et même aux lourdes, en leur expliquant rapidement le maniement des Maxim. Si les recrues se font rares, les armes et les munitions abondent sur toute l'étendue du front allemand, et les officiers, même très récemment nommés, encadrent aussitôt les nouveaux venus avec une énergie communicative.

— Ne pas montrer notre faiblesse, jamais, dit le lieutenant Hanfstangel à un *Feldwebel* saxon recru de fatigue. Reculer n'est pas rompre. Le sort de l'Allemagne dépend de notre résistance. Les derniers combats seront décisifs pour notre avenir.

Ils sont en face des Jules et reculent devant eux d'obstacle en obstacle, sans faiblir. Le caporal Laffère a fini par remarquer la minutie du dispositif de la compagnie allemande. Ses hommes semblent se déplacer au chronomètre. Impossible de signaler leur position aux artilleurs par radio. Ils éparpillent les obus au hasard et fournissent ainsi des abris aux servants des mitrailleuses légères, opérant toujours deux par deux.

Prévoir, et non subir. Jules part en tête, rampant avec Iouri l'Ukrainien, au regard sans défaillance et surtout à l'ouïe si fine qu'il entend les Boches murmurer à vingt pas. Paul Servan, guéri de sa blessure, sert le Chauchat d'Aucouturier, prêt à tirer au moindre mouvement. Jules veut les cueillir par-derrière, en épiant le moment de leur mouvement de retraite.

Le lieutenant Hanfstangel, malgré ses vingt-cinq ans, a appris à connaître toutes les ruses des Français. Il poste dans les arbres des observateurs qui signalent la manœuvre de Jules. Aussitôt sortent de terre les tubes des lance-mines, et les Français doivent se replier sous une avalanche d'éclats.

Iouri a repéré le guetteur. Du trou de mine où il s'est réfugié, il ne lui laisse pas le temps de descendre du charme dont les feuilles encore rousses le dissimulent aux Français. Le corps tombe, amorti dans sa chute par le tapis de feuillage. Paul Servan est de nouveau blessé, et aussi Gilbert le radio, peu gravement, il est vrai. Iouri veut poursuivre l'ennemi qui saute d'un trou à l'autre, en retraite accélérée.

— Les blessés d'abord, tranche Jules.

* *
*

Ainsi se poursuivent sur toute la ligne les combats réduits à des escouades, à des sections tout au plus, comme si l'on avait renoncé aux grandes offensives.

Il n'en est rien. Mais le souci de ménager les effectifs si minces de l'armée française incite à progresser par petits groupes, même si les sections engagent les bataillons, ceux-ci, les régiments, et finalement toute une division.

La montée vers la Meuse est lente, mais sûre, et non

moins sûre est la retraite allemande, toujours conçue selon un plan précis de récupération des petits effectifs très mobiles soutenus par l'artillerie légère et surtout par les milliers de mitrailleuses, dans des forêts épaisses où les chars hésitent à se risquer.

Les résultats sont là pour attester l'avance continue des Alliés : au bureau de Foch, Weygand les consigne chaque jour sur la carte, en fonction des messages radio reçus dans la matinée. Les informations montrent que les hommes continuent le combat sans désemparer.

Ce 2 novembre, reprenant de nuit la marche en avant, Jules apprend que l'ensemble des armées alliées se porte résolument vers l'Escaut, la Serre et la Meuse. Rien de nouveau dans ce communiqué, à peu près identique chaque jour. Tout dépend de l'importance de l'avance, qui n'est jamais une percée.

À l'état-major du général en chef des armées alliées, on marque les points, l'un après l'autre, patiemment. Foch n'en dort plus la nuit. Il sort de son bureau, les traits tirés, pour suivre les résultats des différentes armées, heure par heure. Il fait téléphoner à Boissoudy pour s'assurer d'une position, à Guillaumat pour avoir plus de détails. Pour Gouraud, pas de problème, il est le plus ponctuel et ne passe sous silence aucun engagement, même minime.

Weygand s'étonne de cette impatience du chef. Il a sur les épaules la négociation d'armistice et il ne pense qu'au contrôle minutieux des opérations. Cette insistance lui paraît anormale, presque inquiétante.

— Vous ne comprenez donc pas que nous devons avoir franchi les fleuves avant d'expédier la facture aux Boches ? Il faut que nous soyons sûrs de nous pour assurer l'exécution. Signer, passe encore, c'est un acte politique, mais il faut concrétiser sur le terrain. Notre excellent Douglas Haig nous reproche assez de ne pas être en mesure d'imposer l'armistice. Prouvons-lui le contraire.

— Pourquoi ne pas lancer l'opération Pétain en Lorraine, si l'on veut contraindre le Boche à reculer vers le Rhin ?

— Parbleu, parce que les Américains ne sont pas entièrement fiables, et que l'armée Mangin, si rapide soit-elle dans sa mise en place, ne pourra partir au mieux que le 15 novembre. Quant à la VIIIe armée, elle est habituée à tenir son front, point à la ligne !

— Bons résultats ! commente encore Weygand en consultant la carte. Le Kronprinz Rupprecht de Bavière a cédé dix kilomètres à nos armées du Nord, pilotées par le roi des Belges. Il n'a pu se maintenir dans son superbe palais de Valenciennes, où il faisait brûler d'énormes troncs de chênes dans l'immense cheminée en rentrant de la chasse au sanglier. Les Américains ont enfin fait reculer l'ennemi de huit kilomètres dans l'Argonne.

— Ne manquez pas de bousculer Guillaumat pour qu'il pousse entre l'Aisne et le canal des Ardennes, et je veux une grande attaque sur la Sambre, d'au moins dix-sept divisions. N'hésitez pas à rappeler les généraux concernés. Que l'action ne souffre aucun retard. Surveillez heure par heure la mise en place de l'artillerie et des chars.

Trois jours plus tard, Weygand n'a pas besoin de réveiller Foch. Il est debout à l'aube, il a dormi dans ses bottes. Le roi des Belges a atteint l'Escaut et les Américains ont franchi la Meuse au sud de Stenay, en face de la forêt de Woëvre. Mais c'est encore très loin de Mézières et de Sedan, et Foch s'en émeut.

— Ils vont contre-attaquer, s'écrie-t-il, et Pershing ne pourra tenir !

— N'oubliez pas, monsieur le maréchal, que la voie ferrée Mézières-Sedan-Montmédy est désormais sous le feu de nos pièces lourdes. Comment expédieront-ils leurs renforts ?

La nervosité de Foch alarme Weygand. Il possède apparemment des informations que son chef d'état-major ignore, et Weygand le déplore : voilà le maréchal embarqué, qu'il le veuille ou non, dans une bataille politique. Il a besoin de l'avance forcenée des armées pour obtenir gain de cause dans la négociation avec les Alliés. Il est devenu le partisan acharné d'une signature de l'armistice aussi rapide que possible.

Pourquoi cette hâte ? Depuis le 3 novembre, l'armistice de Villa Giusti a désarmé l'Autriche-Hongrie, et les Alliés se préparent à marcher sur Munich. L'heure de la fin des combats n'a-t-elle pas sonné ? Que se passe-t-il donc en Allemagne ?

* *
*

Personne ne le sait au juste, quand les gouvernements alliés – et non plus les seuls états-majors – délibèrent encore pour formuler des clauses acceptées par tous. Ils n'aboutissent à un texte unique que le 5 novembre, quand le général von Gallwitz organise, sur l'ordre du

Wurtembergeois Groener, successeur de Ludendorff, la résistance méthodique sur la Meuse, en dépit du petit verrou américain sur la rive droite.

Le colonel Vergnies, malgré son entregent, n'a pas réussi à savoir quels ont été les points d'achoppement entre alliés pour renseigner au mieux Fayolle, son patron. Il a pourtant obtenu quelques confidences intéressées de l'actif Floyd Gibbons, du *Chicago Tribune*, toujours curieux de jouer au chat et à la souris avec le 2e Bureau français et qui fait l'impossible pour rester en contact, même furtif, avec l'austère colonel House.

Vergnies est allé traquer Floyd dans son bar préféré, celui du Ritz, place Vendôme. Il l'a trouvé presque joyeux.

— Savez-vous ce qui me réjouit sans tout à fait me surprendre, lui confie-t-il en remontant sur son front ses lunettes d'acier : la subite et presque étroite concordance de vues entre notre Pershing et votre Pétain. À n'y pas croire : Foch a été obligé de consulter, parmi les autres, le général en chef des armées françaises du Nord-Est. Pétain veut attaquer en Lorraine avec Pershing, c'est une chose connue. Il espère une victoire totale en coupant les communications de l'armée allemande qui tient toujours plus ou moins la ligne de l'Escaut et de la Meuse. Totale, entendez-vous bien ? Il a répété plusieurs fois le mot. Si l'on est contraint de signer avant le départ de son offensive, il exige le désarmement complet de l'armée allemande en armes lourdes, en matériel ferroviaire. Il demande le retrait des *Feldgrauen* jusqu'au Rhin et l'occupation de têtes de pont. Et Pershing en rajoute. Non seulement il approuve les demandes de Pétain, mais il parle d'obtenir la destruction des bases sous-marines et la livraison de tous les submersibles, pour que les renforts américains continuent d'affluer en Europe en toute sécurité, si besoin est. Ne trouvez-vous pas cette concordance des points de vue stupéfiante ?

— Vous oubliez que Foch, s'il se contente de prendre un tiers de l'artillerie allemande, veut imposer l'occupation de la rive gauche du Rhin et l'établissement sur la rive droite d'une zone neutre. Pour lui, le maintien du blocus est essentiel afin de peser sur l'Allemagne. Je remarque seulement que ni Foch, ni Pétain, ni du reste Pershing, ne demandent la démobilisation des troupes allemandes et le désarmement des fantassins.

— Les clauses territoriales sont du ressort des politiques, et nos généraux sont assez surpris que Foch y ait recours sans vergogne. Clemenceau l'aurait déjà rappelé à l'ordre. Vous savez comme moi que les chefs de gouvernement se sont rencontrés dès le 29 octobre. Le colonel House, mon cher ami, représentait le président Wilson. Ils conféraient entre eux, sans les militaires, sans Foch, naturellement. J'aimerais tant que vous m'expliquiez pourquoi Foch parle si haut, et ce qui l'autorise à maintenir ses clauses extravagantes sur la Sarre et la rive gauche du Rhin. Est-il poussé par Poincaré et par le clan des Wendel, les puissants sidérurgistes lorrains, patrons du Comité des forges et probablement aussi du journal *Le Temps* ?

— Foch ne parle que de sécurité, précise Vergnies, embarrassé. Et de garanties pour la nécessaire réparation des dommages de guerre. Notre sol, nos villages, nos villes, ont été sacrifiés dans cette guerre. Ni les Anglo-Saxons ni les Allemands n'ont rien subi de tel.

— Il reste que Foch intervient dans la politique, justement à propos de garanties, ce qu'aucun général anglais ne pourrait se permettre, et encore moins Pershing.

— Wilson ne peut venir en Europe départager les gouvernements. Il est pris par les élections législatives, avance perfidement Vergnies. Est-ce pour cette raison qu'il s'est radouci sur les clauses de l'armistice, pour amadouer son électorat démocrate, comme on le susurre autour de Poincaré ?

— Le président considère, et ne s'en cache nullement, que toute invasion du sol allemand serait considérée comme humiliante et ferait le jeu du parti militaire. Je vous répète l'un de ses propos, diffusé par le *Washington Post* : « Mieux vaut songer à l'avenir que de chercher un avantage immédiat. » N'est-ce pas frappé au coin du bon sens, comme vous dites, je crois, en français ?

— Enfin, les politiques se sont mis péniblement d'accord sur un texte le 30 octobre, le jour de l'offensive lancée sur tous les fronts. On assure, du côté du cabinet Clemenceau, que le Tigre se serait engagé sur l'honneur à évacuer la rive gauche du Rhin dès que les conditions de paix auront été exécutées.

— En vérité, jubile Floyd, voilà une belle promesse qui ne lui coûte rien. Il faut auparavant négocier la paix, ce qui demandera du temps, et obtenir de l'Allemagne qu'elle paye des réparations. Je ne vois pas vos poilus rentrer de sitôt dans leurs foyers, mon cher ami. Ils resteront sous l'uniforme un an de plus, voilà tout.

— Et vous-même ?

— Il est impossible de retenir un Américain sous les armes. Dès que la guerre est finie, il exige *to go home, over the hills*. Ne comptez pas sur lui pour occuper !

* *
*

La troupe grogne et se plaint des trop longues étapes. La montée vers la Meuse est interminable et meurtrière. Les Allemands, que l'on dit à bout, résistent pas à pas. Les voilà solidement retranchés de l'autre côté de la rivière, bien munis de canons, et leurs Fokker paraissent encore dans le ciel, comme si leurs réserves d'essence étaient inépuisables.

Le capitaine Poindron rassemble le 5 novembre au soir, à la popote, les officiers et sous-officiers du bataillon. Il entend les associer à ses préoccupations, sans leur dorer la pilule, en parlant entre hommes. Il se demande, et beaucoup partagent son inquiétude, pourquoi les Alliés ne sont pas en mesure d'imposer des clauses d'armistice à un ennemi demandeur, des clauses qui l'empêchent de remettre ça.

— Les prisonniers allemands sont nombreux, affirme-t-il. Chaque jour, nous saisissons de nouveaux démissionnaires de la guerre. Il ne devrait pas être difficile, en les interrogeant de façon plus systématique, d'avoir une meilleure connaissance de la situation dans leur pays.

— Ils n'ont pas plus envie de continuer que nous, intervient dans son sabir Iouri qui passait par là. Pas plus que les Russes n'en avaient envie en 1917. Et pourtant ils continuent. C'est incompréhensible.

Poindron saisit l'occasion d'apporter quelques précisions. Il est responsable devant le colonel des interrogatoires de prisonniers, qu'il conduit souvent lui-même. Il a des bribes d'informations sur la situation en Allemagne, parce que ceux qui se rendent arrivent tout juste des dépôts, et ils parlent sans qu'on les sollicite.

Leurs propos sont surprenants. À l'arrière, dans les villages, les paysans demandent qu'on en finisse avec les Hohenzollern, responsables de la famine, du bolchevisme et des morts de la guerre. Dans les villes, pas un mot de réconfort pour les soldats du front. On ne parle que de pommes de terre et de rutabaga. Ceux qui lisent les journaux sont surpris de voir les éditoriaux consacrés à la retraite nécessaire du Kaiser. On en débat librement, comme s'il s'agissait d'une question politique ordinaire. Certains vont plus loin : ils prétendent que le gouvernement a pris contact en pays neutre avec des émissaires américains : tous ont présenté le départ de l'empereur comme extrêmement souhaitable – il permettrait à Wilson d'imposer sa paix juste.

Hans Groeber, jeune apprenti rhénan mobilisé à dix-neuf ans, n'a nullement caché à Poindron son attachement à la social-démocratie, qui, bizarrement, n'est pas la plus ardente à demander le départ de la famille régnante. Les syndicalistes ont peur, ils se taisent. Ils sont sensibles à la propagande des minoritaires du parti et de ceux qu'on appelle les spartakistes.

— J'ai appris par les camarades berlinois, explique Hans, que des manifestations ont été organisées dans la capitale le 27 octobre et dans différents quartiers, sans que la police intervienne. Au théâtre de Moabit, Karl

Liebknecht, le chef des spartakistes, a crié : « À bas les Hohenzollern ! Vive la révolution sociale ! »

— Il n'a pas été arrêté ? demande Poindron.

Nullement. Liebknecht dénonce sans détour les socialistes présents au gouvernement, tel Noske, qui ne protestent pas contre la revendication des ultras de la lutte à outrance, jusqu'au dernier homme, si les clauses de l'armistice sont déshonorantes. On se rappelle, chez les sociaux-démocrates, que Lénine et Trotski ont choisi délibérément de signer la paix à n'importe quel prix, la paix tout de suite, ce que demande aujourd'hui Liebknecht. Que lui importe de garder des frontières et des soldats en armes quand il veut répandre avec Trotski la révolution universelle ? Toutes les manigances des partis, soi-disant pour obtenir de meilleures clauses, lui semblent des convulsions bourgeoises.

Poindron confesse qu'il a interrogé un prisonnier d'un grade plus élevé, un colonel d'infanterie surpris dans son état-major par un corps franc. Ce von Kleist lui a annoncé comme un événement l'arrivée de l'empereur sur le front, pour galvaniser les combattants. Poindron n'a pas réussi, malgré ses efforts, à le faire renoncer à son attitude hautaine.

— Le Kaiser veut mourir avec ses soldats, à la tranchée, et sauver l'honneur de l'Allemagne, a déclaré le prisonnier.

— N'est-ce pas un moyen de s'en débarrasser ? lui a objecté le capitaine.

— Certainement pas. L'empereur est le père de la patrie et le garant de l'unité. Les Bavarois doivent savoir qu'ils ne pourront faire sécession et demander une paix séparée comme les misérables Autrichiens. La présence du Kaiser dans les rangs de nos soldats galvanisera la résistance. Vous n'avez remporté aucune victoire décisive, vous n'avez donc aucun droit à nous imposer la capitulation. L'empereur sauvera l'armée.

Le caporal Grenier réagit vivement aux propos rapportés par Poindron. Inscrit à la SFIO de Coulommiers, il a toujours été sensible à l'idée jaurésienne que seule une mobilisation internationale des masses pouvait éviter la guerre et, depuis 1915, ouvrir des négociations de paix. Patriote, il est parti en août 14 parce que trois armées allemandes envahissaient le pays et que le devoir de tous était de le défendre. Mais la situation a changé depuis lors. L'accumulation des morts a rendu illusoire un espoir de victoire. L'Europe est ruinée par la guerre, il n'y aura ni vainqueurs ni vaincus, mais seulement des ruines et des orphelins après la fin des combats. Il faut donc en finir, de telle sorte que la guerre ne soit plus possible.

— Chimère ! lance le lieutenant Godard. Les Allemands prétendent déjà rentrer chez eux en armes, et discuter de la paix. Ils sont prêts à recommencer à la première occasion. La société des nations projetée par Wilson pourra-t-elle les en empêcher ?

— Seule une institution internationale a le pouvoir de dénoncer l'agresseur et de le condamner. Wilson veut réaliser ce dont rêvait Jaurès.

— Avec quelles forces d'exécution ? demande le petit lieutenant, le seul saint-cyrien du régiment échappé à la tuerie, on ne sait par quel miracle.

— Les forces d'exécution auront d'autant moins à

intervenir que le désarmement universel sera imposé, y compris à nous, Français, bien sûr.

— Je trouve pour ma part, affirme Poindron, que la seule force d'intervention possible en Europe est une solide alliance franco-anglo-américaine.

— Tu as raison, citoyen capitaine, lance le caporal socialiste. Cela élimine la fable honteuse de la sécurité sur le Rhin, qui cache la revendication de nos bons sidérurgistes sur le charbon de la Sarre et les aciéries de la Ruhr, naguère – soutenue par Briand. A-t-on bombardé Briey pendant la guerre ?

* *
*

Pendant qu'on discute âprement dans les popotes, avant de se lever à la diane pour continuer à pied, sac au dos, la marche sur la Meuse, Clemenceau reçoit le colonel House dans son bureau de la rue Saint-Dominique, le mercredi 6 novembre.

Il ne voit nullement en lui un adversaire mais un allié, un associé. House est son interlocuteur auprès de Wilson. Quelle que soit sa rigueur militaire, il compte sur lui pour obtenir l'essentiel : une garantie américaine d'intervention si la paix est menacée. Il préfère parler avec le colonel qu'avec Wilson, dont il redoute les billevesées de juriste, surtout en période électorale [1].

Roide mais souriant, le colonel s'installe dans le fau-

---

1. Le 5 novembre 1918, les élections américaines envoient au Congrès une majorité républicaine hostile à Wilson et à la paix wilsonienne.

teuil qui lui est familier, où il vient souvent s'entretenir avec le vieil homme, seul homme politique français capable de parler couramment sa langue, ayant vécu quatre ans en Amérique dans sa jeunesse. Poincaré le Lorrain devine cette sympathie du Tigre pour les Américains, quoi qu'il s'en défende, et il s'en irrite.

Le plus extravagant n'est-il pas que le sort de millions d'hommes encore à la merci d'une mort violente dépende en définitive du retard d'une petite douzaine de responsables alliés qui ne parviennent pas à s'entendre, parce qu'ils représentent des intérêts dits nationaux ? Son grand âge rend peut-être Clemenceau sensible à cet aspect des choses. Son habitude de sentir l'opinion, qu'il n'a pas besoin de mesurer pour comprendre, lui donne à penser qu'il faut hâter l'issue. On n'a que trop tardé.

— Mon intention, répète-t-il au colonel House, est de travailler en harmonie avec les États-Unis en toutes choses.

Du fond de lui-même, il pense que la garantie d'alliance américaine peut seule empêcher le retour de la guerre, mais aussi qu'elle peut préserver l'Europe du chaos. Clemenceau ne redoute rien tant que le retour des États-Unis à l'isolationnisme. Il sait parfaitement que l'élimination de la clique militaire et dynastique d'Allemagne est de peu de poids si la puissance de l'industrie lourde reste intacte et si l'État-major peut se reconstituer sous une forme ou sous une autre. Que l'on compte sur cette puissance allemande mise en réserve pour contenir et refouler le bolchevisme le rend nerveux.

D'autant qu'il sait fort bien, par le 2e Bureau pour une fois renseigné, que le comte de Brockdorff-Ranzau, partisan de la résistance allemande, incite vivement Max de Bade à « manier l'antibolchevisme ». Ce diplomate et agent de renseignements a constamment soutenu les bolcheviks en exil depuis son poste d'ambassadeur à Copenhague. Il a « traité » avec des fonds secrets l'affaire de l'introduction en Russie de Lénine et des bolcheviks, en 1917.

Le colonel House sort sa montre de son gousset : il est midi juste.

— Il me semble qu'à cette heure, la note du président Wilson est arrivée à Berlin. Elle confirme l'acceptation globale des quatorze points par les Alliés, ce qui rassure les Allemands, et elle précise que Foch tient à leur disposition les conditions d'armistice. Nous n'avons plus qu'à attendre. Ont-ils les moyens de refuser ?

— Foch affirme que non. Il prend ses dispositions pour forcer définitivement la ligne de résistance de la Meuse, et relance l'offensive Pétain en Lorraine, qu'il limite à la Xe armée de Mangin. Il pense que nos troupes, si fatiguées soient-elles, le sont moins que celles de l'Allemagne, minées par les nouvelles de plus en plus alarmantes venues de l'intérieur.

— Qui vont-ils nous envoyer ?

— Des inconnus [1]. Ni Max de Bade ni Hindenburg ne veulent se compromettre. Le seul homme politique qui ait accepté de présider la délégation est Matthias Erzberger, un homme du Sud venu du Wurtemberg.

— Un député de la gauche du centre catholique qui

---

1. Le général von Winterfeldt, qui n'a pas exercé de commandement, le comte von Oberndorff, ministre d'Allemagne à Sofia, et le capitaine de vaisseau Vanselow.

passe pour proche de certains milieux d'affaires. Il a fait voter au Reichstag la résolution de paix de juillet 1917 qui en a fait l'ennemi de Ludendorff, n'est-ce pas ? Max de Bade a dû penser qu'il serait bien accueilli par Wilson. Savez-vous où ils seront précisément reçus ?

— Foch, qui aime la mise en scène, a fait aménager un wagon de luxe dans une clairière de la forêt de Compiègne, à Rethondes. Il leur a donné un délai de trois jours pour venir à Canossa.

— Foch n'est pas le pape !

— C'est lui qui traite en notre nom, avec les généraux alliés, cela va sans dire. Je pense que les préventions de votre Pershing contre l'armistice prématuré sont tombées d'elles-mêmes et qu'il n'exige plus désormais la « capitulation sans conditions ».

— Sans doute a-t-il été manipulé par les sénateurs républicains, répond froidement House. Jamais le président ne l'a encouragé dans cette voie. Signer la paix à Berlin aurait exigé le sacrifice d'un million d'Américains, peut-être. À quoi bon poursuivre jusqu'au Rhin, alors que l'ennemi semble prêt à désarmer de telle sorte qu'il ne puisse plus se permettre de résister ?

— C'est mon avis, concède le Tigre. Je ne suis pas sûr qu'il soit partagé par Poincaré, mais je n'en ai cure. De toute façon, notre cher président n'est pas de ceux qui veulent signer à Berlin. Il pense seulement à l'Alsace, à la Lorraine et au Rhin.

— Comment et quand les plénipotentiaires arriveront-ils à Rethondes ?

— Tout est prévu, n'ayez aucune inquiétude. La délégation allemande se présentera demain à vingt heures au lieu précisé par un radiotélégramme de Foch : Haudroy, à deux kilomètres au nord-est de La Capelle. Dans la nuit du 7 au 8 novembre, elle sera conduite par la route à Saint-Quentin, puis à Tergnier, où la machine remorquant un train spécial sera tenue sous pression dès l'aube. De là, ils partiront pour la clairière. Le premier contact aura lieu dans la matinée. Nous ne pouvons rien attendre de concret avant le 11 novembre. Foch fera lire par Weygand, le 8 novembre, à leur arrivée, le texte établi trois jours auparavant par les Alliés. La réponse allemande doit leur parvenir le 11 novembre avant midi. Il est exclu qu'on sonne le cessez-le-feu avant la signature.

— *Well*, bougonne le colonel House, *we must wait and see*, comme disent les Anglais.

* *
*

Les poilus du corps franc de Jules Lafferre n'attendent pas. Foch trouve trop lent le franchissement de la Meuse. Il a demandé une troupe d'élite pour effectuer un passage de nuit et constituer une solide tête de pont. Les *Francs* abandonnent le 76e, qui reste en deuxième position à hauteur de Rethel, et sont enlevés en camion vers la rivière où le canon tonne furieusement.

— Voilà qu'ils sont pressés d'aboutir, lance Jules à Raoul d'Ozoir, son plus sûr confident. Au moment où, peut-être, ils sont en train de signer, ils nous dépêchent au point le plus chaud. Sais-tu ce que m'a dit Poindron ?

— Que tu devais ouvrir la route de Strasbourg !

— Non point. Les Boches sont à bout. Plusieurs

prisonniers le lui ont confirmé. La censure interdit ici toute publication. Clemenceau et Poincaré ne veulent pas qu'on en parle, au cas où cela nous donnerait des idées. C'est la révolution en Allemagne. Le 4 novembre, le social-démocrate Noske s'est rendu à Kiel, où le drapeau rouge était déployé sur tous les bâtiments de la flotte. Le 7, les mutins ont occupé la gare d'Hanovre et interrompu le trafic. La révolution gagne Cologne et Brunswick, où des soviets d'ouvriers et de soldats se sont emparés du pouvoir. À Munich, le socialiste indépendant Kurt Eisner, sorti de prison, a lancé un manifeste séparatiste. Cent mille participants ont demandé l'abdication de Guillaume II. Eisner a proclamé la république. À Berlin, les spartakistes n'ont devant eux que trois bataillons de chasseurs qui mettront la crosse en l'air. Ils demandent la paix immédiate et l'abdication de l'empereur. Ils ne sont pas les seuls : les sociaux-démocrates, dont les chefs s'appellent Ebert, Scheidemann et Noske, menacent de quitter le gouvernement du prince de Bade s'il n'obtient pas immédiatement le départ de la famille impériale. Ils en sont arrivés là.

— Mais Guillaume, naturellement, reste en place. Le major prisonnier a dit qu'il avait trouvé refuge au grand état-major de Spa. Ne va-t-il pas marcher à la tête de son armée, comme le tsar a tenté de le faire ?

— Groener lui répondra, intervient Aucouturier, toujours réaliste, qu'il n'y a pas de trains, et que les ponts et les gares du Rhin sont aux mains des rouges. Je ne vois pas de solution militaire pour Guillaume. Je ne suis même pas sûr que les officiers le suivent, si Groener les convoque.

— C'est dommage, grogne Léon Bourdillat, s'il y avait une solution, nous ne serions pas à marcher sous la pluie. Les Allemands auraient décampé.

— Guillaume s'accroche aux branches, il demande aux généraux s'ils peuvent marcher sur Berlin. Non ! Ils refusent. On lui suggère d'abandonner la couronne de Kaiser. Il accepte, mais veut garder celle de Prusse. On lui explique que le chancelier a annoncé sa double abdication. Il crie à la trahison. On doit le mettre dans le train de Hollande pour en être quitte avec lui. Qu'il aille chez ses chers amis hollandais, qui l'ont tant aidé et qui lui sont redevables de la scandaleuse fortune d'un pays profiteur de guerre, comme la Suède et la Suisse. Oui, qu'il parte à tout jamais, sans précipiter dans la guerre civile ce peuple allemand qu'il a déjà détruit dans une trop longue guerre, déclarée et voulue par lui. Il parle de l'honneur de ses soldats, de son armée, comme si leurs deux millions et demi de morts étaient sa propriété ! L'Auguste de Potsdam est devenu un Auguste de cirque, une cible pour Spartacus !

Quand les Francs arrivent à l'étape, le 9 novembre au soir, ils obtiennent des nouvelles fraîches, à l'état-major de la 163ᵉ division installée dans les Ardennes. Composée de Méridionaux et de Bretons, elle dépend de l'armée Gouraud et obéit aux ordres du général Boichut, polytechnicien et artilleur.

Jules et les siens apprennent par un officier d'ordonnance de ce général, un assez bon zigue qui n'a pas la langue dans sa poche, dit Edmond Garnier, que le *Rittmeister* von Helldorff vient de franchir le massif de l'Ardenne pour apporter le texte de l'armistice au GQG allemand de Spa.

Le général Boichut lui aurait demandé des nouvelles du gouvernement. Le *Rittmeister* aurait répondu évasivement. Guillaume voudrait rester roi de Prusse, mais, à Berlin, le prince de Bade a déjà annoncé la démission de l'empereur-roi. Il ne s'attend pas à le trouver à Spa. Il a probablement déjà pris le train pour la Hollande. Au général français qui voulait savoir qui commande à Berlin, le *Rittmeister* a cru devoir répondre que Max de Bade a transmis ses pouvoirs au socialiste Ebert, qui a proclamé la république. Ce député de la social-démocratie serait le président d'un conseil de gouvernement comprenant six commissaires du peuple, trois sociaux-démocrates et trois socialistes indépendants, mais aucun spartakiste. Ils seraient les responsables actuels de l'Allemagne.

— Et on nous demande de franchir la Meuse ! Quelle folie ! s'indigne Bourdillat. Autant reprendre tout de suite la route de Tournans.

— Tu n'y songes pas, dit Jules. Le général Boichut a reçu par son supérieur l'ordre de Foch : passer la Meuse et tenir à tout prix. Et Boichut, stupéfait, conscient de la fatigue de ses soldats et de son absence totale de moyens, a cédé quand on lui a expliqué qu'il fallait contraindre les Allemands à signer, que c'était une question de moral.

Jules recueille tous les renseignements possibles à l'état-major de Boichut. Les malheureux Provençaux de la 163e ont combattu depuis deux jours déjà deux divisions de la Garde prussienne dotées d'au moins une mitrailleuse pour dix hommes. Ils ont franchi la rivière par moins six degrés sous la pluie, dans le brouillard, sur des planches mal ajustées retenues par des câbles. Les sapeurs du génie se sont surpassés. Les batteries d'artillerie ont déversé un déluge de feu.

— Que reste-t-il à faire ? demande le caporal, indigné qu'on l'ait expédié à la légère dans une expédition inutile puisque les camarades ont réussi en deux jours à franchir la Meuse, large à cet endroit de soixante-dix mètres. L'armistice, apparemment, n'est plus qu'une question d'heures. Faut-il encore risquer la mort ?

— Sais-tu comment on surnomme ceux d'en face ? lance à Jules un caporal marseillais du 415ᵉ, évacué pour blessure grave : les hannetons, *Maikäfer*. Prends les tiens et tâche de dégager les nôtres. Ils chargent à la baïonnette, faute de grenades, les mitrailleuses allemandes embusquées dans les ruines de Vrigne-Meuse, pour échapper à l'encerclement. Ils vont tous y passer.

Jules et les siens partent aussitôt, franchissent la rivière sur des radeaux, dans le brouillard des fumigènes, trempés de pluie, se mettent en position de défense à la gare de Vrigne. Ils sont d'abord chargés de transporter des caisses de munitions pour ravitailler les cent cinquante braves qui se défendent encore.

Ils retrouvent les Marseillais hagards dans les ruines du village de Dom-le-Mesnil, où ils se sont retranchés. Depuis cinq heures quinze, Foch a expédié un télégramme annonçant aux chefs de corps la signature de l'armistice et la fin des combats, prévue pour onze heures, afin que les responsables des deux camps aient le temps de prévenir tous leurs combattants.

Jules et Bourdillat ne cessent de tirer sur les Prussiens

qui les accablent de rafales, le temps que la nouvelle leur parvienne. Cette bataille de deux jours avant l'armistice coûte la vie à quatre-vingt-onze poilus, dont le dernier, Auguste Joseph Trébuchon, natif de la Lozère, tombe un quart d'heure exactement avant la sonnerie du clairon Delalucque.

Par-dessus le rempart de son abri, Jules observe l'ennemi, prudemment. En face, les Prussiens sortent de leurs trous, un par un, la tête d'abord, puis le torse. Les adversaires se dévisagent en silence, pétrifiés. Ils ne veulent pas y croire. C'est pourtant vrai.

À Vrigne, pas de fraternisation, pas d'hymne national. Il y eu trop de souffrances, trop de rancœur. Chacun repart de son côté pour rentrer au pays. Ils frissonnent de fièvre, glacés jusqu'aux entrailles, et défilent en groupes disloqués et las, devant le corps meurtri, étendu sur une rallonge d'artillerie, du dernier des morts de la Grande Guerre.

**
*

La joie, les chansons, la fête populaire, c'est pour plus tard, quand on traversera à pied les villages des Ardennes libérées après plus de quatre ans d'occupation. Sur le moment, les *Francs* se suivent en file indienne pour retrouver les leurs, perdus du côté de Rethel et sans doute au-delà. Ils veulent être ensemble pour rentrer au pays.

Illusion. On se retrouve toujours au front, on se perd dès qu'on l'a quitté. On ne se revoit plus jamais. Iouri l'Ukrainien retrouve un uniforme américain pour tâcher de se faire embarquer vers les États-Unis. Raoul d'Ozoir grimpe dans le camion tout neuf de Vrin et Maraval. Gilbert le petit radio rempile dans les chars, dont il est devenu fanatique. Bourdillat ne veut plus quitter Mézières, où la bouchère est accorte, et le sagace Aucouturier trouve un chauffeur sur mesure, l'excellent Philippon, au volant d'une voiture boche confisquée.

La classe s'égaille, la classe s'égare. Ils finissent par s'égrener en petits groupes, les anciens conscrits du 76ᵉ, le long de la route défoncée. Ils ont tous choisi de partir à pied pour ne pas s'agglutiner dans les gares submergées de convois poussifs où les biffins attendent une place des jours et des jours, quand ils ne sont pas désignés pour le départ vers l'occupation en Allemagne.

Jules ne le sait pas encore. Pour ce qu'il lui reste de temps à vivre, il ne reverra plus jamais son cher capitaine Poindron, ni le sergent Brinbuisson au grand cœur sous ses lunettes pincées, et pas davantage Edmond Garnier, déjà perdu dans les bois et marchant solitaire, de forêt en forêt, jusqu'à son refuge de Pontcarré.

Le temps de la guerre est fini. Ils sont sortis de la mémoire du présent, les vivants et les morts. Ils reviendront plus tard, à l'heure des comptes. Pour le moment, ils se sont évanouis. Jules pense aux plus proches comme s'ils étaient encore de ce monde. À Jacques surtout, mais aussi à Michel le garde, le cuirassier, Michel l'Américain, dont il ne reverra plus la haute silhouette et dont il a appris la mort par Gilbert Tavel, le radio.

Se refaire une place chez les vivants. Suzanne, où est Suzanne ? Il se rappelle qu'elle a trouvé refuge chez les parents de Jacques, les Millet du faubourg Saint-

Antoine. Il sonne à l'atelier. Une jeune femme lui ouvre. Pas Suzanne, mais Gaby, la chocolatière. Elle lui saute au cou, comme si elle l'avait quitté la veille.

— Je savais bien que tu reviendrais.

Elle ne manque pas de culot. Tout juste si elle ne lui fait pas grief de son absence. Elle l'attendait, fidèle, en allant danser tous les soirs et sans jamais lui écrire un bout de lettre. Lui en faire reproche ? De quel droit ? Une gosse abandonnée dans la guerre des civils, où les blessures, profondes, ne laissent pas de cicatrices. Il la serre dans ses bras à l'écraser, Gaby la valseuse. Elle garde la maison en compagnie d'Anatole, sorti de l'hôpital avec la gueule brûlée et les idées intactes, à qui le vieux Massip apprend le métier d'ébéniste et les souvenirs des anciens de la grande aventure anarchiste.

— Suzanne ? interroge Jules, anxieux.

— Chez toi, à Aulnoy. Elle ne bouge plus, elle attend.

— Et les Millet ?

— Avec elle, naturellement.

Ils prennent tous ensemble le train de Coulommiers. Jules échappe de son mieux à la joie incroyable du peuple rassemblé de la gare à la place du marché qui acclame le retour des poilus et la paix retrouvée. Il s'arrache au maire, au curé, à l'instituteur, au capitaine des pompiers. Il court au pas de chasseur sur la route de la ferme, Gaby trottine comme elle peut derrière lui, enlève ses jolies chaussures vernies pour marcher pieds nus sur l'herbe du talus, Hervé Massip ahane comme un cheval fourbu, c'est Anatole qui doit le soutenir.

Jules passe la porte le premier. Des cris l'accueillent,

et d'abord celui du petit Jacques. Il vient de naître. Le père Millet le hisse dans ses bras. Les mères pleurent. Le chien Fidèle jappe, lèche les mains de Jules. Suzanne est heureuse. Elle essuie ses yeux baignés de larmes. La guerre est finie.

Annexes

CE QUI SE PASSAIT
DE JUILLET À NOVEMBRE 1918

Le 15 juillet 1918, le premier quartier-maître général Ludendorff lance sa dernière offensive sur le front occidental, en Champagne, avec ses réserves venues des fronts de l'Est. Il veut briser l'armée française, puis se retourner contre les Britanniques, avant que les divisions américaines n'arrivent en grand nombre sur le front.

L'attaque a lieu de part et d'autre de Reims. La Marne est franchie à Dormans et von Boehn attaque sur Épernay. La progression est arrêtée par les armées Degoutte (VIe) et Berthelot (V^e), ainsi que par le 2e corps italien du général Albricci et par quelques unités américaines qui défendent bois Belleau et Château-Thierry. Enfin, la IXe armée confiée au général de Mitry achève de sauver Reims pendant qu'à l'est de la ville la IVe armée de Gouraud soutient le choc en Champagne. Le 16 juillet, la bataille est perdue pour les Allemands, qui songent à attaquer dans les Flandres.

Le 18 juillet, les Français engagent une contre-offensive sur la poche de Château-Thierry. Entre l'Aisne et l'Ourcq, les dix-huit divisions (dont trois américaines et deux anglaises) de la Xe armée Mangin, appuyées par 345 chars et 500 avions, attaquent. De l'Ourcq à la Marne, les neuf divisions de la VIe armée Degoutte (dont trois américaines) sont également renforcées de chars Renault et d'avions. Le 20 juillet, Dormans est évacuée, et Château-Thierry le 21. Le 67e régiment de Soissons enlève le 25 juillet l'éperon stratégique de Villemontoise. Soissons est libérée le 2 août, et le 4 les Français atteignent l'Aisne et la Vesle. Paris est dégagé, la bataille de la Marne et de Champagne gagnée.

Le 24 juillet, une directive de Foch recommande de dégager la ligne Paris-Nancy, Paris-Amiens-Calais, et les mines de Bruay-en-Artois. Le 8 août, l'armée britannique de Rawlinson et l'armée française de Debeney attaquent ensemble le groupe von Boehn sur la ligne Péronne-Nesle. Les Allemands sont enfoncés sous la ruée des chars. Ludendorff écrit à l'empereur qu'il n'a plus les moyens de gagner la guerre. C'est le jour de deuil de l'armée allemande.

Du 8 août au 11 novembre, les Alliés poursuivent les Allemands, qui se retranchent derrière des lignes de défense bien préparées. Ils sont d'abord refoulés sur la ligne Hindenburg (du 20 au 30 août), puis, le 3 septembre, Foch lance son plan à objectif unique : Mézières. Les Américains, le 14, l'emportent à Saint-Mihiel ; le 26 septembre, Gouraud et Pershing attaquent en Argonne, où les Américains sont embourbés.

Du 27 septembre au 13 octobre, Français et Britanniques investissent la ligne Siegfried, entre Lens et La Fère. Le 28 septembre est lancée dans les Flandres l'offensive alliée dirigée par le roi Albert en direction de l'Escaut.

Le 4 octobre, Ludendorff décide de faire appel à Wilson pour demander un armistice. Les négociations, d'abord menées par le seul Wilson, aboutissent le 11 novembre seulement. Le Kaiser et le Kronprinz ont alors émigré. L'Allemagne est dirigée par un gouvernement dont le président est le socialiste Ebert. La Bavière et les villes allemandes sont en révolution. Jusqu'au bout, Foch relance son offensive de la mer à la Meuse, libère la Belgique et l'Ardenne, franchit avec difficulté la Meuse, mais ne parvient pas jusqu'au Rhin.

LES DIVISIONS AMÉRICAINES EN FRANCE

Elles sont groupées à la fin de 1918 en trois armées de neuf corps d'armée.

Divisions de l'armée régulière :
— First Division : la première formée en France.
— Second Division : comprend la brigade de marines du bois Belleau.
— Third Division : surnommée la Marne Division.
— 4th : arrivée en France au printemps de 1918.
— 5th : idem.
— 6th : elle a la réputation d'avoir marché plus que les autres et se surnomme Sight Seeing Division.
— 7th : en Lorraine depuis octobre.
— 8th : seulement un tiers arrivé en France.
— 10th : arrivée à l'entraînement à l'été de 1918. N'a pas combattu.
— 11th : La Fayette Division. Débarquée à l'été. N'a pas combattu.
— 12th : the Plymouth Division. Recrutée en Nouvelle-Angleterre. N'est pas arrivée en France.
— 13th : organisée seulement en septembre 1918.

— 14ᵗʰ : Wolverine Division, recrutée dans le Michigan. N'a pas quitté les États-Unis.

— 18ᵗʰ : Cactus Division. Levée seulement au mois d'août. Pas instruite.

Divisions de la Garde nationale :

— 26ᵗʰ : dite the Yankee Division.

— 27ᵗʰ : the New York Division. Sert avec l'armée britannique.

— 28ᵗʰ : the Keystone Division. Levée en Pennsylvanie. A subi de lourdes pertes en France.

— 29ᵗʰ : the Old Hickory Division. A servi avec les Britanniques.

— 31ˢᵗ : the Dixie Division. Jamais engagée.

— 32ⁿᵈ : Wisconsin and Michigan. Fortes pertes en France.

— 33ʳᵈ : Illinois. En ligne en septembre, formée par les Australiens.

— 34ᵗʰ : Midwest. Non engagée.

— 35ᵗʰ : Santa Fe Division. Levée dans les grandes plaines, arrivée à l'été de 1918 en France.

— 36ᵗʰ : Texas et Oklahoma. Arrivée en été, peu engagée.

— 37ᵗʰ : Ohio et Virginie-Occidentale. En action dans les dernières offensives.

— 38ᵗʰ : Cyclone Division, vient de l'Indiana et du Kentucky. Arrivée trop tard en France.

— 39ᵗʰ : levée dans le Sud. Non engagée.

— 40ᵗʰ : Sunshine Division. Non engagée.

— 41ˢᵗ : levée dans le Nord-Ouest. Non engagée.

— 42nd : the Rainbow Division. Lourdes pertes en France.

Divisions de l'armée nationale :
— 76th : dépôt en France à la fin de la guerre.
— 77th : en service armé à la fin de la guerre.
— 78th : Lightning Division. Levée à New York.
— 79th : Maryland. En action seulement à la fin de la guerre.
— 80th : Blue Ridge Division. Combat avec les Britanniques.
— 81st : Wild Cat Division. Arrivée à l'été en France.
— 82nd : All American Division. Fortes pertes en France.
— 83rd : Ohio et Virginie-Occidentale. Division de dépôt.
— 84th : Middle West. Arrivée trop tard pour combattre.
— 85th : the Custer Division. Division de dépôt. Plus tard envoyée en Russie.
— 86th : nord de l'Illinois. Arrivée trop tard.
— 87th : levée dans le Sud. Arrivée trop tard.
— 88th : levée dans l'Ouest. A combattu en France à la fin de la guerre.
— 89th : Midwest Division. Entrée en ligne en août.
— 90th : recrutée dans le Sud-Ouest, a participé à la fin de la guerre.
— 91st : levée dans le Nord-Ouest. A combattu à la fin de la guerre et subi des pertes.

— 92nd : troupes noires. A combattu en Argonne et subi des pertes.
— 93th : troupes noires jamais complétées. Régiments éparpillés dans les régiments français.

The Tank Corps :
Aux ordres du général George Patton.

LA 125ᵉ DI EN 1918

Toujours composée de trois régiments d'infanterie, le 76ᵉ de Coulommiers, le 113ᵉ de Blois et le 131ᵉ d'Orléans, avec un escadron du 8ᵉ chasseurs d'Orléans, un bataillon de pionniers, une batterie de 58, puis un groupe de 155.

Commandée par le général Diébold, puis, à partir du 28 août, par Joseph Mangin.

— La division est retirée du front le 22 janvier 1918, et, du 11 au 22 mars, elle est en travaux sur la seconde ligne entre Vic-sur-Aisne et Crépy-en-Valois.

— Du 22 au 29 mars, elle est engagée dans la première bataille de Noyon. Décimée, elle est mise au repos du 29 mars au 13 avril vers Vic-sur-Aisne et Marest-sur-Matz.

— À partir du 9 juin, bataille du Matz, qui se termine le 15 par un nouveau repos à Dammartin-en-Goële. Instruction d'éléments américains jusqu'au 27 juin.

— À partir du 15 juillet, engagée dans la quatrième bataille de Champagne ; résiste à l'offensive sur la position principale. Lourdes pertes.

— Du 17 juillet au 13 août, reconstitution vers

Artonges puis vers Fère-Champenoise et Colombey-les-Belles.

— 20 août : occupation d'un secteur sur la Seille.

— Du 27 septembre au 3 octobre, retrait du front vers Vitry-la-ville et Ripont.

— Du 5 au 25 octobre : en secteur vers Challerange et Monthois. Bataille de Champagne et d'Argonne. Le 10 octobre, prise de Challerange et de Monthois, progression du 38ᵉ corps d'armée du général Piarron de Mondésir jusqu'à l'Aisne.

— Le 14 octobre, reprise de l'offensive vers Olizy et Falaise.

— Du 25 octobre au 11 novembre, la division décimée est retirée du front vers Mourmelon-le-Grand et Trépail.

— À partir du 5 novembre, elle est engagée en seconde ligne dans la poussée vers la Meuse.

— Le 11 novembre, elle est à 8 kilomètres au sud-ouest de Rethel.

L'ORGANISATION D'UNE ARMÉE FRANÇAISE EN 1918

Une armée se compose de plusieurs corps d'armée.

Une division d'infanterie comprend trois régiments d'infanterie commandés par des colonels, au moins trois groupes d'artillerie de campagne, renforcés d'artillerie de tranchée et de batteries d'artillerie lourde, éventuellement de bataillons d'artillerie d'assaut, d'un escadron de cavalerie et de compagnies du train et du génie, des services de l'intendance et de la santé militaire. Elle peut engager des régiments supplémentaires de territoriaux, chargés des travaux.

Le régiment, trois mille hommes au mieux, se compose de trois bataillons de mille fusils environ, aux ordres d'un commandant ou d'un capitaine.

Un bataillon se compose de quatre compagnies de deux cent cinquante hommes chacune en principe, commandées par des capitaines ou des lieutenants.

Une compagnie comprend quatre sections, commandées par des sous-lieutenants ou des adjudants-chefs.

La section est divisée en quatre escouades de seize

hommes aux ordres de caporaux. Deux escouades accolées sont commandées par un sergent-chef.

Une batterie d'artillerie de campagne comprend quatre pièces de 75 aux ordres de capitaines.

Un groupe d'artillerie a un nombre variable de batteries. Il est aux ordres de commandants ou de lieutenants-colonels.

Un régiment se compose de plusieurs groupes de batteries aux ordres d'un colonel. Un officier supérieur commande l'artillerie au niveau de la division, du corps d'armée ou de l'armée.

Dans la cavalerie, le régiment de sept cents cavaliers se compose de cinq escadrons de cent cinquante hommes environ commandés par des chefs d'escadron (commandants ou capitaines). Les brigadiers sont l'équivalent des caporaux d'infanterie, les maréchaux des logis, ou margis, des sergents.

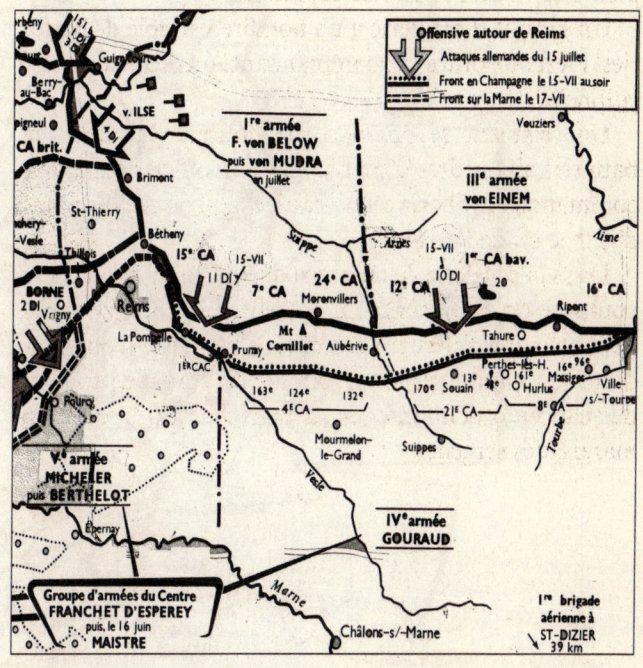

L'offensive de Ludendorff du 15 juillet 1918 en Champagne.

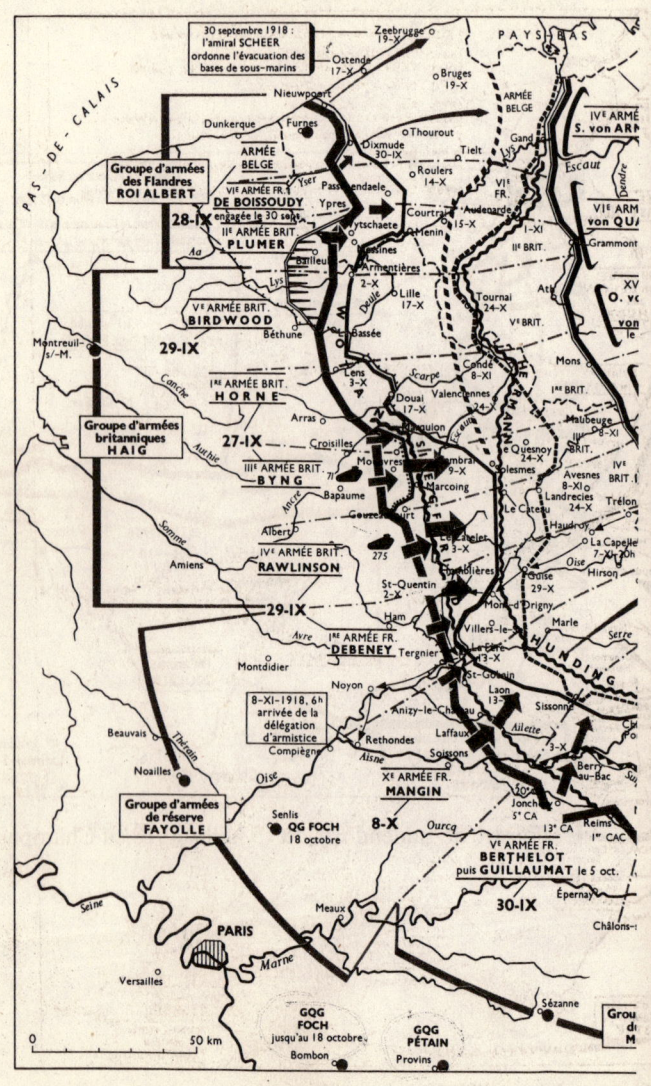

La libération du territoire français du

26 septembre au 11 novembre 1918.

Table

Le 8 août 7

Le mal de la mort 60

Septembre froid 110

La valse des Columériens 162

La boue de l'Argonne 215

Le 6 octobre 267

Les canaux de Bruges 318

Le dernier quart d'heure du caporal 372

Annexes 425

Du même auteur :

OUVRAGES D'HISTOIRE

L'Affaire Dreyfus, PUF, 1959.
Raymond Poincaré, Fayard, 1961 (Prix Broquette-Gonin de l'Académie française).
La Paix de Versailles et l'opinion publique française. Thèse d'État publiée dans la « Nouvelle Collection scientifique » dirigée par Fernand Braudel, Flammarion, 1973.
Les Souvenirs de Raymond Poincaré, publication critique du XIe tome avec Jacques Bariéty, Plon, 1973.
Histoire de la radio et de la télévision, Plon, 1974.
Histoire de la France, Fayard, 1976.
Les Guerres de Religion, Fayard, 1980.
La Grande Guerre, Fayard, 1983 (Premier Grand Prix Gobert de l'Académie française).
La Seconde Guerre mondiale, Fayard, 1986.
La Grande Révolution, Plon, 1988.
La Troisième République, Fayard, 1989.
Les Gendarmes, Olivier Orban, 1990.
Histoire du monde contemporain, Fayard, 1991, 1999.
La Campagne de France de Napoléon, éditions de Bartillat, 1991 (Prix du Mémorial).
Le Second Empire, Plon, 1992.
La Guerre d'Algérie, Fayard, 1993.
Les Polytechniciens, Plon, 1994.
Les Quatre-Vingts, Fayard, 1995.
Les Compagnons de la Libération, Denoël, 1995.
Mourir à Verdun, Tallandier, 1995.

Vincent de Paul, Fayard, 1996.
Le Chemin des Dames, Perrin, 1997.
La Victoire de 1918, Tallandier, 1998.
La Main courante, Albin Michel, 1999.
Ce siècle avait mille ans, Albin Michel, 1999 (Prix d'histoire de la Société des gens de lettres).
Les Poilus, Plon, 2000.
Les Oubliés de la Somme, Tallandier, 2001.
Le Gâchis des généraux, Plon, 2001.

ROMANS, ESSAIS ET CHRONIQUES

Lettre ouverte aux bradeurs de l'histoire, Albin Michel, 1975.
Histoires de France, Chroniques de France Inter, Fayard, 1981 (Prix Sola Calbiati de l'Hôtel de Ville de Paris).
Les Hommes de la Grande Guerre, Chroniques de France Inter, Fayard, 1987.
La Lionne de Belfort, Belfond, 1987.
Le Fou de Malicorne, Belfond (Prix Guillaumin, conseil général de l'Allier), 1990.
Le Magasin de chapeaux, Albin Michel, 1992.
Le Jeune Homme au foulard rouge, Albin Michel, 1994.
Vive la République, quand même !, Fayard, 1999.
Les Aristos, Albin Michel, 1999.
L'Agriculture française, Belfond, 2000.
Les Rois de l'Élysée, Fayard, 2001.
Les Enfants de la Patrie, suite romanesque, Fayard, 2002.
- * Les Pantalons rouges
- ** La Tranchée
- *** Le Serment de Verdun
- **** Sur le Chemin des Dames

La Poudrière d'Orient, suite romanesque, Fayard, 2004.
- *   L'Enfer des Dardanelles
- **   Le Vent mauvais de Salonique
- *** Le Guêpier macédonien
- **** Le Beau Danube bleu

La liberté guidait leurs pas, suite romanesque, Fayard, 2005.
- *   Les Bleuets de Picardie
- **   La Marne au cœur
- *** Les Mariés de Reims

Composition réalisée par Chesteroc Ltd.

Achevé d'imprimer en juin 2007 en Espagne par
LIBERDUPLEX
Sant Llorenç d'Hortons (08791)
Dépôt légal 1re publication : juillet 2007
N° d'éditeur : 88956
Librairie Générale Française – 31, rue de Fleurus – 75278 Paris Cedex 06

31/1810/6